DANSEUSE
& MAMAN

Projet dirigé par Pierre Cayouette, éditeur

Adjointe éditoriale : Raphaelle D'Amours
Conception graphique : Julie Villemaire
Mise en page : André Vallée – Atelier typo Jane
Révision linguistique : Isabelle Rolland et Chantale Landry
Photographie en couverture : Photomontage réalisé à partir d'œuvres
    tirées de Shutterstock © SvetlanaFedoseyeva / © JJ-Whic

Québec Amérique
329, rue de la Commune Ouest, 3ᵉ étage
Montréal (Québec) Canada H2Y 2E1
Téléphone : 514 499-3000, télécopieur : 514 499-3010

Nous reconnaissons l'aide financière du gouvernement du Canada par
l'entremise du Fonds du livre du Canada pour nos activités d'édition.

Nous remercions le Conseil des arts du Canada de son soutien. L'an
dernier, le Conseil a investi 157 millions de dollars pour mettre de l'art
dans la vie des Canadiennes et des Canadiens de tout le pays.

Nous tenons également à remercier la SODEC pour son appui financier.
Gouvernement du Québec – Programme de crédit d'impôt pour l'édition
de livres – Gestion SODEC.

Conseil des Arts   Canada Council   SODEC
du Canada   for the Arts   Québec

**Catalogage avant publication de Bibliothèque et Archives nationales
du Québec et Bibliothèque et Archives Canada**

Fisher, Marc
Danseuse et maman
(Tous continents)
ISBN 978-2-7644-2770-5 (Version imprimée)
ISBN 978-2-7644-2810-8 (PDF)
ISBN 978-2-7644-2811-5 (ePub)
1. Jeanson, Martine - Romans, nouvelles, etc. I. Jeanson, Martine.
II. Titre. III. Collection : Tous continents.
PS8581.O24D36 2014   C843'.54   C2014-941381-5
PS9581.O24D36 2014

Dépôt légal : 3ᵉ trimestre 2014
Bibliothèque nationale du Québec
Bibliothèque nationale du Canada

Imprimé au Québec

MARC FISHER
MARTINE JEANSON

DANSEUSE
& MAMAN
OU LE BAL DE LA
GRATITUDE ET DU MAL

INSPIRÉ D'UNE HISTOIRE VRAIE

QuébecAmérique

« *Tu m'as donné ta boue et j'en ai fait de l'or.* »
Charles Baudelaire

Préface

Pourquoi j'ai écrit *Danseuse et maman*.

Le 29 octobre 2013, je reçus par la poste un manuscrit dont le titre m'intrigua : *Danseuse et Maman*. Je me demandai spontanément si son auteure dansait pour Les Grands Ballets, ou pour des ballets moins grands. Mon petit doigt me dit qu'il ne s'agissait pas d'une ballerine. Je ne me trompais pas.

Le manuscrit d'une petite centaine de pages racontait en effet la vie de Martine Jeanson qui, pour se faire aimer d'un homme dont elle s'était follement amourachée, avait exercé, contre tous les principes de sa morale, toutes les fibres de son être, le métier de... danseuse nue !

Au bout d'une heure, je tournais la dernière page du manuscrit, et je séchais tant bien que mal les larmes de mes yeux étonnés.

Car j'avais pleuré, certes, mais aussi j'avais ri... aux larmes ! Je venais de découvrir les splendeurs et les misères de la vie d'une danseuse. Je découvrais aussi ses « collègues de travail », des femmes souvent courageuses, presque toujours de grandes amoureuses, des mères admirables, presque toutes

« monoparentales » qui, pour nourrir leurs enfants ou l'homme qui vit à leurs dépens, acceptent les caprices innombrables et souvent dégoûtants de leurs clients, dont certains sont importants, je veux dire socialement : ministres, juges, avocats, millionnaires et même curés !

Ma lecture me fournissait aussi l'explication inattendue et fort concluante d'un syndrome qui m'avait longtemps intrigué : celui de la femme abusée, moralement ou physiquement, au travail comme en amour. Cette femme, comme nombre de bien-pensants, je l'avais souvent condamnée en (me) disant : « Elle est faible, c'est une *loser* ! Pourquoi reste-t-elle avec cet homme, avec ce patron, ce père ? »

Je comprenais enfin que, parfois, la femme abusée reste tout simplement parce que... elle n'a pas le choix ! Ou qu'elle est trop follement éprise de son bourreau, et comme l'amour est aveugle, c'est connu...

Alors, abandonnant le livre que je venais de commencer, je suis resté trois mois cloué à mon clavier. Je n'avais plus qu'une idée, presque une obsession : il me fallait raconter l'histoire pathétique, certes, mais aussi infiniment édifiante de Martine Jeanson, danseuse et maman, cette femme exceptionnelle qui est un grand exemple de résilience.

Car, ayant surmonté toutes les épreuves et les injustices qu'elle a subies, elle comprend le mystérieux bal de la gratitude et du mal et continue de dire : Merci la vie !

Pourtant, malgré la valeur philosophique de cette émouvante tranche de vie, j'ai hésité longtemps à y apposer mon nom, à côté de celui, pourtant héroïque, de Martine Jeanson. Car je pensais aux choses forcément crues, scandaleuses, ordurières, honteuses qui se disent et se font dans un bar de danseuses et dont le livre était plein. Et c'était forcément loin de ma manière et de mes habituels sujets de prédilection. Que diraient mes lecteurs ? Ne seraient-ils pas offusqués par mon écart de conduite… littéraire ?

Par hasard – et c'était la réponse que la vie, sage conseillère, apportait à mon doute –, je suis alors tombé sur le texte qui suit *Lolita*, livre scandaleux s'il en fut, écrit par le suave Vladimir Nabokov. Faisant état d'une hésitation de même nature, il y écrit : « Tout d'abord, je faillis céder aux instances d'un ami trop prudent qui me conseillait de publier le livre sous un nom d'emprunt. Peu après (et je crois que je ne regretterai jamais cette décision) je compris qu'un tel masque aurait toutes chances de trahir ma propre cause, et je résolus de signer *Lolita*… » (*Lolita*, Paris, Folio, 1959, page 496)

Je tombai aussi, par un autre « hasard », sur l'avant-propos de *Manouche*, courtisane célèbre, dont l'éblouissant Roger Peyrefitte raconta l'histoire en la dédiant aux « esprits libres et aux gens dont le goût est assez sûr pour savoir jouir d'une exception ».

Il ne m'en fallait pas davantage pour me décider à cosigner *Danseuse et maman*.

Mais assez parlé de moi ! Écoute, cher lecteur, la voix de Martine Jeanson, admirable danseuse et maman, dont la seule erreur a été de mal aimer, ou du moins de trop chercher à se faire aimer, en raison, dit-elle, d'un défaut de fabrication de son petit moi.

J'ai, du mieux que j'ai pu, prêté ma plume à sa voix, pour qu'on entende les accents admirables de son cœur et de sa joie.

Son exemple, je crois, pourra aider bien des femmes aux prises avec la dépendance affective et les amours toxiques, hélas si fréquentes en ce siècle.

Chapitre 1

L'homme de ma vie, que j'aimais à la folie, qui était ma voix, ma joie, ma certitude, mon inquiétude...

... l'homme dont je croyais dur comme fer être la *Pretty Woman* – j'avais vu le film une semaine après avoir eu mes dix-huit ans, ça marque une fille terriblement...

... l'homme que j'avais rencontré il y a trois mois, par quelque hasard du destin mystérieusement annoncé par ma voyante, madame de Delphes, dont un œil était aveugle et l'autre voyait tout...

... l'homme qui changerait à tout jamais mon existence en faisant de moi une danseuse et une maman...

... cet homme, par amour pour moi, a commis, le dernier mardi du mois d'octobre de ma dix-huitième année, une erreur qui allait faire prendre à mon existence un tour vraiment inattendu : il est allé dire deux mots à mon patron.

Après m'avoir déposée au travail. Même si, moi, je voulais pas. Même que je paniquais à l'idée. Parce que je sentais que ça risquait de mal tourner. À la sortie du bureau de mon patron, Herby – c'est le nom de mon petit ami – est venu me retrouver dans la salle commune aux Chants de l'Aube, une résidence pour personnes âgées, où j'étais préposée aux soins depuis plus d'un an...

Aux Chants de l'Aube...

Comme la musique que Schumann a composée avant de sombrer dans la folie. Je sais pas si le patron savait ça, je veux dire pour Schumann et sa dernière œuvre. Je pense pas. Il a plutôt eu un coup de chance parce que du génie, il en avait pas beaucoup, sauf pour nous prendre en défaut. Dans ce rayon, il avait un talent fou ! Comme pour rejeter le blâme sur nous. Même quand c'est lui qui avait gaffé et qu'on avait juste suivi ses ordres.

C'est sans doute pour ça que je l'appelais Napoléon, Nap pour les intimes et Napa Valley quand il avait un petit verre de trop dans le nez. Ce qui arrivait souvent, parce qu'il buvait. Mais personne pouvait rien dire. C'était le patron. Je l'appelais aussi comme ça parce que, comme bien des petits hommes – et ses talons ascenseur dupaient personne –, il était sur un *power trip*.

Aux Chants de l'Aube, j'en faisais plus que le client, je veux dire que Napoléon en demandait. Ça m'a pas aidée. En plus, je me permettais des trucs qu'il aimait pas, notre empereur patenté.

Par exemple, j'organisais des bingos pour mes vieux, et je les laissais faire des petits paris. Mais la loi interdit les jeux de hasard qui rapportent pas d'argent au gouvernement. C'est comme ça.

Il y avait pas juste des prix en argent. Pour encourager les talents artistiques de mes vieux, je leur achetais, à même mon maigre salaire et sans le dire à Herby évidemment – il m'aurait tuée ! – des petits trucs, des pantoufles en Phentex, des tableaux affreux mais beaux de maladresse, des bibelots à cinq sous, des cartes de souhait ou de Noël dessinées par eux, en somme toutes sortes de petits « chefs-d'œuvre » qu'ils fabriquaient de leurs mains arthritiques ou tremblantes dans la solitude de leur chambre.

Pour faire passer le temps.

En attendant leurs enfants, qui venaient pas souvent.

Ou en attendant la mort qui, elle, viendrait assurément.

Je leur avais tous donné un nom – la Femme d'affaires, Mère Courage, le Gourmand, et, mon préféré, le Pianiste –, un nom qu'ils connaissaient pas, que je gardais pour moi. Et je les adorais, même avec leurs travers et leurs tics, qui étaient nombreux, car ils viennent apparemment avec l'âge comme les rides et les cheveux blancs : et dire que tout le monde veut vivre vieux ! Peut-être parce que les gens espèrent ou croient qu'ils seront vieux sans en avoir l'air !

Mes vieux…

Quand Herby est venu me rejoindre après avoir parlé à Napoléon, il avait les yeux en feu, et il semblait nerveux. J'ai demandé : « Qu'est-ce qui s'est passé ? »

Il a dit : « Maintenant, il va te respecter, ce trou de cul. »

Il a pas voulu me donner plus de détails, malgré mon insistance.

Même si j'étais pas d'accord avec la manière, ça me faisait un petit velours. Avec Herby, je me sentais toujours protégée, et quand tu as juste dix-huit ans, et que tu commences dans la vie, c'est important, ce sentiment.

Mais le vendredi suivant, mon patron m'a convoquée à son bureau pour m'annoncer que j'aurais pas besoin de rentrer au travail le lundi matin suivant. Ni aucun autre lundi dans un avenir rapproché ou infiniment éloigné. J'étais virée, congédiée, mise à la porte. J'ai demandé : « Est-ce que c'est à cause d'Herby ? » Il a répondu : « Non, on a pas eu notre subvention, on est obligé de couper, et comme t'es la dernière entrée, c'est toi qu'on doit remercier en premier. » Remercier, une drôle d'expression, si tu y penses…

J'ai pas insisté. Ça aurait rien donné. Il m'a remis une enveloppe avec mon dernier chèque de paye dedans et mon quatre pour cent. Je l'ai remercié. Mais pas dans le même sens du mot : tu peux pas quand t'es juste une employée. C'est seulement les patrons qui ont droit à tout le dictionnaire des expressions.

Il a quand même été gentil, Napoléon. Il a dit : « Tu vas probablement recevoir un chèque du gouvernement. » J'ai demandé : « Quand ? » Il pouvait pas me dire. Il a ajouté : « Tu peux jamais dire avec le gouvernement. » Son téléphone a sonné, il a pris l'appel, il m'a regardée avec un grand sourire et a dit : « Tu vas m'excuser, c'est la fille qui va te… »

Il a pas dit elle allait me quoi. Mais il a eu un sourire embarrassé. J'ai compris que c'était la fille qui allait me remplacer, et que c'était pas vrai pour la subvention : c'était à cause d'Herby, mon congédiement.

Je me suis levée, j'ai quitté le bureau, mon patron m'a pas regardée, il était tout absorbé à parler avec ma remplaçante. Dans le corridor, j'ai ouvert mon enveloppe pour vérifier le montant que ça donnait, ma dernière paye plus mon quatre pour cent. Ça donnait juste 628,54 $. Je pensais que ça serait plus, mais moi, les chiffres…

La mort dans l'âme, j'ai vidé mon casier, et je suis allée dire adieu à mes vieux. Il y en a qui ont pleuré, mais il y en a d'autres qui ont pas saisi, et même ont souri et ont dit à lundi, ma chérie. C'est une bonne chose parfois de pas tout comprendre, ça t'évite des larmes.

Dans la rue, je me suis mise à trembler tellement ça me stressait, mon licenciement, vu que le pourvoyeur dans mon couple, c'était moi.

À la fin de l'après-midi, quand j'ai annoncé la mauvaise nouvelle à Herby, il a eu un sang-froid que j'admire, il a dit :

— C'était juste un con, ton patron, on va trouver une solution.

Oui, juste un con, peut-être, mais c'est moi qui avais l'air conne, là. J'ai pas osé faire des reproches à Herby, même si mon congédiement, il en était un peu beaucoup responsable.

Parce que c'était pas la première fois, mardi dernier, qu'il engueulait mon patron. Il trouvait toujours des raisons. Disait qu'il me donnait pas assez vite une augmentation. Qu'il me demandait trop souvent de travailler le soir.

Et Herby, quand je rentrais tard, il aimait pas. Ça le rendait nerveux, il disait que c'était dangereux, pour une jeune femme, surtout avec des yeux comme les miens.

Surtout dans le quartier où on créchait. Il avait pas complètement tort.

Un peu plus d'un an avant, je m'étais trouvé, à Montréal-Nord, un appart chauffé avec eau chaude au deuxième étage d'un mini mall borné, à une extrémité, par le restaurant Chez Mamie, (cuisine créole et service de traiteur, avec pour spécialités du poulet boucané, du tasso et des légumes labo) et, à l'autre extrémité, par le magasin La Flamme du Dollar. Herby, vu ses origines haïtiennes, quand il a vu le resto et sa spécialité, il a dit : « C'est un signe du destin, on était faits pour se rencontrer. »

Moi, romantique finie, j'avais évidemment rien à objecter, ça m'a donné une grosse émotion et je me suis dit : « Tu es stupide, tu avais pas pensé à ça avant. » Il y avait entre ces deux commerces d'autres établissements, comme la pizzeria La Tour de Pise ou le salon de tatouage Tatoue tout (songé quand même, comme jeu de mots !). Tous ces commerces disparates avaient une chose en commun : leur vitrine était défendue par des barreaux de fer si serrés que même la tête d'un enfant serait pas passée entre eux. Je trouvais ça bizarre, au début. La Flamme du Dollar, c'était quand même pas la bijouterie Cartier. J'ai compris plus tard que c'était juste une question de… quartier !

Jenny, ma meilleure amie, une brunette de vingt-cinq ans avec beaucoup de caractère et des idées sur tout, entre autres sur les hommes, habitait elle aussi le coin, (j'avais déménagé pour être plus près d'elle) et appelait parfois notre patelin « Montréal-Noir ». Je pigeais pas pourquoi au début, ensuite j'ai allumé, style une demi-heure après mon arrivée dans le quartier. Les gangs (pour la plupart des Noirs) de rue, tu les voyais partout surtout lorsque la noirceur était tombée, et surtout au parc Henri-Bourassa, à un jet de pierre de chez moi.

Vite, ça m'a terrorisée, parce que, supposément il y avait la traite des Blanches que faisaient les membres de Master B, le gang de rue que les gens craignaient le plus. Et comme les rousses ont la peau blanche, c'est connu, moi je me sentais pas très grosse dans mes souliers bon marché quand je marchais seule dans le quartier, même que j'avais souvent envie de me foncer la peau avec du fond de teint.

Il y avait aussi les Italiens qui se disputaient le même territoire, mais eux, ils étaient plutôt dans le parmesan, la poudre et le ciment : je veux dire pour les contrats de la Ville avec les élus municipaux qui mangeaient tous dans leur main, sinon t'avais une carrière sans lendemain. Ou ils te coulaient dans le ciment que t'avais pas voulu acheter d'eux ou de leur parrain.

Mais mon patelin, il a pas juste des inconvénients. Par exemple, si tu aimes pas le collier de (fausses) perles que ton copain ou ta belle-mère t'a offert à Noël, t'as juste à le porter vers onze heures le soir en traversant seule le parc Henri-Bourassa. T'es quasiment assurée que quelqu'un va te l'arracher du cou, en plus de te demander tes bagues et ton sac à main, que tu es aussi bien de lui remettre illico, à moins d'avoir des envies de suicide prononcées, auquel cas ton interlocuteur ou futur étrangleur va t'arranger tout ça vite fait. Ils sont de service, ces gens-là.

Oui, mon coin, c'était pas exactement Outremont ou Westmount. Les gens qui vivent dans ces quartiers moins mal famés, ou huppés, dirons-nous, ils se rendent pas compte, je crois, malgré tous leurs diplômes, à quel point ça change ta philosophie et ta vision des choses quand, le soir, tu crains pour ta vie à tous les coins de rue. Et les matins, ils chantent pas vraiment, ou sinon c'est une chanson que tu préférerais pas entendre.

Moi, je me rappelle, mon premier matin, un 1er juillet hyper chaud, qui se trouvait être le jour de mon glorieux déménagement, et qui de surcroît se trouvait être le jour de la collecte des ordures, j'ai vu un petit chien courir après un chat qui avait trouvé dans une poubelle un morceau de choix. Dix secondes plus tard, ce même petit chien, qui avait en gueule ledit morceau de choix, se faisait courir après dans le sens inverse par un rat plus gros que lui ! Ça te renseigne vite fait sur l'endroit où tu vis. Et ta confiance en toi, elle en prend un léger coup sur la gueule. Et tu te retiens de crier : « Merci la vie ! » comme c'est la mode ces jours-ci, je veux dire dans ma vie de femme de quarante ans..

Herby, ça le rendait nerveux tout ça, je veux dire ce quartier où il avait déménagé pour pouvoir être avec moi à temps plein, comme de vrais amoureux.

Moi, des fois, j'avais honte de pas pouvoir lui offrir mieux, lui qui était étudiant en médecine. En plus, ça lui faisait loin pour se rendre à l'Université de Montréal où il étudiait comme un fou parce que c'est la meilleure, qu'il disait. Et lui, il voulait juste le *best*, pour lui et surtout pour... nous deux.

Pour adoucir la mauvaise nouvelle de mon congédiement, j'ai sorti de mon sac le chèque que m'avait remis Napoléon, et j'ai dit : « Au moins, j'ai un chèque. » Herby me l'a quasiment arraché des mains, a regardé le montant, a pas fait de commentaires. Il a juste dit : « Endosse-le. »

Je me suis exécutée. Il a pris le chèque et est tout de suite parti à la banque. Vingt minutes plus tard, ça cognait à la porte. J'ai pensé : « Herby est parti trop vite, il a oublié de prendre ses clés. » Il est comme ça, il a toujours plein de trucs dans la tête, ça le rend distrait, c'est normal quand tu étudies des choses aussi compliquées que lui.

Je me trompais. C'était le proprio. Il avait pas l'air content, il voulait être payé. Bon, je sais, on était en retard pour le loyer du mois et le premier de l'autre mois arrivait à grands pas. Avant de rencontrer Herby, j'étais jamais en retard pour mon loyer, mais j'ai été obligée de l'aider pour sa carte de crédit. Il s'était fait arnaquer, il m'a tout expliqué deux semaines après notre rencontre : s'il payait pas mille cinq cents dollars dans les cinq jours, il pouvait perdre son crédit pendant cinq ans. Et son nom, par la même occasion. Et un nom, tu en as juste un, surtout quand tu es futur médecin. J'ai vite compris. Mais j'ai dû lui donner presque toutes mes économies pour le tirer d'embarras.

Ensuite il y a eu les frais d'inscription à l'université et l'achat de livres. Ça coûte vraiment cher, étudier la médecine ; je comprends que, ensuite, tu demandes un max pour dispenser tes soins, sinon tu finirais jamais par rembourser tes dettes. Remarque, avec moi, des dettes, il en avait pas, Herby. Je lui avais dit que l'argent, je lui prêtais pas, je lui donnais : quand tu commences à tenir des comptes dans un couple, le conte de fées est terminé, non ? Lui, il tenait à tout me rembourser, jusqu'au dernier sou, parce qu'il a de la moralité. Mais moi, je lui ai fait comprendre ma position d'amoureuse, pas dans le lit mais dans la vie : ce qui est à moi est à toi. Il a aimé.

Le proprio, un petit homme de cinquante ans avec des lèvres minces et un regard perçant, il est avare de mots, surtout quand il parle d'argent. Et avec nous, il parle juste de ça. Et quand on lui parle de réparations, il est toujours pressé et déguerpit presque aussi rapidement que les coquerelles dans la cuisine, quand tu ouvres les lumières, la nuit. On en a justement, des coquerelles. C'est à cause du resto, en bas. Quand j'en parle au proprio, il rétorque que s'il y a des bibittes, c'est dans notre tête.

Un jour, pour prouver que j'inventais pas un mythe, j'en ai attrapé trois, de bibittes, que j'ai enfermées dans un pot. Je les lui ai montrées, il a dit : « Je vois pas leur adresse dans leur face, qu'est-ce qui me prouve qu'elles ont vécu heureuses ici avant leur décès ? » Je pense qu'il avait peur qu'on lui demande une réduction de loyer. J'ai pas insisté.

Le proprio, qui était pressé comme d'habitude, a dit :

— Est-ce que t'as l'argent pour mon loyer ?

J'ai plaisanté :

— J'ai même pas l'argent pour payer *mon* loyer, comment j'en aurais pour payer le vôtre ?

Il a pas saisi la plaisanterie, il a sourcillé, il faut dire qu'il est un peu sourd.

— T'as l'argent ou pas ?

J'ai même pas eu le temps de répondre, Herby est arrivé. Je l'ai accueilli avec le plus grand sourire du monde. Je l'ai pris à part, le proprio avait pas besoin de tout savoir. J'ai dit à voix basse :

— Tu as l'argent du loyer, mon amour ?

— Ben non, j'ai été payer le garagiste pour la réparation de notre auto, il peut pas nous faire crédit pendant un an.

Notre auto, c'était *mon* auto, avant que je rencontre Herby. Mais comme les livres de médecine, c'est lourd, c'est toujours lui qui la prenait. Moi je prenais l'autobus. Ça me dérangeait pas : je pouvais lire, et j'avais un chauffeur !

— Mais il me semblait que… que la réparation, elle coûtait juste trois cents et des poussières.

— Oui mais il m'a fait un super *deal* pour des pneus d'hiver et il fallait que je le paye tout de suite.

J'ai eu envie de dire : « On est même pas encore en novembre, les pneus d'hiver, ça aurait pas pu attendre ? » Mais c'est pas le genre d'argument qu'Herby aurait aimé. En plus, il avait l'air tellement content d'avoir fait une affaire, même si on avait d'autres priorités. Alors j'ai juste dit :

— Mais on va faire quoi, pour le loyer ?

— Laisse ! Je vais lui parler.

Il est allé trouver le proprio, je l'ai suivi, il a dit :

— On va avoir l'argent dans une semaine au plus tard. On va même vous payer un mois d'avance.

— Vous allez faire ça comment, en achetant un billet de loto ? qu'il a fait, le proprio, d'un air plutôt sceptique.

— J'ai un ami qui me doit une grosse somme.

Le proprio l'a regardé.

— C'est votre dernière chance, c'est pas l'Armée du salut, ici. Dans deux jours, c'est le premier du mois, et si j'ai pas mes deux loyers, vous êtes dehors.

Herby s'est pas laissé intimider. Il a contre-attaqué :

— C'est parce que je suis noir que vous voulez nous jeter dehors ?

Moi je trouve qu'il aurait pas dû dire ça mais il m'a pas consultée.

— Écoute, mon étudiant de médecine de merde, tu pourrais être blanc, vert ou violet, je veux juste mon loyer. Si tu comprends pas, demande à ta videuse de bassines de te l'expliquer !

Il a pas attendu la réponse d'Herby, ni la mienne. Il a tourné les talons et il a descendu l'escalier dans lequel les odeurs de la cuisine créole montaient avec force, vu l'heure du souper et que le vendredi, c'était une bonne journée pour les affaires.

Moi, j'étais si angoissée que j'avais de la difficulé à respirer.

Je suis quand même parvenue à dire :

— Qu'est-ce qu'on va faire, mon amour ?

Herby, il est toujours plein de ressources mais là, il était sans mots. On a vidé une bouteille de vin, on en menait pas large, on se tenait la main, assis sur le sofa d'occasion que j'ai déniché dans une vente de garage pour trois fois rien. Au dernier verre, Herby a eu une sorte d'illumination. Il a dit :

— Attends, Marley m'a montré quelque chose ce matin dans le *Journal de Montréal*.

Marley, c'est son meilleur ami, il est étudiant en médecine, lui aussi. Herby est allé dans la cuisine, il en est revenu avec l'édition du matin. Il a repris place à côté de moi, a tourné à toute vitesse les pages du journal, a pointé du doigt une petite annonce classée, a dit : « Regarde ! »

J'ai regardé avec un accent circonflexe dans mon sourcil gauche et roux comme ma crinière de lionne. Perplexe, j'ai pensé qu'il y avait une erreur.

Sur la personne.

Sur ma petite personne.

Qui, par quelque bizarrerie de la vie, avait pas une très grande estime de soi.

Je sais pas pourquoi, je suis née comme ça.

Une sorte de défaut de fabrication, quoi.

J'ai dit :

— Tu veux dire cette annonce-là ?

Chapitre 2

L'annonce classée disait en grosses lettres grasses : DANSEUSES RECHERCHÉES.

Et en dessous, en caractères aussi gras, il y avait trois gros $$$. C'est ça, je pense, qui avait attiré l'attention d'Herby. On avait justement besoin de $$$. De beaucoup de $$$. Et la menace du proprio avait juste rendu la chose plus claire, et plus urgente.

— Je suis pas sûre de comprendre, que j'ai rétorqué, avec des précautions infinies, parce que Herby, il aime pas trop quand on le contredit ou qu'on lui pose trop de questions, ou pire encore quand on le prend en défaut, même pour un détail.

Soit dit en passant, j'écris ce récit alors que je viens de franchir le cap de la quarantaine. L'ironie ou le détachement apparent que tu sentiras parfois dans ces pages, lectrice, mon amie, je les avais pas à cet âge.

Je venais de rencontrer Herby, qui restait encore chez sa maman, avec ses nombreux frères et sœurs, je sais plus combien exactement.

Au bout de trois mois, il s'est installé chez moi.

J'avais eu le coup de foudre.

Ensuite, j'ai surtout eu des coups.

Mais quand tu trouves un homme beau, quand tu l'as dans la peau, le cœur, le cerveau, quand tu le vois dans tes rêves, ta soupe, ton gruau, tu sais pas te défendre. Ta garde, tu la laisses descendre. Avec toutes les conséquences. On est comme ça, nous, les femmes.

Ce qui était le plus frappant chez Herby, l'homme de mes jours, de mes nuits, c'était ses yeux, des yeux magnétiques et verts. Si étincelants, si perçants qu'on avait l'impression qu'ils vous allaient directement au fond de l'âme quand ils vous regardaient. Herby ensorcelait tout le monde, hommes comme femmes. Non seulement il était grand et bien fait de sa personne, mais il était toujours sapé comme un roi, mon prince de Port-au-Prince.

En plus, dans ma famille j'avais fait un gros *hit* quand j'avais dit qu'il était étudiant en médecine. Surtout avec ma mère. Elle trouvait ça bien, je veux dire vraiment bien, je veux dire inespéré, merveilleux, providentiel que je sorte avec un futur médecin.

Comme toutes les mères du monde, elle a toujours rêvé pour moi de cette fin : un beau mariage en blanc avec un… MÉ-DE-CIN ! Elle peut pas dire le mot sans en détacher chaque syllabe, comme si c'était le plus beau poème du monde.

Oui, un médecin. Ou un millionnaire, s'il est pas trop âgé ni pervers, ça peut aussi faire l'affaire, pour ma mère.

Herby a répondu :

— Tu es pas sûre de comprendre ? Pourtant, c'est simple, on a besoin de sous, et danseuse, c'est hyper payant.

— Je pourrais me trouver un autre poste comme préposée aux soins.

— Napoléon te fera jamais une bonne lettre de recommandation. Et ça va prendre une éternité. Il va falloir que tu fasses des demandes d'emploi à cinquante-six places. On a besoin d'argent tout de suite. Tu as pas entendu ce que le proprio a dit ?

— Oui. Mais danseuse, c'est un métier dégueulasse, que j'ai laissé échapper comme un véritable cri du cœur.

— Tu trouves Cheryl dégueulasse ? a demandé Herby, contrarié.

J'ai senti que je venais de faire une gaffe. Parce que Cheryl, c'est la fiancée de Marley.

— Euh, je savais pas qu'elle dansait.

— Mais oui, depuis le mois de septembre. Sinon, Marley aurait été obligé d'abandonner ses études. Elle a décidé qu'elle se sacrifierait pour leur couple. Quand il sera médecin, elle va reprendre ses études de musique.

Je savais pas non plus qu'elle était musicienne. Comme maman. Enfin comme maman aurait aimé être : mais elle nous a eus, mon frère et moi. Ç'a mis un bémol sur ses ambitions de pianiste, si j'ose dire.

J'ai raisonné à la vitesse grand V, que l'amour avec un grand A donne souvent à ta pensée : si Herby abandonne ses études à cause de moi (enfin pas complètement à cause de moi mais un peu quand même !), maman, qui est si fière que je sorte avec un futur médecin, et qui est vraiment portée, comme d'autres sur le Grand Marnier, sur les généralisations hâtives, elle sera vraiment déçue. Et elle me parlera plus pendant au moins un an. J'ai pourtant demandé :

— Elle étudiait en musique, Cheryl ?

— Tu me crois pas ? Tu veux dire que je mens ?

La distributrice à reproches s'emballait, car j'y avais inséré par erreur la mauvaise pièce. Avec le temps, ça devenait d'ailleurs de plus en plus difficile de savoir quelle était la mauvaise pièce, et quelle était la bonne, si du moins il y en avait une. Les doutes naissaient dans mon esprit inquiet, et poussaient comme les champignons après la pluie.

— Non, non…

J'ai regardé de nouveau l'annonce. Le bar qui offrait cette opportunité en or, et beaucoup de $$$, s'appelait Le 369.

Danseuse nue…

Même si Cheryl le faisait pour Marley, ça me tentait pas, mais alors là, vraiment pas. Chose certaine, c'était loin de mon rêve, loin comme dans mille années-lumière.

Moi, ce que j'aurais aimé, c'est être avocate. Mais j'ai pas pu. Il a fallu que je quitte l'école pour gagner des sous, même si j'étais toujours première de classe, sauf quand il y avait dans ma classe un garçon que je trouvais mignon, alors je me contentais d'arriver deuxième. Ils aiment ça, les hommes.

Pour compenser le fait de pas avoir dépassé la cinquième secondaire, je lisais comme une malade, la plupart du temps en cachette, et même avec une lampe de poche, le soir, dans mon lit : je fais souvent de l'insomnie. C'est à cause des trucs qui vont pas toujours comme je veux dans ma vie. Juste faire la liste, des fois ça me prend une heure. Ensuite, l'heure suivante, il faut que je trouve des solutions. C'est pas reposant, surtout quand tu es censée dormir.

Mécaniquement, j'ai touché les deux petits cœurs d'or enlacés que je porte tout le temps depuis qu'Herby me les a donnés à notre premier rendez-vous galant. Ça m'avait vraiment étonnée, vu qu'on s'était rencontrés juste une semaine avant. Et ce qui m'avait encore plus étonnée – et fait craquer par la même occasion – c'est ce qu'il m'avait expliqué quand je lui avais un peu stupidement demandé : « Pourquoi ce cadeau ? » puisqu'on se connaissait pas vraiment et c'était pas la Saint-Valentin. Il avait dit, et je m'en rappelle comme si c'était hier :

— Je vais t'enseigner à être deux.

M'enseigner à… être deux ! Wow ! Moi, jamais aucun homme m'avait dit ça avant, être deux. Ni même des variantes éloignées de ce programme, de ce poème le plus romantique du monde : ÊTRE DEUX.

C'était la chose la plus inattendue et la plus touchante que j'avais jamais entendue. JAMAIS. Même Jenny, dont le romantisme en avait pris un coup à cause de son ex, Gérard, le père de ses enfants – mais il était déjà marié, elle l'a su juste après ! –, elle en était pas revenue quand je lui avais tout raconté, le lendemain matin, à L'Œuf à la Coquine, le boui-boui où elle travaille.

Être deux…

Mais maintenant, ça prenait un nouveau sens…

Pour continuer à être deux, je devais danser nue…

Moi qui aime même pas me regarder dans le miroir, sauf pour me maquiller – j'ai pas le choix ! – ou voir si j'ai pas engraissé ! Des fesses. Où, je sais pas pourquoi – le diable doit exister, et il t'aide pas à porter du Prada ! –, les calories vont toujours se réfugier dès que je craque pour des pâtisseries. Ou des biscuits au chocolat, si j'ai pas les sous pour les mille-feuilles, mon ultime gâterie.

— En plus, ça va être juste provisoire, a renchéri Herby. Le temps qu'on se replace financièrement et que tu trouves autre chose.

Provisoire : j'ai aimé le mot. Il s'y cachait un espoir. Ça rendait moins sombre mon avenir, si on peut appeler ça un avenir, devenir danseuse. Car il me semble qu'un avenir, c'est quand tu crois que tu seras heureuse. Même si tu te trompes. Au moins tu souris en l'attendant. Il y a pas de petits bénéfices dans le cauchemar climatisé de l'existence ! Herby a dit :

— En avril, à la fin de mes cours, je vais commencer mon stage à l'hôpital et là, avec le salaire que je vais faire, tu seras plus obligée de travailler. Tu vas pouvoir retourner étudier en droit si tu veux, je vais m'occuper de tout.

J'ai relu l'annonce du 369, et j'ai plissé les lèvres, pas encore convaincue. J'ai vu qu'Herby commençait à s'impatienter parce que je réfléchissais trop, et ça, il aimait pas. Je me sentais un peu *cheap* sur les bords, vu tout ce qu'Herby faisait ou plutôt ferait pour moi, et vu ce que Cheryl faisait pour son meilleur ami, Marley.

J'ai alors pensé à une dérobade, un argument infaillible, qui prouverait que ce n'était pas par lâcheté que je refusais cette offre en or mais par simple bon sens.

— Danseuse, je voudrais bien. Mais ça marchera pas, j'ai pas de seins.

C'est vrai, j'avais et j'ai toujours des seins minuscules. Mignons, enfin je trouve, mais pas vraiment dignes de mention. J'avais beau être naïve, je savais bien que, pour les hommes, danseuses aux seins nus, ça veut surtout dire danseuses aux… gros seins nus! En tout cas, plus gros que les miens. Ce qui est pas un exploit, croyez-moi! Je suis quasiment faite comme un garçon.

Herby allait pas se laisser démonter ainsi. Quand il a une idée dans la tête, il l'a pas ailleurs. Il a objecté :

— Mais t'as un beau cul, et des belles jambes.

Quand une femme reçoit un compliment, même imparfait dans sa livraison, elle dit rarement : «T'as pas raison!» Et *anyway*, c'est vrai que j'ai des jolies fesses rebondies. Et j'ai aussi des jambes de… danseuse! Mais sociale. J'adore les discothèques, où je pouvais aller depuis quelques mois, en général avec Jenny, ou mon frère Johnny.

— Sous-estime-toi jamais, ma chérie! Ton potentiel est illimité. Ta seule limite, elle est dans ta tête, et c'est toi qui te la fabriques.

J'aime quand il me parle comme ça, comme un vrai coach de vie, je l'ai serré dans mes bras. Après, on s'est regardés les yeux dans les yeux, et il a compris que je disais oui. Il a pris le récepteur du téléphone sur la table à côté du sofa, et il me l'a tendu.

J'ai composé nerveusement le numéro du 369.

— Pizza Leonardo da Vinci, bonjour! que j'ai entendu, étonnée.

Au lieu de répondre, j'ai mis ma main sur le récepteur et j'ai dit à Herby:

— C'est une pizzeria.

— T'as dû mal composer le numéro. Recommence.

J'ai raccroché impoliment sans même dire: « Désolée, je voulais pas commander une pizza. » J'ai recomposé le numéro. Une femme à la voix nasillarde m'a répondu. J'ai dit:

— Est-ce que... est-ce que je suis au 369?

— Au 369?

— Oui, le... le bar de danseuses nues?

— Ah c'est ça, c'est vous la petite putain que mon mari va voir le soir de sa paye?

— Euh...

— Laissez-moi vous dire que vous êtes dégueulasse, made-moiselle, que si ça existait pas, des traînées comme vous, nos maris seraient pas infidèles et qu'ils resteraient à la maison pour écouter nos émissions avec nous.

— Je... je suis vraiment désolée.

— Pas autant que moi, maudite putain !

J'ai raccroché et j'ai dit à Herby, je sais pas ce que j'ai, j'ai encore composé le mauvais numéro.

Mais je *savais* ce que j'avais.

Freud avait raison, au fond.

Ce que ton cœur veut pas, ta main le fait pas et tes lèvres le disent pas. Elles disent même exactement le contraire. Il appelle ça un acte manqué, l'inventeur de la psychanalyse, mais en fait c'est pas un acte si manqué que ça parce qu'il dit la vérité et au fond, avec le temps, tu y échappes jamais.

J'ai pas dit ça à Herby. Non seulement il aurait pas compris, mais surtout, il aurait pas aimé. Il m'a arraché le récepteur de la main et il a dit :

— Laisse, je vais appeler.

Il a composé le numéro du 369 et m'a tendu le récepteur. Je l'ai pris, la mort dans l'âme, persuadée que cette fois-ci serait la bonne.

Ou la mauvaise.

Chapitre 3

Un homme à la voix rauque m'a répondu. Il a dit, quand je lui ai expliqué que j'appelais pour l'annonce dans le *Journal de Montréal* et le « poste » qui était offert :

— Tu tombes bien, fille, on a des danseuses qui ont *callé off*. Et c'est vendredi, notre gros soir. Il y a un chauffeur qui va venir te chercher vers six heures. C'est quoi, ton adresse, poupée ?

Je lui ai donné l'adresse de poupée, qui vit dans un minuscule trois et demie qui ressemble pas vraiment à une maison de poupée. J'ai raccroché, j'ai dit, pas encore sûre si c'était une bonne nouvelle ou pas :

— Je commence ce soir.

Herby a levé la main vers moi pour me faire un *high five*. Que j'ai accepté aussitôt. Mais je souriais pas. Il a commenté ma petite victoire :

— Qui t'avait dit que tu étais une gagnante et que tu devais jamais te laisser rabaisser par personne, PERSONNE ?

— C'est… merci de me le rappeler, mon chéri. Si je t'avais pas, je ferais quoi?

Je sais, je «sors» mal dans ce dialogue, je veux dire, j'ai l'air d'une conne, facile à manipuler. Et tu m'as peut-être déjà condamnée, mon amie qui me lit seule dans ton lit parce que tu as pas de petit ami ou qu'il travaille de nuit, du moins c'est ça qu'il dit. Mais tu as pas remarqué que, ton intelligence, tu la mets souvent dans un tiroir que tu refermes dès que tu ouvres le tiroir de ton cœur à un homme? Encore déboussolée par tout ce qui m'arrivait et par la vitesse à laquelle ça m'arrivait, j'ai dit à Herby:

— Ils viennent me chercher à six heures. Il est quelle heure?

— Cinq heures quinze.

— Oh *shit*! pas de temps à perdre!

Puis j'ai ajouté:

— Ça s'habille comment, une danseuse? J'ai pas de costume de scène.

Il a répondu:

— Je sais pas, mets un truc sexy!

J'ai fait de mon mieux pour trouver quelque chose dans mon placard, mais j'avais surtout envie d'aller me cacher sous les robes de ma mère, comme si j'avais encore cinq ans.

Au 369, le *staff*, il est efficace. À l'heure dite (et maudite), le chauffeur est arrivé. C'était une chauffeuse. Et pas au volant d'une limousine comme dans *Pretty Woman*. Dedans, il y avait pas le beau Richard Gere aux tempes poivre et sel qui brandissait un bouquet de roses par le toit ouvrant, avec une demande en mariage à l'avenant. C'était juste une fourgonnette de six places.

La chauffeuse, Diane, une quadragénaire sexy, portait un jeans et un t-shirt plutôt moulant. J'ai pensé qu'elle était probablement danseuse. Ou l'avait été. J'ai hésité avant de monter. Je me suis retournée vers la fenêtre du salon, qui donne sur la rue. Herby me regardait. Comme s'il voulait être sûr que je changerais pas d'idée. Il m'a fait un sourire. Qui avait l'air de dire : « Niaise pas avec le *puck*, princesse. Pas si près du but. »

Je suis montée dans la fourgonnette.

Diane, elle était pas du type bavard. Ni les deux autres danseuses qu'elle a cueillies en chemin. Elles se connaissaient. Elles se parlaient. Moi, elles m'ignoraient, comme si j'étais même pas là. Juste une petite nouvelle. Qui, justement, se sentait toute petite dans ses souliers. Et qui se demandait avec une anxiété grandissante : « Je vais faire quoi au 369, beau cul ou pas ? »

Au bout de trente-trois minutes qui m'ont paru trente-trois heures, Diane a immobilisé la fourgonnette devant un vieil immeuble qui ressemblait à une taverne, dont la devanture était peinte en rouge et noir, mais c'était pas aussi beau que le roman de Stendhal, je t'en passe un papier, et en dix copies si tu as pas saisi. Sur une affiche, c'était écrit en grosses lettres BAR DE DANSEUSES 369, avec un dessin de danseuse aux seins nus.

J'ai laissé sortir les deux autres filles, j'ai hésité, Diane a dit :

— T'attends quoi ? On a pas toute la soirée. Tu commences dans moins d'une demi-heure.

J'ai dit :

— Est-ce que je te dois quelque chose pour le taxi ?

Elle a souri.

— C'est la première fois que tu danses, hein ?

J'ai admis.

— Tu me dois rien, mais j'ai jamais refusé les *tips*. Il paraît que ça porte chance.

— Ah…

Dans ma nervosité, j'avais pas remarqué si les deux autres danseuses avaient laissé quelque chose. J'ai fouillé dans mon sac. J'ai un petit portefeuille de cuir rouge. C'est ma mère qui me l'a donné, pour me faire comprendre l'importance de gagner des sous, et vite. Mais Herby l'avait déjà visité. Souvent, il me le dit pas. Mais là, il m'avait expliqué, juste avant que je parte, c'est juste que je me rappelais pas :

— Je te laisse pas de gros billets. Les gens, dans les bars, ils sont pas honnêtes comme toi et moi, il faut que tu te méfies. Surtout des autres danseuses. Elles sont voleuses comme des pies. Et *anyway*, tu vas faire *full* argent.

Je savais que les pies étaient bavardes. Supposément.

Et comme ce sont des oiseaux, qu'elles volaient, forcément. Mais voler comme un voleur…

— Tu en sais, des choses, que j'ai dit, épatée, à Herby. On dirait une encyclopédie.

Et je lui ai aussi dit merci. Il a haussé les épaules avec modestie. Mais là, ça me causait du souci. Il me restait juste des pièces de monnaie, de vingt-cinq ou dix sous. Herby, il avait joué de prudence avec les pies de danseuses. Embarrassée, je suis devenue écarlate. Comme j'ai la peau blanche, ça paraît quand je rougis. J'ai quand même pris la plus grosse poignée de pièces que je pouvais et je l'ai tendue à Diane. Elle m'a dévisagée avec un drôle d'air, en plissant les lèvres et en dodelinant de la tête.

— Non, ça va aller... Tu peux garder tes sous. Tu me donneras un plus gros pourboire la prochaine fois.

J'ai d'abord voulu lui expliquer que c'était à cause d'Herby, la navrante absence de billets dans mon petit portefeuille de cuir rouge. Herby qui savait tout et qui savait entre autres que les danseuses étaient voleuses comme des pies. Mais je risquais de me mêler dans mes explications, et puis Diane comprendrait peut-être pas. En plus, ça risquait de la froisser, vu qu'elle était peut-être une ex-danseuse ou encore *full (time)* danseuse, vu son corps d'enfer. Même à quarante ans.

— Oui, madame, que j'ai répliqué.

— Tu peux m'appeler Diane, j'ai pas encore 70 ans.

— Oui, madame Diane.

De nouveau, elle a hoché la tête. Elle me trouvait un peu gourde. Mais moi, j'étais nerveuse. Dans ce temps-là, tu ressors plus tarte que tu es vraiment.

Je suis sortie de la fourgonnette, Diane a dit :

— Tu oublies rien ?

— Euh, je…

Diane a juste regardé mon sac. Que j'avais oublié derrière moi. Qui contenait mon costume supposément sexy. J'ai souri comme une idiote. Suis remontée dans la fourgonnette pour récupérer mon sac. J'ai dit merci, et je suis redescendue, ou plutôt j'ai tenté de redescendre élégamment du « taxi des danseuses ». La courroie de mon sac s'est accrochée à la poignée de la porte.

Ça m'a fait perdre l'équilibre.

Diane a esquissé un sourire, et sa tête bougeait, et elle a dit, entre ses dents, trop parfaites et blanches pour être vraies :

— Ça veut être danseuse et ça sait même pas mettre un pied devant l'autre !

C'était pas tellement moi qui le voulais.

C'était Herby à qui j'abandonnais petit à petit et sans vraiment m'en rendre compte – parce que je l'aiiiimais ! – le conseil d'administration de ma vie.

Je me suis avancée pour faire mon entrée « triomphale » au 369.

Ça ne ressemblait vraiment pas à ce que j'avais imaginé.

Chapitre 4

Arrivée devant la porte du chic 369, j'avais le *shake*. Le *shake*, c'est comme dans *milk-shake*, évidemment, sauf que c'est pas le lait qui s'agitait, seulement mes mains.

J'ai pris des grandes respirations zen en les regardant. Ça, c'est pas Herby qui me l'a appris, mais un livre de Rajneesh, le guru à la mode à l'époque, google-le, tu verras ses douze Rolls Royce et sa philosophie de vie qui dit que ton corps, c'est un temple ou un truc du genre. Les danseuses l'aimaient beaucoup pour ça, même si avec sa barbe blanche mal taillée et ses grands yeux cernés, il ressemblait pas exactement à Tom Cruise ou à Mel Gibson.

Drôle de coïncidence, quand même, comme si la vie (ou tes faux amis) te poussait toujours dans une certaine direction, vers une certaine pente qu'il faut suivre... pourvu que ce soit en montant ! Mais moi j'ai fait le contraire. Je savais pas à l'époque. J'avais pas encore écouté ma médium, madame de Delphes. Ou lu *Le Miracle de votre esprit* de Joseph Murphy, qu'elle me disait toujours de lire.

C'est peut-être le destin. Tu lis juste un livre quand ton karma te le permet. Pas avant. Même si tu l'as acheté. La main de Dieu te le fait laisser sur ta table de chevet, ou oublier quelque part ou, ce qui revient souvent au même, tu le prêtes à quelqu'un qui te le remet pas parce qu'il le retrouve pas ou l'a passé à quelqu'un d'autre. Qui lui non plus le retrouve pas. C'est comme ça. La leçon à en tirer, c'est que si tu aimes vraiment un livre, fais comme avec ton homme : prête-le pas !

Oui, il y a plein de choses que je savais pas à l'époque. Parce que je pensais stupidement – c'est à la mode ! – que tout arrive pour une raison. Quand bien souvent la raison pour laquelle tout arrive est simplement que… tu es naïve.

Et que tu prends les mauvaises décisions. Ou les laisses prendre pour toi par les mauvaises personnes. Qui sont là juste pour te *pimper*. Ou te pomper ton énergie mentale. Vampires à temps plein, Draculas du dimanche, qui sont quand même encore là le lundi, le mardi, et même jusqu'au samedi : c'est leur job à temps plein de te rentrer dedans et de te déprimer. Ils se sentent mieux quand ils font ça. Ou ils s'en rendent même pas compte. Va savoir.

Après trois respirations hyper zen devant la porte du 369, mes mains avaient moins le *shake*, j'ai enfin sonné. Le portier, monsieur Blanc, m'a ouvert aussitôt, comme s'il m'attendait. C'était un homme assez baraqué, dans la jeune quarantaine, avec le crâne rasé pour cacher le « casque de bain » qu'il se faisait pousser avec talent, je veux dire en bon français : sa calvitie précoce. Il avait un air un peu malcommode qui lui avait sans doute valu son emploi. Parce que, sur ton curriculum vitæ, pour être portier dans un bar de danseuses, t'as pas besoin d'un MBA. Ni de savoir comment prendre le thé.

En plus – et j'allais le découvrir plus tard dans la soirée –, il était polyvalent. Il était pas juste portier. Il était aussi gérant. Il y a pas de sot métier. Je l'ai compris quand il est venu m'expliquer que si je voulais toucher mes cinquante dollars par jour (notre *per diem*, si tu veux) il fallait que je travaille au moins quatre soirs par semaine et que je lui donne mon horaire. Et que je le respecte. Il fallait aussi que je donne au D.J. les trois chansons sur lesquelles je voulais me déshabiller progressivement. La première danse, on devait garder le haut et le bas, la deuxième, on enlevait le haut, mais c'est juste quand on enlevait le bas, à la troisième danse que les clients poussaient des oh! : la chatte ultimement dévoilée étant l'objet de toutes les convoitises mâles.

Même si on fait pipi avec. Et des bébés. Va comprendre! Surtout si t'es pas un homme.

En plus, les hommes, ils donnent des noms pas très romantiques, et pas très beaux, au lieu d'où ils sont sortis, César ou démunis : la fente, le con, la noune, la chatte, la touffe, la *snatch*, et enfin, la pelote, pas vraiment mon favori, ce dernier, je sais pas pourquoi peut-être en raison de sa sonorité. Alors pourquoi cette fascination ?

— C'est toi, Martine ? que m'a demandé le portier-gérant.

— Oui.

— T'as l'air vraiment jeune. T'es sûre que t'as dix-huit ans ?

— Oui.

— Je peux voir tes papiers ?

Je les lui montre. Il les examine. Avec son air un peu obtus. Encore sceptique, il me regarde. C'est vrai que j'ai l'air d'avoir quinze ans. Monsieur Blanc me détaille de son œil noir. Et j'ai l'impression (peut-être fausse) qu'il s'intéresse surtout à ma minuscule poitrine et qu'il se dit : « Elle vient faire quoi, ici, la perdue, avec ses seins si menus ? »

Il le pense pas comme ça parce que son vocabulaire est justement trop menu. Mais c'est l'idée générale. Que j'imagine.

Il s'ouvre pas de son émoi, me laisse passer et me dit, en tendant son index gauche et bagué – ça m'a toujours fait peur, une bague sur l'index et il le fait peut-être justement pour ça, faire peur :

— La loge des filles est là.

— Merci.

J'entre. Il me faut un peu de temps pour que mes yeux plus maquillés que d'habitude (pour faire plus *showbiz*, pas folle, la fille !) s'habituent à l'obscurité des lieux.

La musique, même si c'est sombre, je peux évidemment l'entendre.

Ça me donne un coup au cœur. Comme si c'était un signe du destin. Ou plutôt une grimace. Parce que c'est *Hotel California*, des Eagles. C'est l'intro à la guitare. Ça me donne presque envie de pleurer. Pas juste parce que c'est trop beau, mais parce que c'est notre chanson, à Herby et à moi. La chanson sur laquelle on a fait l'amour la première fois.

Plus tard, quand hélas le métier a commencé à rentrer, j'ai appris que c'est une chanson que beaucoup de danseuses aiment. Même si elle est trop longue, à six minutes et demie. Mais les D.J. la coupent. Parce que danser une danse de six minutes et demie quand tu peux en danser une de trois minutes pour le même prix, c'est pas payant. Les clients, c'est pas des mélomanes, mais plutôt des érotomanes, alors ils se rendent pas compte que le D.J. a mis les ciseaux dans *Hotel California*.

En passant, danser, ça te fait réaliser qu'Einstein, bien, c'était Einstein justement. Je veux dire pour la relativité. Il avait raison. Normal, tu me diras, quand t'es un génie. Je m'explique. Les clients, ils trouvent toujours que la danse finit trop vite. Toi, tu trouves toujours qu'elle est trop longue, même si tu penses à quelque chose d'agréable pendant que tu danses. Tout est relatif, donc.

Plus tard, quand j'ai compris l'anglais, je me suis aussi rendu compte, et ça m'a donné la chair de poule, que les paroles de *Hotel California*, elles étaient vraiment démoniaques, et pas étonnant que c'était la chanson qu'Herby avait choisie pour… NOUS DEUX. En plus, si tu regardes à l'intérieur de l'album des Eagles, tu vois, au balcon, Anton LaVey, le fondateur de l'Église de Satan !

Finalement mes pupilles se sont habituées à l'obscurité, et j'ai pu voir le décor du chic 369. Pas vraiment aussi *glamour* que dans les films. Non, pas vraiment. La salle est éclairée par des *black lights* et des ampoules rouges, les tables sont vieilles. Comme les chaises. Comme certains clients. Mais il y en a aussi des jeunes.

Il y a pas de fille qui danse sur le *stage*, qui est surmonté d'une grosse boule qui tourne avec des centaines de petits miroirs qui brillent. Il y a un grand miroir au fond de la scène, où les filles peuvent se regarder danser ou faire semblant de se pâmer pour faire baver les clients et leur soutirer de plus gros pourboires. Il y a évidemment une barre verticale. Pour le *pole dancing*.

Il y a trois danseuses qui se dandinent et se caressent (pas entre elles, mais elles-mêmes!) sur des tabourets, devant des clients dont elles ont l'entière attention. L'une est complètement nue, les deux autres en bonne voie de l'être.

Mais dénudées ou pas, elles ont toutes quelque chose en commun. Quelque chose que j'ai pas : des seins.

Et de nouveau je me demande ce que je fais là.

Il y a aussi trois ou quatre autres danseuses qui boivent et bavardent sur la banquette de velours usé qui nous est réservée.

Et il y en a une au bar, plutôt sculpturale dans sa jeune vingtaine, prénommée Vicky, qui prend un verre que lui a offert un client, le Vindicatif, tel que je le surnommerai plus tard. Il est pas vieux, trente-deux ou trente-trois ans, il est plutôt bien de sa personne, et il a une copine. Qu'il aime et qui l'aime follement, de surcroît. Mais dès qu'ils se disputent et que, par conséquent, elle a pas follement envie de lui dire oui, et lui dit non pour tu sais quoi, parce qu'il connaît pas le jeu des vases communicants entre le cœur et les cuisses d'une femme, il se précipite au 369. Comme pour se venger de sa copine. À qui pourtant il publicise pas sa visite au bar grivois où les hommes croient voir la vie en rose. Comme s'il voulait garder secrète sa vengeance. Il y vient pour narrer son chagrin et y déverser sa colère. Et parfois s'offrir le pseudo-réconfort d'une danseuse nue.

C'est Vicky qui m'a tout raconté, un soir. Le Vindicatif, c'est pas son seul client qui vient épancher sur une épaule son mal-être. On dirait qu'on est psychanalyste, même si c'est pas le client qui se met à nu sur un divan, mais nous.

Sur un tabouret !

C'est la vie.

De danseuse.

Et moi qui la débute malgré moi, je me sens paralysée. Je sais vraiment pas si je vais pouvoir faire ce métier. Puis je pense à Herby, qui aime pas qu'on le contrarie. Si je reviens bredouille, il va falloir que je m'explique. Et avec lui, les explications, ça finit presque toujours mal.

En plus – et ça aide pas mon bal d'initiation à la glorieuse vie de danseuse nue –, ça sent vraiment dans ce tripot. Je veux dire que ça pue. La cigarette, le fond de tonneau, la sueur des travailleurs qui veulent te faire travailler et te faire faire des extras gratuits. Et ça sent aussi le vomi. Parce qu'il y a des clients qui ont trop bu et dégobillé sur le tapis. Et le faire vraiment nettoyer, la direction estime que ça coûte cher. Alors on vit avec.

Oui, ça sent vraiment mauvais, ce tripot, j'ai même un haut-le-cœur. Parce que moi, je pourrais presque être un nez dans une parfumerie. À Grasse ou ailleurs. Les odeurs, j'y suis vraiment sensible. Quand tu dis que tu peux pas sentir quelqu'un, je te comprends, mon amie. Et pour moi, c'est terminé, je donne pas une deuxième chance à la personne, femme ou homme, qui me fait mal frémir la narine. Sinon je vomirais. Dans mon corps. Ou ma tête. Ce qui est pire encore.

Bon, je fais quoi, là ? Je m'arrête ou je continue ? Stop ou encore ? Je pense aux arguments d'Herby, et… je me dirige vers le bar pour trouver quelque réconfort moral.

Je commande à la *barmaid* Sandra, qui doit facilement avoir 44 ans – et 44F de buste : mon soutien-gorge en comparaison du sien semble contenir de l'anti-matière – une bière et un *shooter* de *Jack. Daniel's*, pour les non-initiés. Mon cœur bat tellement fort que j'ai l'impression qu'il va exploser dans ma poitrine. À l'instant où Sandra me sert mes indispensables drinks, mon bouillon de poulet pour mon âme de danseuse (débutante), je me frappe le front, et réalise que j'ai pas un rond.

— Je peux te régler après mes premières danses ? que je demande.

— Non, réplique-t-elle sèchement, l'air fermé. On fait pas de crédit ici.

— Oh, je… je savais pas, je…

Je repousse délicatement les verres en sa direction comme pour qu'elle les reprenne : comme si ça se reprenait, des drinks déjà préparés, comme un œuf déjà brisé dans une poêle ! Elle sourit :

— Ben non, voyons, je te taquinais. C'est ton premier soir. C'est la maison qui invite mais dis-le pas à monsieur Blanc, il va voir rouge.

— Ha ha ha…

Elle m'a bien eue. Je lève mon verre en sa direction :

— À ta santé !

Elle, elle boit pas sur la job. Quand les clients lui offrent des drinks pour l'impressionner et dans l'espoir qu'elle couche avec eux, elle boit de l'eau sucrée et la leur laisse jamais goûter, vu les bactéries, qu'elle leur explique.

Je *cale* mon *shooter*, vide mon verre de bière en deux grandes lampées expéditives. Bon, il faut que j'y aille maintenant.

— Va te déguiser, maintenant ! Le bal va bientôt commencer.

— Ouais…

— T'inquiète pas, ça va bien aller. C'est juste les dix premières années qui sont difficiles, après tu t'habitues, et tu fais du *downhill* jusqu'à ce que tu sois trop vieille pour le métier.

Je ris de la plaisanterie qui en est probablement pas une, mais une tristesse déguisée.

Je regarde avec résignation vers la porte de la loge des filles. Je prends mon courage à deux mains, et je me dirige vers mon destin.

Mais je me trompe de porte.

Je pousse celle des toilettes pour hommes. Qui ne sont pas tous beaux bonshommes. Et pas tous dans la fleur de l'âge.

Comme ce septuagénaire qui se secoue le zizi. Pour en extraire les dernières gouttes de pipi. Ou pousser un ultime cri. Et rentrer dans son profit. Après dix danses payées le gros prix. Il me sourit, expose ses dents jaunies. Me dit, en regardant son zizi, les yeux arrondis : « Ça te tente, ma souris ? »

Non, ça lui tente pas, à ta souris ! Qui est pas à toi et le sera jamais ! Ça lui tenterait plutôt de te vomir dessus.

Je referme la porte des W.-C. pour hommes, me sens un peu conne, marche vers une autre porte en vieux bois peinte en blanc où c'est écrit : LOGE DES FILLES.

Yes !

Quand t'es *winner*.

Même si ça te prend deux fois pour l'être !

Je pousse la porte avec une petite appréhension.

Ce que je vois me donne un choc.

Chapitre 5

Les danseuses de jour, que je viens de voir dans le bar, et que j'ai trouvées intimidantes, ce sont pas les plus belles.

Parce que, le jour, c'est moins payant. Alors les filles canon, elles veulent juste travailler le soir. Elles commencent à dix-neuf heures trente. Et elles sont toutes là. Dans la loge des filles. Avec des corps de déesses.

Il y en a sept ou huit, des vraies sculptures ambulantes. Entre vingt et vingt-cinq ans pour la plupart. Certaines sont complètement nues. Avec des seins parfaits. Naturels ou refaits. D'autres ont juste un slip. Se préparent devant un miroir. Se maquillent. Se déguisent en autre chose qu'elles sont vraiment. C'est-à-dire… des amoureuses. Des mamans. Mais surtout pas des nymphomanes.

Danseuses nues, c'est juste de la frime. Pas une vocation. Ton cul remplace le diplôme ou le riche mari que t'as pas. Ou l'estime de soi que tu aurais eue. Si tu avais pas eu les parents ou le petit ami que tu as.

Oui, les danseuses nues se déguisent : *the show must go on*, et l'argent doit rentrer pour le *pimp* ou les petits. Elles se déguisent dans leur loge, devant un miroir qui leur renvoie implacablement la triste image de leur visage. L'œil souvent triste comme celui des vieux, malgré leur insolente jeunesse, elles sourient et rient, c'est juste pour la galerie. Pour faire semblant. Pour payer le loyer. Ou l'épicerie. Ou le dentiste pour le petit. Dernier. Qui passe toujours en premier.

Sexy, quand même, les danseuses du 369. Et 369 fois plus que moi ! La joie, quoi !

Il y en a deux (Thérèse et Isabelle, comme je l'appendrai plus tard) très grandes, très blondes, très belles, très arrogantes en leur perfection chirurgicale et, par conséquent, très refaites de la poitrine et des lèvres trop pulpeuses pour être seulement un don de Dieu.

Deux qui se parlent de très près. Dans le blanc des yeux. Qu'elles ont bleus, mais c'est peut-être la couleur de leurs verres de contact, va savoir.

Elles causent, donc. Et pas au sujet du boulot, on dirait. Ni des clients, presque tous des merdes ambulantes à portefeuille, plus ou moins garni selon leur vantardise, fondée ou pas.

Non, elles parlent d'elles. Et de leur amour. Vrai peut-être. Mais compromis, on dirait.

Il y a aussi deux danseuses qui ont l'air de rockeuses. Tatouées. Avec des jeans coupés dans le milieu des fesses, des brassières, des cuissardes de cuir noir. Elles me regardent comme si j'étais une moins que rien, gaspillent pas leur salive à me dire bonjour, moi la petite nouvelle. Je leur souris quand même pour briser la glace, mais elles se détournent.

Une fois de plus, j'ai envie de prendre mes jambes (qui ne sont pas bottées de cuir) à mon cou, et de jouer les filles de l'air. Mais je pense à Herby. Ce serait trop long de lui expliquer la raison de ma démission hâtive. Il comprendrait pas. Je fais un 360 degrés, un tour complet sur moi-même, reprends une autre grande respiration zen.

Et je continue de prendre connaissance de la loge des femmes.

J'avise une danseuse *cherry blonde*, ce qui veut dire en bon français blonde avec des accents de cerise, donc de rouge, donc de roux. Elle est assise devant le large miroir de maquillage des filles et s'affaire, avec juste un *top* (blanc avec des faux diamants) et pas de slip.

Elle m'embarrasse. Car elle s'affaire entre ses jambes. Son pubis de *cherry blonde*, vraie ou fausse, est parfaitement rasé. Il y a des clients qui aiment à la folie, je le saurai bientôt. Et sont prêts à payer le gros prix pour en voir le spectacle et l'écartement intime. Je veux dire des lèvres. Grandes. Et petites. Que le client peut aussi voir s'il *tipe* bien.

Oui, à mon étonnement un peu offusqué, je l'admets, elle est penchée et semble chercher quelque chose entre ses jambes, au plus intime de sa magnifique personne. Qui a vingt-cinq ou vingt-six ans et un corps superbe. Ce qui lui évite pas d'avoir un air ennuyé, même contrarié.

L'âme est tout, le corps juste un miroir de ses états, enfin je le comprendrai, la quarantaine venue.

Oui, contrariée, la beauté divine comme si elle cherchait… la perle rare entre ses soyeuses cuisses. Est-elle en train de se toucher ? que je me demande, un peu choquée.

Invraisemblable quand même, vu ses collègues de travail autour d'elle. On n'est quand même pas dans une partouze, oh que non !

Je soulève mes roux sourcils. Me demande pour la cinquante-sixième fois depuis le début de la soirée si je ne devrais pas tirer ma révérence parce que c'est vraiment un drôle de monde, celui des danseuses.

Mais Cassandra vient alors me trouver, qui a sans doute noté mon désarroi et au moins compris que j'étais une novice, et que moi, le vice…

Cassandra, elle a trente-cinq ans, et donc c'est une ancienne. Qui, à première vue, a l'air artificielle. Avec ses seins siliconés emprisonnés dans un t-shirt noir camisole coupé hyper serré et décolleté, ses talons aiguilles si hauts que ça me donne presque le vertige, juste de les regarder. Et de m'imaginer dedans. Moi je suis juste en *running shœs.*

Les lèvres *botoxées*, elle a l'air fatiguée, Cassandra, aux cheveux platine et droits comme des cordes. Mais dès que vous la connaissez, vous vous rendez compte que son cœur est pas en platine, mais en or.

— Jessica est menstruée, m'explique Cassandra de but en blanc parce qu'elle a deviné mon embarras. Elle cache juste le cordon de son tampon pour pas que les clients s'en rendent compte.

— Elle danse même si… que je fais, étonnée de cette audace pourtant banale chez toutes les danseuses : ça me serait jamais venu à l'idée, cette ingéniosité.

— Oui, même si elle est menstruée. C'est pas la joie. Mais elle a pas le choix. Son *chum* doit cinq mille dollars pour une dette de jeu, et s'il paie pas la semaine prochaine, il va se faire faire la peau.

Comme Jessica l'avait dans la peau, elle pouvait pas supporter cette horrible idée.

— Tu as apporté quoi, comme *suit*? m'a demandé Cassandra, pratico-pratique.

J'ai hésité un instant avant de lui répondre, mais elle avait l'air vraiment sympa. Malgré son silicone et tout et tout. Il faut pas juger les gens selon leur apparence. Des fois, ils ont pas eu le choix. De choisir ou pas le déguisement qu'ils trimballent dans l'existence. Il faut bien que tu manges. Il faut bien, surtout, que tu nourrisses tes enfants.

Surtout si tu es maman, danseuse et, trop souvent, seule.

Parce que le père, il est en prison.

Car – je le saurai bientôt – il y a beaucoup de filles au bar qui sortent avec des prisonniers. Ou des ex-détenus, qui souvent vont devenir leur ex, parce que la fidélité, c'est pas leur sport préféré : pas assez payant et trop fatigant! Oui, trop fatigant et pas assez payant, comme de simplement partir le matin de la maison avec une boîte à lunch à la main, pour être plombier ou électricien. Ça fait *loser*! Les ex ou futurs détenus, ils veulent leur butin, et vite, sans lever le petit doigt. Juste en mettant l'index sur la gâchette.

Mais les danseuses, en général, elles peuvent pas faire la fine bouche avec le grand amour. Parce qu'il y a pas beaucoup de gars qui, à Noël, ont envie de dire : « Maman, je te présente ma nouvelle fiancée, elle danse nue pour gagner sa vie ! »

Aussi elles aboutissent souvent avec un gars qui, lui non plus, a pas envie de se vanter du métier qu'il fait et de son passé. Leur honte est moins lourde à porter à deux : c'est leur définition de l'amour, leur seule soutenable légèreté de l'être.

Bon, finalement, pour répondre à la question de Cassandra, je m'étais munie de quoi, comme *suit* ou, si tu veux, comme accoutrement ?

J'ouvre mon sac, et je lui montre ce que j'ai apporté et elle l'examine. Elle paraît sceptique.

— Tu t'appelles comment, *by the way* ?

— Martine.

— Moi, c'est Cassandra. C'est la première fois que tu danses, hein ?

— Oui, comment tu as deviné ?

Elle répond pas, se contente de me donner une petite tape sur la joue. Puis elle dit, tout en continuant l'examen (de plus en plus sceptique) de mes fringues :

— Déshabille-toi pendant que je réfléchis !

Pas évident – la première fois – de se déshabiller devant sept ou huit autres femmes. Même si elles semblent t'ignorer, se foutre de toi comme de l'an quarante.

Et même si je fréquente un gym, et que, dans le vestiaire, les filles sont pas gênées entre elles, là, je sais pas, c'est pas pareil.

Mais tu t'habitues vite. Parce que ton corps, c'est juste ton instrument de travail, le siège social de ta petite et moyenne entreprise. De cul. Et c'est pour ça que la fille qui ajuste le cordon de son tampon, ça la gêne pas plus que si c'était son jupon.

Moi, il faut que… je puise en moi. Je sais bien qu'il faudra que je me dévête pour danser et enfiler mon costume de scène. Mais pas comme ça, à froid. Devant d'autres filles. Même si elles sont à poil. Une grande respiration, et je retire mes vêtements que je pose sur une chaise. Il y a une danseuse qui voit que j'ai pas de seins. Elle, elle en a. Grand format. Nancy. Qui s'étouffe presque de rire et me dit :

— Oublie pas de faire ça aux clients !

— Faire quoi ?

Elle roule les épaules, je veux dire les agite de gauche à droite, ce qui fait remuer ses seins.

— Ça fait applaudir les clients, qu'elle m'explique.

Il y a des filles qui voient son manège, me regardent, comprennent la petite humiliation qu'elle veut me servir et rient.

— Merci du *trip*… je veux dire du *tip*, que je bafouille, et je me sens encore plus idiote qu'avant, et vraiment pas à ma place.

Cassandra la toise en plissant les lèvres et me rassure :

— Laisse-la faire ! C'est une conne.

Je me détourne. Cassandra poursuit l'examen de mes fringues et décrète :

— Le bikini noir, les talons aiguilles (moins vertigineux que ceux sur lesquels elle est juchée) et la jupe, ça va. Mais pas la camisole.

Elle s'approche du comptoir où des filles sont assises. Tire une paire de ciseaux d'un tiroir. Et en un temps, trois mouvements, sans me demander mon avis (une chance que c'était pas du Coco Chanel mais juste une babiole achetée chez Zellers!), elle joue les stylistes avec ma camisole, la coupe, je veux dire la raccourcit pour que mon ventre soit visible. Il est athlétique, au moins.

— Comme ça, ça va aller, proclame-t-elle.

J'enfile le plus vite possible mon costume de scène. Cassandra m'examine quelques secondes, puis sourit, ravie :

— T'es vraiment sexy! Les gars vont *triper* sur toi.

Ça me va droit au cœur, ce compliment, *because* tous les méchants pétards autour de moi. Ça me donne vraiment confiance. Mais ça dure pas longtemps. Parce que, quand je retourne au bar pour danser la première fois, je suis vraiment pas grosse dans mes souliers.

Chapitre 6

Il y a trois fois plus de clients qu'avant mon déguisement dans la loge des filles. Ils savent que le *shift* des belles danseuses est commencé. Alors ils se pointent. Comme des loups en meute. Ça leur donne confiance. Pour jouer *safe*, ils boivent. Même si on est juste des danseuses. Donc des femmes faciles. À déshabiller. Et à voir nues. Comme dans leurs rêves familiers.

Si t'as pas remarqué, on est une affaire sûre, *a sure bet*, t'as juste à dire « tu veux danser pour moi, mon bébé ? ». Oui, ton bébé va danser pour toi. Si tu lui allonges cinq dollars. Et si tes mains sont pas trop rêveuses et baladeuses, elle va te faire la danse suivante.

Parce que, lorsque j'ai commencé à danser au début des années 90, les hommes pouvaient pas encore toucher les filles, juste les voir nues. Les danses « contact », où tu peux palper la marchandise à loisir dans un isoloir, c'est venu après l'époque de mes glorieux débuts. Quand des vieux juges qui sont parfois des clients (chut ! il faut pas le dire : secret professionnel !)

ont décidé, avec leur perruque dans le bal masqué de la justice, que c'était pas de la prostitution.

Bon, revenons à mon moi et à mes émois! Devant la meute des clients à qui l'alcool donne de l'audace. Pour nous dire les niaiseries dont est plein leur esprit.

Il y en a plusieurs qui me remarquent et me zieutent et me sourient et me trouvent visiblement sexy, comme Cassandra me l'avait dit ou plutôt prédit. Généreuse, elle me donne une leçon de PR abrégée, style 101 pour débutantes nulles.

Elle pointe du doigt un client qui l'a remarquée et qui visiblement en bave pour elle. Elle lui lance un *All right!* à distance. À un autre, nouvellement cravaté chez *Le Roi de l'habit* – qui, c'est certain, est jamais allé à New York ou à Milan, juste à Saint-Eustache ou à Plattsburgh –, elle montre ses dents et se touche le gorgoton, pour faire allusion à sa fausse cravate Gucci, et elle complète la comédie de l'extase par un ample geste de la main, qui veut dire : « J'ai remarqué ton nœud, beau bonhomme! Bravo! Je mouille : on se faxe et on lunche! »

Je prends des notes, éblouie. À un autre moron, elle lance un « Champion! » avec un pouce bien dressé. Pourtant le mec a l'air du plus grand *loser* de la Terre, que dis-je, de l'Univers.

Je prends malgré moi d'autres notes. Dans mon (faux) carnet de bal. De *Pretty Woman* (déjà) désolée.

À un autre, aux cheveux coupés de frais, elle se touche la tempe, et prend un air pâmé, comme si la baise prochaine (entre lui et elle dans une chambre de motel) était une affaire entendue.

Entre les dents, elle dit :

— Il faut que tu les fasses se sentir importants, si tu veux faire un max d'argent. Ce sont juste des petits enfants qui s'ennuient des seins de leur maman.

— Ah, je...

Elle me laisse pas finir, se tourne vers un obèse au front en sueur (commune affliction) qui peine à se rendre au petit coin :

— En forme, ce soir, Casanova ?

— Oui ! ! !

Je me confie à Cassandra, lucide malgré la drôlerie de la petite leçon de psychologie, du vrai Dale Carnegie :

— Je pense que je vais avoir besoin d'un autre drink avant de pouvoir danser.

Empathique, Cassandra me conduit tout de suite au bar. Reconnaissante, je lui souris. Je prends un autre *shooter* : le premier a pas suffi. Ni la bière, sa pauvre sœur. Parce que, là, c'est pour de vrai. Je suis en tenue de soirée, mais pas en robe de bal. Comme mon cœur qui tremble le voudrait. Comme dans *Pretty Woman*.

Elle est belle, non, sa robe de bal rouge avec un collier de perles dessus, qui vaut deux cent cinquante mille dollars et plus ; mais est-ce qu'elle s'en fout, Julia Roberts ! Belle, sa robe, comme est belle Julia.

Belle de se sentir aimée, c'est la seule vérité.

Et ça nuit pas, *of course*, de voler en *Learjet* vers San Francisco écouter de l'opéra, parce que ton mec, il opère.

Moi, je vais danser sans robe rouge, ni sourire ni collier de perles blanches. La vie est un spectacle, qu'ils disent, mon *stage* à moi est minable, mais j'y monte par amour. Je suis stupide, je sais, mais peut-être que tu as jamais vraiment aimé, ma sœur, ou que tu es mieux constituée que moi, je sais pas.

Encore nerveuse au bar, je commence quand même à ressentir un petit *buzz* assez bienvenu, merci, mon amie. Mais pas assez pour m'enlever toute mon anxiété.

— Fais-toi-z'en pas, me dit Cassandra. C'est tous des cons, ça va bien aller.

— Tu penses ?

Mais elle a pas le temps de répondre. Parce que le D.J. annonce avec sa voix de tous les D.J. de bars de danseuses du monde, plein de classe et de grandiloquence à cinq sous :

— J'ai maintenant le plaisir de vous présenter la ravissante Martine qui dansera nue pour la première fois de sa vie. On l'applaudit bien fort !

La ravissante Martine, qui dansera nue pour la première fois de sa vie, c'est moi ! Moi qu'on applaudit bien fort. Comme une star. De cul. Comme je bouge pas, malgré les *shooters*, Cassandra me dit :

— Qu'est-ce que tu fais, Martine ? C'est à ton tour.

Je suis figée mais je parviens quand même à marcher jusqu'au *stage*, pendant que les clients hyper excités applaudissent et sifflent, comme ils font chaque fois devant une petite nouvelle. Drôle de rite pas drôle du tout.

Au lieu d'avoir le trac sympathique de l'artiste, je me sens comme dans *Le Silence des agneaux*, supposément que les brebis causent pas quand elles marchent à l'abattoir, je sais pas. Je sais juste que je cause pas, je me sens dans une bizarre de bulle.

En tout cas, j'ai peine à tenir sur mes talons aiguilles. Parce qu'il y a seulement deux hommes qui m'ont vue nue dans ma vie. Et pas en même temps, évidemment.

Herby, déjà décrit, dans toute sa gloire de prince d'Haïti, et Bob qui aurait pu donner son nom à Bob l'éponge, parce qu'il buvait justement comme une éponge.

Je lui avais donné ma virginité.

Ensuite, il m'a jamais… donné de nouvelles !

Une fille se sent *hot* après ce don de soi.

Sur le *stage*, la « ravissante » Martine en première mondiale de ses fesses pense malgré elle à la chanson de Ferland : « Maman, maman, ta fille passe un mauvais moment. »

J'esquisse un premier pas. Mais danser avec des talons aiguilles, faut le faire ! Mon soulier verse, je manque de perdre l'équilibre, je deviens écarlate, distribue des sourires embarrassés.

Dans la salle, les éclats de rire fusent mais il y a quand même des clients qui applaudissent pour encourager la ravissante Martine en première mondiale. Thérèse et Isabelle rient aussi. Mais Isabelle rit pas assez. Du moins aux yeux de Thérèse. Et on dirait qu'elle en prend ombrage. Rongée par l'horrible démon de la jalousie. Qui mine leur vie. De couple. Car elles sont amoureuses. Follement.

Pendant que Thérèse fait des remontrances à Isabelle, Cassandra me regarde et semble désolée par ce faux pas de moi. Nancy, la fille qui, dans la loge, a roulé des épaules pour agiter ses seins nus, question de me montrer avec dérision comment rendre les hommes fous et dépensiers, refait son manège mais, cette fois-ci, avec son haut de bikini. Je la trouve pas drôle mais j'ai pas le temps de lui *fédexer* mes griefs longs et brefs.

Je remets mon soulier, reprends ma tentative de danse.

Les hommes crient poétiquement leur joie, ça ressemble à du Baudelaire. Sans les rimes ni le génie ! Cassandra m'envoie un *thumb up*, pendant qu'Isabelle me sourit, ravie. *Big mistake !* Grosse erreur, si tu parles pas anglais.

Isabelle sourit encore plus largement, Thérèse le prend pas, la gifle.

Débute un autre chapitre dans le roman de leurs amours saphiques !

Isabelle lui rend sa gifle. Monsieur Blanc les surprend, se demande quelle est l'origine de ce jeu de paumes moderne. Et croit le deviner. Il lève les yeux au plafond, semble se dire que c'est juste une chicane de filles, probablement au sujet d'un client et de l'argent.

Tandis que je danse, il y a des applaudissements dans la foule. Mais – et ça doit être le contraire de la chance du débutant – nouveau faux pas, et, cette fois-ci, le talon de mon soulier se brise malencontreusement.

Je tombe, me relève, désolée, avec mon soulier sans talon dans la main, et je suis complètement paralysée. Pas évident quand t'es payée pour bouger ! Et te déshabiller pour la première fois devant une bande d'étrangers ! Cassandra affiche un air catastrophé. Je suis un cas désespéré !

Mais alors, contre toute attente, se passe la dernière chose au monde que j'aurais pu imaginer.

Chapitre 7

Pour me dispenser un *coaching* de vie (nocturne) vite fait, Cassandra décide de venir me rejoindre sur le *stage*.

Son *timing* est bon, archi bon, parce que j'arrive même plus à remuer. Les regards sur moi me transpercent, j'ai envie de pleurer. De honte et de désespoir et de dégoût de ce que je fais par amour fou. Mais je peux pas : tout le monde me verrait, ce serait pas très commercial.

Les clients, ça les excite évidemment, l'arrivée inattendue de Cassandra. Au lieu de voir là de la solidarité féminine pure et vraie, ils se disent juste qu'ils verront deux femmes. Peut-être nues. Alors ils se réjouissent. D'autres surprises les attendent. Et m'attendent moi aussi.

Parce que, inspirée par Cassandra, la belle et grande Isabelle décide elle aussi de monter sur scène. Peut-être pour défier Thérèse. Qui, sans doute pour protéger sa possession, vient tout de suite la rejoindre. Et danse. Puis Nancy, dans un geste d'amitié étonnant après m'avoir nargué et deux fois plutôt qu'une, se joint à nous. Dans le bar, c'est la frénésie. Surtout quand les filles commencent à me déshabiller.

Alors, les hommes, véritables esthètes, se lèvent, se mettent à crier, à taper des mains en se regardant comme des gamins avec cette pensée qui les enchante : « Elles s'éclatent enfin, les putains ! »

Je vois de loin monsieur Blanc qui sourit. Il a fait une affaire encore meilleure qu'il croyait, en engageant la débile de service. Je me laisse faire, car ce que font les autres danseuses avec moi est tout sauf pervers.

Je me laisse faire mais je me sens vraiment petite. Minuscule. Un insecte qu'on observe. À la loupe. Que dis-je, au microscope ! Un microbe. Un atome. Je sais qu'il y a plus petit que ça, mais je connais pas la physique nucléaire. Je sais juste que de montrer mon physique imparfait et nu, devant une bande d'hommes, ça me fait pas sentir championne. Juste le contraire.

Mon corps nu, j'avais toujours cru sottement que ce serait juste un homme, qui m'aime follement et pour la vie et avec qui je vieillirais en regardant nos enfants et petits-enfants grandir, qui le verrait.

Là, devant moi, pas de fabricants de vers, juste des hommes ivres de trop de verres, souvent sales et malodorants, malheureux en ménage forcément, ou qui ont pas de femme. Sinon, que feraient-ils dans ce trou, en train de s'enfoncer encore plus dans leur néant et leur manque d'amour vrai, celui si rare et si beau, où si tu tiens la main de la femme que tu aimes, et respires son parfum, public et secret, celui de son cœur, celui de ses cuisses, tu éprouves de vrais délices, à côté de quoi les bars de danseuses, c'est Zellers en comparaison de Tiffany. Mais chacun son truc, chacun sa vie, je sais !

Une fois que je suis nue, mes collègues de travail se mettent à se dandiner à côté de moi. Pour en mettre plein la vue aux hommes et les rendre fous, ou peut-être pour que je comprenne qu'Isabelle est à elle, rien qu'à elle, Thérèse l'empoigne et se met à danser un *plain*. Un *plain* vraiment collé que tu danses à quinze ans dans les sous-sols d'église ou les salles communautaires.

À la fin de la chanson, Thérèse, qui a le commerce dans le sang et le sens de l'effet, embrasse Isabelle sur la bouche.

Isabelle qui se laisse faire commodément. Car elle est seule au monde, en fait. Avec la femme qu'elle aime.

Si les clients savaient leur invisibilité, totale et absolue, ils se sentiraient moins *winner*.

Mais ils la savent pas, et c'est sans doute mieux comme ça, *there is a sucker born every day*, sinon on devrait accrocher nos patins, je veux dire nos escarpins.

Ravis de l'aubaine inattendue, les clients hurlent leur joie.

Pourtant, bien que le *party* ait levé, je me sens pas le courage de faire les trois chansons prévues. Et de toute manière je suis déjà nue, alors qu'on est même pas censées enlever quoi que ce soit à la première danse. Je le dis à Cassandra.

Elle se tourne vers monsieur Blanc et, d'un geste de la main droite qui signifie « Coupez ! », lui indique que c'est fini. Il opine du bonnet. Il en a déjà eu pour son argent. La salle est en feu, les clients ont leur main dans la poche, et, les yeux lubriques au max, sont prêts à exercer leur pouvoir de vrai mâle et de héros de *marshmallow* en se commandant des danseuses qui vont faire le grand écart à la vue de leurs dollars. Et ça fait même pas dix minutes que le *shift* de soir est commencé.

— C'est okay, me rassure Cassandra.

Je récupère mes fringues, descends de scène accompagnée de ma *coach* de vie de nuit. Malgré mon inexpérience, j'ai été un succès instantané. Plein de clients me réclament. Mais je suis pas d'humeur à cet autre baptême, encore plus intime et par conséquent encore plus embarrassant, de la danse à une table. Même si le but de ce métier, c'est précisément ce faux exploit. Si je le fais pas, il y en a un qui sera pas content, et c'est Herby, bien entendu. Cassandra me désigne un quinquagénaire qui semble dans tous ses états, à la suite de mon spectacle maladroit. Pour me convaincre d'aller danser pour lui, elle résume :

— C'est un con, mais il est payant.

— Mon style préféré, que je plaisante, même si j'ai pas encore de style, forcément, vu que c'est le jour 1 de ma « déca… danse. »

Je me dirige vers le client.

— T'oublies rien ? me demande Cassandra.

Je pense : Oups ! je l'ai pas remerciée pour le tuyau.

— Euh, c'est vrai : Merci !

— Merci ? qu'elle me fait intriguée.

— Merci beaucoup ? que je tente pour me racheter de la parcimonie de ma reconnaissance.

Elle sourit, hoche la tête.

— Non, je veux dire, ton tabouret.

Je me frappe le front. Ce que je suis bête ! Je fais main basse sur le tabouret, petit *stage* rond ambulant, qui nous met en déshonneur, je veux dire à l'honneur devant nos admirateurs.

Je me dirige vers ce premier client. Je sais pas s'il est con, mais je le trouve guère séduisant, avec ses cent dix kilos, son triple menton mal rasé, ses cheveux gras, ses petits yeux au pervers éclat. Il porte un vieux jeans et une chemise à carreaux rouges et noirs, qui conserve les traces de son dernier – ou avant-dernier – repas. Peut-être les deux. Et on dirait que c'était du spaghetti, le midi. Et des œufs, le matin. Séduisant au possible, quoi, le menu sur deux pattes !

Mais il a pas que des défauts, il sait parler aux femmes.

À preuve, il m'accueille avec un aveu émouvant :

— De la chair fraîche, ça va faire du bien !

Un peu plus et je lui demanderais dans quelle partie du bœuf il le veut, son quartier de chair fraîche, le Boucher. C'est le surnom qui m'est spontanément venu à l'esprit, et il est resté.

Et j'ai aussi envie de lui dire, à la suite de son charmant compliment, d'aller se laver, lui qui pourrait être non seulement mon père mais quasiment mon grand-père. Mais ça se dit pas. C'est contraire à notre éthique de travail. Et mauvais pour le commerce.

Je pose nerveusement le tabouret devant sa table : il me tance aussitôt.

— T'as-tu peur de popa ? Approche-toé !

De la clâusssse jusqu'au bout des doigts et qui transpire dans sa diction, et sur sa chemise à carreaux, un vrai aristo !

Il me laisse même pas le temps de répliquer. Il écarte largement les jambes, et tire vers lui le tabouret, si proche que je vais vraiment lui danser dans la face. Ouache !

J'ai envie de protester, mieux encore d'éloigner le tabouret pour établir entre le Boucher et moi une distance plus décente, d'autant que je vais bientôt être nue devant lui. Mais alors, je vois en pensée le visage parfois sévère d'Herby, et en conséquence, je fais rien, je me soumets. Et je me dis : « Mon Dieu, éloignez de moi ce calice ! » N.-B. Si tu le prononces à la québécoise, donc en disant « câlisse », ça sonne comme je le pensais.

Je monte sur mon tabouret et commence à retirer mes vêtements. Assez rapidement. Aussi bien en finir ! J'ai l'air d'un bâton de *popsicle* tellement je suis tendue. Une première chanson, *Wind of Change,* de Scorpions, joue, ou une deuxième selon mon « carnet de bal. »

Quand la troisième débute, je lui tourne le dos, au Boucher, pour plus voir sa face grotesque, et le menu sur sa chemise. Et pour lui montrer la meilleure part de moi. Il me dit, enhardi :

— Penche-toi par en avant que je vois mieux ta chatte !

Il sait parler aux femmes, que je vous ai dit, le délicat Boucher ! Écœurée par sa prose ordurière, j'ai envie de lui dire le fond de ma pensée et de filer à l'anglaise, mais pensant à tout ce qu'Herby fait pour moi, je me penche quand même et je lui montre du mieux que je peux ce qu'il veut de moi.

Nancy, qui jusqu'à présent a pas été très gentille avec moi, voit et comprend ce que je vis. Elle danse à la table à côté de moi et tourne elle aussi le dos à son client. Qui lui a peut-être aussi demandé de lui montrer la même chose que moi, la seule cause de son émoi. Elle me regarde, puis lève les yeux au plafond et met son index dans sa bouche comme si elle voulait se faire vomir.

Et tout de suite, malgré sa moquerie à mon endroit, je la trouve sympa. Et nous devenons pour ainsi dire sœurs, dans ce dîner de cons. Qui se croient des génies et sont juste des portefeuilles plus ou moins bien garnis.

Je tente de réfréner un fou rire. Mais je peux pas. En plus, Nancy en remet et s'agite comme si elle avait ce hoquet qui précède un abondant vomissement.

Je fais tout pour me raisonner, mais c'est un « fou » rire que j'ai. En plus, et comme si ça allait m'aider, je me rappelle alors que, la veille, quand j'ai appris que j'étais remerciée de mes bons et merveilleux (?) services, j'ai eu la chiasse pendant trois heures. Et que si ça me reprenait, là, juste là, cette émotion d'avoir été congédiée, je deviendrais un Vésuve pour le Boucher et sa non moins charmante chemise. La lave de mon moi profond viendrait s'ajouter aux restes de spaghetti et d'œufs sur sa grotesque personne.

La chanson qui, *thanks to* Einstein et la relativité, a duré trois fois moins longtemps pour le Boucher que pour moi, prend enfin fin. (Ça sonne drôle, je sais, « enfin fin » mais, dans la déprime que ce lointain souvenir me donne encore, tout ce qui est drôle m'est aspirine !) Comme j'ai mon « tas », je demande au Boucher de me régler le total de ma prestation.

Il me rétorque, après avoir entrouvert la bouche dans un étonnement qui confine à l'hébétude :

— Pourquoi tu arrêtes ? Est-ce que j'ai fait de quoi de pas correct ?

Mon premier réflexe serait de lui répondre : « T'as rien fait de pas correct, cher Boucher à la chemise comme une assiette sale de La Belle Province ou de Da Giovanni ! »

Mais il aimerait pas. Et le gérant non plus. Et par ricochet, Herby encore moins, vu le manque à gagner que ça occasionnerait. Alors je dis simplement :

— J'ai une petite crampe dans le bas du dos.

— Ah…

Je me rhabille prestement, prends mon tabouret avec détermination, et je dis :

— T'as mes quinze dollars ?

Il me tend un billet de vingt dollars. J'ai pas de monnaie. Mais Cassandra passe près de moi, je lui demande :

— T'as cinq dollars ?

Elle me les file. Je les donne au Boucher. M'éloigne avec soulagement.

Cassandra me fait observer :

— T'as perdu cinq dollars !

— Hein ? J'en pouvais plus, il est trop vulgaire, le mec.

— Non, ce que je voulais dire, c'est qu'il faut que tu attendes pour rendre la monnaie à ton client. Tu lui fais un sourire, un petit clin d'œil coquin, tu lui dis que s'il a le temps, tu peux aller chercher de la monnaie au sommet de l'Himalaya, mais que tu aimerais mieux rester près de lui, la vie est courte, que, *anyway*, il doit pas être à cinq dollars près, vu qu'il a l'air d'opérer. Et tu ajoutes que tu as hâte, vraiment hâte qu'il revienne. Tu dis : «C'est spécial, vraiment spécial entre toi et moi. On a une chimie, je sais pas, c'est mystérieux, comme le caramel dans la Cadbury, t'es mon James Bond à moi. »

— Mon James Bond à moi, ha ha ha, c'est trouvé, ça !

Je la remercie de ses conseils. Même si je suis diplômée de rien, je sens que, grâce à elle, je vais vite connaître le métier.

En somme, j'apprends sur le tas.

De merde.

Des clients.

Cassandra…

Au bar, Sandra me fait de la monnaie pour les vingt dollars du Boucher et je remets à Cassandra ses cinq dollars.

Elle sourit.

Me fait un clin d'œil.

— Tu vas t'en tirer, qu'elle me dit.

Dès le premier soir, je lui ai fait confiance, même s'il y a beaucoup de méfiance entre les danseuses, vu qu'on veut toutes la même chose, je veux dire au 369, pas dans la vie : l'argent des clients, qui est pas illimité.

Cassandra aussi me faisait confiance, et dès le deuxième soir, elle m'a raconté une page de sa vie. Après une ligne de coke. Son père l'a violée à temps plein de huit à douze ans. Il aurait continué sur sa belle lancée, mais il s'est retrouvé en prison. Pas pour viol, es-tu folle, toi ! Non, pour avoir fraudé de vingt-deux mille dollars la banque où il travaillait. Il paraît que c'est pire comme crime.

Je lui dis merci du fond du cœur pour ses lumières de *coach* de nuit. Elle dit :

— Je suis là pour toi, Titine.

C'est le diminutif qui lui est venu spontanément. Ça me va droit au cœur. Je lui dis, émue :

— Oh, merci, Cass !

Moi aussi, je la rebaptise. Je peux pas m'empêcher de la serrer dans mes bras. Les clients, témoins de cette effusion de sentiments, nous sifflent, croyant qu'on est toutes lesbiennes sur les bords et qu'on peut pas stopper notre vraie nature. Cassandra me repousse enfin, et décrète :

— *The show must go on.*

Je dis : « Oui, chef ! » Mais tout de suite après, je me mets à sangloter.

— Pourquoi tu pleures, Titine ?

— Je crois pas que je vais pouvoir continuer. Je crois pas que c'est un métier pour moi.

— Viens avec moi, je vais te donner quelque chose qui va t'aider.

Chapitre 8

Elle me prend par la main. Comme une mère prend son enfant.

M'entraîne dans la loge des femmes, où je crois qu'elle va me faire un *coaching*. Mais à la place, elle trouve son sac à main. D'où elle extirpe un *ziploc*. Dans lequel il y a de la poudre. Et pas de la poudre... d'escampette, comme j'aimerais tant prendre depuis mon arrivée.

Non, plutôt une poudre blanche, de la coke, évidemment, dont elle fait avec dextérité deux lignes sur le comptoir devant le miroir.

— Vas-y! *Sniffe*! Ça va t'aider à finir la soirée.

Je suis embarrassée de refuser son offre généreuse, mais je dis non. Elle s'en offusque pas.

— C'est okay, Titine. Je t'offrais ça comme ça.

— Je vais plutôt me taper un autre *Jack*. Ou deux. Ou trois.

— Attends, je viens avec toi.

Elle se fait les deux lignes, avec une paille. Sourit. Les yeux brillants. Déjà sous l'effet d'un *buzz*.

— On y va! proclame-t-elle, avec une énergie nouvelle. Toi, tu es okay?

— Je vais te le dire après un *Jack*. Ou deux. Ou trois.

Les *Jack*, je me les enfile vite fait, quasiment comme de l'huile de castor, quand t'as pas le choix : à preuve, tu grimaces! Cassandra, elle a pas le temps de causer avec moi, elle reçoit une «demande en mariage» d'un de ses clients réguliers. Elle sourit puis se frappe le front et me demande à l'oreille.

— Ton slip, il est de quelle couleur?

— Ben, rose, que je fais, étonnée par la question.

— Parfait!

— Pourquoi tu me demandes ça?

— Parce que le humeur de Boston est ici.

— Le humeur de Boston? Ça sonne comme… l'étrangleur de Boston.

— Oui, c'est son frère aîné, qu'elle plaisante, mais il est pas dangereux, juste capricieux.

— Capricieux? Je te suis pas, Cass.

— Il vient jamais le samedi soir, d'habitude, mais là, sa femme doit être en voyage.

— Je comprends pas plus, explique-moi!

— Il aime pas les slips noirs, juste les roses ou les blancs.

— Ah okay… tu me le remettras après la danse.

— Oh, non ! Tu veux vraiment pas ça !

La *barmaid* Sandra, qui écoute notre conversation en essuyant un verre à l'éclat douteux, a compris de quoi il retournait. Elle fait un sourire entendu et renchérit :

— Non, tu veux vraiment pas ça !

— Hein ? que je fais, interloquée, et me sentant stupide et légèrement inquiète.

— Non, parce qu'il veut que je fasse pipi dessus, explique Cassandra.

— Mais pourquoi ? Je te suis pas, que je dis en fronçant les sourcils.

— Il me l'achète et se masturbe avec en le humant, une fois à la maison. D'où son nom de « humeur de Boston ».

— Ouache ! que je fais aussi étonnée que dégoûtée par cette pratique que je découvre.

— Les hommes…

Une pause, et elle ajoute :

— Alors, t'es d'accord ?

— Ben, c'est que… je nage pas exactement dans l'argent et je viens juste de l'acheter, ce slip. En vente chez Zellers, je l'admets, mais quand même…

— Mais non, tu comprends pas, Titine ! rigole Cassandra. Le humeur de Boston, il me paye cinquante piastres pour sa petite fantaisie de merde, je veux dire de pipi, hi hi hi, et je te redonne la moitié, on est partners *fifty fifty*.

Elle lève la main en anticipation évidente d'un *high five* qui exprimera mon accord. Je médite là-dessus pendant une seconde et demie, et enfin je consens, accepte son *high five* et commente :

— Okay. Je garderai mon bas de bikini pour rentrer à la maison.

— Merciiii !

Elle marche d'un pas ailé vers la loge des filles. Je la regarde aller, je souris. Ça fait même pas deux heures que je la connais, et on dirait qu'on est des amies d'enfance. C'est mystérieux, l'amitié, quand même. Parfois.

Je ressens tout de suite la chaleur bienfaisante des *Jack*. Mais comme je me rappelle plus que c'est la maison qui invite, et que les drinks sont pas donnés, je pense malgré moi à Herby.

D'ailleurs, la vérité est que je pense toujours à lui, Herby. Qui regarde à la dépense. Surtout avec l'argent qu'il a pas gagné. Et qu'il pourrait dépenser si je... le dépensais pas.

Voilà la triste équation de ma vie, déjà.

Pas besoin d'être Einstein (encore lui !) pour comprendre ça !

Ensuite, je me suis réfugiée dans le passé.

Ça m'arrive souvent pour oublier le présent.

Tu fais ça, toi aussi, mon amie ?

Parce que, lorsque tu es danseuse dans un bar, et que c'est pas vraiment ta mission de vie, mais une que la vie ou l'homme de ta vie t'a imposée, tu vis pas au jour le jour, c'est au-dessus de tes forces. Tu vis d'heure en heure. Et même… une danse à la fois !

Oui, je me suis réfugiée dans le passé, plus spécialement dans une de ses pages qui était pas très ancienne.

J'ai eu de l'aide, une sorte de tapis magique plutôt bienvenu : les escarpins de Vicky ! Qui dansait à une autre table.

Par la mystérieuse machine à voyager dans le temps de notre mémoire, j'ai été comme par magie ramenée à une autre paire d'escarpins, portés par Jenny.

Chapitre 9

Oui, je me retrouve tout à coup à l'Horizon, la boîte où j'avais commencé à aller danser comme une folle le jour même de mes dix-huit ans, avec ma plus belle robe, achetée elle aussi chez Zellers, parce que c'est pas cher et en plus maman travaille là.

Je pouvais pas avant. Pas acheter une robe chez Zellers mais aller danser, parce qu'ils te demandaient ta carte, et comme j'avais l'air de quinze ans à peine, même avec une tonne de maquillage et des airs de fille d'expérience, me faufiler, c'était pas possible. À moins, peut-être, de donner un généreux pourboire, parce que le bar appartenait à la mafia italienne. Mais moi, j'avais pas les moyens. Et une fausse carte, j'en avais jamais eu.

Ce soir-là, un dimanche, qui était la soirée thématique, inventée pour pas que le bar soit vide le dernier jour du week-end, j'étais avec Jenny, qui elle aussi adorait danser, c'était sa seule folie. À tel point que, lorsque sa mère pouvait pas prendre ses filles, elle regardait pas à la dépense et se payait une gardienne.

On était avec Johnny, mon frère adoré, qui était tout excité parce que c'était pas une soirée thématique ordinaire : c'était celle de *La Fièvre du samedi soir*. Lui, c'était un *fan* fini de John Travolta, depuis le jour où il avait vu le film pour la première fois. Il avait dû le revoir cent fois depuis, si c'est pas plus. Et c'est pour ça qu'on l'appelait aussi Tony, c'était le prénom du personnage dans le film : Tony Manero.

Johnny, non seulement il ressemblait à John Travolta, mais il dansait presque aussi bien que lui. Il connaissait tous les mouvements de ses danses dans le film. Et il s'était habillé pareil avec un costume blanc trois pièces et une chemise noire avec un col à pointes larges. D'ailleurs il y avait plusieurs danseurs qui avaient forcément eu la même idée, et qui étaient des sosies plus ou moins réussis de Travolta.

Johnny était nerveux, pas juste parce que la compétition était forte, mais parce que le prix était de mille dollars. Et il voulait vraiment le gagner, vu que ses goûts dispendieux lui causaient toujours des ennuis avec sa carte de crédit. Comme ses poings. Parce qu'il était prompt à se battre. Et parfois pour n'importe quoi.

Mais moi, c'était mon grand frère et je me sentais toujours en sécurité avec lui, parce que si un homme m'avait touché un cheveu, ou m'avait causé du chagrin, il était pas mieux que mort. C'est pour ça que j'ai rien dit à Johnny au sujet de mon patron et de mon congédiement. J'ai eu peur qu'il aille lui casser la figure, il en aurait fait juste une bouchée, vu que Napoléon était un nain à côté de lui, en plus il était portier dans un bar, Johnny, alors tabasser un type, il savait le faire.

Au milieu de la soirée, Jenny et moi, on commençait à rigoler vraiment. Et on dansait comme des folles. On avait beaucoup bu, déjà. Parce que jusqu'à minuit, pour les femmes, c'était du deux pour un. Sauf que les drinks à rabais, même quand tu commandais du fort, ils goûtaient presque rien. Le barman, il suivait les instructions de la direction et il mettait pas beaucoup d'alcool dedans. Personne te fait jamais de cadeau dans la vie, c'est ça qui est le plus triste, si tu y penses. Les gens, ils veulent surtout deux choses de toi, ton argent et ton corps, ce dernier au prix le moins cher possible.

Mais nous, les filles, on était pas folles. On s'apportait en cachette du fort dans notre sac et on allait aux toilettes parfumer nos verres qui goûtaient et sentaient rien. Comme ça, on gagnait sur les deux tableaux.

Le concours Travolta et *Fièvre du samedi soir*, il avait pas encore commencé, mais on s'en foutait comme de l'an quarante. On aimait trop la danse pour la danse. Et Jenny était vraiment paf. Pas qu'elle était alcoolo, mais elle avait besoin d'un petite cure d'amnésie pour oublier toutes les frustrations de la semaine à L'Œuf à la Coquine.

Ensuite, ronde comme un œuf, elle avait plutôt tendance à se pendre au cou des hommes. Parce qu'elle en avait pas dans sa vie et ça lui manquait terriblement.

Elle, elle avait pas besoin de passer cent quarante ans entre chaque homme pour faire son deuil, se retrouver et travailler sur son moi intérieur et toutes ses merveilles cachées. C'était pas sa tasse de thé, ces idées de filles qui ont pas de succès, comme elle disait. Le vendredi soir, ou au pire, le samedi ou le dimanche, vers sept heures, elle trouvait qu'elle avait assez contemplé son lotus et cherché qui elle était vraiment et pourquoi le dernier con l'avait quittée : c'était juste un con !

Et puis, les vibrateurs, elle était pas contre pour ses consœurs dans la solitude, mais elle préférait la vraie chose. Même un peu malhabile, en autant que l'intention fût là. Pour le reste, ça s'apprenait avec un peu de patience et de talent ! C'est en tout cas ce qu'elle disait.

Elle voulait déjà refaire sa vie. Ce qui était pas exactement le cas de tous les hommes au cou desquels elle se pendait. Et qui voulaient souvent juste passer une nuit. Avec elle. Des fois juste parce qu'ils l'avaient reconnue, et voulaient se taper une serveuse de L'Œuf à la Coquine, quel exploit !

Comme le type, il me semblait, avec qui elle dansait un *plain* depuis vingt bonnes minutes. À la fin, ils bougeaient plus. Ils *frenchaient*. Moi, j'avais juste peur qu'elle soit encore déçue. Mais je pouvais rien dire. Après tout, c'était moi, la jeune, elle devait savoir ce qu'elle faisait.

Johnny, lui, il était nerveux. Pas à cause de Jenny et de son choix (douteux) de partenaire. Mais parce que le concours de danse avait pas encore eu lieu. Et même s'il croyait avoir de bonnes chances de le remporter, il avait le trac. Et il me surveillait moins que d'habitude. En plus, il avait décidé de plus danser avec moi, pour ménager son énergie et se concentrer sur son numéro. Je comprenais. Il dansait surtout avec Mélanie, sa compagne et partenaire de danse, pour que leur numéro soit parfait.

Il y a un mec qui est venu m'inviter à danser, mais la première fois, danser un *plain* avec un type que je connais pas, j'aime pas. Il a pas insisté. De toute manière, j'étais tellement

pas là. J'étais ailleurs. Sur un nuage. En transe. Je venais d'aper-
cevoir pour la première fois l'homme de ma vie, Herby. Même
s'il était hyper entouré.

Par des gars, ceux de sa bande, au moins quatre ou cinq,
dont Marley, son meilleur ami. Et surtout par des filles.
Elles le regardaient toutes. Comme s'il avait été un dieu. Il y
avait aussi des types qui le dévisageaient, des gars d'une bande
ennemie, les Italiens. Ça, je l'ai su juste après. Ils avaient
pas l'air de le porter dans leur cœur, Herby, surtout celui qui
semblait être leur chef, le plus grand et le plus beau, mais à l'air
malcommode pour pas dire carrément dangereux, avec des
yeux sombres et un teint de méditerranéen. Normal, il était
sicilien.

Lui, Herby, il semblait avoir eu un coup de foudre pour
moi aussi. Parce qu'il cessait pas de me fixer. D'ailleurs, les
filles qui lui tournaient autour et étaient pâmées sur lui, et
riaient de toutes ses plaisanteries, et le touchaient, et se
pendaient à son cou, elles avaient pas l'air de m'aimer. Ni
de comprendre son intérêt pour moi. Vu qu'elles étaient
toutes dix fois plus sexy que moi, des vraies déesses avec des
corps de femme, pas de fillette. Elles suivaient son regard,
atterrissaient sur ma petite personne, haussaient les sourcils
avec une moue dédaigneuse.

Toute femme a pour rivale toutes les autres femmes. Et
rien la met plus en colère que lorsqu'une femme moins belle
remporte la palme auprès d'un homme sur lequel elle a jeté
son dévolu. C'est un double camouflet.

Non seulement il l'a pas choisie, elle, mais il en a choisi une
qui est moche ! Moi, bien trop timide pour m'avancer vers
Herby, j'y étais pour rien.

Même que je me détournais de lui parfois pour éviter qu'une de ses admiratrices ulcérées vienne me gifler ou me dire de pas jouer dans ses plates-bandes – comme si c'était ce que je faisais ! Mais chaque fois que – c'était plus fort que moi – je jetais un œil dans sa direction, il me regardait déjà ou se tournait presque aussitôt vers moi, comme s'il y avait déjà entre nos deux cœurs le fil invisible du grand amour.

Enfin, vers onze heures trente, le concours de danse a eu lieu, Johnny et Mélanie ont gagné. J'étais folle de joie pour eux mais j'ai pas pu aller les féliciter tout de suite. Trop de monde les entourait. Et puis il fallait que j'aille au petit coin. Il était minuit moins cinq et c'était ma dernière chance pour le deux pour un et pour aller baptiser mon verre qui goûtait rien avec du rhum qui goûtait vraiment quelque chose.

Je suis entrée dans les toilettes pour femmes, ou ce que je croyais être les toilettes pour femmes, j'avais bu cinq ou six *Jack*, et des *rhums and coke*, et je me sentais un peu pompette sur les bords. J'ai cru que je m'étais trompée de porte. Il y avait deux hommes qui discutaient d'un truc, peut-être le prix d'un peu de crack ou je sais pas quoi, et aussi un couple qui s'embrassait contre un mur, et je crois même qu'ils étaient rendus plus loin ou sur le bord de. Et il y avait aussi des femmes, certaines qui se refaisaient une beauté devant le miroir, ou s'engueulaient au sujet d'un mec qu'elles trouvaient toutes les deux beau. Et il y en avait aussi au moins trois ou quatre qui avaient eu la même idée que moi et qui riaient de leur astuce en versant dans leur drink qui goûtait rien deux ou trois onces et parfois plus de rhum ou de vodka.

Je suis ressortie aussitôt. J'ai poussé l'autre porte, mais il y avait aussi des hommes, des femmes, les gens fumaient, sniffaient, buvaient, s'embrassaient, faisaient la fête. Il y avait aussi, comme dans les toilettes précédentes, d'autres femmes qui avaient eu la même idée que moi pour donner un peu de punch à leur drink anémique. Bon, que je me suis dit, ça a l'air que c'est ça, c'est la tour de Babel, je veux dire le bordel. J'ai posé mon drink et celui de Jenny, qu'elle m'avait confié, sur le bout du comptoir, juste près de la porte d'une cabine dont la porte était fermée. J'ai mis mon sac à main sur le comptoir, j'ai fouillé dedans pour prendre la flasque de vingt-six onces que j'avais apportée.

Je l'ai décapsulée et je m'apprêtais à en verser une once, ou deux, ou trois, dans le drink de Jenny, lorsque la fille qui était dans la cabine en est ressortie. Un type qui était entré derrière moi ou qui était déjà là, m'a alors prise par la taille et m'a entraînée vers la cabine, me forçant à abandonner mon sac sur le comptoir, de même que le drink de Jenny et le mien.

— Qu'est-ce que tu fais? Je te connais pas, que j'ai protesté.

— Tu vas voir ce que je fais!

C'était un type assez baraqué, et haïtien, je crois, qui avait un diamant (ou une imitation de diamant) octogonal dans le lobe de l'oreille gauche. À un moment, il a brillé, et c'est comme ça que je l'ai remarqué, en me retournant vers lui pour savoir qui me poussait ainsi.

Ça s'est passé très vite, le type au diam m'a prise par le bras, comme s'il me connaissait depuis toujours, en plus il me disait : « Mon amour, ma chérie… » Je protestais : « Je te connais pas, qu'est-ce que tu fais là? » Il tentait de m'embrasser, de me caresser et finalement il m'a poussée dans une cabine et en a refermé la porte.

J'ai crié mais la musique était forte dans les toilettes et *anyway* tout le monde criait, et riait et était ivre ou *stone* (ou s'efforçait de le devenir), ou se préparait de vrais drinks, alors ce qui se passait derrière la porte d'une cabine, personne s'en rendait vraiment compte. J'ai tenté de me débattre, mais le type était vraiment fort et vraiment décidé. Il a dit : « Si tu veux pas que je te fasse mal, laisse-toi faire ! »

Il m'a poussée contre un des murs, a soulevé ma jupe et ouvert sa braguette. Il souriait, les yeux brillants et méchants. J'ai crié : « Dieu, Dieu, je vous en supplie, aidez-moi ! » Et je me suis demandé où pouvait se trouver mon ange gardien. Alors la chose la plus inattendue au monde s'est produite.

Quelqu'un a donné un coup de pied dans la porte de la cabine. Qui s'est ouverte. C'était le type pour qui j'avais eu le coup de foudre. Quand il l'a vu, l'homme au diam a souri, même s'il était contrarié.

— Mêle-toi de tes affaires, l'insecte ! qu'il a dit, je discute avec ma fiancée !

Sa fiancée, elle pleurait et elle avait l'air terrorisée. Herby a pas acheté sa version des faits, au mec. Il a hurlé :

— Laisse-la en paix ! Ou tu vas regretter d'être jamais né, sale ordure !

L'homme au diam a souri encore plus largement. Il était vraiment plus baraqué qu'Herby. En plus, comme si c'était pas assez, il a fait luire la lame d'un *jack*. Pas un *Jack Daniel's*. Un *jack knife*. Moi, j'ai crié comme une hystérique, ça a contrarié l'homme au diam.

Herby, lui, il en a profité pour le frapper. D'un seul coup de poing. Dans les reins. Le type a grimacé avant de s'effondrer en laissant tomber son couteau. Herby m'a pris illico par la main et a dit : « Viens ! »

Ma jupe redescendue, je l'ai suivi aussitôt, l'homme de ma vie. Enfin presque aussitôt, parce que j'ai quand même dit : « Attends ! »

Et j'ai donné un coup de pied à mon agresseur. Dans les parties. Qu'il m'avait montrées sans mon invitation formelle. Mon petit côté avocate dans l'âme, ou justicière, qui ressortait vite fait sans doute ! L'homme au diam a gémi, avec une grimace qui faisait une belle publicité à mon coup. Herby a ri, il a dit :

— T'as des couilles, toi !

— Et lui, on est plus sûr !

Herby a ri encore plus fort. À la sortie des W.-C., il m'a regardée, il sentait bon, une fragrance que je connaissais pas mais qui plaisait à ma narine.

Il entrait en moi de toutes les manières, surtout qu'il venait d'empêcher un criminel d'y entrer. Et m'avait peut-être sauvé la vie par la même occasion, vu que le type était armé et que c'est toujours pratique, quand on peut, d'éliminer un témoin gênant avec qui pourtant on se gênait pas.

Ensuite, Herby m'a emmenée au bar parmi ses amis qui m'ont tout de suite accueillie et réconfortée, enfin surtout Marley et sa petite amie, Cheryl, qui était vraiment mignonne, une petite blonde aux yeux bleus qui souriait tout le temps. Parce que, pour les femmes de sa bande, j'étais pas une bonne nouvelle. Elles me regardaient avec des poignards dans les yeux. Je leur chipais leur dieu.

Il m'a payé un verre, leur dieu. Puis un autre. Puis un autre. Mais à aucun moment il m'a manqué de respect ou demandé si je voulais passer la nuit avec lui. Il parlait plus aux autres filles. Je me demandais d'ailleurs un peu pourquoi, et forcément ça me flattait, vu la petitesse infinie de mon moi. Ça me faisait un petit velours, et même un grand. Je me disais : « Pourquoi moi ? »

Bon, je sais, je suis pas un laideron, je crois pas me tromper en disant que je suis mignonne. Mais je suis quand même pas Julia Roberts ou Nicole Kidman.

Il venait de me sauver, certes, mais là je serais plus ennuyée. Parce que tout de suite après l'incident des toilettes, j'ai vu le type au diamant sortir de la discothèque, l'air dépité et furieux. Il a regardé dans notre direction et il m'aurait tuée, mais il y avait toute la bande d'Herby autour de moi. En plus, Johnny, qui avait gagné le concours Travolta, était venu me trouver : jamais personne se serait approché de moi en sa présence. Comme je me réjouissais pas vraiment de son succès, vu mon émoi, il m'a questionnée et je lui ai tout raconté. Il a pas eu le temps de voir l'homme au diam, il avait déjà filé.

Il a remercié Herby, que je venais de lui présenter. Mais on aurait dit qu'il l'aimait pas. Peut-être parce que mon protecteur habituel, c'était lui, et Herby avait malgré lui pris sa place, va savoir. Jenny, la tentative de viol et ma rencontre avec Herby, je les lui ai racontées seulement le lendemain, parce que le mec avec qui elle avait dansé et *frenché* voulait partir, et elle l'avait suivi sans me dire bonsoir parce que j'étais dans les toilettes pour femmes. Ou pour hommes, je sais plus.

Herby, quand je lui ai dit que je partais, une heure après, parce qu'il était déjà une heure du matin, et que je travaillais le lendemain, il a eu l'air vraiment catastrophé, comme si on vivait ensemble depuis dix ans, et que je lui annonçais de but en blanc que je le quittais. Il a demandé – et ça avait l'air d'un ordre plus que d'une question, comme pour l'annonce de danseuses nues dans le journal :

— On se revoit quand ?

J'ai pas eu l'impression que j'aurais pu dire : « Jamais ! » ou « Laissons au hasard le soin de décider de notre prochaine rencontre ! »

Je lui ai donné mon numéro de téléphone. J'ai dit un peu nonchalamment, pour cacher mon jeu, qui devait trop se voir dans mes yeux :

— Appelle-moi, on verra.

Il a appelé le lendemain, on s'est revus le surlendemain et il m'a prise par surprise en me donnant les deux cœurs enlacés, au Quai des Brumes, un petit restaurant qui est devenu « notre » restaurant et où il a insisté pour tout payer, avec un billet de cent. Ça m'a impressionnée, même si je voulais payer ma part, vu que lui était juste étudiant et moi je travaillais. Je me souviens même plus ce que j'ai mangé. Probablement pas grand-chose, ou peut-être moins. Parce que, c'est connu, les femmes, on mange jamais à un premier rendez-vous amoureux.

C'est à cette soirée – celle de l'Horizon – que j'ai pensé malgré moi, en voyant les escarpins de Vicky, qui dansait à une autre table.

Ensuite ma descente aux enfers s'est poursuivie.

Chapitre 10

J'ai dansé pour d'autres clients, je me souviens plus combien, j'avais bu trop de *Jack*.

Enfin arrive le *last call*, comme la cloche à l'école quand tu t'es emmerdée toute la journée, et en plus il y a pas de clim dans la salle et il fait 38,2 à l'ombre des jeunes filles plus très en fleur.

Quinze minutes plus tard, dans le bar, toutes les lumières se sont allumées, manière de dire aux clients éméchés : « Laissez en paix les danseuses et leur derrière usé par vos regards pervers ! »

Les danseuses, une fois les lumières allumées, c'est le sacro-saint règlement, doivent immédiatement se diriger vers la loge des filles. Ça évite les ennuis, car pour la plupart des clients, la discipline s'arrête là où commence la tentation.

Cette retraite rapide nous évite aussi, à nous, danseuses, d'expliquer aux clients éméchés pourquoi on partira pas avec eux dans leur char de l'année vers un motel zéro étoile, comme les zéros dans le compte en banque de leur cœur.

Dans la loge des filles, on a rigolé, on s'est raconté ce qui s'était passé, les conneries que les clients nous avaient débitées, les sous qu'on leur avait soutirés.

Plein de collègues sont venues me féliciter, me dire que je m'en étais bien tirée pour mon baptême de danseuse. Elles m'ont assurée que j'avais du talent, que j'allais faire beaucoup d'argent.

Puis, comme toutes les danseuses étaient fatiguées, elles sont rentrées sagement à la maison, surtout que Diane, la chauffeuse, venait d'arriver dans la loge et nous expliquait qu'elle partait dans cinq minutes.

D'autres danseuses avaient leur chauffeur personnel, leur *chum* ou leur *pimp*, qui parfois sont la même personne. Du moins dans leur esprit. Car les *pimps* en général voient grand : ils ont plus d'une fille à leur service !

J'ai cherché pendant un temps le slip avec lequel j'étais arrivée puis je me suis rappelé que je l'avais vendu à Cassandra, qui l'avait vendu à un de ses clients et avait partagé avec moi l'argent. Alors j'ai remis mon bas de bikini.

J'ai embrassé Cassandra, et je l'ai remerciée pour tout, vraiment tout, les encouragements, les conseils, vestimentaires et autres au sujet des cons de clients, puis j'ai suivi Diane qui avait donné son *last call* avant de sortir d'un pas résolu de la loge des filles.

Dans la fourgonnette qui me ramenait à mon appartement au loyer en retard, que je pourrais régler d'un seul paiement glorieux ou presque, je comptais mon argent, j'avais plus de deux cents dollars.

Mon cœur battait la chamade.

Et c'était pas juste en raison de l'alcool dont les effets s'étaient pas encore tout à fait dissipés.

J'étais comme une jeune mariée, si heureuse de retrouver Herby.

Et surtout de lui dire que tous nos problèmes d'argent étaient réglés. J'ai tendu un billet de vingt dollars à Diane pour la course. Elle a fouillé dans son sac à main pour me faire de la monnaie. J'ai dit avec élégance : « Garde tout ! » Elle a souri. Pas juste de ma générosité mais parce que le métier rentrait.

Puis j'ai sauté de la fourgonnette sans que mon soulier verse, cette fois-ci, et sans oublier mon sac à main. Le métier rentrait. Vraiment.

Et j'ai marché d'un pas amoureux et ailé vers mon destin.

Mais c'était pas exactement ce que j'attendais…

Chapitre 11

C'est un oiseau de nuit, mon prince haïtien, mais qu'il soit encore debout à quatre heures du matin, c'était mauvais signe. Habituellement, il s'endormait au plus tard vers trois heures.

J'étais quand même contente qu'il soit debout, parce que je pouvais lui apporter, dans la corbeille de mon amour fou, tout l'argent que j'avais gagné, même en sautant à pieds joints sur ma fierté de femme.

Il avait bu visiblement et il était en slip, avec une camisole qui montrait le tatouage sur son bras gauche, un ange rouge et noir : j'avais aimé, le premier soir, ensuite je m'étais dit que c'est peut-être pas normal, un ange rouge et noir, et de mauvais augure pour la suite des choses.

Amoureuses.

Les seules qui comptaient vraiment pour moi à l'époque. Je te fais cette confidence, lectrice, ma complice dans le désespoir amoureux trop souvent, parce que dans mes cahiers d'écolière, comme j'étais toujours première, les anges qu'on collait comme récompense de mes hauts faits d'armes intellectuels, ils avaient les ailes blanches et bleues et faisaient plus penser à Dieu qu'au diable avec sa queue.

— Regarde mon amour, que je lui ai dit en lui tendant fièrement mon butin de guerre, parce que l'argent, c'est le nerf… de la guerre : amoureuse ou pas. J'ai gagné plus de deux cents dollars !

Il a pas sauté de joie, comme s'il savait pas s'il devait ou non se réjouir du montant. Moi, j'étais un peu déçue. Je m'attendais à tout sauf à cette réaction, surtout après avoir tant travaillé et m'être tant humiliée.

Herby m'a pris un peu brusquement l'argent des mains, et tout de suite il l'a compté.

— Il y a juste cent quatre-vingt-quinze dollars !

— Non, il y en a deux cent vingt-cinq, compte bien, mon amour ! On va pouvoir payer notre loyer en retard.

Il a recompté, plus lentement. Le compte y était. Il aurait dû être content mais il aimait pas quand j'avais raison. Alors il a dit :

— Je pensais que tu aurais fait plus.

— Ben, on est payé juste cinq dollars la danse !

Il a rien dit. Il est allé se réfugier dans la chambre à coucher.

Moi, j'étais dans tous mes états. Je me sentais « ordinaire » et affreusement coupable. Comme si je venais de trahir notre amour. J'avais peut-être pas fait exprès, mais je l'avais déçu, mon amoureux.

Je suis allée le rejoindre dans la chambre. Il se déshabillait. J'ai entrepris de me dévêtir moi aussi. Véritable Sherlock Holmes de ma petite personne, il a alors noté que je portais mon bas de bikini noir :

— Elle est où, ta petite culotte rose ?

— Ben… je…

De nouveau, je suis troublée. Par l'accusation qui me fait sentir coupable d'un crime que j'ai pas commis. Comme je réponds pas tout de suite, il insiste, pousse plus loin son investigation :

— Tu comprends pas que, quand on aime une femme comme je t'aime, on peut pas tolérer la moindre petite cachette ? Moi, je te dis tout, parce que je suis fou de toi. Toi, pourquoi tu me caches des choses ?

— Non, je… je te cache rien. Ma culotte, je l'ai donnée à Cassandra.

— Cassandra, c'est qui ça ?

— Une danseuse avec qui je suis devenue amie et qui m'a aidée à passer ma première soirée. C'était pas évident, si tu savais, mon amour, se mettre à poil devant cinquante étrangers…

— T'es rendue lesbienne, en plus de ça ! Elle t'a demandé ta culotte comme un trophée après t'avoir baisée ?

— Ben non, on a pas baisé, voyons ! Et ma culotte rose, je lui ai pas donnée, je lui ai vendue. Pour vingt-cinq dollars.

— Pourquoi elle t'aurait donné vingt-cinq dollars pour une culotte que t'as payée cinq dollars en solde chez Zellers ? Je le sais, j'étais avec toi. C'est même moi qui l'ai choisie parce qu'elle était sexy et te faisait un beau cul.

— Je voulais juste lui rendre service, c'est à cause d'un client…

J'ai voulu lui expliquer le truc du client qui se masturbait en respirant les slips (blancs ou roses), mais j'en avais plus la force. Et en plus, il trouverait sans doute ça hyper dégueulasse, lui qui était si romantique ! Il m'a regardée sans rien dire. Je tremblais intérieurement.

— C'est vrai, ce que tu me racontes là ?

— Oui, je te jure, mon amour, c'est vrai, je te le jure sur la tête de ma mère.

Je pouvais pas savoir s'il me croyait ou pas. D'ailleurs, il disait rien, ça aidait pas. Finalement, il m'a poussée sur le lit. Il est entré en moi. Sans préavis. Mais ça, j'avais l'habitude. Depuis le premier soir. Qui était un après-midi.

L'absence de préliminaires, avec Herby, c'était à prendre ou à laisser. Mais là, je sais pas pourquoi, peut-être parce qu'il était plus violent que d'habitude, je lui ai dit :

— Tu me fais mal, mon amour.

Il m'a ordonné :

— Arrête de pleurer comme un bébé !

J'ai obéi. J'ai été témoin de sa prise de Troie, je veux dire de moi. Je l'ai regardé s'escrimer, retenant mes larmes auxquelles j'avais pas droit : il est resté en moi quarante, cinquante secondes seulement, mais elles me semblaient si longues, comme des minutes, des heures.

J'ai eu le sentiment qu'il voulait me défoncer, presque me tuer, comme pour me punir de ma trahison amoureuse. Pour la première fois, je me suis pas plainte, même dans mon esprit, qu'il soit précoce, je veux dire qu'il connaisse vite la volupté, en oubliant comme d'habitude la mienne, quantité négligeable.

Après avoir eu son moment de joie, il m'a repoussée comme on jette un sac de chips que tu prends même pas la peine de froisser quand il est vide.

Je suis restée immobile dans le lit, j'osais pas bouger ou fermer les yeux. Dans l'appart d'à côté, qui est pas insonorisé, mais alors là pas du tout, j'entendais nos voisins qui se sont mis à faire l'amour. Bruyamment et longuement. Comme à leur habitude.

La femme a poussé des cris, puis a ri, puis a gémi. Puis a poussé des cris, puis a ri, puis a gémi. Elle a dit : « *Oh my God, oh my God*, mon amour, mon amour, tu me tues, tu me rends folle ! Encore, encore, encore ! T'arrête pas ! Dévaste-moi, laisse plus rien ! Je t'appartiens. »

Lui aussi proférait des gentillesses religieuses et autres, je l'entendais crier, et jouir et rire, et quand je pensais que c'était enfin fini, ça recommençait parce qu'il avait la politesse d'attendre la volupté de sa femme.

Et je me suis dit que, Jenny, elle devait pas exagérer au sujet de son dernier amant qui avait presque tous les défauts de la Terre mais qui la faisait monter au septième ciel. Deux fois, trois fois et même quatre ou cinq d'affilée quand elle travaillait pas trop tôt le lendemain. Ça ressemblait pas trop à mes émois. Qui se produisaient pas.

Herby, lui, il a pas pu être contrarié par les extases sonores et autres des voisins. Tout de suite après avoir joui, il s'est endormi. Je le sais, parce qu'il s'est mis à ronfler.

Quand j'ai été certaine qu'il dormait assez profondément – parce que des fois il ronfle et il ouvre l'œil trois secondes plus tard : je pense qu'il fait de l'apnée ou des mauvais rêves, je sais pas –, entre le cinquième ou le sixième orgasme de la voisine, j'ai pas fait le décompte exact, je me suis levée et j'ai quitté la chambre à pas de loup. Pour aller me laver.

Je me sentais si sale. Et surtout, je me sentais si seule. Parce que tout ce que j'avais fait, et qui était humiliant, j'avais le sentiment de l'avoir fait pour rien. Parce que mon prince était pas content.

On dirait qu'il m'a pas crue quand je lui ai dit que j'avais pas baisé avec Cassandra. Ou bien il a fait semblant de pas me croire pour que je me sente encore plus coupable, et devienne plus complètement son esclave, va savoir !

En me regardant dans le petit miroir des toilettes, je me suis sentie encore plus sale, comme si ça faisait non pas vingt-quatre heures mais vingt-quatre ans que je dansais. Ça doit être la relativité d'Einstein encore une fois ! En plus, je me trouvais laide, moi qui me suis jamais trouvée belle !

Alors j'ai pris une douche plus longue que d'habitude, et j'ai aussi fait une prière plus détaillée que les autres soirs en demandant aux autorités concernées si mon ange gardien avait pas pris congé. Remarque, chacun a droit à ses vacances, vu que le *burnout*, c'est le mal du siècle, et même en haut lieu ils sont peut-être pas épargnés, surtout si tu penses à tout ce qui se passe ici-bas et les heures supplémentaires que ça doit demander, mais alors là ! Et dire qu'on est censé entrer dans l'ère du Verseau, où tout le monde il est beau et gentil ! Je suis pas Nostradamus, alors j'aimerais qu'on m'explique !

Le lendemain, à son réveil, Herby m'a parlé comme si rien s'était passé. Je veux dire après avoir recompté son argent pour voir si je lui en avais pas piqué, quand même ! Il a juste dit :

— Mon café ! Qu'est-ce que tu attends ?

Devant notre premier café, il m'a donné un billet de vingt dollars en expliquant :

— Ça, c'est pour hier soir, le reste, c'est pour le proprio. Merci d'avoir fait ça pour nous, mon amour. On va s'en sortir.

Dieu merci ! il m'a pas reparlé du slip et de Cassandra. Tout semblait oublié. J'étais heureuse, j'ai souri. Le temps était au beau fixe dans mon couple.

Tout semblait baigner toute la journée, je veux dire Herby l'a passée, la journée, avec ses copains qui sont de plus en plus envahissants dans mon petit appartement comme s'ils étaient chez eux, vraiment. Moi, j'ai fait le ménage et la bouffe, en plus de faire rentrer l'argent du couple, et j'ai apporté la bière à ses copains, leur demandant s'ils manquaient de rien : le partage des tâches à l'haïtienne, quoi ! Et le soir, il a fallu en plus que j'aille gagner les sous.

Le deuxième soir, il aurait dû être mieux que le premier, mais il a été pire. Je devais pas être faite pour ce métier. Peut-être même pas pour la vie ici-bas. Je suis trop idéaliste, trop romantique, ça doit être ça, mon problème.

Chapitre 12

Dès ma glorieuse et réticente arrivée au 369, le devoir m'appelle, par la bouche de l'Incompris, un quadragénaire maigrelet pas très ragoûtant qui a l'air ivre, et, dès la deuxième danse, me fait des grandes confi... danses : qui sont des niaiseries que te dit un homme quand tu danses. Pour lui. En pensant à un autre. Que lui. En général ton petit ami ou l'homme de ta vie.

— Ma femme me comprend pas, c'est une frigide finie, vomit l'Incompris.

— Tu mérites pas ça ! Mais alors là, vraiment pas, que je fais en feignant l'indignation la plus vive, même si c'est lui que je trouve dégueulasse.

Il sourit, en extase. Je lui ai vraiment dit ce qu'il voulait entendre. L'Incompris poursuit le fascinant récit de sa vie. Conjugale.

— Pourtant, gémit-il, je lui donne tout ce qu'une femme peut vouloir, l'auto de l'année, un gros *bungalow* à Saint-Jérôme, on a même des lions à la porte avec des colonnes blanches, tu devrais voir ça, de toute beauté.

— Wow! T'es dans les ligues majeures! Des lions devant ta maison avec des colonnes blanches! Ç'a toujours été mon rêve depuis que j'ai eu trois ans!

« Depuis que j'ai eu trois ans »…

Je pousse un peu mais il se rend même pas compte que je ris de lui tant mon ironie est emballée dans de la fine flatterie.

— Bah, qu'il fait, modeste, on a juste une vie à vivre, moi je veux le *best*. C'est comme dans mon dix-huit roues, j'ai du *shaggy* mur à mur dans ma couchette, même sur le plafond. Faudrait que je te montre ça, un jour.

— Les lions ou le dix-huit roues, mon chou?

— Ciboire que t'es bandante! Ça fait-tu longtemps que tu danses icitte?

— C'est seulement mon deuxième soir, que je dis, avec un sourire coquin.

Le deuxième soir…

C'est comme si je venais de lui avouer que j'étais une nymphomane amoureuse folle de lui.

Ravi, il s'approche de moi et j'ai mauvais vent de son haleine de tabac et de bière : ça sent pas exactement le muguet. Mais j'arrête de respirer, je m'éloigne lentement de sa fétidité pour pas le froisser.

Disciple nouvelle de Cassandra, et un peu pompette – ça aide – je mouille mon index droit et le retire sensuellement de ma bouche, et touche le bout du nez aquilin de mon client, qui flippe littéralement.

— Où est-ce que tu te cachais ? Je pensais plus que ça existait, des hommes comme toi.

Aussitôt, il devient lyrique :

— T'es femme, toi ! Je te mangerais la touffe pendant des heures !

Charmant, son cri du cœur ! Malgré mon dégoût, je lui dis :

— Tu sais parler aux femmes, toi. Et en plus, t'as l'air d'opérer. Allez, dis-moi la vérité ! T'es millionnaire ?

Ma question lui cause une minisurprise qui trahit la vérité : il est tout sauf millionnaire. De la manière dont il est sapé, style vente de garage, c'est évident. Il se rengorge comme un paon, et demande :

— Comment t'as fait pour deviner ?

— C'est des choses que les femmes savent, que je lui dis avec un sourire hyper provocant.

Ça l'excite et le jette dans une inspiration subite :

— Touche-toi pendant que tu danses et laisse-moi sentir tes doigts.

Shit ! que je me dis, un autre « humeur de Boston » ! Je pense pas que je vais pouvoir faire ça, me toucher pour ce client dégueulasse. Me montrer les seins (que j'ai pas, *anyway* !), la chatte et le cul, va encore. Mais là... c'est vraiment trop bas et dégradant ! En plus, c'est juste mon deuxième soir, on peut pas me donner un petit break (syndical ou pas, je m'en moque!) avec les cinglés de clients et leurs goûts de dépravés mal embouchés et mal mariés?

— C'est pas quelque chose que j'ai le droit de faire, désolée, c'est interdit, que je rétorque.

— On va pas le dire à la police! qu'il fait en se croyant drôle.

— Vraiment?

— Je suis prêt à payer le gros prix.

— Le gros prix?

L'Incompris que j'ai *sizé* vite fait, il tire un billet de vingt dollars de sa poche. J'éclate de rire.

— C'est ça que t'appelles le gros prix?

Il me toise, tente de saisir si je bluffe ou pas. Conclut par la négative puisqu'il allonge un deuxième billet de vingt. Je réfléchis.

Je me dis que quarante dollars, c'est huit danses à cinq dollars. Herby, il sourirait. Mais moi, je grimace : c'est dégueu, me toucher pour ce client, puis le laisser sentir mes doigts. Ouache et triple ouache!

Incapable de me décider, je dis, «pour le double de ça, c'est oui» avec la certitude qu'il dira non. Il dit rien. Hésite, puis enfin allonge deux autres billets de vingt dollars sur la table. Je suis prise à mon propre jeu, tombe dans le piège que j'ai tendu. Me dis, encore étonnée : «Il est fou ou plus soûl que je pense!» Je me dis aussi, comme chaque fois que quelqu'un dit trop vite oui : «J'aurais dû demander plus!»

Le premier qui parle perd toujours. Ou presque. Comme le premier qui dit : « Je t'aime. » Il m'aurait peut-être donné cent dollars. Je le flatte :

— T'as des goûts luxueux, mon chéri !

— Quand t'as les moyens de tes goûts.

Je pense : « Dans quel bol de toilette, dans quel *container* existentiel il se cachait, le gros dégoûtant ? »

Mais, mercantile, je dis plutôt :

— T'es vraiment différent des autres hommes que j'ai rencontrés dans ma vie.

— Oui, t'es pas la première qui me dit ça.

J'ai un autre vertige. Je me sens encore plus ivre, je me demande comment je vais faire pour danser sans perdre pied. Tous les *Jack* que je me suis enfilés à mon arrivée semblent se donner la main pour me pousser sur le bord du chemin. De la dégradation morale.

Comme il est subtil et progressif, le pacte que tu fais avec le diable. Ton honneur, ta dignité diminuent comme une peau de chagrin, sans que tu t'aperçoives vraiment de rien. De petite concession en petite concession, tu te retrouves bientôt dans le ravin, un ravin si vaste qu'il ressemble au Grand Canyon. Auquel ressemble bientôt ton dégoût de toi.

J'ai des hésitations philosophiques et autres. C'est beaucoup d'argent, mais me toucher… Je pense alors, dans mon ivresse grandissante, à une question que j'aime, que j'ai trouvée dans un livre américain, c'en est peut-être le titre, à la réflexion. Mais là je suis pas trop en mesure de réfléchir.

WWJD ?

What would Jesus do ? (Que ferait Jésus ?)

Moi, dans ma petite tête et mon trop grand cœur (une combinaison létale, je m'en rends bien compte), j'ai apporté une légère modification à cette question, qui est devenue, sous le coup de la baguette magique de mes sentiments : WWHW ?

What would Herby want ? (Que voudrait Herby ?)

Ce qu'il voudrait, bien entendu, ce sont les sous. Pour payer ses études de médecine. Et le loyer, et l'auto, et la bouffe : tout, en somme. En plus la veille, Herby, il était vraiment déçu du peu que j'avais gagné, même si, moi, ça m'avait demandé beaucoup. Alors comme il y a des limites au nombre de danses à cinq dollars que tu peux faire dans une soirée, je me suis dit que je devrais peut-être dire oui. Quatre-vingts dollars, c'est comme seize danses, c'est comme deux heures de travail ou environ. Joli bond ! Super gestion. De la PME que je suis devenue malgré moi ! Mais j'ai encore des hésitations, morales et autres, dont l'origine ressemble à de la répulsion.

Une autre danseuse ralentit à ma table et sourit à mon client, même si je danse pour lui. Elle tente de toute évidence de me le piquer : pourtant c'est pas très *fair play*. Mais comme je suis juste la petite nouvelle de service, elle se croit peut-être tout permis.

Je réagis en lionne, elle viendra pas jouer dans mes plates-bandes, la conne. Alors, par grand et fol amour d'Herby, et aussi pour pas me faire redire, le soir, que j'ai pas assez gagné, que j'ai paressé, en somme, j'agis comme une bonne petite bête de somme. Une gentille esclave d'amour, une prostituée du sentiment, et en retenant mes larmes, je dis à mon client ordurier :

— Il faut aussi que tu me paies les dix danses que je viens de te faire.

— Déjà dix ?

— *Yep...*

C'est juste sept, mais je veux me rattraper pour mon erreur de négo.

— Ça fait combien ?

— Ben, cent trente dollars.

Il extrait de son portefeuille un billet de cent dollars et un de cinquante.

— Je savais que tu étais millionnaire, mon coquin !

Je cherche de la monnaie avec une savante lenteur. Comme Cassandra me l'a astucieusement enseigné la veille. Impatient de respirer l'odeur divine de ma chatte, mon client me dit de tout garder. Je souris intérieurement, je viens de gagner vingt dollars de plus juste avec ma science, pas avec la danse.

— On est faits pour se comprendre, mon lapin, que je lui dis en lui faisant un clin d'œil.

Je me mets à danser. Je me touche très légèrement en faisant semblant que ça me fait flipper, que je suis troublée, que, même, je vais jouir. Il entre stupidement dans mon jeu, ses yeux deviennent fous. Cette ridicule pantomime me rappelle malgré moi la scène avec Jessica, quand elle dissimulait le cordon de son tampon.

Il sourit, l'Incompris qu'il m'a fallu... deux secondes et demie à comprendre! Enfin, au milieu de la danse, je lui abandonne ma main parfumée de mon odeur intime.

Il la hume. Et je me réfugie en l'île déserte de mon âme, et je me répète ou à peu près un truc très beau, une sorte de portrait de moi que j'ai lu quelque part, je sais plus où, et qui me sert, à moi si mal armée devant tant de soudaine obscénité : la chair est triste, hélas, et j'ai lu tous les livres. Fuir! Là-bas, fuir! Loin de tous ces clients ivres. Loin de tous ces inconnus, au bord de la mer, mon Dieu, maman, maman, ta fille passe un mauvais moment, (bis) merci Ferland!

Et va en passer un encore plus pénible parce que l'Incompris, au lieu de me passer la bague au doigt, il se passe la langue sur mon majeur et j'ai envie de vomir, et je pratique par réflexe de survie le coït interrompu. Je retire mon doigt de sa bouche aussi gourmande que dégoûtante.

— La danse est déjà finie? qu'il proteste, comme sorti de sa transe à cinq sous, ou plutôt à cent piastres.

— Oui, mon coco. Alors on se faxe et on lunche.

Et je redescends en vitesse de mon piédestal ambulant, princesse à cinq dollars la danse, et je me dirige vers la loge des filles pour me laver les mains comme Lady Macbeth, trop honteuse de mon crime de «lèche-majesté.»

Mais un nouveau client – enfin pour moi – que j'ai baptisé le Veuf, m'intercepte avec un regard de chien malheureux, si désespéré que j'interromps ma retraite vers la loge des filles, pour cause d'*overdose* précoce des hommes. Et je vais vers lui. C'est une gaffe. Dont je ne tarderai pas à connaître les conséquences.

Chapitre 13

Je m'approche de la table où est assis le Veuf.

Sexagénaire mignon et nerveux, il fait penser à un chihuahua abandonné par sa maîtresse adorée. Le front dégarni, tout propret et bien cravaté de rose, avec un costume trois pièces noir et des lunettes rondes cerclées d'or qui le rendent tout à fait distingué, il ressemble à un prof de collège. Ou à Hercule Poirot. Il en a même la moustache bien taillée et toute lissée. Chose certaine, il semble guère à sa place dans cette meute de clients bas de gamme. Son regard bleu dégage une grande tristesse, et je tarderai pas à comprendre pourquoi.

Il m'indique une des deux chaises libres à sa table. Je comprends qu'il souhaite que j'y pose mes fesses. J'y aperçois alors une sorte de petit foulard de satin. Dont la présence m'intrigue. Je le prends, l'examine en haussant un sourcil hyper perplexe. Me dis qu'un client l'a peut-être oublié là. Mais pense aussitôt que ce serait étonnant. Un foulard de satin, dans pareil tripot : je sais, c'est une maison de jeu mais ici c'est une maison où les hommes veulent te… tripo…ter ! Puis je me dis qu'au fond, non, c'est possible, tout est possible ici : tous les goûts et tous les dégoûts, qui hélas viennent avec !

Je prends le foulard, et le montre à la ronde, comme si je voulais signaler à son propriétaire son oubli. Mais tout le monde m'ignore. Parce que tout le monde a les yeux rivés sur la scène. La belle blonde cerise, Jessica, y fait son superbe numéro en prenant des précautions infinies pour pas céder à la tentation du grand écart, sa spécialité (que je saurai plus tard), et risquer de révéler le cordon de son tampon, qu'elle porte encore, comme la veille ! Comme elle est athlétique, pour pas dire acrobatique, ça fait en général partie de sa routine et constitue, avec son pubis rasé de près qui lui donne un air prépubère, son combo gagnant avec les mecs.

Qui, aisément appâtés, veulent ensuite voir de plus près la lune en plein jour. Qui les tente follement quand se produit sa fatale éclipse : lorsque Jessica remet son slip après sa prestation. Ah ! Non ! qu'ils soupirent… Alors ils l'invitent à danser à leur table. Et l'économie (de cul et de nuit) roule. À toute vitesse. C'est beau à voir.

Le Veuf me regarde d'une manière curieuse. Fixe et pathétique. Comme si j'étais sa femme ou plutôt sa fille, vu son âge. Et qu'il me retrouvait après m'avoir crue morte depuis un an. Ou un truc du genre.

— Ça va bien, mon petit monsieur ? Qu'est-ce que je peux faire pour vous aider ce soir ? que je dis d'une voix neutre, comme si j'étais serveuse chez Saint-Hubert.

Un peu plus, et je lui demanderais : « La cuisse ou la poitrine ? »

Il tente de m'expliquer, mais avec difficulté :

— Je… je voudrais que tu… et que…

Mais l'émotion le suffoque. Il fait pitié à voir. Derrière le cercle d'or de ses lunettes de diplomate, ses yeux deviennent humides. Il extrait son portefeuille de sa poche, et en tire d'une main de plus en plus tremblotante une photographie un peu vieillie qu'il me tend. Curieuse, je l'examine, et malgré la demi-obscurité, j'y aperçois une femme très belle, une rousse tout comme moi, d'une quarantaine d'années, au regard désespéré. Et pour cause : elle est assise dans un fauteuil roulant.

Je pose le foulard de satin sur la table, et m'assois, prête à écouter l'explication du Veuf, qui veut visiblement que je prenne le cliché qu'il me tend.

Mais alors Jessica m'aperçoit et saute littéralement de la scène sans en emprunter l'escalier de trois marches. Elle se rue sur moi, complètement nue, au grand plaisir des clients. Qui voient bien que quelque chose est en train de se passer. Et une querelle entre filles, surtout si l'une est nue, c'est toujours amusant à voir, non ?

Avant de me parler, Jessica, dont les beaux yeux brillent de tous les feux de la colère, s'empare du petit foulard de satin, et me le met presque au visage, en explosant de la sorte :

— Tu sais pas ce que ça veut dire, ça ?

— Euh, je… je voulais pas te le voler, je l'ai trouvé sur la chaise de monsieur…

— Pas la chaise de monsieur, MA chaise !

Du coin de mon œil catastrophé, j'aperçois Cassandra, qui a fini de danser pour un client, et qui s'avance en hochant la tête, visiblement désolée.

— Ta chaise ? que je fais, intriguée.

— Oui, *ma* chaise, dit Jessica. Tu connais pas les règles dans un bar de danseuses ? Quand une fille met sa serviette sur une chaise, c'est qu'elle a pas fini de danser et qu'elle va revenir à son client après avoir été sur le *stage*.

J'ai pas le temps de répondre. Cassandra prend ma défense :

— Elle commence, donne-lui un *break* ! Elle peut pas tout savoir.

— Elle commence, mon cul ! Quand on connaît pas les règles d'un bar on reste à la maison.

À ces mots, le Veuf affiche un air véritablement catastrophé. Comme si c'était lui qu'on accusait de ce délit bien involontaire. Ou comme si la perspective de me voir partir chez moi le bouleversait infiniment. Ou peut-être, simplement, dans sa délicatesse raffinée, est-il ennemi de toute violence, même seulement verbale.

À la vérité, il secoue la tête comme devant la pire nouvelle du monde, et semble sur le point de pleurer.

— Je savais pas, je savais pas, que je confesse, je m'excuse, j'ai fait une erreur stupide, mais si ça peut te consoler, j'ai pas fait une seule danse pour lui, il m'a juste montré cette photo de femme en fauteuil roulant.

— Cette femme en fauteuil roulant, c'est sa femme, pauvre innocente ! me tance vertement Jessica, pendant que les clients s'impatientent : pas de tirage de cheveux ou de bataille, juste une chicane de *bitches*.

Cassandra, qui semble comprendre ce qui se passe vraiment dans la tête du client, affiche une mine préoccupée. Comme si elle prévoyait ce qui allait se passer. Ou ce qui se passait déjà.

Elle regarde le Veuf. Voit son désespoir. Avise Jessica. Me regarde.

— Viens, me dit-elle.

Elle me prend par le bras, je remets au Veuf la photo de sa femme. Je me laisse entraîner vers le bar par Cassandra. Jessica est redevenue tout sourire pour son client. Comme si rien s'était passé.

Mais lui semble pas l'entendre de la sorte. Il reste catastrophé. Je le sais, parce que, curieuse, je me tourne souvent pour jeter un œil vers lui, qui me fait pitié.

— Quand tu vois la serviette ou le foulard d'une fille sur une chaise, c'est «pas touche!», elle a pas fini de danser pour son client, m'explique Cassandra. Et même, si tu veux être *fair*, essaye pas de danser pour les clients d'une danseuse. Surtout si elle danse ce soir-là. T'es même pas censée t'asseoir à la table du client. Parce que l'autre danseuse sait bien ce que t'es en train de faire. Si tu le fais quand même, tu cherches le trouble. Et tu t'attires peut-être même des coups. C'est une *business*, ici. Les filles ont beau sourire aux clients, il y a personne qui entend à rire.

— Oui, chef. Message compris.

— En tout cas, danse surtout pas pour ce client-là, qu'elle me dit en désignant le Veuf, vers qui je regarde et qui semble avoir une conversation très animée avec Jessica : lui reproche-t-elle son « infidélité » ? Il fait danser Jessica juste parce qu'elle est rousse comme sa femme.

— Ah, je pouvais pas savoir, que je fais, hyper désolée.

Et j'ajoute :

— Il est mignon. Et moins dégueulasse que la plupart des autres clients.

— C'est l'exception qui confirme la règle. Et en passant, t'en fais pas avec Jessica ! Elle se défâche aussi vite qu'elle se fâche. Tout est arrangé, là, je suis sûre qu'elle t'en veut pas.

Mais au moment même où elle prononce ces mots rassurants, Jessica arrive comme une hystérique et me crie à tue-tête :

— Crisse de chienne sale ! Il veut plus que je danse pour lui.

— Hein ? Pourquoi ? demande Cassandra, parce que moi je suis trop figée pour ouvrir la bouche.

— Parce qu'il trouve que tu ressembles plus à sa femme que moi.

— Je… je suis vraiment désolée, vraiment, je pouvais pas savoir. Je m'excuse, que je dis.

— Je me fous comme de l'an quarante de tes excuses. Il m'apportait trois cents piastres par semaine, ce client-là. Qui va me les donner, ces trois cents piastres là ? Toi, la débutante qui connaît rien ? Au cas où tu le saurais pas, j'ai un appartement et une Camaro neuve à payer, hostie de câlisse de tabarnac de crisse.

Là, je suis sans mots. Ma gaffe est plus considérable que je pensais. La *barmaid*, qui a tout entendu, sait pas quel parti prendre, c'est juste un malentendu plat, archi plat. Jessica se tourne vers elle et implore :

— *Hit me !*

Je me dis, elle est maso, elle veut que Sandra la frappe.

La *barmaid* obéit, mais en lui servant une double vodka jus d'orange qu'elle *cale* d'un seul coup. Jessica décrète, insatisfaite :

— *Again !*

Sandra remplit son verre, mais visiblement c'est plus qu'un double, c'est un triple, et lorsqu'elle veut le couper de jus d'orange comme le premier, Jessica met le holà :

— Non, *fuck* le jus d'orange pour celui-là, il est pas sept heures du matin, j'ai déjà mangé mes toasts au beurre de *peanut*.

Cassandra et moi, on échange un regard désolé. Je regarde le Veuf, qui regarde le bar comme s'il attendait la conclusion de notre conversation, et il a encore plus l'air d'un chihuahua dépressif que lorsque je l'ai aperçu la première fois. Ça me brise le cœur. Et pourtant, je décrète alors, emplie d'un confiance nouvelle :

— J'ai un plan.

Chapitre 14

Je retourne d'un pas résolu vers la table du Veuf, qui est visiblement ravi de me revoir. Troublé serait un meilleur mot. Il semble même étouffer d'émotion.

— Je m'appelle Martine, que je dis. Je peux danser pour vous?

— Non, répond-il à mon étonnement.

— Non? Je comprends pas, je croyais que...

— Fais juste t'asseoir, pour que je puisse te regarder...

— Mais... mais on gagne notre vie en dansant, pas en s'assoyant à la table des clients...

— Je sais, je sais, mais je vais te payer, même si tu danses pas.

Je suis pas sûre de comprendre, mais je vois qu'il est vraiment sérieux car il tire alors de sa poche un billet de cinquante dollars. J'arrondis malgré moi les yeux, prends le billet, et je fais avec un peu de culpabilité le petit manège de la monnaie rendue lentement, mais il fait un geste de la main.

— Non, non, garde tout !

Je regarde vers le bar. Jessica a tout vu évidemment, et fulmine. Dans son esprit, ça vient de confirmer que je lui ai bel et bien chipé le Veuf, et elle décolère pas. Enfile vodka sur vodka. Pendant que Cassandra tente visiblement de la raisonner, pas une mince tâche.

J'empoche le joli billet, l'équivalent de dix danses, et j'ai évidemment une pensée pour Herby qui va être fier de moi, et risque moins de m'engueuler pour paresse et manque à gagner.

Je m'assois, sachant pas quoi faire pour passer le temps. Mais être assise, c'est moins mortifiant que se dandiner nue pour un parfait étranger. Le Veuf tire alors de sa poche une feuille de papier un peu jaunie, qu'il déplie, et il dit :

— Est-ce que je peux te lire une poésie ?

— Ben oui…

Il esquisse un sourire ravi, et se met à lire, mais en me regardant souvent au lieu de regarder sa poésie, comme s'il la savait par cœur. (Moi je peux la retranscrire, pas parce que j'ai une mémoire phénoménale, mais parce que tu peux la retrouver dans n'importe quelle anthologie de poésie française.)

« Mignonne, allons voir si la rose
Qui ce matin avoit desclose
Sa robe de pourpre au Soleil,
A point perdu, ceste vesprée,
Les plis de sa robe pourprée,
Et son teint au vostre pareil.
Las ! voyez comme en peu d'espace,
Mignonne, elle a dessus la place

Las, las, ses beautéz laissé cheoir !
Ô vrayment marastre Nature,
Puis qu'une telle fleur ne dure
Que du matin jusques au soir !
Donc, si vous me croyez, mignonne,
Tandis que vostre âge fleuronne
En sa plus verte nouveauté,
Cueillez, cueillez votre jeunesse :
Comme à ceste fleur la vieillesse
Fera ternir vostre beauté. »

Il se tait. Sourit tristement. Attendant visiblement ma réaction. Qui vient pas. Car je suis pas sûre d'avoir tout compris, vu que – et tu seras d'accord avec moi – c'est du français, certes, mais qui semble périmé, comme la crème parfois que tu verses le matin dans ton premier café dont tu espères tant de voluptés. Ça fait pas un très beau spectacle, tous ces grumeaux dans le noir liquide de ta résurrection matinale, comme ces princes charmants après qu'ils ont eu ce qu'ils voulaient, tout ça pour ça. Il reste Tim Hortons, je sais, mais c'est pas la même chose, tu en conviendras avec moi.

Pas sûre d'avoir tout compris, non, et de surcroît, la nostalgie s'empare de moi, et je pense à mes « vieux ».

Et ça me donne des larmes de contraste.

Si tu sais pas ce que je veux dire par « larmes de contraste », pense à notre époque, et à celle qu'il évoque, ce vieux poète, et poste-moi à ta plus proche convenance tes questions, si tu as pas encore pigé.

Romantique et triste…

Romantique, à cause de « mignonne, allons voir si la rose », et triste à cause de « cueillez, cueillez votre jeunesse », à cause surtout de mes vieux aux Chants de l'Aube…

Que je vois plus, mais déjà ils me manquent. Au fond, si j'y pense, je suis encore, à ma manière, préposée aux soins, mais je dispense d'autres services, pour soigner d'autres misères.

Je reviens au 369, à mon Veuf. Qui attend ma réaction à sa récitation. Je laisse parler mon cœur, le meilleur prosateur.

— C'est joli, ce que vous avez écrit.

— Oui, mais c'est pas de moi, c'est de Ronsard.

— Ah…

— C'est le poème que j'ai récité à ma femme quand je l'ai rencontrée. Maintenant il faut que je le lise, il reste plus de place dans ma mémoire, elle est toute prise par elle. Ma femme, elle, non seulement elle a plus de jambes, mais elle a plus de mémoire, c'est à cause de son Alzheimer : elle se souvient plus de moi, de notre amour. Ça fait drôle, surtout au début. Et aussi au milieu et aussi à la fin. Des fois je me dis que…

Il me dit pas ce qu'il se dit. Il a pas la force de terminer, semble trop ému.

Oh!!!! que je me dis. Il fait tellement pitié que j'ai le goût de le serrer dans mes bras, comme s'il était mon petit papa. Mais ça se fait pas.

Il regarde une dernière fois le poème, comme s'il pensait à sa femme en fauteuil roulant, ou de manière plus générale et philosophique, à marastre Nature qui lui a enlevé sa beauté et surtout l'usage de ses jambes et de sa mémoire, ce qui est encore pire. Bientôt, comme si la vue de ce poème lui était insupportable, il replie la feuille, la remet dans sa poche.

Émue, je me détourne malgré moi, regarde vers le bar, et aperçoit Jessica qui secoue la tête, tout en plissant ses jolies lèvres roses, avec l'air de dire : « Il lui refait le coup qu'il m'a fait à "nos" débuts. » Cassandra semble comprendre, elle aussi, le drame qui se joue, pose une main compatissante sur l'épaule de Jessica.

Les chansons se succèdent, que le Veuf écoute sans rien dire, se contentant de me regarder comme s'il regardait sa mignonne en allée au pays de l'oubli. Puis il sort de son mutisme nostalgique et dit :

— Est-ce que je peux te demander une faveur ?

— Une faveur ? Je sais pas, le temps de vos danses est écoulé.

J'en ai pas fait le décompte exact, avec cinquante dollars il avait payé dix danses. Que j'ai pas dansées. Mais lui non plus a pas joué les comptables comme ceux qui veulent en avoir pour leur argent, et plus si possible. Va-t-il finir, après avoir eu des apparences de gentleman, par me demander des choses dégueulasses, comme tous les autres clients ?

— J'aimerais juste t'embrasser la main, comme la première fois que j'ai rencontré ma femme, explique-t-il, égal à lui-même, donc romantique à souhait.

— C'est pas quelque chose qu'on fait, on danse seulement aux tables…

— Mais je vais te payer, ma mignonne…

Un deuxième billet de cinquante dollars apparaît dans sa main comme par magie.

Il est trop attendrissant à la fin. Je devrais refuser de me faire payer pour cette faveur sans conséquence. Mais je me dis que ça va m'aider à réaliser mon « plan ». Alors, même si je me sens un peu dégueulasse et que je sens que j'abuse de la situation, je prends l'argent. Puis je lui tends la main droite, pour ce baisemain extravagant. Mais avant qu'il ait le temps de l'embrasser, je la retire. Il me regarde, étonné, inquiet.

— Est-ce que… tu as changé d'idée ?

— Je suis gauchère.

— Ah…

Il fronce les sourcils : je viens tout juste de prendre l'argent avec la main droite ! C'est que je viens de me rappeler que j'ai pas eu le temps de me laver les mains après avoir satisfait le fantasme du humeur de Boston, ou de son frère aîné, je sais plus ! Je lui tends la main gauche. Le Veuf la prend à deux mains et y dépose un baiser attendri. Il s'attarde, se recueille presque, les yeux fermés, puis comme s'il était trop ému, il abandonne enfin ma main, se lève et me dit : « À la prochaine, mignonne ! » Et il quitte précipitamment le bar. Les larmes me montent aux yeux. Attendrissant, ce vieux !

Mais je suis contente : mon petit plan a marché encore mieux que je pensais. Je cours retrouver Cassandra et Jessica, et brandis devant cette dernière les deux billets de cinquante dollars que je viens de gagner.

Ma « rivale » ulcérée croit hélas que je veux la narguer, ajouter l'insulte à l'injure, et comme elle est passablement soûle à force de se défoncer à la vodka, elle lève la main pour me frapper.

— Espèce de chienne, tu as le culot de…

Mais Cassandra, vive comme l'éclair, attrape sa main au vol.

— On se calme et on respire par le nez! dit-elle, avec tant d'autorité que Jessica s'écrase.

— Tu comprends pas, que je lui explique, cet argent, je te le donne.

Elle me considère, incrédule.

— Tu te fous de ma gueule ou quoi?

— Non, c'est ton client, je le savais pas, alors c'est normal que l'argent te revienne. En plus, il m'a juste lu un poème et embrassé la main.

Jessica se tourne vers Cassandra comme pour vérifier sa réaction, ou qu'elle rêve pas.

— Je t'avais dit que c'était un ange, explique la doyenne des danseuses.

Jessica me regarde, l'air piteux, et dit :

— J'accepte mais à une seule condition.

— Laquelle?

— Qu'on sépare l'argent en deux.

Je souris mon approbation, lui remets un billet. Troublée et encore coupable, Jessica me serre dans ses bras, et autour de nous, les gars s'émeuvent encore, nous croient si ivres qu'on a pas pu échapper à nos penchants homosexuels, leur grand fantasme, se mettent par conséquent à siffler et à applaudir.

L'un d'eux suggère, délicat en ses élans :

— Un *french*, un *french*!

Ça veut dire *french kiss*. Je sais pas si ce sont les Français qui l'ont inventé, ce baiser. C'est comme les capotes anglaises, les Anglais, ils les appellent des *french sleeves*. Si tu y penses, c'est mêlant. Alors mieux vaut pas y penser, même si tu es mieux d'y penser si tu veux pas tomber enceinte ou hériter de petits compagnons détestables après ta nuit d'amour.

Comme des moutons de Panurge, les clients se jettent dans le banal océan de leur bas instincts, deviennent comme des enfants dans une confiserie, crient et battent des mains et se sentent de vrais hommes. Partout où il y a des hommes, il y a de l'hommerie. Oui, cher philosophe, mais encore dix fois plus s'il y a parmi eux des femmes à demi vêtues qui s'étreignent tendrement. Pour oublier le marécage où elles pataugent par quelque bizarrerie du destin. Et quelque cruauté. D'un homme en général. Cette liesse soudaine manque pas de piquer la curiosité du Ministre, un client qui vient tout juste d'entrer, et qui porte des verres fumés. Il se penche vers l'homme qui l'accompagne, une vraie armoire à glace, et lui dit des choses à l'oreille en me pointant du doigt.

Chapitre 15

Quand j'ai appelé « Ministre » le client qui venait de se pointer, c'était pas juste une (sale) figure de style. Comme avec le Boucher.

C'était son vrai métier, si on peut dire que c'est un métier que d'être ministre : moi, ça me semble plus un *business* !

Le type qui a l'air d'une armoire à glace, c'est son garde du corps. Il me demande d'un ton sec :

— Tu veux danser pour mon patron ?

Je m'arrache non sans regret des bras soyeux et vraiment émus, et vraiment reconnaissants et vraiment sororaux de Jessica et dis :

— Oui, pourquoi pas !

Le garde du corps me conduit vers la section V.I.P., qui est protégée des *minus habens*, ceux qui ont peu, par un cordon de velours rouge que tu peux franchir juste si tu peux allonger un billet de dix dollars. La section V.I.P. où monsieur Blanc a conduit spontanément le Ministre parce qu'il a deviné – il a du métier – qu'il était un mec important. Remarque, il l'a peut-être reconnu parce qu'il passe tout le temps à la télé, au bulletin de nouvelles en plus.

Malgré ses lunettes fumées, je le reconnais sans peine, ce politicien : c'est le ministre de... je peux pas te dire quoi, vu le code de déontologie de notre chic profession. Mais c'est *big*, je veux dire, il a des grosses responsabilités et gère des millions. Qui sont pas à lui. C'est toujours plus facile, que tu penses, je sais. Tu regardes moins à la dépense et les déficits te réveillent pas la nuit. T'as juste à dire que c'est la faute du gouvernement précédent.

Le garde du corps préfère laisser le Ministre seul avec moi, ou il a pas le salaire pour se taper la section V.I.P. Il s'assoit plutôt à la table la plus proche du cordon rouge, pour garder un œil sur son patron. Ou sur moi. Va savoir !

Les hommes disent souvent des femmes : « Toutes les mêmes, sauf ma pauvre mère ! » Inspirée de leur édifiante sagesse, je pourrais dire : « Les hommes, tous les mêmes, même ministres ! »

Fine mouche, m'étonnant moi-même de la rapidité de mes progrès, je fais semblant de pas le reconnaître pour pas le mettre mal à l'aise – et, par la même occasion m'en mettre plein les poches. Je pousse la délicatesse jusqu'à le tutoyer, pour pas qu'il se doute que je connais sa glorieuse – et honteuse – identité :

— Tu fais quoi dans la vie, beau bonhomme ?

— Un job de cul, qu'il me dit, ravi que je l'aie pas reconnu.

— Moi aussi : on est faits pour s'entendre, mon coco.

Ma familiarité endort ses soupçons, pendant que je me dis qu'il a dû en fumer du bon ou être vraiment en manque de sexe pour se pointer au 369. Il a quand même une certaine classe, car il me demande ce que je veux boire.

— La même chose que toi, pourvu que ce soit du champagne.

Sur le coup, il réagit drôlement, le Ministre de mes fesses. Il tique un peu, mais finalement se vante :

— J'ai un bon compte de dépenses. Aux frais de Sa Majesté !

— T'es un *king*, toi ! On te l'a déjà dit ?

— Pas souvent. Juste trente-sept fois. Cette semaine.

Je voudrais le complimenter de sa modestie, mais Sandra paraît, pour prendre sa commande, une bouteille de Veuve Clicquot. Le Dom Pérignon, on en sert pas au 369, vu le type habituel de clientèle. Sandra me fait discrètement un clin d'œil car j'ai bien travaillé, en poussant le client à la dépense.

Avant de me demander de danser pour lui, monsieur le ministre attend que Sandra revienne avec le champagne et deux coupes.

Elle fait sauter le bouchon, ce qui fait sursauter le garde du corps, qui porte la main à l'intérieur gauche de sa veste où il remise son revolver : il a toujours peur qu'on tire sur son patron et, par conséquent, sur lui. Je souris de son idiotie.

Dès Sandra repartie vers le bar, mon client dit :

— Tu veux danser pour moi, beauté ?

— Mais oui, que je dis, c'est le but de l'exercice.

Après la première danse, qui a semblé le mettre en confiance, je lui dis :

— Je continue ?

— Bien sûr.

Mais il ajoute, avec un petit sourire coquin :

— Est-ce que je peux te demander quelque chose de spécial ?

— Ben oui, mon chéri.

— Tu pourrais pas enlever tes souliers ?

— Mes souliers ? Pourquoi ?

À la vérité, ça m'arrangerait de les ôter, car avec mes talons aiguilles, sur ce minuscule *stage* ambulant de ma fausse gloire, je me sens pas totalement en confiance.

— Ben, il me semble que tu serais plus à l'aise pour danser, non ?

Au lieu de répliquer, je retire et lance un peu vivement mes souliers en direction du garde du corps qui a la présence d'esprit de les attraper, ce qui fait sourire le Ministre, qui décrète, le pouce en l'air :

— *My man* ! En plus, il conduit ma limousine.

— T'as une limousine ? que je questionne en feignant l'étonnement le plus admiratif possible, comme si c'était une surprise pour moi.

— Quand t'es occupé comme moi, t'as pas le choix.

Mais dès que mes pieds sont nus, l'honorable ministre va droit au but :

— Est-ce que je peux sentir tes pieds ?

J'ai envie de pouffer de rire, mais je me retiens : le client a toujours raison, même s'il fait du chapeau. Je tente pourtant de le prévenir :

— C'est que… je danse depuis un bon moment, alors mes pieds vont sentir les… petits pieds !

— C'est justement ce que je veux, me fait le délicat.

— Je veux bien, mais les clients ont pas le droit de toucher ici, c'est pas un bordel, c'est un bar de danseuses.

— Personne va s'en rendre compte, on est dans la section V.I.P.

— Je veux bien mais le gérant voit tout. Évidemment, je peux acheter son silence.

— Tu peux ?

— Oui, mais c'est cher.

— Pas grave, j'ai un gros compte de dépenses ! rétorque-t-il en riant. C'est combien ?

— Vingt dollars.

— Vingt dollars ?

— Oui. Pour lui. Et vingt dollars pour moi.

Il me les allonge vite fait. Ça te paraît toujours moins cher quand c'est pas ton argent mais l'argent des con… tribuables qui ont voté pour toi ! Je peux plus reculer.

Il prend son pied, je veux dire le mien, que je lui ai tendu enfin. Je me dis, non sans logique, que c'est quand même moins dégueulasse, comme tâche, que de se toucher pour un client. Qui peut le plus peut le moins !

L'illustre ministre passe deux danses à me respirer le pied, je me suis assise en attendant sur une chaise, et j'ai posé mon pied sur la table, parce que, debout comme une conne sur mon tabouret, c'est pas évident, surtout avec tous les *shooters* que j'ai dans le nez. En plus, ça me permet de déguster le champagne qu'il m'a offert et que je bois pas souvent, vu qu'Herby est juste étudiant.

Comme si les bulles ou le douteux parfum de mon pied lui avait délié la langue, à l'honorable, il commence à me révéler le fond de son âme, en donnant un *break* à son gros nez de biberon :

— Tu sais ce que j'aime vraiment ?

— Euh non, mais dis-moi ! Tout ce que tu me dis de toi me fascine.

Il regarde en direction de son garde du corps qui s'est commandé une grosse bière, puis se penche vers moi et m'avoue, délicat à souhait :

— Tu sais où j'aime vraiment baiser ?

— Dans ta limousine ou au bord du lac Léman ?

— Non, c'est dans des endroits où il y a des animaux, et où ça sent fort, comme une écurie, un poulailler ou une porcherie...

— Hum, tu as vraiment de la classe, toi. Tes parents seraient pas par hasard de la vieille aristocratie française?

Mais en mon for intérieur, je me dis : «Ouache, vraiment dégueulasse! Pas étonnant que la province soit si mal *runnée*!»

— Comment t'as fait pour deviner?

— Je sais pas. Il y a des choses qu'on peut pas cacher. Comme le sang bleu qui coule dans nos veines. Mais, dis-moi, est-ce que t'es marié?

— Oui, c'est mon seul défaut.

— Au contraire, les hommes mariés, c'est hyper excitant.

— Sauf pour l'homme marié.

— Ah...

— Oui, la vérité, c'est que ma femme me comprend pas, on est trop différents, on a pas les mêmes goûts. On reste ensemble juste pour l'image.

— Elle aime pas ça, les porcheries?

— Non, elle est pas ouverte d'esprit.

— Hum, je vois. Pas facile, la vie de couple!

— Non, vraiment pas. Au fond, dit-il philosophiquement, on est toujours seul.

— Il s'agit de savoir avec qui!

— Hein? qu'il demande, pas sûr de piger la boutade.

Je réponds pas. Je prends plutôt une lente gorgée de champagne.

Le ministre, comme s'il était allongé sur le canapé de Freud, me confie alors, dans une de mes plus grotesques «confi... danses» :

— Mais mon caprice ultime, tu sais c'est quoi?

— Non, mais... est-ce que je peux prendre une petite gorgée de champagne avant que tu m'en enchantes?

— Ben oui... qu'il dit, ravi.

Je vide ma coupe non sans inquiétude, avec un sourire forcé. Il m'imite. Puis me révèle un autre pan (malodorant) de son âme :

— Tu me demanderais combien pour faire pipi dans ça?

Et il me montre sa coupe de champagne vide. Là, je suis vraiment écœurée. Le ministre, il pousse fort.

— Je... je crois pas que je peux faire ça... Si on nous voit...

— Mais je te le répète, on est dans la section V.I.P.

— Peut-être, mais de toute manière, même si je disais oui, je crois pas que tu pourrais te payer pareille fantaisie.

— *Try me.*

— Deux cents dollars.

— Cent.

— Cent cinquante.

— *Deal!*

— Mais payable d'avance. Plus les quarante dollars pour m'avoir senti le pied. Ça fait cent quatre-vingt-dix dollars.

Il me tend deux billets de cent dollars. Je prends mon temps pour la monnaie. Il dit : « Garde tout. » Je souris. Ça marche à tout coup, le truc de Cassandra ! Ils sont tellement pressés que tu leur donnes ce qu'ils veulent, et ils ont tellement peur de passer pour des pauvres : deux facteurs qui jouent en ta faveur !

Ça se fait comme un jeu. Je peux plus reculer. Et même si ça ferait évidemment plaisir à Herby, tout cet argent vite gagné, tout à coup je me sens plus la force de livrer la marchandise.

Uriner debout dans une coupe de champagne, c'est encore plus dégueulasse que se toucher, il me semble. Alors même si je suis plus soûle, je dois me ressaisir. Et surtout, j'ai besoin d'un petit fortifiant moral. Ou disons un grand.

— Je reviens, que je dis au très honorable.

— Tu vas où ?

— Boire un litre d'eau pour que tu en aies pour ton argent.

Il sourit, tout excité, convaincu que sa patience sera récompensée. Moi, je vais pas boire de l'eau, mais je retrouve plutôt Cassandra au bar, et je lui avoue : « J'ai besoin de toi. »

Trente secondes plus tard, on est dans la loge des filles.

Cassandra me donne une ligne de coke, que je prends pour la première fois de ma vie. Quelques secondes après, je ressens un *buzz*.

Je me sens bizarre, certes, mais aussi pleine d'une énergie nouvelle. Tout se met à tourner très vite dans ma tête, j'ai la sensation étrange et paradoxale d'être tout à la fois *speedée* et calme, et surtout, ce qui est nouveau pour moi et fort pratique, je suis sans émotion.

Oui, sans É-M-O-T-I-O-N, moi qui d'habitude en suis une véritable boule. La chose est vraiment bienvenue dans ma vie (de nuit) pour affronter le Ministre. Enhardie, je retourne à la section V.I.P... ipi!

Sourire aux lèvres, je m'exécute dans la coupe de champagne. Mais intérieurement, je grimace. Le Ministre est ravi.

Moi, je suis plus riche de deux cents dollars, mais je me sens vraiment déprimée, et je commence à me dire que le prix à payer pour mon (grand) amour est vraiment... grand!

Chapitre 16

Ensuite, même si j'aurais dû me réfugier vite fait dans la loge des filles, pour me laver de ce crime contre mon humanité, j'étais si *speedée*, si gelée au niveau des émotions, que j'ai accepté tout de suite de danser pour d'autres clients. Qui semblent pas se formaliser de mon parfum singulier. Même, ils en redemandent. À croire qu'ils ont les mêmes goûts tordus que le ministre trouduc : ils ont peut-être voté pour lui ou sont membres en règle de son parti !

Moi, une heure plus tard, il a fallu que je recoure à plus de support moral. La première fois, Cassandra m'avait rien demandé, mais la deuxième (les affaires sont les affaires !), elle m'a vendu ce qu'on appelle « un quart » pour vingt dollars. J'ai pas trop protesté, j'avais fait tant de fric avec le Veuf et le Ministre.

Je me suis quand même dit que si Herby l'apprenait, il serait pas content de cette dépense pour lui inutile. Mais je suis pas obligée de tout lui dire. Il pourra pas le deviner.

Et de toute manière, sans ce quart, continuer à montrer mon corps, j'aurais pas été capable ! Je suis faite forte, mais j'ai pas tous les remparts.

Alors, pour protéger mon âme de ce mal-être et de ces sous-hommes, nos clients, j'ai *sniffé* une autre ligne. Ou deux, ou trois, j'ai pas fait le décompte exact.

Et puis, j'ai eu la chance de finir la soirée en beauté en faisant quelques danses pour… Beauté Fatale ! C'est le nom que j'ai donné spontanément à un client qui est le véritable sosie de Brad Pitt. En plus, il offrait le champagne auquel j'ai trouvé meilleur goût que celui du Ministre, même si c'était le même.

Blond, les yeux bleus, le sourire ravageur, mince et avec un charme fou, Beauté Fatale a vingt-huit ans et, jeune investisseur immobilier, il aime l'argent et les femmes. Les femmes et leur beauté, leurs sourires, leurs rires, leurs chagrins, leurs joies, leur corps, leur âme. Exactement le contraire du Boucher ou du Ministre : le bonheur inattendu dans ce trou, quoi !

À la fin de la soirée, dans la loge des filles, Cassandra m'a prévenue que Beauté Fatale demandait souvent aux danseuses de coucher avec lui. Mais que toutes disaient non, enfin supposément. Parce que, sans que ce soit un règlement officiel, c'était vraiment pas réglo pour les autres danseuses. Parce que, comme tout finissait par se savoir, si les clients découvraient qu'une danseuse couchait, ils l'auraient fait danser au détriment des autres en espérant qu'elle finisse par leur accorder ses faveurs.

Mais moi, il m'avait rien demandé, Beauté Fatale. Il m'avait juste raconté ses bons coups (d'argent, pas de sexe !) et des histoires drôles.

En fait, il m'avait demandé une chose, c'était de danser pour lui avec Isabelle. Mais Isabelle, elle lui a expliqué que les danses à deux filles, elle les faisait juste avec Thérèse. Thérèse qui la suivait comme son ombre. Et qui était plutôt contente de sa réponse. Beauté Fatale a regardé Thérèse mais, visiblement, elle lui plaisait pas. Il a tendu un billet de cent dollars à Isabelle, et a dit : « Alors danse seule pour moi ! »

Isabelle pouvait pas refuser, surtout qu'elle avait pas eu une trop bonne soirée. Thérèse lui a grimacé son approbation, moi j'ai compris que j'avais plus rien à faire là. Gentleman, Beauté Fatale s'est levé pour m'embrasser sur les deux joues. Je me suis laissé faire. Non seulement il était beau et jeune, mais il sentait bon.

Pendant quelques secondes, ça m'a enlevé mon sentiment de dépression. Puis je suis rentrée à la maison. Avec presque quatre cents dollars de gains. J'aurais eu plus mais j'ai vraiment bu, et pris de la coke – et laissé des pourboires de plus en plus gros à mesure de mon ivresse – pour pouvoir finir la soirée. En plus, j'ai payé Diane, la chauffeuse, avec un billet de cinquante dollars que m'avait donné le Veuf. Elle a voulu me rendre la monnaie, mais j'ai dit : « Garde tout ! » Elle a vérifié : « T'es sûre ? » J'ai dit oui, j'étais vraiment pompette, et impatiente de montrer mon butin à l'homme de ma vie.

J'étais certaine qu'il serait en pâmoison.

C'était bien mal le connaître.

Chapitre 17

Lorsque je rentre, avant même de m'embrasser ou de me dire : « Ç'a bien été, mon amour ? », il me demande :

— T'as fait combien ?

Je suis fière de lui annoncer, en lui tendant tout l'argent :

— Presque deux fois plus que le premier soir !

Il dit rien, sourit même pas, se contente de prendre l'argent, puis m'accuse :

— Tu as fait des extras pour des clients ? Tu leur as fait des pipes ou des branlettes ?

J'en reviens pas, je pensais qu'il sauterait de joie. Je proteste, mais d'une voix douce, pour pas soulever sa colère :

— Mais non, voyons. Pourquoi tu dis ça, mon amour ?

— Parce que la copine de Marley, Cheryl, même ses meilleurs soirs, elle fait pas plus que deux cent cinquante dollars.

Et elle, elle a un vrai corps de femme et de l'expérience. Tu avoues?

J'avoue pas parce que je suis anéantie. Parce qu'il me croit pas, et me rappelle que j'ai pas un vrai corps de femme. Des fois, je me demande ce qu'il fait avec moi et pourquoi il m'aime.

Je sens que j'ai pas le choix. D'ailleurs il a deviné que je lui mens ou que je lui cache des choses.

Je veux d'abord lui dire au sujet du Veuf, qui m'a même pas touchée (sauf le cœur, il est vrai), sauf la main parce que tout ce qu'il voulait était de me dire : « Mignonne, allons voir si la rose qui ce matin est éclose » ou un truc comme ça. Mais Ronsard, je suis sûre qu'il connaît pas, Herby. Et en plus croira-t-il jamais qu'un homme peut donner cinquante dollars à une femme pour lui tenir la main parce qu'elle ressemble à sa femme qui est dans un fauteuil roulant et qui a tout oublié de leur grand amour? Ce serait du chinois pour lui, comme le créole pour moi, parfois. Alors je suis bien forcée, pour lui expliquer la somme importante, de lui parler du Ministre.

— J'ai dansé pour un impotent, je veux dire important ministre du gouvernement québécois, que je lui avoue enfin. Il a dépensé une fortune sur moi.

— Un ministre dans un bar *topless*? Tu te fous de ma gueule, ou quoi!

— Non, pas du tout, je te jure, mon chéri! Il avait son garde du corps avec lui, et il roule en limousine. C'est un malade. Il a payé pour me sentir les pieds et pour que je fasse pipi dans une coupe de champagne.

J'aurais pas dû dire ça, mais ça sort comme ça, spontanément, je suis soûle, je peux pas contrôler toutes mes émotions.

— Ah! c'est vraiment dégueulasse, ce que t'as fait. Tu me dégoûtes.

— Je… j'ai fait ça pour notre couple, parce qu'on avait besoin d'argent, pour le loyer.

— Peut-être mais le résultat est le même, tu comprends, notre couple, pour moi, c'est comme un temple, et là c'est comme si tu fonçais dedans avec un bulldozer. Comment tu penses que je me sens là-dedans?

Je suis sûre qu'il se sent pas aussi déprimé que moi, parce que plus déprimé que moi, même si tu essaies, tu peux pas, c'est comme ça.

Chapitre 18

Le dimanche, j'ai pas vu Herby, il l'a passé avec ses amis, enfin c'est ce qu'il m'a dit, et il avait un drôle d'air quand il est rentré le soir. J'ai voulu faire l'amour mais il m'a repoussée. J'ai pas insisté. C'est toujours lui qui décide quand on le fait ou pas. C'est comme ça. Il sentait drôle, je veux dire, il sentait pas l'eau de toilette mais un parfum de femme. Mais c'était peut-être juste Cheryl qui l'avait embrassé, parce qu'il passe beaucoup de temps avec Marley, et Cheryl, elle veut toujours être à côté de lui. Un jour j'ai dit à Herby : « Pourquoi moi je pourrais pas faire comme elle ? » Il a répondu que ça serait trop long à expliquer, qu'elle était une névrosée. J'ai pas insisté.

Le lundi matin, vers dix heures, le téléphone sonne. C'est mon patron, Napoléon. Je devrais dire mon ex-patron, car il est pas plus mon patron que l'avion qu'on vient de rater et dont on dit pourtant, « mon » avion, même si on n'est pas monté dedans à temps.

— Que me vaut l'honneur ? que je lui demande. Je croyais qu'on s'était tout dit.

— Le Pianiste refuse de manger depuis vendredi.

Il avait fini par adopter ce surnom lui aussi, même s'il s'appelait Arthur Laverdure.

Le Pianiste, un charmant septuagénaire, avec d'abondants cheveux tout blancs et de grands yeux bleus malheureux répétait constamment qu'il avait fait Carnegie Hall et que, de surcroît, il avait été ami avec le célèbre concertiste Arthur Rubinstein. Peut-être parce qu'il avait le même prénom que lui.

Il pianotait partout, avec ses belles mains de musicien, imaginaire ou pas. Mais personne l'avait jamais entendu jouer, et tout le monde (pensionnaires et membres du personnel confondus) le prenait pour un fou, ou croyait, banale déchéance, qu'il était retombé en enfance.

Moi, je m'étais jamais prononcée sur ce sujet. Je le trouvais juste touchant.

— Ah, et après ? que je réponds à mon ex-patron.

— Ben, je me demandais si tu pourrais pas venir faire un petit tour au centre d'accueil, pour lui dire que s'il continue ainsi…

Je le laisse pas finir.

— Est-ce que je peux vous rappeler que vous m'avez remerciée de mes brillants services pas plus tard que vendredi passé, et que je vois vraiment pas pourquoi j'irais faire du bénévolat. À moins, bien entendu, que je vous comprenne pas et que vous soyez en train de me redonner mon emploi.

Je le lui dis pas, mais ce serait la joie. Pour moi. Comme s'il comprenait ce qui se passe, Herby s'avance vers moi, l'air hyper suspicieux du maître qui soupçonne son esclave de déplorables envies de liberté, le crime suprême.

Napoléon répond à ma question :

— Écoute, si tu viens, on pourrait voir ça. Il y a jamais rien de coulé dans le béton, on a peut-être fait une erreur.

Voilà qui est de la musique à mes oreilles ! Je réplique en cachant mon excitation, d'autant plus grande qu'elle est inattendue :

— Écoutez, je peux rien vous promettre, j'ai déjà trouvé un autre emploi.

— Ah, fait-il, avec une déception évidente, mais si…

Je le laisse pas répliquer et raccroche aussitôt, parce que Herby arrive assez près de moi pour entendre ce que j'aurais dit.

— C'était qui ?

— Je… mon patron…

— Le gérant du 369 ?

— Non, mon ex-patron aux Chants de l'Aube.

— Il voulait quoi, ce con qui t'a manqué de respect et t'a congédiée comme une moins que rien ?

De nouveau, et même si la chose me répugne profondément, et que je suis, il me semble, une personne honnête et franche, je prends le parti de mentir. Bizarre, quand même, ce que la vie et les (grands) sentiments te font faire !

— C'est pour mon chèque du gouvernement, pour me dire quand je pourrai l'avoir.

— Ah, vraiment ? fait-il en me toisant, l'air circonspect, comme s'il sentait que je lui mentais.

Je tremble et crains qu'il me confronte, que nous nous disputions. Parce que ça me tue. Chaque fois. Comme de l'arsenic. De la mort-aux-rats. Et puis, je sens que je fais pas le poids. Comme s'il avait un bazooka, et moi un tire-pois. S'il me quittait, ce serait une bombe atomique dans ma vie, et je serais anéantie comme Hiroshima. La discussion finit là. Je dis :

— Je vais prendre une douche.

Quand je suis sortie de la salle de bains, quinze ou vingt minutes plus tard, Herby était déjà parti sans préavis, probablement pour ses cours. C'est drôle mais, même si je l'aimais follement, j'étais contente qu'il soit pas là, c'est ma petite contradiction à moi.

Alors, j'ai décidé de commettre une sorte de désobéissance. Pour une bonne cause. Et je suis retournée aux Chants de l'Aube, me disant que, de toute manière, Herby le saurait jamais...

Jusqu'à ce que je note la présence d'un type, qui attendait au même arrêt d'autobus que moi, à ma gauche, mais à une dizaine de pas, comme s'il préférait...

... garder ses distances forcément...

… mais pourquoi ?

Bon, peut-être, tout simplement, parce qu'il fumait et moi pas, et certains fumeurs ont cette élégance de pas imposer aux autres leur fumée secondaire même dehors…

À la réflexion, il me semblait que je l'avais déjà vu quelque part, mais je me souvenais pas où au juste. Juste une impression, cette sorte de sentiment un peu mystérieux qu'on a parfois. Il faut dire qu'il portait une tuque noire comme ses lunettes fumées. On était début novembre, et il faisait frais sans doute, mais quand même, pourquoi un bonnet de laine ? Il avait l'air haïtien, et ces gens-là, ils sont frileux – en tout cas Herby l'est –, vu que dans leur pays, le froid, ils connaissent pas.

Et de surcroît, pourquoi des verres fumés alors que le temps était couvert ? Peut-être justement parce qu'il était haïtien et que c'était… un ami d'Herby qui me suivait à sa demande !

L'autobus est finalement arrivé, j'y suis montée. Le type aussi, après avoir pris une dernière bouffée et écrasé sa cigarette, un peu contrarié. Je me suis assise sur un des premiers bancs qui était libre dans la rangée de gauche.

Quand le type (qui me suivait ?) est passé à côté de moi, j'ai failli m'évanouir. Non, le mot est trop fort. Mais mon cœur a battu la chamade, ou, si tu comprends pas l'expression, il a fait des *free games*.

À son oreille gauche, dont son bonnet cachait pas tout le lobe, il m'a semblé voir une boucle d'oreille que j'avais déjà vue au moment le plus horrible de ma vie : dans les toilettes pour femmes (ou hommes !) de l'Horizon, ce soir fatidique où j'avais failli être violée. Était-ce l'homme au diamant, qui m'avait suivie, pour se venger de son humiliation, et du coup de pied vindicatif (et hyper jouissif : je veux dire pour moi !) que je lui avais servi avant de m'échapper au bras de l'homme de ma vie ?

À l'arrêt suivant, j'ai attendu à la dernière seconde, et juste après qu'une passagère octogénaire est entrée et a payé son passage au tarif âge d'or, je me suis levée et je suis sortie en courant, évitant de justesse la mâchoire des portes qui se refermaient sur moi. J'ai regardé l'autobus repartir, ai vu le regard stupéfait du chauffeur.

L'homme au diamant s'est levé précipitamment, et ça pouvait pas être un hasard : pourquoi avoir pris l'autobus pour en redescendre à l'arrêt suivant et précipitamment de surcroît ?

Il m'a regardée par la fenêtre, il avait l'air non pas en colère, mais irrité. Moi – et je sais que c'est stupide de ma part, mais c'était plus fort que moi –, j'ai esquissé un sourire et je lui ai fait un petit salut de la main, comme fait la reine dans ses bains. De foule. À la maison, dans ses bains royaux, je sais pas et veux pas vraiment le savoir !

Je triomphais. Mais juste provisoirement. À l'arrêt suivant, qui était pas très loin, j'ai vu l'homme au diam ou le copain d'Herby qui me filait pas très habilement, descendre lui aussi. Donc, la chose était certaine maintenant : peu importait la raison, le mec me suivait !

Un taxi providentiel passait par là, vu qu'on n'était pas à New York. Je l'ai hélé aussitôt. Il était libre.

Il s'est arrêté, j'ai sauté dedans. Et de nouveau j'ai pas pu résister à l'envie (un peu téméraire et frondeuse) de saluer, lorsque je suis passée devant lui, l'homme qui me suivait, même si je savais pas pourquoi. Il a allumé une cigarette, m'a regardée, indifférent, mais l'air méchant, comme si j'étais une folle, légèrement parano sur les bords, ce qui était peut-être vrai.

J'avais possiblement tout imaginé, j'étais fatiguée, stressée, je faisais un nouveau métier que je trouvais dégradant, que je détestais même s'il était payant.

Chapitre 19

Quinze minutes plus tard, le taxi me déposait à la porte des Chants de l'Aube, et le sourire m'est revenu aux lèvres. J'allais revoir mes vieux, qui étaient pour moi comme des poèmes vivants, peut-être justement parce qu'ils le seraient plus pour bien longtemps.

Car, comme certains chefs-d'œuvre anciens, ils ont acquis une patine. Je peux pas exactement t'expliquer pourquoi, peut-être parce que, quand tes années ou souvent tes jours sont comptés, tu laisses tomber le masque, et tu avoues qui tu es vraiment, raté ou glorieux. Ça fait pas une grande différence à la fin. Je le sais, parce que j'ai changé les couches aux riches et aux pauvres, et il y a la même chose dedans.

Mais, en traversant le corridor qui mène à la salle commune, il y a une odeur très forte – et facilement reconnaissable, même si t'as jamais été préposée aux soins – qui m'a agressé vite fait la narine, et comme je t'ai avoué que j'aurais pu être un nez à Grasse, ou ailleurs…

J'entre dans la chambre. L'odeur de merde est vraiment évidente. Non seulement évidente, mais quasi étouffante. Je peux pas croire qu'aucun des préposés s'en est pas rendu compte avant moi.

Et même mon gentil vieux, qui a près de quatre-vingts ans, pourquoi a-t-il pas activé la poire près de son lit, pour qu'on vienne changer sa couche ? Il me voit arriver, s'arrache à sa télé.

— Vous allez bien, monsieur Jean ? que je lui demande.

— Oui. Depuis que vous êtes là.

Gentil mais triste. Il sait probablement pas que j'ai été congédiée.

— Vous… vous avez pas… personne s'est occupé de votre couche ?

— La couche d'ozone ?

Je sais pas s'il plaisante ou pas. Il sourit, monsieur Jean, même s'il a oublié de mettre ses dents. Qui sont sur sa table de chevet. Dans un verre d'eau ou de Novadent.

Monsieur Jean est maigre, presque rachitique, avec des cheveux encore abondants que je lui teignais chaque mois. À mes frais, que je précise, parce que le l'Oréal numéro je sais plus combien, surtout pour hommes, c'était considéré comme de la coquetterie pure et simple aux Chants de l'Aube, alors les pensionnaires y avaient pas droit. Et ses cinq enfants, à monsieur Jean, ils avaient leur vie, des pensions à gauche et à droite, et plus de place sur leur carte de crédit. Alors la repousse blanche de mon cher vieux se voyait, mais c'est pas vraiment ça qui me chavirait, ou plutôt qui me choquait, me révoltait, à cet instant.

Je soulève le drap qui couvre son corps rachitique et lui donne des plaies de lit, il y a des escarres partout sur ses jambes dont la peau est plissée comme un vieux parchemin. L'odeur que je croyais forte dans sa chambre est presque un parfum, comparée à celle qui m'agresse. Il est évident qu'il y a une éternité qu'on lui a pas changé sa couche. Je lui demande quand ça s'est passé, cet événement qui devrait être bi-quotidien. Minimum.

— La dernière fois qu'on m'a changé ? qu'il demande. Je sais pas. De toute manière, j'ose pas déranger personne. Tout le monde est occupé, surtout avec l'assassinat de Kennedy.

— Oui, évidemment…

J'ose pas le contrarier, triste de sa confusion : Kennedy a été assassiné en 1963 ! Mais comme bien des gens qui ont plus d'avenir, il vit dans le passé. Pragmatique, comme il faut toujours l'être en situation d'aide (si je pouvais l'être autant avec mon petit moi !), je lui dis :

— Je vais vous changer.

Je le tourne délicatement sur le côté. Ouvre sa couche. Qui est pleine, archi pleine. Malgré sa maigreur et son faible appétit.

Chaque fois que m'arrive semblable situation, j'en suis sidérée. Et bien entendu révoltée. Je m'interroge, ça vient d'où, toute cette merde, surtout d'un corps si maigre, comme si la partie était plus grande que le tout, une sorte d'impossibilité, comme il y en a tant dans l'existence. Et en plus, je note qu'il y a différents degrés de sécheresse. Et j'en conçois, dans ma brève expérience, que ça doit faire au moins deux jours que monsieur Jean est laissé à lui-même.

— *Shit*! que je dis en plissant les lèvres, même si c'est pas le mot : ou peut-être que ça l'est!

— Qu'est-ce qu'il y a? s'inquiète le pauvre monsieur Jean, j'ai fait quelque chose de pas correct?

Il fait pitié, et en plus il doit souffrir le (lent) martyr car sa peau est rouge, tout irritée d'avoir baigné dans cette merde et ce pipi.

— On va prendre un bon bain, monsieur Jean. Ça va vous faire le plus grand bien.

Il sourit, reconnaissant.

Mais je prononce à peine ces mots que Cruella (ainsi baptisée en raison de sa ressemblance saisissante avec la célèbre sorcière de Disney!) passe devant la porte de la chambre et me voit et me demande, du ton le plus sec du monde :

— Qu'est-ce que tu fais là, Martine? Je pensais que tu avais été congédiée vendredi dernier.

Gentil de me le rappeler, et surtout avec cette aménité dans la voix.

— Il y a au moins deux jours qu'il a pas été changé de couche, le pauvre, il a la peau qui s'arrache des fesses.

— De quoi tu te mêles?

— De...

J'allais dire : de mes affaires. Mais ce sont plus les miennes. Les vieux messieurs, les vieilles dames sont plus mes patients mais ceux de n'importe qui. Ceux d'étrangers. Pour qui ils sont des… étrangers ! À qui les ont abandonnés leurs enfants. Même si ce sont ces vieux et pas des étrangers qui leur ont changé leur couche. Du temps béni et vite oublié de leur merveilleuse enfance. Et pour étouffer leur (mauvaise) conscience, ils ont plein de raisons toutes trouvées d'avance : métro, boulot, dodo et aujourd'hui… Facebobo !

— Vous allez lui donner un bain et changer sa couche, ou quoi ?

Il y a tellement de fermeté dans ma voix que, pour une fois, Cruella, dont toute la physionomie se résume à un long nez aquilin, des lèvres minces comme le compte en banque de son cœur et de grosses lunettes noires qui ressemblent à son égo (gros et noir) comme ses cheveux qu'elle teint, prend sa Pagette et appelle un préposé.

— Merci.

— Vous partez déjà ? me demande monsieur Jean, catastrophé.

— Oui, c'est à cause du Pianiste. Il m'attend. Mais vous êtes en bonnes mains, n'est-ce pas, madame Cru…

J'ai failli dire « Cruella », ce qui aurait pas été vraiment sympa, même si c'est ce que je pensais.

— … madame Crusoé, que je complète.

Oui, madame Anita Crusoé. Je sais, on dirait que c'est tiré par les cheveux, ce nom, mais c'est la vérité. Je sors de la chambre en suppliant l'Univers, Dieu, mes anges, mes archanges, tous ceux qui vivent pour que je les dérange : « De la musique, de la musique avant toute chose, tout le reste n'est que littérature ! »

Et je vole vers mon Pianiste adoré *slash* adorable dont l'absence et le silence (de quelques jours à peine) se sont ligués pour briser mon cœur, proie facile.

Chapitre 20

Il était dans la salle commune, effondré dans un fauteuil presque aussi vieux que lui. Vu que, au gouvernement, les budgets sont limités. C'est à cause du déficit, parce que les ministres, qui se sont enfin trouvé un emploi payant, ils ont des goûts de luxe. Il faut les comprendre, ils ont jamais pu rien s'offrir jusque-là, ayant jamais connu, ni de proche ni de loin, le succès avec un grand $! Sinon, ils seraient pas en politique, qui est leur $econd Début. Si tu comprends pas, va voir la pièce *Ubu Roi*. C'est joué rue Jarry, au théâtre de la Cantatrice Chauve.

Mon Pianiste, sa vue me désole infiniment. Il a l'air si pâle, si amaigri. Il y a aussi, dans la salle commune, d'autres pensionnaires que je reconnais sans peine, tels qu'en eux-mêmes la vieillesse les a changés. Ce n'est pas toujours très beau à voir, même si tout le monde, ou presque, rêve de vivre vieux.

Les vieux, la plupart du temps, ils ont plus leurs vraies dents et plus de mémoire. Seulement une couche aux fesses. Mais c'est pas le plus grave, c'est surtout leur cœur, le problème, aux vieux, car il est plein de nostalgie, et un bon bain puis de l'onguent suffisent pas à l'enlever.

Oui, la nostalgie des vieux qui, en général, a pour simple cause leurs enfants, qui ont un talent incroyable pour jouer les filles ou les garçons. De l'air. D'où leur enfer. Mais il faut les comprendre, les enfants, une fois devenus grands, ils ont toujours de bonnes raisons. D'être ou de pas être là. En général de pas y être. Ils ont juste une vie, l'oublie pas, et toi tu en fais plus partie, pauvre vieil illusionné, même si justement c'est toi qui la leur as donnée, la vie. Mais ils sont comme toi, au fond, ils perdent la mémoire, ils se rappellent plus quand tu changeais leur couche et leur donnais du lait, du pain et des jeux, leur sacrifiant souvent tout. Ils se souviennent pas, c'est leur loi : ils vont au bureau, au bistro, ont des clients et beaucoup de néants.

Il y avait, outre le Pianiste, la Femme d'affaires qui, à soixante-quinze ans bien sonnés, était la reine du bingo et avait selon elle une martingale infaillible pour faire sortir ses numéros.

Son secret était simple : elle trichait ! Et comme elle était autoritaire, ses adversaires osaient pas la dénoncer ou la contredire, et parfois ils s'en rendaient même pas compte, déploraient juste leur éternelle malchance.

Elle jouait aussi au Monopoly, et gagnait toujours parce que après avoir jeté les dés, si leur roulement annonçait pas le nombre qu'elle voulait pour éviter d'aboutir en prison ou lui permettre de passer à Go ou d'acheter *Boardwalk* ou *Park Avenue*, elle les récupérait trop vite pour que les yeux usés de ses adversaires se rendent compte de la supercherie, et elle faisait avancer son pion à sa guise.

En plus, elle avait la manière de diminuer Mère Courage, qui avait juste soixante-dix ans, mais avait mal vieilli, et en paraissait déjà quatre-vingts et des poussières. Elle lui répétait toujours que ses filles à elle, plus dignes et sérieuses dans la vie, elles avaient jamais divorcé, qu'en plus, leurs maris étaient riches à craquer, ou au moins médecins, ça pose son homme et surtout sa femme, tandis que Mère Courage, ses trois filles avaient divorcé, et deux fois plutôt qu'une, et en plus son fils était drogué et peut-être même gai.

Mère Courage, chaque fois qu'elle entendait ce reproche, ça la faisait pleurer malgré le surnom que je lui avais donné et qui était peut-être pas très approprié. Même si, au fond, elle avait « survécu » à tous ses enfants, et à leurs drames. Et pour ça, il en faut de la force morale, surtout quand tu es mère envers et contre tous, même si tes enfants ont cinquante ans et déjà leurs enfants.

Dans la salle commune, il y avait aussi le Gourmand. Lui, il avait soixante-dix-sept ans, et mangeait tout le temps et pas juste ses émotions, mais aussi des sacs de chips format familial, peut-être pour oublier que, justement, il était sans famille, du moins connue, parce qu'il parlait jamais de ses enfants ou de son passé. Ce qui arrangeait la Femme d'affaires, parce qu'elle, elle trouvait quelqu'un intéressant juste quand il s'intéressait exclusivement à elle et parlait jamais de lui. En plus, il était le partenaire parfait, vu qu'il se souciait pas de perdre ou de gagner au Bingo ou au Monopoly, surtout si tu touchais pas à sa bouteille format géant de Coca qu'il se tapait quotidiennement : les boutons que ça lui donnait, et qu'il accusait la pollution atmosphérique de lui infliger ! Les gens sont comme ça, ils sont jamais responsables de rien. C'est toujours la faute des autres.

Ça m'a fait drôle de revoir mes vieux, comme si je revoyais une famille que j'avais perdue à tout jamais. Ils ont pas remarqué mon arrivée, la partie de Monopoly battait son plein : dans la vie, il y a des priorités !

Le Pianiste, lui, il jouait pas au Monopoly ou au Bingo. Ça l'intéressait pas, des faux dollars ou des gains faramineux de cent sous ou à peu près, vu l'importance des mises. Même les vrais dollars, il s'en moquait. Et faire semblant qu'il pouvait influencer le destin au Bingo, et faire sortir ses numéros, il pouvait faire sans. Les jeux de hasard, très peu pour lui, il aimait juste jouer du piano. Supposément.

Je me suis avancée avec émotion – et à pas de loup – vers lui. On aurait dit que, malgré mes précautions infinies, il a senti que j'étais là.

Car il a aussitôt ouvert les yeux, et s'est mis à pleurer. Je lui ai serré les mains, de très belles mains nerveuses de musicien. Supposément. Et lui ai demandé :

— Pourquoi vous pleurez ?

— Parce que vous êtes là… Et qu'il m'en reste plus pour bien longtemps à vivre. De toute manière, qu'est-ce que ça peut faire ?

— Mais pourquoi vous dites ça ? Vous êtes encore dans la fleur de l'âge, et toutes les femmes vous trouvent beau. Vous avez encore beaucoup de succès.

Alors il a dit un truc qui ressemble à la dernière tirade de Cyrano, avec Roxane à qui il avoue qu'il l'aime depuis le premier jour, ensuite il meurt. Moi, chaque fois que je lis la pièce ou revois le film, qu'ils en ont fait, je pleure.

— Mais on ne se bat pas dans l'espoir du succès ! Non ! non ! c'est bien plus beau lorsque c'est inutile !

— Mais je…

Le Pianiste a regardé dans la salle les joueuses de Monopoly. Ou il a regardé dans le vide, beau dans sa folie, et il s'est levé et il a dit – et il m'a semblé reconnaître dans son délire Cyrano à la fin de sa vie, avec Roxane qui découvre trop tard son amour :

— Ah, je vous reconnais, tous mes vieux ennemis ! Le Mensonge ! Les Compromis, les Préjugés, les Lâchetés !

— Mais mon bel ami Pianiste, je suis pas sûre de vous suivre, je…

Il semblait tout à coup découragé, et a dit :

— Ils m'ont tout arraché, le laurier et la rose !

Arrachezé ! Il y a malgré tout quelque chose

Que j'emporte, et ce soir, quand j'entrerai chez Dieu,

ou me jetterai dans le fleuve, j'emporterai…

Il a pas dit ce qu'il emportera. Je le lui ai demandé :

— Vous emporterez quoi ?

— L'image de ton doux visage, mon enfant…

J'avais peine à contenir mes larmes, j'ai protesté :

— C'est gentil, mais c'est pas demain la veille que vous allez partir, voyons. Vous êtes solide comme un roc.

Il m'a regardée avec tristesse et a dit :

— J'ai rêvé que je partirais bientôt, et les rêves mentent pas, surtout quand on est vieux car on est près de l'au-delà, et c'est là que naissent les rêves, mais je veux jouer une dernière fois, ce sera mon testament. Ça me manque tellement, ça me tue à la vérité. Oui, je veux jouer une dernière fois, mais pas juste dans ma tête, pas juste sur une table toute collée de *Kraft Dinner* et de ketchup. Non, sur un vrai clavier, où je pourrai moduler toutes mes émotions, ensuite je partirai l'âme en paix. Qu'est-ce que vous pouvez faire pour moi, ma princesse?

Sa princesse, émue aux larmes, elle s'est rappelé qu'il y avait un vieux piano dans le sous-sol de la résidence. Du temps de mon emploi, j'avais demandé à Napoléon si je pouvais l'apporter dans la salle commune pour le Pianiste, mais il avait dit : «Non si tu fais ça, tu perds ton emploi.» Simple mais convaincant. Mais là, mon emploi, je pouvais plus le perdre. Je l'avais déjà perdu. Ça me grisait juste d'y penser, à cette liberté nouvelle : à quelque chose malheur est bon!

J'ai demandé à Paulo, un préposé qui m'aimait bien, de m'aider discrètement. Il fallait surtout pas que Napoléon ou Cruella nous voient. L'opération a été un franc succès, mais les choses ont pas tourné comme je pensais.

Chapitre 21

Le Pianiste, quand il voit le piano qu'on a dépoussiéré et fait briller du mieux qu'on pouvait, il paraît aussi étonné qu'ému. Il s'y assoit aussitôt, comme s'il était impatient de jouer.

Je m'approche, m'appuie contre le Yamaha (le piano pas la moto!), j'attends qu'il me fasse un petit récital. Comme il en a fait à Carnegie Hall. Il se frotte les doigts, semble réfléchir, comme s'il fouillait dans son vaste répertoire, se demandant ce qu'il allait jouer.

Il me regarde, je lui souris : j'attends toujours.

Il contemple le clavier, de plus en plus nerveux, et ça se voit aux fines gouttes de sueur qui perlent à son front, et au tremblement de ses belles vieilles mains. Il semble sur le point d'attaquer quelque pièce fabuleuse lorsque, à la table de jeu, la Femme d'affaires s'écrie triomphalement, comme si elle venait de gagner le million à la loterie : Bingo!

Alors le Pianiste, ça le déconcentre. Moi, je peux évidemment pas protester, on est dans une salle commune, pas dans une salle de concert.

La Femme d'affaires empoche son juteux profit de cinquante sous, car ils jouent à vingt-cinq sous la partie. Devant les yeux déçus de ses adversaires, à qui, belle joueuse, elle propose tout de suite une autre partie, pour qu'ils puissent se refaire : elle veut se les faire de nouveau ! Ravis, ils acceptent.

Le Pianiste se ressaisit. Je le regarde en haussant les sourcils et en plissant les lèvres, l'air de dire : Vous jouez ou pas ? Le Pianiste me fixe, affiche une mine timide, comme si je venais de le prendre en défaut, comme si je croyais plus qu'il a jamais été pianiste. Enfin, il se met à jouer. Mais c'est pas une pièce de récital, c'est une chanson de Noël : *Au royaume du bonhomme Hiver* !

Au début, il joue seulement la mélodie que j'ai reconnue sans peine, car c'est une des préférées de mon enfance et les paroles du premier couplet me reviennent malgré moi à l'esprit :

Écoutez les clochettes
Du joyeux temps des fêtes
Annonçant la joie
Pour chaque cœur qui bat
Au royaume du bonhomme Hiver

Mon sourire se transforme vite en grimace. Car je comprends que je me suis donné tout ce mal pour rien, sous prétexte que je voulais adoucir les derniers jours d'un grand concertiste. Qui est juste un fumiste. Ou un vieux fêlé. Je lui en veux pas, mais je me trouve un peu conne. Tout ça pour ça ! Pourtant, sa pièce crée une commotion étrange dans la salle commune. Quand tu travailles plus, le vendredi et le lundi deviennent une manière d'abstraction, et la relativité d'Einstein, elle te guette à chaque coin de rue de ton Alzheimer, qui lui se cache dans ton cerveau et attend son heure.

Aussi, même si on est juste en novembre, Mère Courage croit que Noël est arrivé, et pour elle, Noël, ça veut dire que ses enfants vont (enfin) venir la voir.

Alors elle se lève comme une folle, elle saute de joie, abandonnant cette nouvelle partie de Bingo.

— Qu'est-ce que tu fais là ? proteste la Femme d'affaires.

— Ben, c'est Noël, je vais chercher les cadeaux de mes filles…

— Hein, c'est Noël ? questionne le Gourmand.

Pour lui, Noël, ça veut dire de la bouffe, beaucoup de bouffe, la bûche, les tourtières, la dinde et tous ses accompagnements, réussis ou pas. Alors il imite Mère Courage, se lève, et laisse en plan la Femme d'affaires qui la trouve pas drôle, mais alors là, pas du tout !

Elle quitte aussi sa chaise, pour pas dire le trône sur lequel elle préside toutes ses victoires, et s'approche du Pianiste, les yeux en feu, fulmine :

— Pourquoi vous jouez ça ! Noël, c'est dans plus d'un mois.

— Il se rend pas compte, que je dis pour le défendre.

Et d'ailleurs, je crois qu'il se rend même pas compte de la petite discussion autour de lui qui est en train de tourner en dispute.

— Toi, est-ce que je t'ai demandé l'heure! me dit gentiment la Femme d'affaires.

C'est ce moment que choisit Mère Courage pour revenir de sa chambre qui est à trois portes de la salle commune. On dirait qu'elle a de nouveau douze ans. Elle est belle à voir, avec son grand sourire, ses yeux qui brillent, et ses bras chargés de cadeaux tout bien emballés et enrubannés.

— Mes filles sont pas encore arrivées? demande-t-elle, l'air inquiet.

— Oui, mais elles sont déjà reparties, explique la Femme d'affaires, cruelle. Allez, reprenons notre partie de Bingo!

Mais c'est bien la dernière chose dont elle a envie, Mère Courage. Ce sont ses filles, qu'elle veut.

— Madame Gosselin (c'est son nom véritable) plaisante, que j'explique à Mère Courage. N'est-ce pas que vous plaisantez?

La Femme d'affaires admet, sans plaisir.

— On n'est pas encore rendu à Noël, c'est juste dans un mois, que je dis.

— Mais alors, pourquoi il joue ça? demande Mère Courage, cette fois-ci vraiment catastrophée, en se tournant vers le Pianiste qui, à la vérité, a cessé de jouer son air de Noël.

Et ce qu'il joue la trouble infiniment. Il semble complètement transfiguré, habité par la musique sublime que je reconnais sans peine à cause de ma mère et de ses rêves de pianiste : c'est la première des *Études symphoniques* de Schumann, opus 13.

Je me mets à pleurer. Pas juste parce que c'est beau, mais parce que ça me rappelle mon enfance, avec maman, quand tout était facile, mais aussi parce que je réalise que le Pianiste, il m'a pas menti. Il a probablement vraiment été pianiste de concert, et Carnegie Hall, c'était peut-être pas une invention. Je suis fière de lui. Comme s'il était mon petit papa. Et aussi, d'une manière, ma petite réussite.

Je suis de plus en plus troublée par son emportement, par sa fougue, par sa virtuosité : on dirait qu'il a joué la veille, et les *Études symphoniques*, c'est pas de la tarte à jouer.

Mère Courage, elle aussi, réagit, en entendant le surprenant Pianiste jouer du Schumann. Ou peut-être simplement est-elle triste parce que c'est pas encore Noël, finalement, et une fois de plus ses filles divorcées et son fils, peut-être gai et très certainement raté, lui font faux bond. Une autre fausse joie dont elle semble faire la déplorable collection.

En fait, pour tout te dire, pendant que le Pianiste s'enfonce dans sa magnifique transe musicale et que j'ai des frissons sur toute la peau, Mère Courage devient folle.

Elle se met littéralement à arracher le papier d'emballage de ses cadeaux. Puis, comme si ça suffisait pas, à tenter de détruire les boîtes, c'est pas beau à voir surtout qu'elle crie.

La Femme d'affaires, ça la contrarie juste légèrement, vu que ça retarde la reprise de sa partie de Bingo. Et le Gourmand, c'est ce moment qu'il choisit pour revenir de sa chambre avec un immense bavoir rose attaché au cou, et ses ustensiles brandis bien haut, prêt pour le réveillon.

Mais la crise de Mère Courage, ça le déboussole complètement, et le désarçonne, et Schumann, ça n'aide pas non plus. Il se met à pleurnicher comme un bébé.

Cruella, qui a dû entendre le piano, ou les cris de Mère Courage, arrive aussi dans la salle commune.

— Qu'est-ce qui se passe ? C'est quoi, cette hystérie ?

La Femme d'affaires se contente de me pointer du doigt. Il faut toujours un coupable. J'ai pas la force ou l'envie de me défendre. Je suis triste pour Mère Courage, bien sûr, et pour le Gourmand : c'est navrant qu'il puisse pas avoir droit à son réveillon.

Mais je suis contente pour le Pianiste. Il a entamé la troisième Étude, et c'est encore plus sublime, de la vraie musique sacrée. Je veux pas le déranger. D'ailleurs, j'en ai pas vraiment le temps. Napoléon arrive à son tour, il dit, visiblement contrarié :

— C'est quoi, ce bordel ? Et pourquoi elle fait une crise de nerfs, elle ?

Et il montre du doigt Mère Courage. Cruella pointe vers moi un doigt accusateur.

— Encore toi ! dit Nap. J'aurais dû m'en douter, t'es juste une fouteuse de merde avec tes idées de grandeur à la Mère Teresa.

Ça me pique. Plus que d'habitude. Je sais pas pourquoi. Parce que des gentillesses de sa part, c'est pas la première fois que j'en subis. Je m'avance vers lui. Je veux lui dire ses quatre vérités, qu'il est juste un petit despote stupide et cruel. Je lui sers le surnom que j'ai toujours gardé pour moi :

— On se calme et on respire par le nez, Napoléon !

Cruella, en entendant ce nom, elle peut pas réprimer un éclat de rire. Probablement parce qu'elle estime que, comme surnom, c'est bien trouvé. Nap se tourne vers elle, lui jette un regard assassin. Elle remballe son rire. Mais aussitôt qu'il se détourne, elle a un fou rire.

Le Pianiste continue à jouer comme un dieu la troisième Étude, Mère Courage continue à déchirer le papier d'emballage, à détruire les boîtes de cadeaux, et le Gourmand, effondré dans un sofa, ayant laissé tomber ses ustensiles inutiles, arrache son bavoir rose et fond en larmes.

Napoléon a peut-être cru que je voulais le frapper, vu la vitesse audacieuse à laquelle je m'avance vers lui et la colère sur mon visage. Il lève la main, je crois qu'il veut me frapper, c'est plus fort que lui.

Alors la dernière personne au monde que je m'attendais de voir là est arrivée.

Chapitre 22

C'était Herby.

Il a pris la main menaçante de Napoléon, et il l'a poussé. Mon ex-patron est tombé, s'est relevé aussitôt pour pas perdre la face. Je peux pas dire que ça m'a vraiment chagrinée. Herby a dit à Napoléon, avec des poignards dans les yeux :

— Si jamais tu lèves une autre fois ta sale main sur elle, je te tue !

— J'aurai pas ce plaisir, elle remettra jamais les pieds ici ! Ni toi, petit minable ! Mademoiselle Crusoé, appelez tout de suite la police !

Pas habitué à se faire parler comme ça, Herby a voulu s'en prendre de nouveau à lui. Je l'ai retenu :

— Viens, viens, mon chéri ! Je veux pas qu'on ait des ennuis avec les flics.

Il a hésité, et pour une rare fois, il a dit, de la vraie musique à mes oreilles étonnées :

— T'as raison, c'est un con.

J'ai voulu faire mes adieux au Pianiste qui continuait à jouer du Schumann comme un fou, à Mère Courage qui avait perdu tout courage, et, effondrée comme un pantin désarticulé sur une chaise, regardait la destruction de sa joie, le visage baigné de larmes.

Le Gourmand, lui, sanglotait toujours, l'œil rêveur, imaginant quelque festin à venir. La Femme d'affaires, j'avais pas une envie folle de lui faire mes adieux. D'ailleurs, lorsqu'elle a vu que sa lucrative partie de Bingo, ce serait pas pour aujourd'hui, elle a poussé les cartes et les jetons, d'un geste colérique, et elle a quitté la salle commune. Je marchais vers le Pianiste pour lui dire à quel point j'étais fière de lui et admirais son talent mais Herby a dit :

— Viens, on fout le camp d'ici. Ils te méritent pas.

J'ai pas insisté. Cruella s'est approchée de Napoléon pour lui demander si ça allait. Il l'a rabrouée :

— J'ai pas encore quatre-vingt-dix ans comme nos patients !

Dehors, j'ai dit à Herby :

— Merci, mon amour.

Pour toute réponse, il m'a giflée.

Pour la première fois.

De notre vie.

De couple.

J'ai compris pourquoi.

J'ai pas protesté.

J'aurais peut-être dû, que je me dis avec le recul, mais j'ai pas pu.

J'ai juste baissé la tête.

Honteuse.

Que j'aie ou non raison de l'être.

Dans l'auto, Herby, qui avait l'air bête, a rien dit.

Il y avait rien à dire.

C'était peut-être pour une bonne cause, ce que j'avais fait aux Chants de l'Aube, mais je l'avais trahi, Herby.

J'avais menti à l'homme qui, au fond, vu l'accueil que j'avais reçu de mon ex-patron et de Cruella, avait eu raison de me demander de pas retourner voir mes vieux.

J'avais menti à l'homme qui avait voulu m'enseigner à être deux.

J'ai touché les deux cœurs entrelacés qu'il m'avait donnés à notre premier rendez-vous. Je me sentais vraiment pas grosse : j'aurais pu tenir dans le coffre à gants.

Maman, maman, ta fille passe un mauvais moment...

Chapitre 23

Le lendemain matin, à la radio, j'ai entendu un horrible reportage. La veille, le Pianiste avait réussi à s'évader des Chants de l'Aube, et, même s'il était en peignoir et en pantoufles, il avait pu prendre le métro. Sans être questionné ou ennuyé. Avec un instinct sûr pour son âge et son degré de confusion, il est descendu à la station la plus proche du fleuve, a retiré ses pantoufles et s'est jeté dans l'eau.

Comme (peut-être) son idole Schumann, quand il a sombré dans la folie. Mais le célèbre compositeur, on l'a repêché à temps et interné jusqu'à la fin. De ses jours. Lui, personne l'a repêché, dans les eaux froides du fleuve.

Du coup, je me suis sentie toute à l'envers. Infiniment coupable parce que tout de suite j'ai fait un raisonnement implacable. Pour moi. Je me suis dit que, comme le Pianiste voulait faire un dernier concert avant de mourir, si je lui avais pas procuré de piano, il serait encore vivant. L'enfer est pavé de bonnes intentions.

Alors je me suis mise à pleurer. Herby s'en est inquiété. On avait pas reparlé de l'incident de la veille, de ma « trahison », de sa gifle, comme si tout était rentré dans l'ordre. Même si j'avais la joue gauche un peu enflée. Et endolorie.

— Pleure pas trop, ma chérie, tu travailles ce soir. Il faut que tu puisses faire les beaux yeux à tes clients.

— Oui, mon amour, que j'ai dit.

Et j'ai séché mes larmes. Mais dès qu'Herby est parti pour ses cours, je me suis remise à pleurer, et c'était peut-être pas juste à cause du Pianiste. Je pensais à la tournure surprenante que prenaient les événements dans ma vie. Après tout, j'avais voulu être avocate.

Préposée aux soins, je le serais jamais plus, du moins aux Chants de l'Aube, c'était une affaire entendue.

Et danseuse nue, je le devenais de plus en plus bien malgré moi, parce que, dans quelques heures, ce serait mon troisième soir.

Il fallait que je voie ma petite maman.

Chapitre 24

Ma petite maman que j'adore et qui a toujours appuyé toutes mes décisions, elle habite une charmante maisonnette avec mon frère. Je l'appelle peut-être ma petite maman, parce que c'est une femme miniformat avec des cheveux blonds et des yeux bruns. Elle a tout de suite vu que ça allait pas.

Elle a peut-être lu ma tristesse dans mon aura. Les gens qui t'aiment, ils savent faire ça parce qu'ils s'occupent pas juste de leur propre tristesse mais aussi de la tienne, qu'ils soient médiums ou pas. L'amour, je veux dire l'amour vrai, pas juste la gym à deux qui dure trois ans, ça te rend comme ça. Mais en plus, et alors là t'as vraiment pas besoin d'avoir des dons occultes ou je sais pas trop quoi, ma joue gauche, même si j'avais pu camoufler sa rougeur, à force de fond de teint, elle restait enflée, ça, je pouvais rien contre. Sauf patienter. Et me faire des compresses d'eau froide.

Ma petite maman l'a tout de suite vue, cette enflure. Elle a dit, en approchant sa main inquiète de ma joue :

— Tu t'es fait mal ? On dirait que tu…

— Je suis tombée dans le bain, c'est con, comme tous les accidents. On va acheter un tapis pour mettre dans le fond : avec le savon, c'est trop glissant, que j'ai menti spontanément.

Pour sauver les apparences. De mon couple heureux. Et aussi parce que j'avais honte. Et aussi pour éviter de devoir répondre à cent cinquante mille questions. Pour lesquelles j'avais pas vraiment de réponses.

— Le savon, c'est vrai que c'est glissant, qu'elle a fait, rassurée, ma petite maman, comme si elle avait un instant pensé que l'invraisemblable, l'impensable, l'inconcevable s'était peut-être produit : son futur gendre futur médecin, oups je veux dire MÉ-DE-CIN, avait battu ou frappé sa fille.

On était dans la cuisine. Mon frère Johnny était en train de déjeuner, enfin ce qu'il appelle déjeuner, ce qui consiste invariablement à boire café sur café, avec cinq cuillères de sucre dans chaque tasse, mais pas de lait ni de crème. Comme il finit tard, vu son métier de portier dans un bar, il se lève pas vraiment avec l'aube, ça vient avec sa définition de tâches.

Il lisait le *Journal de Montréal*. Surtout pour le sport, et le Canadien. Mais aussi pour les petites annonces. Il avait un ami qui était fonctionnaire à la Ville de Montréal, et il lui avait dit qu'il y avait un poste vacant. Et qui était annoncé. Et il voulait vérifier si l'annonce était encore là.

Le salaire de base, il était pas très élevé, qu'il m'a expliqué vite fait pendant que maman transférait le linge de la laveuse à la sécheuse, mais les avantages que tu avais ! Surtout dans cette division, celle des permis d'alcool. Il le voulait plus que tout au monde, ce poste, parce que son ami d'enfance, qui travaillait là, lui avait tout expliqué. Même avec un salaire de fonctionnaire, il roulait en Porsche. Parce que le permis, selon que tu le voulais dans un mois, six mois, un an, ou jamais, il y avait un prix différent ! Que tu versais dans une petite enveloppe discrète au fonctionnaire dévoué et compréhensif qui t'avait aidé dans ta mission de vie, ou un truc du genre, je suis pas sûre d'avoir tout compris. Johnny, il le voulait tellement, ce poste-là, que tous les matins et tous les soirs, il faisait de la visualisation.

Il paraît que tu obtiens tout avec ça. T'as juste à voir ce que tu veux être et avoir, et ça t'arrive comme par enchantement. C'est une sorte de loterie garantie. Alors, Johnny, il se voyait en train de rien faire huit heures par jour en tant que fonctionnaire, puis conduire sa nouvelle Porsche et recevoir des enveloppes. Le rêve, quoi !

Même que pour pas prendre de risque, il était prêt à donner une enveloppe à son ami d'enfance.

Quand elle est revenue de la salle de lavage, ma mère a dit :

— Tu mets quoi dans ton café ?

— Comme d'habitude, un nuage de crème.

Puis j'ai ajouté :

— T'as l'air fatiguée, maman.

— J'ai pas bien dormi.

Moi non plus, j'avais pas bien dormi. Toute la nuit j'avais pensé à la gifle que m'avait donnée Herby et à celle(s) qu'il me redonnerait peut-être pour mon inconduite de la veille, si je puis dire. On dirait que j'étais reliée à maman par le fil invisible mais vrai de la tendresse maternelle.

Elle s'est assise, à côté de mon frère qui épluchait toujours le journal afin de retrouver la petite annonce pour le poste de fonctionnaire aux permis d'alcool si lucratif. Elle a pris une gorgée de café. Moi deux, vu que j'avais sérieusement besoin de remontant, et ma mère, le café que j'aimais, elle savait le faire.

— Tu as l'air triste, on dirait. Est-ce que ça va avec Herby ?

— Oui au beau fixe, que j'ai menti.

— C'est vrai que t'as l'air triste, sœurette, a fait Johnny, en se préparant un autre café, son cinquième ou sixième.

Il était en camisole, si bien qu'on voyait ses muscles et ses tatouages. Des cœurs, des têtes de squelette, le nom de Jésus et celui d'une fille qu'il avait aimée follement et qui l'avait quitté pour cause d'incompatibilité de caractère ou un truc du genre, il a jamais voulu nous donner de détails : si les nouvelles flammes en prennent ombrage, elles ont juste à se tirer, c'est non négociable, son passé. Sa petite amie, Mélanie, elle fait avec, vu que les tatouages, comme les grandes amours passées, ça s'efface pas si facilement. Que tu penses ou tu veux.

— Pourquoi tu dis ça ?

— Parce qu'on dirait que tes yeux, ils ont pleuré.

— C'est vrai, a renchéri maman.

Il avait vu juste, comme toujours, mon frère Johnny qui lit en moi comme dans un livre ouvert, même si, lui, il lit pas souvent : il dit que la vie est un roman et ça lui suffit comme lecture. Mais je préfère nier.

— Tu en as fumé du bon, hier ? que je lui ai demandé.

— Euh, oui, qu'il a admis avec un petit air coupable.

Et il s'est rassis avec sa nouvelle tasse de café, et a ajouté :

— Si quelqu'un te fait du chagrin, tu m'le dis, il va le regretter.

Et il a gonflé ses muscles pour prouver ce qu'il venait de dire.

Puis il a confessé :

— Tu sais que je t'aime, toi ?

Je savais que c'était vrai, et que ça venait du fond du cœur.

— Moi aussi.

Et j'ai eu une grosse émotion en disant ça. On est comme ça, les Jeanson. On est tissés serré. On a l'esprit de clan, on est un peu une sorte de mafia. Si tu touches à quelqu'un de ma famille, tu me touches, alors fais gaffe !

Il a eu un air embarrassé, Johnny, parce que les gars, les démonstrations de sentiments, c'est pas exactement leur rayon, même quand tu as gagné le gros lot et qu'ils t'aiment d'amour vrai comme mon frère Johnny. Qui a repris la lecture de son journal.

Maman est revenue à la charge parce qu'elle était inquiète comme toujours et, que nous, les femmes, on se contente pas d'explications à cinq sous.

— Non, sérieusement, t'as pas l'air dans ton assiette.

— Je voulais pas t'en parler, mais t'as pas lu dans le journal ?

— Quoi, il y a quelqu'un qui est mort ?

Pourquoi elle a dit ça ? Peut-être parce que c'est toujours ça qu'on dit en premier, quand on te demande : « As-tu lu dans le journal ? » avec un air pas très gai.

— C'est le Pianiste. Il s'est jeté dans le fleuve.

— Oh…, elle a fait, puis elle a couvert de sa main sa bouche stupéfaite.

Le Pianiste, elle le connaissait, parce qu'elle était souvent venue m'aider aux Chants de l'Aube. Gratuitement. Juste par grandeur d'âme. Même si ceux qui la connaissent pas pensent qu'elle est juste une petite vendeuse chez Zellers. J'ai dit à Johnny :

— Est-ce que je peux t'emprunter ton journal deux minutes ?

— Prends-le, j'en ai plus besoin, j'ai trouvé l'annonce.

Il a arraché la page où elle se trouvait, s'est levé en disant :

— Bon, je vous laisse placoter, les filles.

Et il est sorti de la cuisine. J'ai trouvé rapidement le reportage dans le journal au sujet du Pianiste. Maman l'a regardé, l'air atterré.

Je lui ai donné les détails qui se trouvaient pas dans l'article, parce que personne, aux Chants de l'Aube, avait voulu donner une entrevue et raconter la vraie histoire. D'ailleurs, ils la connaissent pas vraiment. C'est si mystérieux les raisons pour lesquelles tu veux mourir. Et passes aux actes.

Maman s'est attardée sur une photo grand format qui montrait les deux pitoyables pantoufles du Pianiste laissées au bord de l'eau. Ses yeux se sont aussitôt remplis de larmes.

— Le pire, que je lui ai expliqué, c'est qu'il y a probablement plein de gens qui l'ont vu et ils ont rien fait. Ils trouvaient ça drôle, un vieux qui marchait comme ça dans la rue, en robe de chambre et en pantoufles, avec un air égaré. Il y a personne qui a pensé à lui demander où il allait comme ça et s'il était pas Alzheimer ou je sais pas quoi.

— C'est vraiment triste.

J'ai eu envie de lui avouer, au sujet du piano et tout et tout, parce que je me sentais si coupable, si infiniment coupable de la mort du Pianiste…

Mais ensuite, elle m'aurait posé des questions, maman, je me serais peut-être trompée dans mes réponses et la dernière chose au monde que je voulais, c'était qu'elle devine que je travaillais plus aux Chants de l'Aube. La dernière? Non, la vraie dernière chose au monde, c'était qu'elle apprenne que j'étais devenue danseuse nue.

— Je vais aller travailler avec toi aujourd'hui, on se fera une petite partie de Bingo avec la Femme d'affaires, a décrété ma mère, qui connaissait tous les pensionnaires par leur surnom, et voulait juste me consoler.

— Euh non, je… tu peux pas…

— Comment ça, je peux pas? Ça fait pourtant des mois que je le fais!

— Je sais. Mais ils ont changé les règlements, il faut être employé ou membre de la famille d'un pensionnaire pour y aller.

— C'est Napoléon qui a inventé ça ?

— Oui.

— Quel con !

Je venais de mentir de nouveau, et deux fois plutôt qu'une.

— Oh ! ma pauvre mignonnette !

Ça m'a fait drôle, qu'elle m'appelle comme ça, « ma mignonnette ». Pas parce que c'était la première fois mais à cause du Veuf, au 369, qui m'avait dit : « Mignonne, allons voir si la rose. » Mais ça non plus, je pouvais pas le dire à maman, il fallait que je le garde pour moi. C'est là que je me suis rendu compte que, de même qu'il y avait des degrés de gloire, il y avait aussi des degrés de honte.

Comme si elle avait senti ma détresse sans en connaître toutes les raisons, ma mère s'est approchée de moi, m'a serrée dans ses bras. Dans le fond, c'est de ça que j'avais besoin. Ma maman qui me serre dans ses bras et de lui chanter : « Maman, maman, ta fille passe un mauvais moment. »

Mais je pouvais pas. Alors, en sortant de la maisonnette de mon enfance où parfois j'aimerais revenir en courant pour m'y cacher comme une petite fille – comme la petite fille que je n'ai peut-être jamais cessé d'être –, il y avait un seul autre endroit où je pouvais aller, espérant trouver quelque réconfort moral et un peu de lumière, au sujet de mon avenir, plus incertain que jamais : c'était chez ma voyante, madame de Delphes.

Chapitre 25

Madame de Delphes, elle habitait le deuxième étage d'une véritable maison de poupée située à Westmount, dans un cul-de-sac, juste derrière l'oratoire Saint-Joseph, sur lequel elle avait une vue imprenable. Quand je dis « maison de poupée », je fais pas de la littérature : imagine une maisonnette toute blanche, entourée d'une clôture tout aussi blanche, avec des volets taupe et des jardinières qui, l'été, débordaient de pétunias mauves et blancs, qu'on appelle aussi des Saint-Joseph, ce qui, je trouvais, avait beaucoup de sens, vu l'Oratoire juste à côté, dont Madame de Delphes pouvait voir la coupole célèbre.

Ses maigres émoluments de voyante lui auraient pas permis de payer le loyer. Mais Dieu voit à tout, même pour une voyante qui voyait que d'un œil. Le propriétaire de la maison était un millionnaire mystique qui mettait le second étage à sa disposition en échange d'un bail de un dollar par mois sans augmentation tant et aussi longtemps qu'elle accomplirait sa mission. Sur Terre. Après, c'était plus son affaire, et elle aurait plus besoin de logis, *anyway*, puisqu'elle logerait dans une des innombrables demeures de Dieu.

Quant au rez-de-chaussée, le mystérieux mécène le mettait à la disposition des familles pauvres venues chercher quelque guérison miraculeuse pour eux ou leurs proches auprès du frère André, fondateur de l'Oratoire.

Chaque fois que je gravissais l'escalier qui menait au logis de madame de Delphes, j'avais l'impression de monter au ciel, tant mon émotion était grande, tant je me sentais légère, car elle me soulageait la plupart du temps de mes angoisses les plus lourdes.

J'avais pas rendez-vous avec elle ce midi-là mais quand, en sortant de chez maman, je me suis empressée de l'appeler, elle a dit :

— T'es en retard !

— En retard ?

— Oui, je t'attendais. Mon guide m'avait annoncé ta venue.

Avec elle, on sait jamais si elle plaisante ou non. Mais je crois que non.

J'ai gravi l'escalier qui mène à la vieille porte rose dont la sonnette n'a jamais fonctionné, enfin depuis que je consulte madame de Delphes, soit depuis un an à peu près. Mais en compensation de cette injure à la civilisation et à la perfection moderne qui te fait hurler de frustration à son premier manquement, il y a un heurtoir aussi lourd qu'original : une main (de jeune femme) qui sort d'une couronne et tient un cœur. La première fois que je l'ai vu, j'ai pensé : « C'est ce qu'on appelle avoir le cœur non pas sur la main mais *dans* la main. » Je rigolais, mais en même temps j'étais sérieuse.

Parce qu'on rit pas avec les affaires de cœur. En tout cas, pas quand on est une femme. En tout cas, pas quand on est une femme comme moi.

Chaque fois que je le vois, ce heurtoir rendu encore plus émouvant par le temps, et que j'utilise pour annoncer mon arrivée, en faisant les sept coups traditionnels : ta ta ta ta ta... ta ta !!! j'ai une émotion. Pas juste parce que je vais revoir madame de Delphes, que j'adore. Mais parce que je sais qu'elle me parlera de mon avenir. Et l'avenir, pour une femme comme moi, ça veut surtout dire l'avenir... amoureux ! Avec l'homme de sa vie, qu'il soit déjà ou pas dans ta vie : tout le reste est littérature !

Madame de Delphes vient pas m'ouvrir, malgré mes sept coups énergiques sur sa porte, ce qui est pas inhabituel. Je compte lentement et docilement jusqu'à dix-sept – c'est le chiffre précis qu'elle m'a prescrit, car elle a la démarche lente et claudicante : une chute d'une balançoire a fait basculer sa vie alors qu'elle avait sept ans, l'âge de raison, supposément.

Elle s'est estropié le pied gauche. Elle en remercie souvent le Ciel comme on le fait parfois avec certains de nos malheurs passés lorsque l'horloge du temps a fait son œuvre : la pire chose qui nous est arrivée est devenue la meilleure chose qui pouvait nous arriver.

Madame de Delphes qui, en plus d'être médium, est assez philosophe sur les bords, et même beaucoup, enfin moi je trouve, et elle croit dur comme fer que ses dons de voyance, ils lui sont venus de sa cheville gauche. Sa cheville gauche dont l'aile abîmée à jamais est allée se greffer à son esprit, qui jusque-là était endormi. Alors elle a commencé à voir l'avenir ; à neuf ans elle faisait déjà des prédictions aux voisines de sa mère et à ses copines. Ensuite elle s'est mise à aider les gens comme moi à comprendre leur présent, qui souvent est pas un cadeau.

C'est madame de Delphes qui m'a tout expliqué ça, ce genre de mystère de la vie qui te donne pas toujours ta mission exactement comme tu aurais prévu, un après-midi qu'on prenait le thé, après trois ou quatre prédictions qui m'avaient ébranlée, pour pas dire bouleversée, pour pas dire mise toute à l'envers.

Je pousse la porte, j'entre. Madame de Delphes est là, souriante, qui a pas eu le temps de m'ouvrir. Elle s'en excuse :

— J'étais au téléphone avec Dieu.

Comme je te disais, avec elle tu sais jamais si elle plaisante ou si elle est sérieuse, peut-être que c'est à cause de ce que Platon a dit : « Nul homme sérieux ne parle sérieusement des choses sérieuses. » Moi je dis qu'en écrivant ça, il pensait sans doute aussi aux femmes, en tout cas c'est quand même lui, sauf erreur, qui a inventé l'amour platonique, et c'est un truc de femmes ! Parce que les hommes, l'amour platonique, c'est pas leur rayon, sauf avec leur femme après trois ans de mariage vu que, passée cette limite, il paraît que ton ticket érotique est plus valable.

— Avec Dieu ?

— Je veux dire avec un de ses anges, je me mél... ange, badine-t-elle.

Malgré le sérieux de sa mission et de sa profession, parfois elle est légère.

Je la contemple un instant, et, comme à chaque visite, je la trouve belle. À soixante ans, elle a déjà tous les cheveux blancs, car elle a pas la coquetterie de les teindre. Elle est un peu enveloppée, vu qu'elle peut pas beaucoup marcher à cause de son pied amoché, et en plus elle a la dent sucrée. Elle dit que l'aile de sa voyance carbure au chocolat, elle m'a pas vraiment expliqué pourquoi, mais je la crois comme pour tout ce qu'elle me dit, même si parfois ça me fait pas plaisir.

Parce que ton avenir, tu veux le connaître surtout s'il est aussi beau que tu le rêves. C'est comme pour tes vies antérieures, tu veux surtout qu'on te dise que tu étais Cléopâtre ou Victor Hugo, parce que pour le valet nain qui vidait leur bidet ou l'assassin qui a fini au gibet, tu es moins preneur et tu te dis que le voyant a dû se tromper. Mais en général, ils te disent ce que tu veux entendre, ces gens-là, vu qu'ils connaissent le b.a.-ba des affaires, ésotériques ou pas. Oui, ils savent ce qu'il faut te dire pour que tu sois ravi et que tu reviennes, même s'ils ont augmenté leurs prix.

Elle a le teint très rouge, madame de Delphes, mais évidemment, ce qui te frappe le plus, la première fois que tu la vois, et même les suivantes – moi je me suis pas encore habituée –, ce sont ses yeux. Celui – le droit – qui est aveugle mais aussi l'autre, qui est bleu, et brillant comme un diamant et si perçant que t'as l'impression qu'elle voit directement en toi comme dans un livre ouvert : autant les chapitres passés que les suivants, alors ça fait drôle. Son œil qui voit pas, il est recouvert d'une sorte de pellicule blanche, comme un glaucome, et tu peux pas t'empêcher de le regarder et tu as la très nette impression qu'il voit lui aussi, même s'il est aveugle, c'est difficile à expliquer. Et puis, surtout, tu peux pas t'empêcher de toujours le regarder un peu comme pour quelqu'un qui a un nez vraiment gros avec en plus une verrue dessus. Tu es comme attiré vers lui, et, même quand tu détournes les yeux, la personne sait que tu le regardes encore, son nez monstrueux, et que tu regardes de côté juste pour faire semblant que tu le regardes pas.

Bon, là, j'ai assez fait de philosophie du dimanche.

Je serre madame de Delphes dans mes bras, assez longuement, puis elle me repousse et tient mes deux mains, comme si elle voulait sentir mes vibrations, et elle me regarde dans les yeux, pour me « voir » comme dans le film *Avatar*. Moi, j'aime ça, cette coutume, et surtout quand ils disent « Je te vois ». Et ça veut vraiment dire quelque chose, pas juste comme quand tu dis à l'autre en pensant à autre chose, ou en prenant tes textos : « C'était le fun de se voir, on se texte et on lunche. » Et tu sais que c'est pas vrai, surtout si c'est un type qui te dit ça et qu'il voulait juste coucher avec toi.

Tout de suite, et sans abandonner mes mains, madame de Delphes me trouble en m'annonçant :

— Tu as perdu quelqu'un et tu as du chagrin.

— Euh, je… c'est… oui, le Pianiste, je veux dire un patient que j'aimais beaucoup aux Chants de l'Aube, il s'est jeté dans le fleuve… Vous avez pas lu le journal, ce matin ?

— Non, tu sais bien que je le lis jamais. Il me faudrait des gants blancs comme Hercule Poirot, mais ils en vendent pas pour l'esprit.

— Ha, ha, ha !

Je ris, même si au fond c'est sérieux ce qu'elle dit.

— Est-ce que tu veux boire quelque chose ?

Je dis oui comme toujours, et, comme toujours, elle m'offre du thé vert qu'elle sert dans une théière d'argent qui ressemble à une théière des Mille et une nuits avec son long col et sa poignée ornée. Comme le thé est prêt, on passe aussitôt dans le petit bureau où elle officie.

Au mur, il y a plein de portraits de sages et de mystiques, des temples, aussi, qui ont l'air perdus dans de lointaines montagnes. Il y a deux portraits qui, à chaque visite, me frappent, celui d'un supposé Hilarion, un type d'une beauté extraordinaire : blond, des cheveux et de la barbe, en plus il possède de grands yeux bleus d'une luminosité merveilleuse dans lesquels tu as juste envie de te perdre. Il porte un manteau vert à haut col, et un collier d'or qui soutient une énorme émeraude, ça fait bizarre pour un homme, parce que ça ressemble à un bijou de femme. Ou de roi.

Il y a aussi un portrait de Jésus, pas le plus jojo, celui sur le suaire de Turin, où il a l'air de souffrir, ce qui est normal vu que c'est supposément l'empreinte de son visage après qu'ils l'ont détaché de la croix, Joseph d'Arimathie et Nicodème, en présence de Marie et Marie Madeleine. Chaque fois que je le vois, ce visage qui souffre, j'éprouve une drôle de sensation, une sorte de malaise, comme si ça me rappelait un lointain passé, ou m'annonçait un avenir que je souhaite pas trop rapproché. Ç'a l'air con, je sais, mais je peux pas te l'expliquer mieux.

Il y a aussi, sur des meubles et des tablettes, des livres et des cristaux, beaucoup de cristaux, certains aussi gros qu'un pamplemousse, et même plus, et dont la plupart sont blancs et mauves, un peu comme les Saint-Joseph dans les jardinières de la maison ; je trouve qu'il y a une logique à ça même si je sais pas laquelle.

La première fois que j'ai consulté madame de Delphes, elle m'a demandé, avec un sourire entendu, et en mettant la main droite au-dessus du plus gros des cristaux, comme si elle était sûre de ma réponse : « Est-ce que tu sens ses vibrations ? » J'ai dû dire non, je sentais rien.

On prend place à la petite table noire où elle fait ses prédictions, sur rendez-vous seulement. Elle a pas de boule de cristal, pas de cartes de tarot ni de carte du ciel. Elle travaille avec ses guides. Quand ils sont au rendez-vous. Mais ils lui font presque jamais faux bond. C'est leur travail après tout de l'assister dans sa mission : demandez, vous recevrez ! Mais parfois aussi, au début de sa séance de divination, comme si elle voulait vérifier des choses, elle me prend les mains et examine les lignes.

C'est ce qu'elle a fait après qu'on a pris deux ou trois gorgées de thé vert. Elle a froncé aussitôt les sourcils, et moi ça m'a angoissée vite fait.

— Il y a quelque chose de pas correct ? que j'ai demandé.

— Je vois un nombre.

— Et après ?

— C'est pas un bon nombre. C'est 666.

On aura beau dire que les médiums racontent n'importe quoi, elle est forte quand même, madame de Delphes !

Ce qu'elle a vu, le 666, c'est un nombre de trois chiffres, comme le 369 où un destin tout à fait inattendu vient de me conduire.

Et puis, même si je suis tout sauf numérologue, un peu malgré moi et sans savoir pourquoi, j'ai pensé que si on additionne les trois chiffres qui composent 666 et ceux qui composent 369, ça donne le même nombre : 18 ! J'ai frissonné, et j'ai pris aussitôt une autre gorgée de thé. Idiot, je sais.

Ensuite, je me suis dit que c'était peut-être juste un hasard. Mais peut-être pas, va savoir !

Madame de Delphes a scruté encore plus attentivement mes paumes et elle a décrété, et là j'ai vraiment *freaké* :

— Ce nombre est écrit sur une porte rouge et noir.

Là, ça pouvait plus être juste le fruit du hasard : la porte du 369 est… rouge et noir ! J'ai tenté de dissimuler mon émoi, parce que avouer à madame de Delphes que je travaillais dans un bar *topless*, je pouvais pas, j'aurais eu trop honte, elle est si pure. J'ai dit, pour faire diversion :

— Pourquoi c'est pas un bon nombre, 666 ?

Elle m'a regardée en plissant les lèvres :

— Parce que c'est le nombre de la Bête.

— La Bête ?

— Oui, Satan !

Là, c'était plus fort que moi, j'ai retiré mes mains et j'ai demandé :

— Pourquoi ? Qu'est-ce que j'ai fait pour que Satan soit dans ma main ?

Madame de Delphes a pris un instant pour répondre, comme si elle voulait réfléchir avant, ou être certaine de son message. Mais elle a pas répondu à ma question, en tout cas pas comme je m'y attendais. Elle fait souvent ça.

— J'ai un message de mon guide, qu'elle m'a dit. Il dit qu'en franchissant cette porte, tu vivras de grandes épreuves mais, en même temps, ta vie sera transformée à tout jamais. Ton destin va se réaliser.

Là, je savais plus trop quoi dire. Madame de Delphes a ajouté :

— Mon guide me parle encore. Il te demande de faire quelque chose.

— Vraiment ?

— Oui, et voici quoi : en sortant d'ici, à onze heures, Princesse aux doigts de rose – c'est ainsi qu'il m'avait baptisée, demandez-moi pas pourquoi ! –, marche jusqu'au premier coin de rue, tu verras un homme portant une valise noire qui s'apprête à monter dans un taxi. Demande-lui si tu peux monter avec lui, il dira oui. Descends en même temps que lui du taxi. Si tu marches trois cent trois pas, tu verras un vieil immeuble en pierres brunes. Entre. Un homme viendra à toi avec un bracelet.

Sur le coup, cette prédiction mystérieuse, ça m'a fait drôle. Mais en écrivant ces pages, plus de vingt ans plus tard, ça m'a rappelé un passage bizarre du Nouveau Testament que je lis tout le temps, quand Jésus dit à deux de ses disciples : « Allez à la ville, un homme viendra à votre rencontre portant une cruche d'eau. Suivez-le et là où il entrera, demandez au propriétaire : "Le Maître dit : Où est ma salle où je dois manger ma Pâques avec mes disciples ?" Et lui vous montrera la pièce du haut, vaste, garnie, toute prête […] »

Mais à ce moment évidemment, je pensais pas à ça. Une objection bien banale m'était venue.

— Mais je ferai comment pour le payer, je suis vraiment serrée, ces temps-ci bien que…

J'allais dire : bien que j'aie gagné quatre cents dollars en un soir. Mais il aurait fallu que je lui explique comment, et ça, je pouvais pas. En plus, les quatre cents dollars, je les avais plus, puisque je les avais remis à Herby.

— Non, il te le donnera, le bracelet. Tu auras rien à payer. C'est un cadeau de ton passé.

— Un cadeau de mon passé ?

— Oui, pour certaines bonnes actions que tu as faites.

— Ah…

— Ce bracelet n'est pas ordinaire.

— Ah non ?

— Non, c'est un bracelet karmique, ou si tu veux, de pré-cipitation. Quand tu le portes, ton destin s'accomplit plus vite.

— Ah ça, j'aime ça !

Et j'ai pensé que je pourrais devenir avocate plus vite et me marier.

— Mais il y a un inconvénient.

— Ah, bon, que j'ai fait, légèrement déçue, et en fronçant un sourcil inquiet. C'est quoi ?

— Les mauvaises choses autant que les bonnes arriveront plus vite dans ta vie.

— Ah, c'est platte… Il y a rien de parfait, quoi !

Elle s'est alors tournée vers le portrait de Jésus sur le suaire de Turin, qui me faisait chaque fois une drôle d'impression, et elle a ajouté :

— Comme il a dit : « Personne met du vin nouveau dans une vieille outre. »

— Ah, je vois…

J'ai dit : « je vois », mais j'étais pas très sûre de ce que je voyais. Madame de Delphes l'a senti, c'était un jeu d'enfant pour elle de deviner mes pensées. Aussi a-t-elle cru bon d'ajouter :

— C'est comme si ça accélérait ton karma.

Le karma, j'avais une vague notion de ce que c'était, mais pas trop savante : après tout, j'avais juste dix-huit ans, j'avais beau être une lectrice vorace, je pouvais pas avoir tout lu.

Mais l'idée que les choses arrivent plus vite dans ma vie, que je puisse réaliser mes rêves sans attendre une éternité, ça me plaisait, évidemment.

— Je pense que je suis d'accord, ai-je conclu.

— Mais avant de prendre ta décision, il y a une autre chose que tu dois savoir.

— Euh… laquelle ?

— Si tu acceptes ce bracelet, je pourrai plus te donner de consultations pendant un an.

— Ah ! Pourquoi ?

— Les choses qui t'arrivent, je veux dire celles que tu considères comme mauvaises, elles contiennent toujours une raison et une leçon cachée, c'est comme une amande dans son écaille. Si tu brises pas l'écaille, t'as pas l'amande. Mais je peux pas te les dire avant, les mauvaises choses, sinon tu les voudras pas et tu auras pas la leçon mystérieuse qu'elles renferment et qui te feront avancer sur le chemin.

Ça ressemblait à : *you cannot have your cake and eat it*, ou à : tout vient avec un prix. Sauf certains articles à l'épicerie, ça fait pester la caissière et tous ceux qui attendent en ligne derrière. De nouveau, j'ai dit :

— Je vois…

Tout ça, c'était un peu du chinois pour moi, même si ça paraissait brillant et ça l'était probablement, puisque ça venait de madame de Delphes ou plutôt de son guide qui pouvait pas se tromper, vu que dans l'au-delà ils sont plutôt avancés en trucs éso, sinon ils seraient pas rendus là, je veux dire dans l'au-delà. Madame de Delphes a alors tourné son œil qui regardait vers le plafond, puis elle a décrété :

— Le taxi sera là dans une minute.

Chapitre 26

J'ai embrassé ma voyante adorée, j'ai dévalé l'escalier, et tout de suite en arrivant dans la rue, j'ai aperçu le taxi. Ça m'a fait drôle, parce que, des taxis à Westmount, il y en a pas à tous les coins. Il y en a même pour ainsi dire jamais. Ceux qui ont un chauffeur... c'est le leur !

En plus, non seulement il y avait le taxi mais, comme madame de Delphes avait prédit, un homme avec une valise noire s'apprêtait à y monter. J'ai frissonné. J'ai couru, j'ai accosté le type qui déjà avait ouvert la porte du taxi et j'ai demandé :

— Est-ce que je peux monter avec vous ?

— Non, qu'il a répliqué un peu sèchement, mais un sourire flottait sur ses lèvres.

Je me suis dit que madame de Delphes s'était moquée de moi. Mais non c'était impossible ! J'ai regardé le type dans les yeux, qu'il avait bruns avec une sorte de lueur ironique dedans. Il devait avoir une petite quarantaine d'années, mais déjà ses tempes grisonnaient ; ça devait être quelqu'un d'important, avec beaucoup de soucis, même s'il avait la peau rose comme un bébé. Il était très élégant. Sauf dans sa manière d'obliger une parfaite étrangère, *of course*.

— J'insiste, il faut absolument que je monte.

Et j'ai tiré de ma poche un billet de vingt dollars, même si madame de Delphes avait prédit que la course serait gratuite. Elle pouvait se tromper parfois, surtout pour les détails. Le type m'a considérée un instant. Il a souri et a dit simplement :

— Vous êtes une petite bonne femme plutôt déterminée. Qu'est-ce que vous faites dans la vie ?

Je savais pas trop quoi lui répondre, mais le chauffeur de taxi m'a sauvée :

— Vous montez ou quoi ? qu'il a fait, un peu irrité.

— Euh, oui, a fait le type à la valise noire.

Sans lui demander son autorisation, je l'ai précédé dans le taxi. Il m'a suivie. Le taxi a démarré. Le type me regardait en dodelinant de la tête.

— Vous m'avez toujours pas dit ce que vous faisiez dans la vie, a-t-il insisté, comme bien des hommes, quand ils trouvent une femme mignonne, sinon ils passent aisément à un autre appel.

De leurs sens.

— Vous non plus, que j'ai fait pour toute réponse.

— Avocat.

— C'est mon rêve.

Il m'a tendu sa carte :

— Si jamais vous cherchez un endroit pour faire votre stage, appelez-moi. J'aime les jeunes femmes débrouillardes.

J'ai pris sa carte en me disant que ça me servirait jamais. Mais au moins je serais pas obligée de lui avouer mon métier. Il a ouvert sa mallette, a examiné un document. Visiblement plus intéressant que ma petite personne. Remarque, je le comprends. Rapidement, le taxi est descendu de Westmount vers le centre-ville. Il a tourné rue Sainte-Catherine vers l'est.

Au coin d'University, il s'est arrêté, j'ai voulu aider l'avocat, qui avait fini par s'arracher à son fascinant document, à régler la course mais il a refusé.

Il est descendu du taxi. Moi aussi. Seulement, j'ai pas vu de vieil immeuble avec des pierres brunes. Et, de nouveau, j'ai mis en doute la parole de madame de Delphes. Je me suis dit qu'elle s'était trompée assurément. L'avocat s'est dirigé vers l'est, comme si le taxi s'était arrêté trop tôt.

J'ai pas voulu marcher avec lui. Je voulais pas lui faire la conversation. J'ai marché dans l'autre direction. Je me suis mise à penser à Herby, ce qui était pas vraiment étonnant : il était la voix dans ma tête, ma musique, mon obsession.

On aurait dit que je pouvais pas faire un geste, prendre une décision, dire une chose, même banale, sans penser à lui, à ce qu'il dirait, ferait, penserait comme s'il m'avait ensorcelée.

J'ai pensé aussi que, dans quelques heures, je ferais mon troisième soir au 369. Et aussitôt, par une bien naturelle association d'idées, j'ai pensé à ce que madame de Delphes m'avait dit au sujet du nombre de Satan, 666, et que le total faisait 18 comme pour 3 + 6 + 9.

Le bracelet magique ou karmique, si jamais je le trouvais, je ferais peut-être mieux de jamais le porter. En plus, madame de Delphes me ferait plus de prédictions pendant un an, je sais pas si je survivrais à cette privation.

Alors, peut-être parce que j'avais l'air distraite, toute plongée dans mes ruminations, un gamin qui venait en sens opposé m'a arraché mon sac et s'est mis à courir. Je l'ai pris en chasse, puis au bout de deux cents pas, je sais pas pourquoi, même s'il courait plus vite que moi et que je le rattraperais probablement pas, il a laissé tomber le sac. Cinq secondes après, je le récupérais. J'ai tout de suite vérifié s'il avait pris mon portefeuille. Mais non, il était encore là, et l'argent que j'avais aussi.

Je me suis dit : « C'est bizarre à la fin pourquoi m'a-t-il pris mon sac, puis a renoncé à son vol ? » En me relevant, j'ai constaté, non sans étonnement, que je me trouvais devant… un vieil immeuble en pierres brunes ! J'ai arrondi les yeux, ahurie. J'ai regardé en direction du gamin, qui avait des cheveux tout blonds, un vrai chérubin, et au même moment, demande-moi pas pourquoi, il s'est tourné vers moi et il a souri.

Puis il a poursuivi son chemin avec insouciance. J'ai froncé les sourcils : bizarre, cet enchaînement d'événements ! J'ai regardé au-dessus de la porte de bronze de l'immeuble style Queen Ann. Il y avait un immense cadran avec des chiffres romains, sous lesquels était écrit Henry Birks and Sons, Limited : c'était le nom de la fameuse bijouterie ! Je me suis dit que madame de Delphes, elle s'était pas trompée. Mais je me suis aussi dit : « J'espère que le type que je vais rencontrer, il va me le donner, ce mystérieux bracelet, parce que chez Birks, il y a rien de… donné. »

Après une hésitation, je suis entrée. Il y avait un gardien armé en faction, comme dans certaines banques. Je l'ai salué timidement. Je me suis avancée dans la prestigieuse bijouterie. Il y avait plus de personnel que de clients. Je me suis dit que c'était normal, vu les prix et l'état de l'économie.

Il y a pas d'homme qui est venu à ma rencontre mais une vieille dame distinguée, avec des cheveux argent et les mains couvertes de bagues, qui m'a demandé, après une certaine hésitation, vu mes fringues qui devaient pas vraiment ressembler à celles de sa clientèle habituelle :

— Est-ce que je peux vous aider, mademoiselle ?

— Euh, oui, je… c'est pour un bracelet.

— Combien voulez-vous dépenser ? Nous en avons de tous les prix, enfin *presque* tous les prix.

J'ai senti qu'il y avait de l'ironie dans sa voix, et ça m'a pas plu. Je me suis dit qu'elle devrait se taper une cure de désintoxication dans Montréal-Noir, ça lui amenuiserait vite fait l'arrogance. Ou peut-être le contraire, remarque, puisqu'elle travaille pas là mais ici, et sa suffisance connaîtrait des sommets nouveaux. Mais je me suis retenue et j'ai dit :

— Montrez-moi ce que vous avez dans le bas de gamme.

— Ah ! le bas de gamme, écoutez, c'est pas notre spécialité, mais voyons voir quand même…

Elle m'a entraînée vers un comptoir où il y avait des bracelets de huit cents à deux mille dollars. J'ai plissé les lèvres :

— C'est pas vraiment le prix que je voulais payer.

— Écoutez, vous êtes peut-être pas au bon endroit. Vous auriez peut-être plus de chances chez Zellers.

— Oh! pour ça, je suis sûre que non. Ma mère travaille là.

— Ah! quelle surprise!

C'était pas un compliment, évidemment, et j'ai voulu la faire chier au max, la vieille chipie.

— Je pense que vous me comprenez pas, quand je disais bas de gamme, je voulais dire autour de vingt mille dollars. Un truc sport qu'on peut porter dans toutes les occasions, même à la plage.

— Vingt mille dollars?

— Oui, c'est pour ma cousine de Monaco, une aristo, je veux pas l'insulter en lui offrant n'importe quoi.

— Écoutez, je suis absolument désolée de ce petit malentendu. Si vous voulez bien me suivre, nous avons tout ce qu'il faut pour votre amie aristo. Quel est son nom, en passant?

— La comtesse Van Strauss.

— Van Strauss?

— Oui, comme les valses. Vieille noblesse autrichienne.

— Oh, je vois, je vois, c'est merveilleux!

— Son mari lui a acheté un palace à Monaco : l'Autriche, elle trouvait que c'était pas bon pour sa peau.

— Mais je la comprends parfaitement, approuve la vendeuse tout excitée, un peu plus elle se serait frotté les mains devant la bonne affaire. Venez avec moi.

Pour me sortir de cette impasse, j'ai consulté ma montre achetée chez Zellers, grâce à ma mère qui bénéficie d'un rabais accordé aux employés, et qui donne probablement la même heure qu'une montre de riches achetée chez Birks. *Anyway*, nous, les pauvres, on est pas à quelques secondes près, on a tout notre temps puisqu'on n'est pas importants :

— Oh désolée, je viens de me rendre compte que je prends le thé au Ritz dans dix minutes.

— Oui, mais ça ira très vite, vraiment, je vous assure.

— Je déteste arriver en retard.

— Je comprends, je comprends… mais je… on en a que pour quelques secondes.

— Je peux vraiment pas. Faire attendre une comtesse, ça se fait pas.

— Oui, évidemment, je… est-ce que je peux vous remettre ma carte ?

— Mais avec un immense plaisir !

Elle me l'a remise et j'ai pensé qu'une autre carte allait finir à la poubelle, comme celle de l'avocat. J'ai tourné les talons, et j'ai marché du pas le plus rapide possible sans avoir l'air de fuir ces lieux où je me sentais infiniment ridicule. Mais à trois pas de la porte, un homme est alors entré, m'a vue et a souri.

Chapitre 27

Il ressemblait à quelqu'un que j'avais déjà vu quelque part. Mais je savais pas au juste où. Il portait un manteau vert, un foulard or, et il était blond, des cheveux et de la barbe, bien taillée, et il était extrêmement beau, si tu veux toute la vérité, plus que beau, d'ailleurs, il irradiait, comme s'il était porteur du plus magnifique soleil intérieur.

Il m'a accostée en me disant :

— Désolé, je suis en retard.

Il a tiré de la poche droite de son manteau une vieille pochette de velours or fermée par un cordon vert qui semblait passablement usé. Il a dit en la tendant vers moi :

— Voici ce que vous êtes venue chercher ici.

J'ai accepté le cadeau, et, non sans une émotion – j'avais un léger tremblement dans les mains – j'ai dénoué le cordon, et fouillé dans la pochette. J'en ai tiré le bracelet de karma ou d'accélération ou de je sais pas trop quoi dont m'avait parlé madame de Delphes.

En le voyant, malgré moi, j'ai eu un mouvement de recul. Il était en or visiblement, ou alors c'était une vraie bonne imitation, et il y avait une grosse émeraude, d'ailleurs si grosse que je savais pas que ça existait une pierre précieuse de cette taille.

En plus, j'ai pas tardé à constater que le bracelet était en fait un serpent qui mordait sa propre queue. Les serpents, moi, j'ai jamais aimé. Même que ça m'a toujours répugnée. Je sais pas pourquoi. Ça doit remonter à mon enfance, comme diraient Freud et ses mules, oups! je veux dire ses émules. J'ai quand même voulu remercier l'homme au manteau vert.

Mais quand, m'arrachant à l'examen du mystérieux bracelet, j'ai relevé la tête, l'homme était plus devant moi. Intriguée, j'ai regardé autour de moi dans la bijouterie, mais j'ai pas vu l'homme au manteau vert. Par contre, j'ai vu la vieille chipie de vendeuse aux cheveux argent qui s'approchait, l'air contrarié. Elle pensait sans doute que cet homme qu'elle connaissait ni d'Ève ni d'Adam venait de me vendre illégalement un bijou. Sentant l'urgence du moment, je suis sortie en quatrième vitesse de la bijouterie, sans pouvoir m'empêcher de lever un doigt d'honneur à l'intention de la vendeuse qui m'avait tant bavé dessus. J'avais eu ce que je voulais : elle pas!

Dans la rue, j'ai pas vu l'homme au manteau vert. On aurait dit qu'il s'était volatilisé ou avait pris un taxi vite fait. De nouveau, je me suis dit qu'il me semblait l'avoir déjà vu quelque part, mais je pouvais pas dire où au juste.

J'ai regardé le bracelet, pour moi un peu inquiétant, vu le serpent qui se mordait la queue. Je me suis dit que je pouvais pas le porter tout de suite, comme ça, vu les conséquences que peut-être ça aurait. Sur mon petit moi.

Avant, il fallait que je parle à Jenny.

Chapitre 28

Jenny, les trucs éso, c'est sa spécialité.

Des voyantes, des diseuses de bonne aventure, des spécialistes vraies ou pas du Tarot, des *coachs* de vie qui ont fait deux dépressions et trois faillites mais qui veulent quand même t'enseigner la clé du bonheur et de la réussite, elle en voit au moins deux fois par mois, des fois trois, quand les pourboires ont été bons. C'est surtout qu'elle est anxieuse de refaire sa vie, ce qui est pas évident, mais alors là vraiment pas, surtout avec ses jumelles.

Et que tu es pas une professionnelle avec le salaire qui va avec et qui attire autant sinon plus les hommes que tes hanches ou tes seins. Autonome financièrement, c'est comme du 38D pour eux. Par contre, il faut pas que tu le sois trop, je veux dire si tu gagnes plus qu'eux, alors ils se sentent menacés dans leur virilité, les petits cocos, et ils se sauvent comme des rats devant un chat : quand on y pense, c'est presque aussi compliqué que l'amour au temps du choléra !

Lorsque je suis arrivée au distingué resto, Jenny était *busy*, mais elle pouvait quand même me parler. J'ai tiré le bracelet de mon sac à main pour lui montrer, et elle a pas eu le même mouvement de recul que moi. Les serpents, elle s'en foutait comme de sa première chemise. Ou sa première jupe, vu que c'est une fille. Elle se moquait même que le serpent se morde la queue, ce qui supposément est le symbole de l'éternité, qui est longue, surtout vers la fin, du moins selon Woody Allen. Elle, elle était surtout fascinée par l'émeraude, plutôt grosse.

— Tu as pensé à combien ça peut valoir, un truc comme ça ?

— Je sais pas, mais moi je pense surtout que si je le porte, comme c'est un bracelet de précipitation ou je sais pas trop quoi, c'est peut-être dangereux.

— Oh ! les précipitations, les précipitations, c'est un bien grand mot, tu sais. Même Environnement Canada, ils se trompent une fois sur deux.

— Ben, c'est pas le même genre de précipitations, voyons. C'est pour le karma. Il paraît que c'est dangereux.

— Le karma, le karma ! Personne sait ce que c'est vraiment, c'est comme le bonhomme Sept-Heures. Si on se met à avoir peur de tout et même de ce qu'on connaît pas, on aura jamais fini !

Je trouvais qu'elle avait du bon sens, Jenny. En plus, elle était plus vieille que moi, et mère – « monoparentale » – de jumelles. Elle les avait eues à dix-huit ans avec Gérard, un voyageur de commerce qui lui avait promis la lune avant la première nuit avec elle.

« J'ai rare… ment vu un écœurant comme ça », qu'elle m'avait expliqué après son départ non annoncé. Parce que, après quelques visites nocturnes et quelques émois dans ses bras, il avait conclu que ce qu'il y avait sous ses dessous était pas si mystérieux que ça, et que faire l'amour avec elle, c'était pas le Pérou, et même une corvée, vu que la perle entre ses cuisses de satin, elle aimait qu'on la fasse luire d'une certaine manière et pas d'une autre.

Alors il avait repris la route et pour de bon, même quand, dans l'espoir de le retenir, elle lui avait dit pour la grossesse inopinée. Les enfants, c'était pas son fort. En fait, la vérité, qu'il lui avait annoncée à son tour, c'est qu'il en avait déjà deux. Des enfants. De deux femmes qui avaient eu autant de chances que Jenny pour en faire leur mari.

Jenny, elle était vraiment populaire, ce matin-là. C'était la fin du mois, le loyer arrivait, alors elle prenait pas de risques, elle portait une *push-up bra*. Il en fallait pas plus pour que les clients deviennent émus. Et généreux, ce qui était le but de la manœuvre de séduction. Elle aurait pu leur lire les *Pages Jaunes*, ou les prédictions de la météo à Bornéo, ils l'auraient trouvée intéressante. Il y en a même qui commençaient à lui expliquer qu'ils l'avaient connue dans une autre vie, c'est te dire. Moi, ça finissait par me taper sur les nerfs, leur débilité amoureuse.

Entre deux clients qui rêvaient inutilement, Jenny a proposé, en regardant le bracelet :

— Laisse-moi l'essayer, on verra bien si c'est dangereux ou pas.

— Et si tu tombes raide morte, là ?

— Tu t'occuperas de mes filles : je te nomme ma légataire universelle.

Et ce disant, par dérision, elle a posé la main sur ma tête comme si elle me baptisait. Je me suis dit que j'avais l'air un peu tarte avec toutes mes croyances. J'ai voulu lui remettre le bracelet pour qu'elle fasse l'expérience fatidique (peut-être), mais un client aux cheveux assez ébouriffés et aux yeux cernés jusqu'aux joues est arrivé et a demandé un café-cognac pour se remettre de sa cuite de la veille. Jenny a gentiment expliqué qu'ils servaient pas d'alcool à L'Œuf à la Coquine, juste des alcoolos, il a pas compris la plaisanterie, il est ressorti sans rien dire.

— Vous êtes le bienvenu, a ironisé Jenny.

Le patron, ulcéré de ce départ précipité, a posé une question :

— Il prend rien ?

— Il voulait votre cognac dans son café. J'ai pas voulu le lui servir.

Il a pas insisté. Il mettait souvent du cognac dans son café, en cachette, c'est à cause de sa femme, qui couchait supposément avec le voisin. En tout cas, c'est ce que Jenny m'a expliqué. Mais là, on pensait vraiment à autre chose. Jenny a regardé avec intensité le bracelet :

— Alors je peux l'essayer ?

J'ai dit : « Oui, à tes risques et périls. »

Elle l'a enfilé. A fait tourner son poignet comme pour mieux le contempler sur tous les angles.

— Tu vois, a-t-elle proclamé avec fierté, il se passe rien.

Elle a regardé le plafond, et autour d'elle. Elle jouait les catastrophées, disait, comme un exorciseur : ouh ouh ouh, loin de moi les démons et les fantômes ! Elle a ajouté, sourire aux lèvres :

— Mon karma, il se manifeste pas trop fort.

Le téléphone du resto a alors sonné, son patron a répondu, c'était pour elle. Quand elle a pris l'appel, elle a tout de suite perdu son sourire fendu jusqu'aux lèvres. Même qu'elle avait l'air plutôt grave.

Finalement elle a raccroché, elle est revenue vers moi, avec un air d'enterrement, en tout cas blanche comme un drap malgré son cache-cerne, vu qu'elle avait pas dormi de la nuit parce qu'une de ses jumelles était malade et que ça réveillait l'autre, et qu'elle vivait dans un trois et demie avec juste deux chambres, elle pouvait pas se permettre mieux. Alors, tout naturellement, j'ai demandé :

— Une mauvaise nouvelle ?

— Non, qu'elle a juste répondu.

Ça m'en disait pas vraiment plus.

— Alors, quoi ?

— C'est… c'est Gérard.

— Le con qui t'a fait deux enfants avant de prendre la clé des champs ?

— Oui…

Mais elle en disait pas davantage, l'air encore bouleversé. J'ai insisté.

— Il t'a dit quoi?

— Qu'il voulait revenir avec moi, qu'il pouvait pas vivre sans moi ni les jumelles…

— C'est bizarre…

— Bizarre, tu dis? Ça fait trois cent cinquante ans que j'ai pas eu de nouvelles de lui.

— Qu'est-ce que tu lui as répondu?

— Qu'il pouvait aller se faire cuire un œuf à la coquine!

J'ai ri, même si c'était pas vraiment drôle. Parce que toutes les deux, on pensait à la même chose. Le téléphone a sonné de nouveau. C'est encore le patron qui a répondu, puis a tendu le téléphone vers elle, l'air irrité :

— Encore le même type. C'est quoi, l'histoire? T'as des problèmes avec tes cartes de crédit?

Non, elle en avait pas. Comme elle savait pas les utiliser comme il faut, elle avait eu la sagesse de mettre les ciseaux dedans et elle payait seulement avec de l'argent comptant, elle s'en était jamais aussi bien portée.

Elle a pris l'appel, elle semblait pas parler beaucoup, juste écouter. Quand elle est revenue devant moi, elle a dit :

— Je pense qu'il est sérieux, il s'est mis à pleurer au téléphone. C'est bizarre, je comprends vraiment pas pourquoi après toutes ces années…

Alors toutes les deux, spontanément, on a regardé le bracelet d'or avec la grosse émeraude, comme s'il était responsable de tout. J'ai dit : « Tiens, je vais le mettre, on verra bien. » Je l'ai mis. J'ai rien ressenti de spécial, pas plus que devant les cristaux mauves et blancs de madame de Delphes. Et l'homme à qui j'avais donné ma virginité et qui m'avait jamais donné de nouvelles, il m'a pas appelée. Remarque, il pouvait pas savoir que j'étais au resto où Jenny travaille. Herby non plus m'a pas appelée. Et lui, il savait que j'allais souvent la voir, même que ça l'agaçait énormément.

Jenny et moi, on s'est regardées et on s'est mises à rire.

Jenny a dit :

— Ça marche pas tout le temps, mais juste avec certains hommes qui ont trop bu.

On a ri encore. Ensuite, il a fallu que je parte.

Chapitre 29

Sur le trottoir, devant le restaurant, j'ai quand même repensé à ce qui venait d'arriver. J'ai conclu que ça devait être juste un hasard, pour Gérard.

Des fois, les hommes changent d'idée, comme ça. Dans un sens ou dans l'autre. Ils décident qu'ils t'aiment plus, ou que, dans le fond, ils t'aimaient follement et qu'ils ont fait l'erreur de leur vie en te quittant parce que tu étais justement... la femme de leur vie. Et ils te supplient. De revenir. Jusqu'à ce qu'ils se rendent compte... qu'ils ont fait une autre erreur ! Ça peut devenir mêlant à la fin !

J'ai regardé le bracelet et j'ai haussé les épaules, manière de dire qu'il y a rien là. Mais une seconde après, un curieux enchaînement d'événements s'est produit.

Un petit garçon de huit ou neuf ans est passé devant moi, en dribblant avec un ballon de volleyball orange. Il a échappé son ballon qui a roulé dans la rue. Il a voulu le récupérer, sans prendre la précaution de vérifier si une auto venait, ce qui était le cas. Affolée, j'ai crié pour le prévenir du danger, mais il m'a pas entendue. L'automobiliste l'a vu et, pour éviter de le frapper, il a donné un brusque coup de volant.

Et, en une fraction de seconde, j'ai compris que c'est sur moi qu'il fonçait. Et que, probablement, il me percuterait de plein fouet et me tuerait ! Alors, demande-moi pas pourquoi, j'ai eu le réflexe de retirer le bracelet et de le jeter sur le trottoir.

Le gamin a récupéré son ballon, et, les yeux arrondis de stupéfaction, il a regardé, tout comme moi, l'auto s'arrêter à quinze centimètres de ma petite personne. Rousse et tremblante. Qui pouvait pas s'empêcher de se demander ce qui serait arrivé si… – mais c'était de la science-fiction ou quoi ! – j'avais pas retiré en catastrophe le bracelet de précipitation.

Et si – et c'était encore plus important, encore plus troublant – ce qui était arrivé était un simple hasard.

Le conducteur de la voiture est venu me rejoindre, un type de vingt-cinq ans, un roux aux cheveux frisés, j'ai ri, lui il tremblait et avait de la difficulté à parler. Mais je comprenais qu'il voulait vérifier si j'étais pas blessée. Moi je répondais rien, je pouvais pas m'empêcher de penser au bracelet. Finalement, j'ai dit au rouquin :

— Je suis O.K.

Il a souri, soulagé. Je me suis penchée et j'ai récupéré le bracelet. Je l'ai examiné de nouveau. J'ai raisonné : est-ce que je serais morte si je l'avais pas ôté au dernier moment ? Et si je le remets, et que c'est mon destin de mourir frappée par une auto, le mystérieux bijou va-t-il accélérer les choses, puisque c'est son rôle ?

Finalement, j'ai haussé les épaules, je me suis dit que c'était stupide de penser que l'auto qui me fonçait dessus se serait pas arrêtée si j'avais pas retiré le bracelet avant le moment fatidique. C'était juste une coïncidence. *Don't read too much into it*, comme ils disent dans la langue de Shakespeare. Vois pas des signes partout, comme les désespérés pour qui rien ne va, mais ils se consolent en se disant qu'il y a une raison pour tout : peut-être mais en attendant, il y a pas de filet mignon sur ta table, ni de mignon dans ton lit !

Bon, je faisais quoi avec le bracelet, en conclusion ? J'ai décidé de le garder. Mais de pas le porter à temps plein. Et surtout pas devant Herby.

Parce que je voulais pas qu'il me pose des questions au sujet de son origine. Un bracelet en or avec une émeraude de cette taille-là, il aurait tout de suite deviné que j'avais pas pu l'acheter avec mes propres moyens, même avec tout le fric que j'avais fait au 369. En plus, je lui avais presque tout donné.

Oui, il m'aurait forcément posé trop de questions et j'aurais dû lui parler de ma visite chez madame de Delphes. Même si c'est une vieille dame honorable, il l'aime pas. Pas plus qu'il aime Jenny. Il dit qu'elle a une mauvaise influence sur moi, et plein de trucs comme ça. Je préfère pas lui dire quand je la vois pour éviter d'avoir à mentir. À l'Horizon, quand elle vient danser le même soir que moi, il peut pas rien dire, évidemment, c'est un lieu public, sinon je fais gaffe.

Être deux…

Être deux, son plan romantique, c'était surtout de pas voir mes amies. Même ma famille, il en raffolait pas, surtout

Johnny. On aurait dit qu'ils étaient comme chien et chat, je sais pas pourquoi, une sorte d'instinct, quoi!

Avant de rentrer, je me suis arrêtée chez Zellers, pour me trouver des trucs sexy pour le 369, comme ça Cassandra aurait pas à mettre les ciseaux dans ce que je porterais par erreur! Et de toute manière, il me fallait bien un uniforme de travail pour les autres soirs, si tu me permets l'expression.

J'ai acheté trois bikinis en solde, mais à la caisse j'ai joué de malchance. Je suis tombée sur ma mère, elle remplaçait une caissière malade qui avait appelé à la dernière minute pour dire qu'elle pouvait pas rentrer. Impossible de reculer. Quand elle a vu les bikinis, qui étaient plutôt sexy, surtout les deux strings pour montrer ce que j'avais de plus vendeur selon Herby, ma mère a dit:

— Tu achètes ça pourquoi, au juste?

— Euh, que j'ai bafouillé, Herby veut qu'on aille au Mexique pendant les vacances de Noël.

Illico, elle a tout ramené à elle, comme elle fait toujours.

— Vous viendrez pas au réveillon à la maison?

— Mais oui, maman.

— Et le party du jour de l'An?

— Euh...

— En plus je pensais que vous aviez de la misère à arriver avec ton salaire.

— Oui, je... j'ai mis de l'argent de côté...

La discussion aurait pu continuer pendant un an, mais la file d'attente s'allongeait rapidement. Maman a poinçonné mes trois achats. Pourtant, avant de mettre les bikinis scandaleux dans un sac, c'était plus fort qu'elle, elle a bien pris soin de les regarder en les soulevant presque au-dessus de sa tête, avec un air offensé. Derrière moi, dans la file, il y avait une septuagénaire maigre comme un pic qui avait l'air tout à fait d'accord avec ma mère, et qui a fait une moue outrée.

Je suis sortie un peu honteuse, déplorant ce hasard malheureux. Pour le 369, je me suis dit que j'allais porter mon bracelet. Pour raison de précipitation de mon destin. Je veux dire pour pas finir ma vie là, et même, pour que j'y reste le moins longtemps possible !

Herby avait promis : ça sera juste provisoire.

Provisoire…

J'ai touché la grosse émeraude sur le bracelet et j'ai dit à haute voix :

— Fais ton travail !

Chapitre 30

Quand, voiturée comme les autres fois par Diane, je suis arrivée au 369, un peu avant dix-neuf heures, je dois admettre qu'il y avait une partie de moi qui était contente. Enfin un petit peu, du moins. Pas pour les clients, bien sûr : qui aime montrer son cul à des étrangers désespérés, même pour plein de $$$? Mais j'étais heureuse de retrouver les filles. Pas toutes, mais Cassandra, Jessica, la *cherry blonde* avec qui je m'étais disputée au sujet du Veuf, puis réconciliée de belle manière, Thérèse et Isabelle, les inséparables, Sandra, la *barmaid*. Quand elle a vu mon string, Cassandra a aussitôt désapprouvé, et avec autorité :

— *Big mistake !*

— Hein ? Je… je comprends pas. C'est pas assez sexy ?

— Tu leur donnes trop vite ce qu'ils veulent !

— Je te suis pas.

— Le string, ça montre ton cul, et ton cul, c'est ton meilleur vendeur, ta carte maîtresse. Alors tu la joues à la fin seulement.

— Ah, je suis stupide, que j'avoue en me frappant le front.

— C'est pas grave, c'est facile à arranger. Je vais te passer un bas que tu mettras par-dessus.

Je me suis dit qu'elle était vraiment chouette avec moi, qu'elle faisait tout pour m'aider. Elle a fouillé dans son sac, qu'elle utilise aussi pour le gym, et elle en a tiré deux bas, un blanc et un noir. J'ai choisi le noir. Elle a dit :

— Bon choix !

Ensuite, elle a évidemment remarqué mon bracelet.

— Il est beau ? C'est un cadeau de ton petit ami ?

Je lui avais bien sûr parlé d'Herby, pendant une pause entre deux clients.

— Euh non, je… c'est juste un truc que…

Je savais pas quoi lui dire. Lui dire la vérité, ç'aurait été trop long et compliqué et *flyé* sur les bords.

— Est-ce que c'est un vrai ?

— T'es folle, ou quoi ? Tu sais bien que j'ai pas les moyens, il m'a coûté trois fois rien.

Je la connaissais pas encore assez pour tout lui dire, et en plus je savais pas si les trucs éso, c'était… son truc. Elle a pas insisté heureusement. Je me suis préparée pour la soirée. Quand j'ai passé de la loge des filles au bar, j'ai été un peu déçue. Il y avait pas beaucoup de clients. Normal, m'a expliqué Cassandra, on était pas samedi soir, le deuxième plus gros soir, après le jeudi, jour de paie.

Mais le Veuf était au rendez-vous. Ça commencerait la soirée mollo. Comme le premier soir, il m'a fait danser, enfin parler, et il était élégant, dans un costume de bonne coupe, avec un nœud papillon rose, style avocat de Boston, même s'il était juste notaire à Saint-Jérôme. Il m'a pas lu de poème, il a juste parlé de sa femme, comment il l'avait rencontrée, ce qu'il aimait chez elle, et qu'il retrouvait un peu chez moi, je sais pas trop pourquoi. Il m'a donné cent dollars. C'était son montant, on aurait dit, je veux dire son budget ou à peu près par soirée au 369. Une petite heure de travail pour lui, une petite heure pour moi.

Je suis tout de suite allée retrouver Jessica, qui était assise au bar, et je lui ai tendu cinquante dollars. Elle a dit :

— Pourquoi tu me donnes ça ?

— Ben, parce que je viens de danser pour ton client.

— Mais voyons, c'est plus mon client, maintenant, Martine. Depuis samedi, il est à toi. J'ai passé l'éponge.

Elle a levé son verre, a pris un air d'ivrognesse, a ajouté, la voix exagérément troublée :

— C'est facile pour une éponge !

Sandra, qui essuyait un verre qu'elle venait de rincer, a dodeliné de la tête. Moi, j'ai souri de l'aimable comédie de Jessica, et j'ai dit :

— J'insiste.

À ces mots, Jessica m'a regardée droit dans les yeux, puis elle a détourné la tête. Et, sans que je comprenne pourquoi, elle s'est dirigée d'un pas vif vers la loge des filles. Sandra a déposé le verre dont la pureté la satisfaisait enfin, a haussé les épaules et a laissé tomber :

— Je sais pas c'est quoi, son problème, ces temps-ci.

J'ai couru pour rattraper Jessica avant qu'elle gagne la loge. Je l'ai prise par l'épaule. Elle s'est arrêtée, elle s'est tournée vers moi mais en gardant la tête baissée. Enfin elle l'a relevée. J'ai vu qu'elle avait les yeux plein d'eau. J'étais vraiment désolée.

— Je t'ai fait de la peine ?

— Mais non, voyons, tu es idiote, ou quoi ! C'est juste que… qu'il y a jamais personne qui a été gentil comme ça avec moi, je pensais même pas que ça pouvait exister. J'ai pas l'habitude des gens aimables et de la bonté désintéressée et c'est pas ici que…

Elle a fait un geste circulaire pour désigner les clients, qui nous regardaient l'air curieux et hébétés, pas de très beaux spécimens d'humanité, je t'en passe un papier.

— Ma mère… ma mère… tout ce qui l'intéressait, c'étaient ses Valium et ses crisse de *chums*…

— Ah, je… je suis désolée pour ta mère, je… tiens, prends les cinquante dollars, sinon je vais me sentir trop mal… *a deal is a deal*…

Jessica a pris l'argent puis elle m'a serrée dans ses bras, c'était plus fort qu'elle, je veux dire un pur élan du cœur. Et comme le premier soir, ce câlin, tout sentimental, tout amical, tout pur en somme, a déchaîné les passions de la clientèle.

Le Boucher, qui m'avait pas encore fait l'honneur de me demander, avec son raffinement infini, de lui montrer ma chatte et mon cul, moyennant de généreux émoluments, s'est mis à scander :

— Un *french*, un *french*, un *french* !

Et il battait la mesure de son poème à cinq cents en tapant des mains. Tout de suite, les autres, et pour les mêmes raisons (bas de gamme !) ont emboîté le pas.

Jessica et moi, on a mis un terme à notre étreinte, on s'est regardées en secouant la tête. Je crois qu'on pensait la même chose. Ce qu'ils peuvent être cons, les hommes ! si tu me permets de résumer notre pensée, sans que j'aie eu à consulter Jessica. Enfin peut-être pas tous les hommes, mais les clients du 369, à quelques exceptions près, comme le Veuf et Beauté Fatale, lui, les filles lui passaient tout, on lui aurait même donné le bon Dieu sans confession.

Oui, notre navrante (et tacite) conclusion, à Jessica et à moi, c'était que les hommes, en général, je précise, même s'ils pensent que les lesbiennes sont justes des gouines, des boudeuses de couilles, des sous-femmes, en somme, ça les allume quand même follement, dans leur mépris paradoxal, de les voir se *frencher*. C'est même pas loin du numéro 1 dans la liste de leurs fantasmes, qui ressemble si peu à la nôtre. Spontanément, j'ai voulu leur faire un doigt d'honneur – ou de déshonneur. Mais Jessica en a décidé autrement.

Elle a posé une main autoritaire sur ma main, et j'ai pas résisté, je veux dire que je me suis inclinée, vu ma jeunesse et mon inexpérience. Jessica m'a fait un clin d'œil entendu, pour pas que je prenne la chose mal, et elle a frotté ostentatoirement le pouce et l'index avec un sourire allumeur qui signifiait bien évidemment :

— Vous êtes prêts à donner combien, les obsédés, pour ce *french* inespéré ?

Le Boucher a compris tout de suite où elle voulait en venir. Il a pris une corbeille de chips qu'on donne gratis au bar, parce que dans les chips il y a du sel, et le sel, c'est connu, ça donne soif, alors tu bois comme un con de manipulé ta bière dans un verre qui est volontairement pas assez grand pour contenir toute la bouteille, juste les trois quarts, alors le dernier quart, tu le bois à même la bouteille pour que ce soit une chose de faite (psychologie 101 des bars) et ensuite tu vides forcément plus vite ton verre, et tu dois allonger de nouveaux dollars pour renouveler ta consommation : l'économie roule sans même que tu aies rien à faire ! C'est pas beau, ça ?

Le Boucher, inspiré, et qui se croyait tout permis, a renversé la corbeille de chips sur le plancher dont le tapis sentait le vomi et la bière et la cigarette *anyway*, et l'a passée parmi les clients amusés, pour faire la quête, comme ça se faisait le dimanche à l'église pendant la messe, à une certaine époque depuis longtemps révolue : maintenant les églises ferment, c'est connu, et le Vatican, résilient s'il en est, doit vendre ses actions dans les compagnies d'armement pour pouvoir faire ses paiements.

Des clients ont jeté des billets de un dollar qui existaient encore à l'époque, d'autres, plus libéraux, ou ivres, des billets de cinq. Beauté Fatale, qui semblait garder aucune plus petite coupure sur lui, a jeté un billet de vingt. Quand tu as de la classe jusqu'au bout des doigts…

Le Boucher est revenu vers nous, tout heureux de sa moisson. Il devait bien y avoir cent dollars dans sa corbeille. Mais moi, *frencher* une fille, j'ai jamais fait, c'est pas ma préférence.

Ça fait assez bien payé de l'heure, je sais. Jessica et moi pour un *french* de dix secondes, on aurait chacune 50 balles ! Ça fait combien de l'heure, ça ? Je sais pas, mais c'est pas mal pour des pas diplômées comme nous, sauf en montrage de seins et de cul !

Le seul problème c'est que moi, même *frencher* un homme étranger, je pense pas que je serais capable. C'est trop intime, le mélange non pas des sexes mais des langues. Et de la salive qui vient avec. Ouache !

Jessica, elle, elle était plus enfoncée déjà dans les limbes de la désillusion. Si tu sais pas ce que c'est, c'est que t'as peut-être pas encore dix-huit ans ou tu as été élevée dans un beau quartier, et, chose certaine, ça fait pas trois ans que, comme elle, tu travailles au Trou.

Elle me regardait, Jessica, écarquillait les yeux, en haussant des épaules indifférentes ou amusées, regardait les beaux dollars (vite faits) dans la corbeille. Ensuite elle m'a fait un clin d'œil, s'est penchée vers moi et m'a chuchoté à l'oreille : « On va juste faire semblant, ils vont voir que du feu, les cons. »

— Mais ils vont s'en rendre compte !

— Non, regarde !

D'abord, pour montrer que ses intentions étaient sérieuses, elle a pris dans son sac du vaporisateur buccal qui fait que ton haleine, après, en tout cas jusqu'à la prochaine cigarette ou le prochain café, ou le prochain *french* avec « un ou une qui en aurait besoin mais en utilise pas », elle sent la rose. Elle s'est *push-pushée* vite fait, m'a tendu la merveille pour que je fasse pareil. Je l'ai imitée, lui ai rendu son truc, qu'elle a remballé, ensuite c'était comme deux roses qui allaient à la rencontre l'une de l'autre, du moins au yeux du public trépignant.

Avec ses cheveux, elle a fait une sorte de paravent de fortune, s'est penchée vers moi et a touché mon nez avec son nez. Elle s'est agitée comme si on se *frenchait* vraiment.

Émus comme devant un Rembrandt, les clients hurlaient leur joie, applaudissaient. Pour les rendre encore plus fous, Jessica, qui savait y faire, m'a mis la main sur une fesse. Véritable hystérie dans la salle. Mais ça pouvait pas être un plus mauvais moment pour cette audace. Car c'est ce moment qu'a choisi pour faire son entrée la personne au monde que je m'attendais le moins à voir au 369.

Mon visage s'est décomposé et j'ai repoussé aussitôt Jessica, à la grande déception des clients, mais il était trop tard : le mal était fait !

Chapitre 31

— Prends ça ! que j'ai dit à Jessica, en lui remettant le bracelet karmique qu'Herby trouverait pas comique.

Parce que, tu l'as deviné, *sorella* (je m'adaptais vite fait aux
Italiens de mon quartier !), c'est Herby qui venait d'entrer au
369, et ce qu'il allait me servir goûterait pas le Nutella. Parce
qu'il avait tout vu. Je veux dire le faux *french* avec Jessica –
même de loin, il avait l'air vrai ! – et la main sur la fesse. Ça, ça
la foutait mal, même si c'était juste pour mousser la vente, pas
pour me faire mouiller.

Jessica, elle était autant aux hommes qu'une femme pouvait l'être, même que c'est ça qui la rendait malheureuse : elle
tombait amoureuse pour un rien ; même si c'était pour un
moins que rien, il avait juste à lui faire un compliment. Sauf
si c'était un client. Sauf si ce client était Beauté Fatale, il était
l'exception qui confirme la règle.

— Pourquoi tu me donnes ça ? m'a demandé Jessica en
visant le bracelet.

— Pose pas de questions, *please*! Prends-le, sinon mon copain va me tuer. Il est ici.

— Oh, je vois, qu'elle a fait, même si elle avait pas vu Herby.

Elle a pris le bracelet, l'a enfilé, comme si je le lui avais donné. L'argent dans la corbeille, elle l'a divisé à peu près en deux parts, je m'en foutais, m'a donné ma part pour le faux *french* de dix secondes et moins, puis est allée se réfugier dans la loge des filles vers laquelle elle se dirigeait lorsque je l'ai interceptée.

Maintenant, je devais faire face à la musique. Et elle serait grinçante, de toute évidence.

Herby, il était pas entré seul au 369, mais avec un type plutôt baraqué qu'il me semblait avoir déjà vu sans pouvoir le replacer. Il plaisantait avec lui, ou en tout cas semblait le connaître.

Il avait cette qualité-là, Herby, peut-être en raison de ses yeux, de sa beauté, de son charisme, d'un je ne sais quoi, comme ils disent dans certains romans. Tous les hommes et toutes les femmes s'agglutinaient autour de lui comme des mouches autour de la lumière.

Mais l'homme avec qui il devisait, et qui avait été visiblement enchanté de nous voir *frencher*, Jessica et moi, j'ai pu l'étiqueter quand un autre homme est entré derrière lui avec ses grosses lunettes noires et son air important : mon distingué client, le Ministre!

Herby, même après que Jessica eut déguerpi vers la loge, il a mis son sourire dans sa poche et a pris l'air qu'il prend de plus en plus souvent en ma présence, un air bête si tu me permets de pas faire de fioritures.

Il a marché vers moi d'un pas résolu, moi je me sentais vraiment aussi minuscule qu'une lilliputienne dans mes souliers, même si je portais les talons les plus hauts que je pouvais supporter, pour allonger ma jambe, l'autoroute vers mon cul, mon seul atout avec mes clients au 369 : mon sens de l'humour, ils pouvaient faire sans, même qu'ils saisissaient pas la moitié de mes *jokes*. Il faut pas trop leur en demander, côté génie, vu que leur zizi leur tient lieu de cerveau, dès qu'ils entrent au paradis, qui pour eux est le 369, c'est te dire le raffinement de leurs émois : des odeurs de vomi, des seins siliconés, des filles gelées qui font semblant de les trouver humains mais pas vraiment, de la fumée, du bruit et *much ado about nothing* : au temps de Shakespeare, *no thing* c'était du slang élisabéthain pour « vagin », parce que les femmes ont *no thing*, rien entre les jambes ! (Eux, les hommes, ils ont *no thing* entre les oreilles, et surtout dans le cœur, d'où la guerre des sexes !) Et pourtant ce rien, quel pouvoir il a sur les hommes ! C'est à… n'y rien comprendre !

— C'est ça que tu fais pendant que je me tue à étudier et que je suis pas là pour te surveiller ? Tu *frenches* des lesbiennes ? a demandé Herby.

— Non, voyons, c'est pas ce que tu penses, que j'ai répondu, affolée. C'était juste une comédie pour faire du fric.

— C'est elle, Cassandra, à qui tu as laissé ton slip en souvenir de votre baise ?

— Euh, non, c'est Jessica, que j'ai admis, et je sentais bien que ça améliorait pas mon cas.

— *Shit*, tu te débauches avec combien de putains ?

— Avec aucune, que je lui jure.

Je lui ai tendu les cinquante dollars ou à peu près, comme preuve de ce que je venais de dire. Il les a pris, évidemment, et les a empochés vite fait sans les compter.

Monsieur Blanc, qui croyait assister à une algarade entre une danseuse et un client, s'est approché de nous, et de sa voix musicale et raffinée, a demandé :

— Y a-tu un problème ou quoi ?

— Non, non, je…, que j'ai tenté d'expliquer, mais Herby m'a devancée.

— Je lui demandais seulement si elle avait envie de danser pour moi ? il a fait, ayant recouvré son calme en une fraction de seconde et affichant son air suave et détaché d'un James Bond patenté.

— Martine, tu vas danser pour lui, hein ? qu'a fait le gérant.

— Ben sûr, que j'ai répondu.

Même si, danser pour mon *chum*, je pense pas que je serais capable, ça me ferait trop drôle, et en plus il me paierait pas, vu que l'argent que je gagne en dansant, je le lui donne, tout ou presque, sauf pour les quarts de coke et les *Jack*.

Je sais bien qu'Herby ne veut pas que je danse pour lui, mais comme il fait flèche de tout bois, il a monnayé cette situation, comme il sait si bien le faire : il a le sens des affaires, c'est dans son sang.

Le garde du corps est venu le trouver, et lui a demandé une faveur. Herby, les faveurs, il adore en accorder, surtout si elles lui coûtent rien ou à peu près et lui rapportent un max après : il calcule toujours tout !

— Mon patron, le Ministre, il est pressé, tu pourrais pas laisser mademoiselle (il me désigne) danser pour lui avant de danser pour toi ? Il est venu au bar juste pour elle, c'est sa préférée.

Herby a eu une hésitation, mais brève, puis il a fait oui.

— Il va s'en souvenir, *man*, a promis le garde du corps, reconnaissant.

D'ailleurs, les deux, je veux dire mon amour et le garde du corps, ils semblaient déjà comme larrons en foire, ils sont allés s'asseoir juste à côté de la section V.I.P., pas question qu'Herby allonge dix dollars, c'était pas dans son budget. Mais c'était bien sûr dans celui du Ministre qui y avait déjà établi ses quartiers.

Je l'ai rejoint docilement, sous l'œil encore ulcéré d'Herby.

Moi, j'avais le cœur qui battait à tout rompre.

Et je me demandais si c'était pas le bracelet karmique ou je sais pas trop quoi qui était responsable de la visite intempestive d'Herby. En plus, quel *timing* ! Et ce que j'allais devoir me taper comme explication avec lui lorsque je serais de retour à la maison ! Juste d'y penser ça me donnait la migraine que j'étais mieux de pas avoir s'il voulait baiser !

C'est là que j'ai mieux compris ce que Cassandra m'avait expliqué le premier soir entre deux clients. Au sujet des *chums*, ou maris, ou ex ou futurs ex des danseuses. Il y a pas de règles écrites à leur sujet ni d'interdiction formelle qu'ils viennent au bar, c'est sûr, vu la charte des droits de l'homme.

De l'homme…

Mais la plupart du temps, il y a des effets pervers, ou en tout cas hyper indésirables quand ça tourne pas carrément mal. Ils sont jaloux de certains clients, ou bien ils *cruisent* des danseuses, le résultat est rarement joli.

Mais pour le moment, Herby devisait gaiement avec le garde du corps. En attendant, moi, je devais m'occuper de mon illustre client. Je lui ai évidemment suggéré de commander du champagne, comme la première fois : il fallait pas perdre nos bonnes habitudes, quoi ! Après une hésitation, il a obtempéré. La *barmaid* est arrivée à notre table.

— Champagne ! qu'il a commandé, avec désinvolture.

C'est toujours plus facile d'être élégant avec l'argent des autres ! Un Ministre comprend ça, surtout en période d'élection quand il dilapide l'argent des contribuables à coups de subventions, ça lui fait une belle jambe, et les gogos, ils pensent qu'il leur fait un cadeau, alors que c'est juste pour les photos.

— Tu devrais aussi en offrir à ton garde du corps, que je lui ai suggéré.

Il semblait tergiverser. Sandra le regardait avec l'air de dire : « Alors je fais quoi, finalement, une ou deux bouteilles de bulles ? » J'ai renchéri :

— C'est quand même pas un chien, ton garde du corps.

— Non, c'est pas un chien, malheureusement, a admis le Ministre. Mon doberman est plus intelligent que lui !

— Ah, désolée !

Sa résolution semblait prise et j'ai eu l'impression de lire dans sa pensée comme dans un livre ouvert : deux cents dollars de plus ou de moins sur son compte de dépenses que paieraient *anyway* les arriérés mentaux qui croyaient en lui et ses idées, de pipi et de porcherie, s'ils avaient su, les démunis du Q.I. ! Il a haussé les épaules, il s'en moquait éperdument.

La suggestion, je l'ai faite pour Herby, bien entendu, tu as compris, sœur.

— Une deuxième bouteille !

Sandra m'a fait un clin d'œil discret : elle me trouvait *top* de pousser ainsi les clients à la dépense. Elle est vite revenue à notre table, pendant que je faisais une première danse pour le Ministre, une danse qui m'embarrassait encore plus, ou du moins presque autant que ma toute première danse sur le *stage*, parce qu'Herby me regardait. Il s'était assis de manière à avoir une vue imprenable sur ma petite personne juchée sur mon stupide tabouret. Il savait que je dansais, bien sûr, mais c'était différent de me voir danser. Ça devenait plus concret, plus humiliant, je sais pas si tu me suis. On aurait dit que j'avais sur moi l'œil de Dieu, et il est vrai qu'Herby était mon dieu.

Sandra a fait sauter le bouchon de la bouteille de champagne, et le garde du corps, comme la première fois, a pensé qu'on lui tirait dessus ou sur son patron et a porté instinctivement la main à son arme. Peut-être le Ministre avait-il raison : il avait moins de neurones que son doberman !

Mais voyant la bouteille de champagne sur la table de son patron, le garde du corps a respiré mieux. Après nous avoir servis, Sandra leur a apporté leur bouteille, à Herby et au garde du corps. Qui a salué son patron, Herby aussi a fait un signe de la main, moi j'ai fait un clin d'œil à mon amour mais il m'ignorait ou plutôt, il me regardait l'air fermé : et je savais ce qu'il pensait, j'étais juste une putain, et lui, futur médecin, il se demandait ce qu'il faisait avec moi. J'ai baissé la tête, honteuse.

Mais *the show must go on*, j'ai pas vraiment eu le temps de m'apitoyer sur mon moi qui rétrécissait comme un pull en cachemire que tu as eu la bêtise de mettre dans une sécheuse. Après une première flûte qui a délié vite fait sa langue naturellement sale, le Ministre m'a redemandé de faire pipi dans une coupe de champagne. Il a dit qu'il pouvait plus s'en passer, depuis la première fois, que j'étais devenue sa drogue.

La deuxième fois, c'était moins difficile. Mais Herby était témoin, alors c'était pas de la tarte.

Il attendait ma réponse avec un sourire. Habituellement quand tu souris, même si tu ressembles à Quasimodo, ça produit une sorte d'amélioration de ta personne, mais le Ministre, quand il se fendait d'un sourire, moi, ça me donnait plutôt envie de vomir.

Sans rien dire, j'ai sauté de mon glorieux tabouret.

— Tu vas boire ton litre d'eau pour que j'en aie pour mon argent ? qu'il m'a demandé, inquiet de ce surprenant pas de danse.

— T'as tout compris, mon coco !

Et j'ai poussé l'audace jusqu'à le souffleter tendrement sur la joue. Il s'en pouvait plus tellement il aimait le traitement condescendant.

Mais bien sûr, j'ai fait une halte auprès d'Herby.

— Je peux te dire un mot ?

— Tu vois pas que je cause avec monsieur ! a fait Herby, et je peux pas dire que j'ai apprécié.

— C'est important, que j'insiste.

Il a fait une mine au garde du corps, qui avait l'air de dire : « Les bonnes femmes ! »

Le garde du corps lui a proposé un *high five* qu'il a accepté aussitôt. Je sais pas ce qu'il a pu lui dire pour qu'il tombe ainsi sous son charme, peut-être tout simplement qu'il était étudiant en médecine, et que son père était Paul Desmarais, malgré la couleur suspecte de sa peau. Herby s'est levé, je l'ai pris à l'écart, lui ai expliqué la proposition du Ministre et lui ai demandé sa permission.

Il m'a regardée, droit dans les yeux, comme pour me sonder, et il a conclu :

— C'est toi qui décides, pas moi.

Il a fait comme s'il me respectait, comme si c'était moi qui décidais alors qu'au fond c'est lui qui décidait tout, même de la couleur de mon rouge : s'il était trop provocant ou abondant à son avis, il disait non, ou sinon il me passait une débarbouillette vite fait. Un peu plus, il m'aurait fait porter le voile, mais Mahomet, il pouvait pas ! Je savais bien que ce qu'il voulait, au fond, c'étaient les sous, et si je levais le nez dessus, il allait m'engueuler.

— Je vais aller boire de l'eau, que je me suis contentée de dire, le cœur en lambeaux.

Parce que moi, ce que j'aurais aimé, ce que j'aurais vraiment aimé, tu l'as deviné, hein, sœur amoureuse, c'est que, séance tenante, Herby me prenne par la main et me dise :

— Viens, mon amour, je veux plus que tu travailles dans ce trou, ce merdier, ce dépotoir humain. On va s'arranger différemment, on va se serrer la ceinture au lieu que tu enlèves ton slip pour des étrangers. En attendant, on part à Venise, ça te dit, ma promise ?

Oui, ça lui aurait dit, à sa promise.

En chemin vers la loge des filles, j'ai avisé Cassandra, et je lui ai fait un signe pour qu'elle comprenne que j'avais besoin d'elle immédiatement.

— C'est ton mec ? qu'elle a dit en regardant en direction d'Herby.

Comment elle a fait pour deviner ? Je sais pas, elle est comme ça.

— Oui.

— Une gueule d'enfer. Et en plus, il est médecin ?

— Étudiant en médecine, j'ai précisé.

— T'as intérêt à pas être jalouse. Sinon ça va te rendre malade.

— J'ai mon médecin à domicile! Mais là, pour le moment, c'est un autre genre de médicament qu'il me faut. Le Ministre veut encore que je pisse dans une coupe de champagne. Et à froid devant Herby, je peux pas.

— Charmant. Viens, j'ai ce qu'il te faut.

J'ai sniffé un quart, parce que faire pipi dans une coupe de champagne avec Herby pour témoin, ça me semblait au-dessus de mes forces.

J'ai aussi bu deux grands verres d'eau, pour que le client en ait pour son argent, et surtout que ma vessie fasse pas de chichis, de caprices infinis, je veux dire que je fasse pipi, tu as compris, ma chérie!

Je me suis exécutée en évitant de regarder en direction d'Herby, même si j'avais eu son consentement.

Il y avait aussi le Veuf, dont je voulais éviter les regards. Mais il regardait dans ma direction, hélas. Il a dû trouver ça bizarre, au début, que je prenne une coupe de champagne et me la mette entre les deux jambes. Mais je crois qu'il a fini par comprendre ce que je faisais parce qu'il était assis près de la section V.I.P.

Oui, je suis sûre qu'il a compris, sinon pourquoi aurait-il retiré ses lunettes et essuyé ses yeux avec un mouchoir blanc comme son âme? J'avais si honte de le décevoir, de plus être sa Mignonne «allons voir si la rose» que j'ai préféré plus regarder dans sa direction.

Ensuite le Ministre a consulté sa Rolex, sûrement le fruit d'une enveloppe brune, d'une entourloupette, et il a eu l'air de s'agiter.

— Je dois partir, on se revoit plus tard cette semaine, poupée.

J'ai pas tenté de le retenir. Il m'a tendu la main. On aurait dit qu'il voulait que je l'embrasse, comme s'il avait été un évêque. Soit dit en passant, on a aussi un distingué client, pas un évêque mais un ecclésiaste : il tente de se convaincre qu'il est pas aux petits garçons en faisant danser des filles. Mais il convainc personne : il semble trop déçu lorsque nous retirons notre bas et qu'il y a *no thing* entre nos jambes, comme il en rêve, lui qui fait de si beaux sermons le dimanche, sur le Saint-Esprit et les anges qui, comme chacun sait, ont pas de sexe, *no thing* !

Non, j'avais pas le goût de toucher à sa main, au Ministre. Il a pas insisté, son éminence de merde, je veux dire de pipi.

En le voyant se lever, son garde du corps l'a imité aussitôt. Herby s'est levé, lui aussi, pour lui serrer la main, il lui a même donné une accolade comme s'ils étaient de vieux amis.

Ensuite, il est venu me retrouver, moi qui avais pas l'air si *winner* avec mon minable mini-*stage* ambulant dans les mains, juste un instant après que j'aie remis piteusement mon string, puis ma culotte – pour pas leur donner tout, tout de suite, comme m'avait expliqué Cassandra – et mon soutien-gorge qui soutient pas grand-chose, mais les clients tiennent quand même à ce que je le retire pour voir mes mamelons, un autre mystère pour moi.

Je suis encore honteuse, peut-être autant que mes Vieux aux Chants de l'Aube, qui étaient – je vois pas pourquoi cet imparfait : ils le sont sans doute encore et le seront jusqu'à leur mort – incontinents. Ça les embarrasse tellement de devoir porter une couche et surtout qu'un autre être humain, la plupart du temps un parfait étranger, la change, devant leur dignité mortifiée.

En tremblant, j'ai tendu à Herby tout l'argent que j'avais gagné pour lui, il l'a pris, l'a compté attentivement : le contraire aurait été étonnant.

— T'es fière de toi ? il m'a demandé.

— Ben non, pas vraiment ! Mais au moins j'ai gagné des sous pour nous deux.

Nous deux… Le beau programme qu'il avait établi, le premier soir, et j'avais été ravie ! Il m'a surprise par son attaque frontale :

— T'es vraiment dégueulasse.

— Mais je… j'ai fait ce que tu voulais, et je t'avais demandé la permission !

— Je voulais juste te tester, et maintenant je sais le genre de femme que tu es. Je suis tellement déçu de toi, tellement déçu.

— Mais je comprends pas, je l'avais déjà fait et je t'ai demandé la permission avant de le refaire.

Pour toute réponse, il a levé la main comme s'il voulait me frapper.

Un sauveur inattendu est arrivé : le Veuf ! Il faisait pas le poids contre Herby, c'est sûr, surtout vu son âge avancé mais il a dit quand même :

— Laissez-la en paix !

— Toi, le cadavre ambulant, tu vas me faire le plaisir de dégager en cinquième vitesse avant que je te réarrange le portrait.

Et ce disant, Herby a levé vers le Veuf une main menaçante :

— Herby, Herby, je t'en supplie, c'est juste un gentil vieux monsieur.

— C'est un insecte, et moi, les insectes, je les écrase !

— Tu vas finir comme ma femme ! a prophétisé mystérieusement le Veuf.

— Quoi ? Tu me prends pour ta femme, pauvre vieille pédale ! a dit Herby qui visiblement avait mal compris : normal, il y avait de la musique et du bruit, surtout que Thérèse et Isabelle venaient de monter sur le *stage* pour faire un *show* de couple érotique, et c'était la frénésie dans la salle.

J'ai noté alors, affolée, qu'Isabelle portait le bracelet karmique que j'avais pourtant confié à Jessica !

Qu'est-ce qui avait bien pu se passer ? Pas vraiment le temps de m'en occuper. Je devais en priorité régler le problème devant moi.

J'ai supplié le Veuf de battre en retraite parce que c'était une histoire de couple, et il pouvait pas comprendre. Il m'a regardée avec tristesse et il a quand même ajouté, à l'intention d'Herby :

— Tu vas finir tes jours en fauteuil roulant.

Je sais pas pourquoi il a dit ça, mais je sais qu'Herby, ça lui a pas plu mais alors là pas du tout. J'ai supplié de nouveau le Veuf de partir, en lui donnant l'assurance :

— C'est O.K., c'est O.K. !

Il est parti. Herby lui a crié :

— Vieux con fini !

Ensuite Herby a dit, ou plutôt ordonné :

— Viens dehors, il faut que je te parle !

Chapitre 32

Ça me disait rien qui vaille, cette proposition, mais la manière de dire non à mon dieu, et de contrarier ses désirs !

On était en novembre, je pouvais pas sortir en uniforme de travail, d'ailleurs j'avais l'impression qu'Herby voulait qu'on rentre à la maison. J'ai regardé vers la scène. Thérèse, agenouillée sur le *stage*, faisait semblant de se recueillir entre les deux jambes d'Isabelle, même si elle le faisait pas pour vrai, même si elle le faisait dans la vraie vie, mais devant des étrangers, il y aurait pas eu de prix pour le faire !

J'ai pensé : mon bracelet karmique, je le lui demanderai demain. J'ai couru à la loge des filles, enfilé mon jeans et mon imper avec lesquels j'étais arrivée au chic 369.

Dehors, Herby m'attend, l'air fermé, dur. Je m'avance malgré tout vers lui, dans l'espoir de me faire pardonner ma faute, ma faute, ma très grande faute, et de trouver indulgence à ses yeux.

Mais ô bonheur, ô surprise, il m'engueule pas, comme je m'y attendais. Il me sourit. J'exulte! Mais il perd vite son sourire, et… il me gifle! Oui, il me gifle!

Comme il en avait sans doute la brûlante envie depuis ce que j'ai fait pour le Ministre.

Pour la deuxième fois dans notre histoire d'amour, il me frappe.

Ce sont ses arguments préférés, on dirait bien, à mon Socrate haïtien!

Je suis éberluée, mais je suis pas au bout de mes peines ni lui de ses coups. Jamais deux sans trois : il me gifle une troisième fois.

Plus fort, comme s'il était pas satisfait de la mornifle précédente, trop complaisante, pas assez convaincante. Je me tiens la joue, parce que ça fait vraiment mal, là, et je me mets à pleurer mais pas tant de douleur que de honte, de repentir.

— Je suis désolée, vraiment désolée, j'ai fait une erreur.

Un homme s'approche alors de nous, qui a pas la gueule de nos clients habituels, enfin si je peux employer cette épithète pour le moins prématurée après seulement quelques soirs au 369.

Très grand, il a pas l'air vraiment commode, le type, avec ses larges épaules, ses sourcils foncés, ses yeux noirs et ses cheveux coupés en brosse comme s'il était un militaire de profession ou un policier. Et il est beau et vraiment viril, en tout cas dans mon livre à moi. Et probablement dans le livre de plusieurs femmes.

— Est-ce qu'il y a un problème ? qu'il demande avec une voix grave et belle, on dirait une voix d'animateur de radio, car il a sans doute vu ou entrevu de loin les coups que j'ai reçus.

Herby se tourne vers lui et je suis sûre qu'avant de le voir, il avait envie de lui dire : « Tu te mêles de quoi, pauvre mec ? Tu veux ma photo ou quoi ? »

Mais quand il l'avise, et prend sa mesure, il se garde une petite gêne. Et même, par un instinct dont il est pas conscient, il bombe le torse, se redresse, comme pour présenter l'édition de lui-même la plus menaçante, ou en tout cas imposante. Je prends les devants, explique :

— C'est mon fiancé. On discute.

Et Herby, enchanté de ma réplique, ajoute :

— T'as un problème avec ça ?

Il intimide pas l'étranger, mais alors là vraiment pas ! Le type le toise, ensuite me regarde comme pour vérifier que tout va bien, puis conclut, philosophe, même s'il semble pas vraiment convaincu :

— Passez une bonne soirée !

Herby répond pas, moi je dis juste merci du bout des lèvres. Le type entre au 369. Je le suis des yeux. Comme malgré moi. Lorsque je me tourne vers Herby, il a déjà fait quelques pas en direction de sa voiture, je veux dire ma voiture, enfin ce qui est à moi est à lui, mon cœur y compris.

Je me hâte de le rejoindre. Il entend mes pas derrière lui, car le parking est en gravier, se retourne, me demande, avec étonnement :

— Qu'est-ce que tu fais ?

— Ben, je rentre à la maison avec toi.

— T'es folle ou quoi ? Ta soirée est pas finie ! Allez, au boulot, moi j'ai de l'étude.

Je m'incline évidemment. Je retourne au Trou, soumise, honteuse, en me disant : « Je vais tenter de faire un max. Pour me faire pardonner. Et je pense que, de toute manière, c'est mieux ainsi, vraiment mieux, parce que j'ai complètement oublié de récupérer le bracelet. » Qu'Isabelle porte maintenant sans que je sache trop pourquoi. Car c'est quand même à Jessica que je l'ai confié.

Je regarde Herby monter dans la voiture. Je lui fais un dernier salut, mais, volontairement ou pas, il m'ignore. Une autre « gifle ». Je me sens vraiment mal.

Je retourne travailler, puisque c'est le souhait de mon amour, et que je vis sous sa loi désormais : ses moindres désirs sont des décrets.

Plus que jamais, surtout que je comprends guère ce qui m'arrive, que je sombre dans un abîme qui a nom le Trou, à faire des choses que j'aurais jamais cru pouvoir ou devoir faire un jour.

Herby est ma seule certitude. Je suis devenue sa chose, comme si j'avais déserté le pays de mon être, *sorry* pour les images à cinq cents, je veux dire à cinq piastres, je suis juste danseuse nue, après tout.

Je marche tête basse vers mon destin si contraire à ma nature romantique, et alors que je tends un doigt résigné vers la sonnette du distingué 369, la porte s'ouvre.

À mon étonnement, je vois Isabelle qui en sort, en riant comme une folle au bras de... Beauté Fatale ! Qui a dû la convaincre d'aller finir la soirée avec lui, avec toutes les conséquences pour elle et pour la pauvre Thérèse.

Malgré moi, je pense que c'est bizarre quand même, je veux dire Beauté Fatale porte bien son nom et toutes les femmes ont envie de se le faire, même si c'est juste pour une nuit ! En plus il arrive toujours au 369 sur son 31, en Porsche 911 ! Ça pose son homme ! Mais même en Civic, tu te le farcirais !

Quand même, c'est bizarre qu'Isabelle soit à son bras, parce que Thérèse et elle sont un couple. Il faut dire qu'Isabelle, sa conversion saphique a été plus tardive, à la suite de trop de chagrins aux bras des hommes, son premier choix.

Malgré mon étonnement, je garde une certaine lucidité, et je me rappelle que je dois récupérer mon bracelet. Que je vois briller au poignet gauche d'Isabelle.

— Tu me redonnerais mon bracelet ?

Et en disant ça, je pense qu'il est peut-être responsable de ce soudain revirement de situation : Isabelle qui part avec un homme, même si cet homme inattendu, c'est Beauté Fatale !

— C'est à toi, le bracelet ? qu'elle me demande avec une déception visible.

— Oui, je l'avais juste passé à Jessica.

— Ah…

La lippe boudeuse, elle le retire, me le rend. Beauté Fatale, sensible à sa déception, propose, avec l'élégance généreuse de ceux qui gagnent beaucoup d'argent en s'amusant :

— Tu veux combien pour ce bracelet ?

— Il est pas à vendre.

Il hausse les épaules, se tourne vers sa nouvelle conquête :

— Je t'en achèterai un pareil.

Il ignore bien sûr qu'il en existe probablement pas de pareil. Isabelle, qui est pas sotte, le taquine en répliquant :

— Tu sais parler aux femmes, toi, si en plus tu étais beau, les ravages que tu ferais !

Il éclate de rire, montre ses dents éblouissantes, me propose, coquin à souhait :

— Tu viens avec nous ? Soirée au champagne au Ritz dans la plus belle suite ! Plus on est de fous, plus on s'amuse !

— Tentant. Mais non. J'ai une PME à *runner*.

— Dommage, fait Isabelle, sans que je sache si c'est sérieux ou pas, et je suis sûre que Thérèse trouverait que oui.

Elle embrasse Beauté Fatale sur la joue, il me fait un clin d'œil, puis la prend par la main pour l'entraîner vers sa Porsche, et je vois bien qu'ils sont un couple ou sont sur le point de le devenir et que ça fera pas juste des heureux. Thérèse va pleurer toutes les larmes de son corps quand elle va savoir la trahison d'Isabelle, si elle la connaît pas déjà.

Ils semblent pressés de se retrouver seuls, car Beauté Fatale fait de la poussière dans le parking en démarrant, et moi mon premier réflexe est de regarder le bracelet à émeraude.

Après une hésitation, je le passe à mon poignet gauche : je suis prête à affronter mon destin !

Je veux surtout que… les choses changent dans ma vie, et tout de suite, en tout cas le plus vite possible !

Chapitre 33

Je passe à la loge des filles pour remettre mon uniforme de danseuse, et trouve sans surprise Thérèse en larmes. Elle sait forcément pour Isabelle. Comment aurait-il pu en être autrement ? Je préfère pas lui donner les détails au sujet du champagne ou de la suite au Ritz, que ces extravagances soient vraies ou pas. De toute manière, les détails y changeraient rien. Je prends sa main, que je flatte comme si c'était la patte d'un petit chien. Elle se laisse faire. Je tente de la consoler.

— C'est juste une folie, un coup de tête, elle va te revenir.

— Mais le mal va être fait. Elle a tout brisé, tout brisé ! Je sais que… que…

Mais elle dit pas ce qu'elle sait. Enfin pas tout de suite. Finalement, elle explique :

— Toute sa famille est sur son dos pour qu'elle se marie et ait des enfants. Ils croient juste qu'elle est trop difficile avec les hommes, ou malchanceuse parce que régulièrement, pour apaiser les soupçons, elle s'invente des amours malheureuses, ils savent pas qu'elle aime juste les femmes. Enfin jusqu'à ce soir, qu'elle ajoute par dérision en secouant la tête.

Je sais pas trop quoi lui dire. À dix-huit ans, ces drames entre deux femmes, j'y connais rien mais je réalise pourtant que, lorsque tu aimes un homme ou une femme, que tes amours soient interdites ou pas, c'est du pareil au même : tu aimes, avec tout le cortège de peines. Sauf pour les coups, sans doute, ou en tout cas ils doivent faire moins mal, entre femmes, que ceux que je viens de recevoir. D'ailleurs, j'y pense, à ces gifles que je viens de recevoir et je me regarde dans la glace pour voir si j'en garde des traces. Je me rassure, non, juste un peu de rougeur. Dans la salle mal éclairée, personne y verra rien. Thérèse poursuit sa complainte :

— Elle aussi je pense qu'elle veut un enfant, et avec moi, évidemment… elle dit souvent que c'est le seul inconvénient quand tu es aux femmes, et que si les lesbiennes pouvaient avoir des enfants, il y aurait plein de femmes qui le deviendraient. Ils savent même pas que j'existe, dans sa famille. Enfin ils le savent, mais pour eux je suis juste sa coloc. C'était à prendre ou à laisser quand je l'ai rencontrée. Je l'aimais tellement que j'ai tout accepté, mais là c'est trop… En plus, c'est tellement humiliant face aux autres filles. J'ai l'air de quoi, moi ?

— Personne a envie de rire de toi, je suis sûre…

— Peut-être pas dans ma face, mais le sucre qu'elles vont me casser sur le dos !

— Pourquoi tu dis ça ?

— Je dis ça parce que je sais. Toi, tu es nouvelle, ici. Tu sais pas encore ce qui se passe vraiment. Mais la vérité, c'est que toutes les danseuses nous trouvaient gna-gna avec notre grand amour. Maintenant elles savent qu'on n'est pas mieux qu'elles avec leur copain infidèle ou criminel. Elle a tout gâché, tout gâché !

Puis elle se ressaisit. Récupère sa main pour prendre un mouchoir et effacer les traces de rimmel sur ses joues.

— Merci d'avoir écouté mes jérémiades. Allez, va gagner ta vie, sinon ton mec va te donner un char de merde. C'est lui qui est venu faire un tour au bar tout à l'heure ?

— Oui…

— Belle gueule.

— Merci.

— C'est un *pimp* ?

— Pourquoi tu dis ça ?

— Comme ça.

— Il est étudiant en médecine.

J'ai même pas besoin de le dire comme maman en détachant les syllabes, M-É-D-E-C-I-N-E, pour que le mot opère sa magie familière.

— Alors là, c'est le gros lot, s'épate Thérèse. Lâche pas le morceau !

— Non, je suis folle de lui. C'est l'homme de ma vie.

À ces mots, elle fronce les sourcils, comme si elle s'en faisait pour moi. Je suis pas sûre.

— Il est jaloux ?

— Oui.

— Ils le sont tous, même quand ils nous trompent. Enfin je dis pas ça pour toi et surtout je veux pas te décourager.

— Je sais, je…

Après avoir réparé en partie les dégâts causés par son rimmel, Thérèse s'examine dans le miroir, puis décrète avec une tristesse infinie dans la voix.

— Je sais pourquoi Isabelle est partie avec Jim (c'est le vrai nom de Beauté Fatale). Je suis vieille.

— Mais non, que je proteste, pourquoi tu dis ça ? Tu as même pas trente ans.

— Mais je vais les avoir l'année prochaine.

Elle dit ça comme si la trentaine était un drame horrible.

Mais je dois admettre que, comme il arrive souvent, la beauté que l'amour nous donne d'une main, le chagrin, il nous l'enlève de l'autre.

— Allez, insiste-t-elle, va travailler pour ton beau médecin !

J'obtempère, mais avant, je vérifie que ma joue a pas enflé. Non, rien n'y paraît : je dois commencer à m'habituer aux coups !

Avant de franchir la porte qui me mène au Trou, je regarde une dernière fois le bracelet à l'émeraude, et me demande si ce n'est pas téméraire de continuer de le porter.

Aussi mystérieuse que soit la chose, n'est-ce pas ce bijou qui est responsable de l'arrivée intempestive d'Herby, et de la fugue étonnante d'Isabelle?

Mais Herby n'avait pas aimé ce que je lui avais raconté de ma première soirée, et aussi, il veut peut-être simplement mieux asseoir son régime de terreur, ce jeune dictateur en herbe. Comme il a pas annoncé sa venue, il veut sans doute que je pense qu'il peut arriver n'importe quand…

Et pour Isabelle, elle est peut-être moins exclusivement lesbienne que Cassandra m'a raconté et que cette pauvre Thérèse désespérée veut bien le croire.

Je touche le bracelet, comme si je voulais le retirer, mais finalement je le garde. Et je marche vers mon destin.

Chapitre 34

Ce destin, il prend un visage vraiment inattendu, celui d'une amitié avec un client, que j'ai appelé l'Avocat ; d'ailleurs, c'est son métier, comme je tarderai pas à le découvrir. C'est le type baraqué qui a voulu me prêter main-forte lorsque Herby me faisait un mauvais parti.

Je le vois tout de suite en entrant dans la salle de spectacle.

Il a vraiment pas l'air à sa place : pas étonnant, il a... de la classe !

Toutes les filles l'ont remarqué, bien entendu, et il y en a deux qui lui proposent une danse, parce que danser pour un beau mec, ça fait mieux passer la pilule. Mais il les refuse, car elles s'éloignent de lui en faisant des mines contrariées.

Alors je me dis, il est peut-être juste venu prendre un verre tranquillo, les danseuses nues, c'est pas dans son habitude. Et *anyway*, il doit avoir toutes les femmes qu'il veut, avec la gueule qu'il se tape !

J'effleure l'émeraude à mon poignet gauche, et, je sais pas pourquoi, une voix, une très belle voix d'homme que j'ai jamais entendue avant, très calme et autoritaire, me dit : « Va vers lui ! »

Je me retourne, il y a personne derrière moi, je veux dire aucun homme. Je pense que c'est la coke assurément, et les *Jack* ont sans doute fait leur effet. Ou alors ce sont les deux gifles d'Herby qui m'ont détraqué la cervelle.

C'est mystérieux, la vie, quand tu y penses, les chemins qu'elle te fait prendre, les êtres qu'elle te fait rencontrer, qui t'aident ou te nuisent ou, pire encore, veulent te détruire, comme pour donner un sens à leur vie qui en a pas. Qui t'aiment ou te détestent, et souvent tu fais pas la différence, mon pauvre ange, parce que, toi, tu veux juste aimer, juste aimer, juste aimer, c'est ta Sainte Trinité, du moins pour les êtres de mon engeance !

D'un pas encore incertain, avec ma joue doublement souffletée par l'homme que j'aime éperdument – ou dont *je veux être aimée éperdument*, il y a une différence peut-être –, je m'avance vers l'Avocat. Jessica, qui vient elle aussi de se faire dire *thanks, but no thanks*, lève les yeux vers le ciel et me dit :

— Bonne chance avec monsieur *Stuck up* !

Pas de quoi me donner une assurance que j'ai déjà pas ! Pourtant je fonce. L'Avocat m'accueille avec un sourire un peu timide. Je lui demande, le vouvoyant avec déférence :

— Est-ce que vous aimeriez une danse ?

— Euh, non, je... En fait, je me demande un peu ce que je fais ici... Je... les autres clients te disent peut-être tous la même chose, mais c'est la première fois de ma vie que je mets les pieds dans un bar de danseuses, à vingt-sept ans…

— Il est jamais trop tard pour bien faire ! que je plaisante.

— Drôle !

— Je vous envoie Sandra.

— Sandra ? Mais tu comprends pas, je suis pas intéressé, je…

— C'est la *barmaid*, Sandra, pas une danseuse !

— Ah je… je me demandais si…

— Si quoi ?

Il est timide, du moins beaucoup plus que quelques minutes plus tôt, à la porte du 369, alors qu'il se portait intrépidement à ma défense.

Malgré la semi-obscurité, je constate qu'il est vraiment beau, hyper viril, et sa timidité ajoute à son charme.

— Est-ce que tu accepterais de t'asseoir à ma table ?

— On est payées pour danser, pas pour faire la conversation avec les clients, que je rétorque sans doute platement, mais c'est la plus stricte vérité.

— Mais je suis prêt à payer ce qu'il en coûte, bien sûr, c'est quoi ton tarif ?

Et, sans même attendre ma réponse, il tire son portefeuille de sa poche et en extrait nonchalamment un billet de cent qu'il me tend :

— On peut commencer les négociations avec ça ?

Pour toute réponse, je prends le billet et l'empoche.

Il sourit. Je vérifie :

— T'es sûr que tu veux pas que je danse ? C'est le même prix.

— Non, je… pour tout te dire, mais tu t'appelles comment, au fait ?

— Martine.

— Moi, c'est Jean-Paul. Jean-Paul Cassini.

— Enchantée.

Et je pense : italien, sans doute, avec pareil nom. Pas étonnant qu'il ait l'air méditerranéen. Il me tend élégamment la main, je la lui serre. Il relâche pas tout de suite son étreinte, explique, en me regardant droit dans les yeux :

— Je sais pas au juste pourquoi je suis entré ici, je… c'est comme si une force m'avait poussé…

Je peux pas m'empêcher de regarder mon bracelet. A-t-il vraiment des pouvoirs si merveilleux sur mon destin, en supposant bien entendu que ce parfait étranger ait quelque chose à faire avec mon destin… ou alors, comme bien des gens désespérés, je suis peut-être simplement en train de voir partout des signes d'espoir – même là où il y en a pas, travers commun, s'il en est et qui parfois te retient de te jeter dans le fleuve ou d'avaler un tube de comprimés.

— Je… la vérité est que je viens de me séparer de ma fiancée… enfin c'est un euphémisme pour dire qu'elle vient de me plaquer.

— Oh, je… je suis vraiment désolée, c'est…

— Une bonne décision.

— Une bonne décision ? Mais je pensais que c'était elle qui…

— Oui, je veux dire une bonne décision de sa part.

— Mon Dieu, t'as l'estime de soi gonflée à bloc ! Tu prends des hormones de croissance ou quoi ?

Il me fait penser à moi. Pour la loupe avec laquelle il regarde son moi. Enfin c'est pas une loupe justement mais le contraire d'une loupe, ou si tu veux une anti-loupe, qui diminue tout au lieu de tout grossir. Il rit de mon mot, il se prend pas au sérieux, et je trouve ça sympa.

— Tu fais quoi, comme métier ?

— Avocat.

— Est-ce que tu défends aussi bien tes clients que ton estime de soi ?

— Ha ha ha… Disons que je pourrais répéter la blague célèbre de Groucho Marx…

Je devine sa pensée et tente :

— Je voudrais pas faire partie d'un club qui accepterait de m'avoir pour membre ?

— Tu connais Groucho Marx ? qu'il fait avec un étonnement ravi.

— Non, mais j'ai vu *Annie Hall*. Et je me rappelle à quoi Woody Allen compare sa vie amoureuse. Soit dit en passant, j'aime pas autant son film que *Pretty Woman*, parce que ça finit mal, mais par contre c'est plus drôle. Rien est parfait.

Jean-Paul rigole. Me regarde. Je vois que je lui plais. Ce qui est totalement inutile. Mon cœur est en voyage. Vers l'horizon toujours fuyant d'Herby. Mais je le sais pas encore. D'où la fermeture-éclair sur le compartiment de mes sentiments.

Sandra arrive, Jean-Paul commande un Glenfiddich et moi, un Coca *light*. Ensuite, Jean-Paul dit, de manière un peu surprenante :

— Quand une femme nous quitte, je veux dire une femme qu'on aime follement, il devrait exister une sorte de salle d'urgence amoureuse, de 911 sentimental, où un homme pourrait se rendre juste pour être en présence d'une femme gentille, même s'il devait payer pour ça, je sais pas si tu me suis.

— Comme il y a pas de 911 sentimental, t'as abouti au 369.

Il rit de ma répartie.

— Pour tout te dire, mes deux dernières fiancées m'ont quitté lorsque je leur ai offert ceci.

Il me dit pas tout de suite ce que c'est, et moi, tout naturellement, je suis intriguée : c'est la première fois que j'entends un homme parler ainsi. Habituellement, les mecs, ils sont comme des huîtres et en plus, quand ils s'ouvrent, après que tu les as suppliés ou torturés pendant des heures, que dis-je, des jours, des mois, ou des années quand tu es vraiment accro, tu trouves rarement des perles.

Cassini fouille dans la poche intérieure de son veston, très élégant du reste, et en tire une enveloppe. De l'enveloppe, il extrait des documents, mais je n'ai pas le temps d'y jeter un coup d'œil ni lui de me les révéler, car Sandra revient avec un Glenfiddich et mon Coca *light*. Distraitement, ou parce qu'il est alcoolique, ou parce qu'il en a vraiment besoin vu les circonstances, Cassini avale le verre de scotch d'un seul coup et en commande un autre.

— Tu permets que je prenne un peu plus mon temps, que je plaisante.

Il rit. Sandra refuse le billet qu'il lui tend, argue : vous paierez tout en même temps. Il proteste pas. Elle repart chercher son autre scotch.

— Elle est sympa, fait-il.

— Oui, vraiment adorable. Le premier soir, elle m'a offert tout plein de drinks pour m'empêcher de vomir.

— Ç'a marché ?

— Oui. Sauf que j'ai quand même vomi dans ma tête.

— C'est pas une vraie vocation ?

— Non. Pas exactement.

— Je m'en doutais.

— J'ai pas un corps de danseuse, c'est ça ?

— Oui, t'as un corps de danseuse, mais ton âme *fitte* pas ici.

— Je raffole pas de danser avec les loups, je me sens trop comme dans *Le Silence des agneaux*.

Il rit de nouveau, jette un regard circulaire dans la salle où des clients abrutis et grossiers sont la preuve de ce que je viens de dire, et de mon peu d'enthousiasme. Puis il redevient plus sérieux, et avoue :

— C'est une bonne et une mauvaise nouvelle.

— Une bonne et une mauvaise nouvelle?

— Oui, c'est ce que j'ai dit à mes deux dernières fiancées. Les deux ont préféré commencer par la mauvaise : on aime mieux finir avec le dessert.

— Ç'a du sens…

Mais la mauvaise nouvelle, il me la dit pas tout de suite, comme s'il avait une hésitation, que ça lui coûtait trop. On se connaît depuis quinze minutes à peine, je comprends. Il me montre plutôt les documents qu'il a extraits de l'enveloppe. J'y vois des billets d'avion d'Air France, classe Affaires pour… Paris! *Not too shabby!*

Sandra, qui revient avec son scotch, lit d'ailleurs le mot magique en même temps que moi, s'extasie, étonnée :

— Monsieur t'emmène à Paris?

— Oui, il a pas pu trouver des billets pour Venise. On va faire avec.

Jean-Paul éclate encore de rire, me regarde avec une sorte d'étonnement et de tendresse. Je viens de lui servir une petite dose de 911 sentimental bien malgré moi, et lui ai fait oublier son chagrin. Au moins quelques secondes. C'est quand même pas rien. Sandra, elle, ne sait pas si je suis sérieuse ou pas.

Cassini confirme rien, infirme rien : un vrai avocat, quoi! Il règle Sandra, lui laissant un immense pourboire, pas telle- ment pour l'impressionner ou m'impressionner, je crois, mais par distraction, ou parce qu'il veut se débarrasser d'elle pour se retrouver le plus vite possible seul avec moi. Elle, elle est ravie, pose pas de questions superflues, tire sa révérence.

Jean-Paul Cassini prend son scotch, semble résolu à lui réserver le même sort qu'au premier, mais finalement me regarde, esquisse un sourire coupable, et se garde une petite gêne. Il veut peut-être pas que je croie qu'il est un alcoolique fini, ou trop déprimé, vu sa déception amoureuse.

— Alors finalement, tes deux dernières fiancées ont pas voulu aller voir la tour Eiffel avec toi?

— Non. Elles ont subitement changé d'idée quand je leur ai annoncé la mauvaise nouvelle.

— Que tu avais poussé tes autres fiancées en bas de la tour Eiffel?

— Ha, ha, ha!

— Alors c'est quoi? Je suis curieuse.

— J'ai été condamné pour tentative de meurtre.

J'ai un naturel mouvement de recul.

— Mais je croyais que tu étais avocat… et que…

— En fait, je suis devenu avocat pour ça…

— Je comprends pas…

Il prend une longue gorgée de scotch, en fait il vide son verre sans retenue. Il a une hésitation et avoue:

— Quand mon père a abandonné ma mère, elle était vraiment désespérée, elle avait eu quatre enfants, elle avait jamais travaillé. Ensuite elle a rencontré mon beau-père, un homme d'affaires prospère, et elle a flippé, en plus il la prenait avec ses quatre enfants.

— Il y a encore des hommes bien.

— Des hommes bien ? De onze à treize ans, j'ai été abusé par lui.

— Oh, je…

— Ma mère le savait, mais elle disait rien. Mais moi je prenais des cours de karaté. Le lendemain du jour où j'ai eu ma ceinture noire, je l'ai presque tué quand il a essayé de me toucher. Au procès, ma mère a pas voulu témoigner contre lui. Je me suis jamais senti aussi trahi de toute ma vie. Mon père nous avait abandonnés et maintenant ma mère choisissait cette ordure au lieu de me choisir, moi, son propre fils. Heureusement j'avais pas 14 ans, j'ai évité la prison. Mais j'ai quand même été dans un centre jusqu'à dix-huit ans. Quand j'ai été enfin libre, j'avais juste une idée. Devenir avocat. Pour défendre ceux qui subiraient la même injustice que moi.

Je dis rien, je suis trop émue. Un ange passe, si du moins c'est sur son trajet de passer par l'enfer du 369 que madame de Delphes a entrevu de manière troublante avec les chiffres 666 de Satan, supposément. Finalement Jean-Paul demande :

— Toi qui sembles si sage malgré ton jeune âge, comment va finir mon histoire ?

— Comme chaque fois que notre amour est sans retour : par des larmes et un voyage.

— Tu le ferais avec moi, ce voyage ?

— Tentant. Mais c'est une fausse bonne idée. Dans ton état, mieux vaut voyager solo. Les pots cassés à deux, il faut être seul pour les réparer.

Avant de partir, il me laisse sa carte de visite. Elle est élégante et simple. Je pense qu'elle me servira probablement pas, mais je la mets dans mon sac.

Puis, sans savoir pourquoi, je touche la mystérieuse émeraude en regardant Jean-Paul qui tire sa révérence, et, non sans tristesse, je pense à ce qu'a dit Éluard : «Il n'y a pas de hasards, il n'y a que des rendez-vous.»

Chapitre 35

Cassandra est venue me retrouver. Elle me *feelait*, ou si tu veux me devinait, comme si on était mari et femme.

— Ça va pas ? qu'elle m'a demandé, en mettant son bras autour de mon épaule.

— Non, pas vraiment.

— C'est à cause d'Herby ?

— Un peu.

— Et des clients ?

— Un peu beaucoup.

— Tu prendrais un peu de fortifiant moral ?

J'ai acquiescé d'un signe de tête. Elle m'a donné un quart (gentiment), mais m'a vendu l'autre (les affaires sont les affaires !) : un, ça suffisait pas, il fallait prendre les grands moyens !

Ensuite, j'ai beaucoup dansé, beaucoup écouté – ou fait semblant d'écouter – les mêmes banales et navrantes confi… danses !

Que les hommes me trouvent bandante, que je suis pas comme leur femme mais alors là vraiment pas, qu'ils ont envie de me manger pendant des heures – ça, les hommes qui font ça et surtout avec un enthousiasme vrai, tu peux les compter sur les doigts de la main, pire encore, c'est comme les soucoupes volantes : tout le monde en parle mais il y a jamais eu une femme qui en a vu un !

Les autres tentaient de me charmer romantiquement en me faisant ce qui, pour eux, était la grande déclaration : par exemple, que leur rêve était de me venir dans la bouche et que j'avale avec ravissement et ensuite, évidemment, que je les remercie, débordante de gratitude et de sperme, ou encore, variante encore plus exquise, ils me viendraient dans la face ou dans les cheveux ! Vraiment, ils savent ce qu'aiment les femmes, ces Casanova ! Parce que, avoue-le, fille, ton caprice ultime, ton fantasme à un million, c'est cette giclée amoureuse dans tes cheveux quand tu viens de passer deux heures chez ton coiffeur et que tu as dépensé soixante-quinze feuilles pour te faire une tête irrésistible !

Oui, mon *winner*, tu connais le cœur des femmes de A à Z, tu pourrais même concocter un dico : le *best-seller* que tu ferais !

Si t'es pas sûr, demande-toi devant un bon café bien tassé comment tu te sentirais si on éclaboussait, de la même substance gluante et malodorante, ton beau char que tu viens de *simonizer* pendant deux heures pour épater tes copains ou lever une nana !

Après ces heures qui m'ont semblé interminables, le retour à la maison, il a pas été très jojo. Herby dormait pas, il m'attendait, et la première chose qu'il m'a dite, en tendant la main, égal à lui-même c'est : «L'argent!»

L'argent, je l'ai pas trouvé. Je sais pas ce qui est arrivé. Si une fille ou un client me l'a volé. J'étais tellement gelée et soûle que je me suis pas aperçue, et j'ai pas pris la peine de vérifier avant de partir, alors je l'avais peut-être échappé dans la fourgonnette ou en sortant du bar, ou sur le trottoir, devant le dépanneur ouvert vingt-quatre heures, où je me suis attardée quelques secondes pour regarder un truc dans la vitrine, un collier pour Herby, que finalement j'ai pas acheté, il y avait pas de prix, et j'étais fatiguée et impatiente de rentrer. Il y a un type qui m'a bousculée. C'était peut-être un voleur à la tire : moi je les préfère à ceux qui te volent et te tirent. Dessus. Au moins, tu restes en vie.

J'ai pas eu le temps de m'expliquer, d'ailleurs je savais pas quoi dire. Herby qui me croyait pas ou, si tu veux, qui croyait que je le volais comme toutes les danseuses voleuses comme des pies, qu'il dit, il s'est mis à me battre. Plus fort que jamais, même si je le suppliais : «Mon amour, mon amour, arrête, crois-moi, je t'en supplie, je te mens pas, j'ai perdu l'argent, je sais pas où il est.» Et lui, il répliquait en continuant à me battre : «Moi je sais où il est, le fric, il est dans le slip de Thérèse ou de Cassandra que tu payes comme une chienne de lesbienne pour baiser parce qu'elles voudraient pas baiser gratuitement avec une charogne comme toi, qui pisse sur elle en dansant et se laisse tripoter par un ministre dépravé, qui paye ses vices en nous volant pendant que nous on travaille comme des chiens, et que moi je m'use les yeux à étudier pour qu'on ait un avenir, nous deux.»

Nous deux…

Et toute cette tirade, il me la fait en continuant à me rouer de coups, et moi je crie, je crie de toutes mes forces, de tout mon cœur : « Arrête, arrête, tu me fais mal, tu me fais mal ! »

À la fin, j'étais par terre, et Herby me donnait des coups de pied dans le ventre et le visage, selon son caprice et sa soif de punition. Ses yeux étaient comme des yeux de fou, d'assassin, de diable, et s'il y avait eu un nombre, un seul nombre à mettre dessus, à y lire, à y voir dans mon désespoir, je crois que ç'aurait été 666, comme madame de Delphes avait dit au sujet du 369.

Je criais si fort que la voisine – qu'on entend faire l'amour pendant des heures, gémir et crier, arrête, arrête, mon chéri ! mais pour des meilleures raisons que moi, tu en conviendras – a cru bon d'appeler la police parce que mes cris de douleur surpassaient ceux de sa volupté, ou en tout cas lui semblaient suspects, même pour des sado-masos.

Quand ç'a frappé à la porte, Herby m'a regardée, inquiet. À trois heures trente du mat, ça pouvait pas être le livreur de pizza ou un de ses amis d'enfance, avec qui il parle créole pour que je comprenne pas ou parce que ça leur rappelle le bon vieux temps.

Avant de répondre, il a mis l'œil au judas. C'était un flic en uniforme. Nerveux, autoritaire, mon amour m'a expliqué, et c'était à prendre ou à laisser :

— Si tu dis que je t'ai battue, je te tue.

Je me suis relevée, je morvais, je saignais.

— Mais je leur dis quoi, alors ? Que je me suis frappée contre la porte du frigo ?

— Que tu t'es battue avec une amie.

— Et s'il me demande qui c'est ?

— Tu diras Jenny, ta meilleure amie, ou tu auras des couilles et tu diras que tu préfères pas dire qui, que c'est personnel.

Décidément, il avait réponse à tout. J'ai dit, j'ai compris. Il a insisté :

— Tu m'as *vraiment* compris ? Parce que si tu dis que c'est moi, je te tue en deux temps trois mouvements. Tu comprends ?

— Oui, mon chéri.

Il m'a toisée, comme pour vérifier, puis il a ouvert. Et la première chose qu'il a dite astucieusement au flic, c'est :

— Je suis étudiant en médecine, je revenais du labo quand je l'ai trouvée. Sa meilleure amie et elle venaient de se disputer... elle a pris la poudre d'escampette... Les bonnes femmes...

— Les bonnes femmes, a ajouté le flic qui se sentait en milieu de connaissance.

— Je vais m'occuper d'elle, a confié Herby avec une fausse compassion.

— Oui, docteur, a dit le flic qui tombait aisément dans le panneau.

Il a rempli un rapport, mais je portais pas d'accusations, alors ça aurait pas de conséquences.

Sur son départ, il semblait honoré de serrer la main studieuse et noble d'Herby, un futur M-É-D-E-C-I-N : on aurait dit ma mère en uniforme ! Avec une moustache et un revolver, car j'avais oublié de te dire qu'il était moustachu, le type, à la gauloise de surcroît, alors ça se voyait ! Moi, il m'a juste dit : « Bonne chance avec votre meilleure amie », et il y avait de la moquerie dans sa voix. D'ailleurs, quand il a regardé une dernière fois Herby, ils ont soulevé en même temps les sourcils, ont regardé vers le plafond, l'air de dire une fois de plus : « Les bonnes femmes ! »

Ensuite, Herby m'a pas frappée et on a pas parlé.

Je suis allée me regarder dans le miroir des toilettes, j'étais pas exactement belle à voir. Je me suis lavée et me suis mis un diachylon sur la lèvre inférieure qui saignait et était assez enflée, merci ! J'avais aussi l'œil droit amoché.

Pour le ventre, il y avait pas de traces mais ça faisait mal, comme une super indigestion, et je me suis dit : « J'espère que j'ai rien de cassé, de bousillé, même si je l'ai bien mérité. »

J'ai pris une douche.

Quand je suis entrée dans la chambre à coucher, Herby dormait déjà à poings fermés.

Poings fermés…

Il y avait quelque chose de pas rassurant là-dedans. Mais il me frapperait probablement pas dans son sommeil. J'étais tranquille jusqu'à son réveil. Merci la nuit, merci Morphée, merci la vie !

Le matin, quand je me suis réveillée, Herby était déjà parti à ses cours. D'habitude, quand il est pas là, j'aime pas, mais là, j'ai pas eu de problème avec ça. Mais j'avais envie de parler. Et parler toute seule, comme mes pauvres chers vieux faisaient souvent aux Chants de l'Aube, en évoquant leurs enfants absents, ou en tentant de chasser leurs démons, je suis pas encore rendue là.

Alors j'ai couru voir ma meilleure amie. Qui supposément m'avait battue au sang !

Chapitre 36

En sortant de chez moi, vers huit heures du mat, j'ai eu une mauvaise surprise.

Mon cœur s'est mis à battre la chamade.

Dans le parc Henri-Bourassa, il y avait un type que j'ai reconnu, enfin je suis pas sûre : le mec au diam! Mais à cette distance, je pouvais pas dire, je voyais certainement pas le diamant octogonal, en plus il portait un bonnet noir comme la première fois qu'il m'avait suivie. Ou plutôt avait tenté de me suivre alors que j'allais voir mes vieux, et surtout le Pianiste, aux Chants de l'Aube.

Il « cigarettait » en regardant dans ma direction. Enfin, il me semblait. Je me suis demandé s'il voulait en découdre avec moi, se venger, me battre, parce que Herby lui avait réservé un mauvais parti, à l'Horizon. Il y avait une mobylette à côté de lui. Est-ce qu'elle était à lui ? Il voulait peut-être juste la voler, et attendait le meilleur moment pour passer à l'action et mettre fin à sa procrastination. Comme les *coachs* de vie te disent de faire, ensuite tu leur donnes ton numéro de carte de crédit et ils sourient : mission accomplie ! Comment savoir ?

J'ai pensé à une astuce. Lorsque l'autobus est arrivé, au lieu de monter dedans, je me suis réfugiée dans le dépanneur. L'autobus est parti. L'homme au diamant a naturellement cru que j'y étais montée avec les trois ou quatre autres passagers qui attendaient avec moi, et moi j'ai compris qu'il me surveillait vraiment, car il s'est empressé d'éteindre sa cigarette, il a sauté sur sa mobylette et il a suivi l'autobus : il voulait pas, comme la fois précédente, être à la merci d'un taxi. Il y en a pas beaucoup dans Montréal-Noir *anyway*, parce que, comme c'est pas un métier très payant au départ, si en plus tu risques de te faire mettre un couteau sur la gorge à tous les dix clients que tu prends, tu préfères remplir ta mission de vie ailleurs, surtout quand tu y tiens. À la vie.

Je suis montée dans l'autobus suivant, pas très souriante, même si j'avais déjoué le truand. Un jour, il finirait bien par m'attraper, et moi je serais pas mieux que morte. Parce qu'il serait agressif, le mec, surtout après avoir été déjoué et ridiculisé tant de fois par ma petite personne. Ça, les hommes – au diamant ou pas –, ils aiment pas. Ils veulent toujours sentir qu'ils te sont supérieurs, ma sœur, même quand ils le sont pas, mais alors là vraiment pas : mais ils croient que leur queue, même ridiculement petite – la taille a pas d'importance, je sais mais il y a quand même des limites ! –, leur donne des privilèges V.I.P. (*very important penis*) comme une carte American Express Platine dont ils pourraient même pas se payer la cotisation annuelle.

J'ai quand même pas pu résister à un petit sourire en pensant à la tête que l'homme au diam a dû se taper quand il est arrivé à la fin de la ligne du bus, et qu'il m'a pas vue en sortir et qu'il a compris qu'il s'en était fait passer une parce que le bus a entrepris de refaire le même trajet en sens inverse. Sans moi à l'intérieur. Meilleure chance la prochaine fois, *loser*!

Mais mon sourire, je l'ai perdu vite fait parce qu'au fond c'était pas drôle : aucune femme aime sentir qu'elle est surveillée et, pire encore, suivie par un fou qui a essayé de la violer. Je me suis dit, il faut que j'en parle à Herby.

À L'Œuf à la Coquine, j'ai trouvé une Jenny transformée : elle rayonnait! Moi aussi, elle m'a trouvée transformée. Mais pas pour le mieux! Mon œil droit avait un peu désenflé. Pourtant, malgré le maquillage le plus savant, je gardais encore des traces de la veille. Et puis mon rouge, même abondant, cachait bien imparfaitement ma petite coupure.

— Mon Dieu! qu'est-ce qui t'est arrivé? As-tu eu un problème avec un client?

— Non, je… J'ai eu une discussion avec Herby.

— Une discussion? Ben, Martine, voyons, dis plutôt qu'il t'a battue!

— Non, il m'a pas battue, il m'a poussée, sans faire vraiment exprès, et je me suis frappée en tombant, et je…

Même à ma meilleure amie, j'osais pas dire la vérité. Peut-être parce que je voulais pas y croire. Ou plutôt : j'avais trop honte. Alors je mettais mes lunettes roses. Pour voir mon amour. Pour voir mon homme. Qui a plutôt des idées noires.

— J'ai perdu tout l'argent que j'avais gagné hier au bar, enfin sauf pour la danse dégueulasse que j'ai faite pour le Ministre en pissant dans une coupe de champagne.

Je l'ai dit un peu fort. La vieille dame assise au comptoir à côté de moi a sourcillé, pas sûre si elle avait bien entendu ou pas ces confidences ordurières.

— Ouache! a fait Jenny, et elle a regardé vers sa cliente outrée, puis vers moi, avec un air qui disait : « Pas trop fort les aveux choquants! »

J'ai fait un petit sourire coupable, j'ai poursuivi :

— Il croit que j'ai voulu le voler.

— Mais le voler de quoi? a fait Jenny, vraiment contrariée, pour pas dire révoltée. L'argent, c'est quand même toi qui le gagnes en dansant nue!

C'est elle, cette fois-ci, qui a fait l'erreur de hausser un peu imprudemment le ton, et la vieille cliente s'est indignée de nouveau, à telle enseigne qu'elle a préféré prendre ses cliques et ses claques et quitter le restaurant : elle en avait assez entendu pour la journée, il faut croire!

— Bon débarras! que j'ai commenté.

— Oui, mais tu m'as toujours pas dit comment tu peux voler quelqu'un de l'argent que tu as toi-même gagné?

— On a un arrangement, je travaille, il étudie, quand il sera médecin, il va tout payer et je vais retourner aux études.

Elle s'est contentée d'esquisser une moue sceptique, comme si cet arrangement lui plaisait vraiment pas, ou qu'elle

le croyait pas réel. Elle m'aimait tant, voulait tant me protéger : je pouvais pas lui reprocher son scepticisme inquiet. Elle
s'est penchée vers moi, cafetière en main, a froncé les sourcils,
a examiné ma lèvre, l'a touchée et a commenté :

— Il t'a pas manquée, je veux dire, tu es vraiment mal tombée.

J'ai souri, comme si j'admettais. J'ai fait diversion :

— Mais toi, tu as l'air radieuse. Allez, dis-moi tout, tu t'es
envoyée en l'air pas plus tard qu'hier ?

— J'ai fait beaucoup mieux que ça, qu'elle m'a dit, énig-
matique.

Et elle m'a montré avec fierté une bague à son doigt.

— Hein ! que j'ai fait, éberluée, c'est quoi, ça ?

Elle pouvait pas me dire tout de suite ce que c'était, parce
qu'il y avait un client, ouvrier de son état, à en juger par sa
chemise et sa ceinture à outils, qui levait pour la deuxième fois
vers elle sa tasse de café vide, le pauvre désespéré. Alors elle est
allée le consoler en la lui remplissant. Elle est revenue vers moi
et a lâché le morceau avec joie :

— Gérard m'a demandée en mariage.

— Je te crois pas, raconte !

Elle m'a raconté qu'à la suite de l'appel qu'elle avait reçu
de Gérard, quand je lui avais montré et surtout qu'elle avait
porté le bracelet à émeraude, son voyageur de commerce
avait insisté pour la revoir, lui avait donné la bague, et l'avait
demandée en mariage. Elle le reconnaissait plus : il était un
homme nouveau.

— Ah, c'est trop beau !

— Je vais te le présenter dimanche.

— Dimanche ?

— Ben oui, à l'Horizon. Tu y vas ? C'est le concours *Dirty Dancing*.

— Ah, oui, c'est vrai, Johnny m'en a parlé, il y participe avec sa copine, Mélanie. Je vais voir si Herby veut y aller.

Jenny a regardé mon bracelet à émeraude, et elle a demandé :

— Je me demande si c'est à cause de ton bracelet, tout ce qui m'arrive ?

— Moi aussi.

— C'est comme dans un rêve.

— Je sais. Ou un cauchemar.

— Un cauchemar ? qu'elle a fait, et elle a désigné ma lèvre abimée.

J'ai pas répondu, mais mon premier réflexe, en sortant de l'Œuf à la Coquine, a été d'aller voir madame de Delphes pour trouver des réponses, parce que, là, je savais vraiment plus si je voulais ou non garder le bracelet à émeraude.

Chapitre 37

Je saute dans un taxi, vu que les bus, à Westmount, ce serait mal vu : *anyway*, tu en vois pas ! Même les domestiques ont des autos sans rouille dessus, c'est interdit : il faut pas que leurs patrons aient l'air pauvres !

Comme chaque fois que je vois la maison de poupée où habite madame de Delphes, j'ai une émotion, mais cette fois-ci elle est plus grande encore. Car à mon arrivée non annoncée dont je te fais la chronique improvisée, du rez-de-chaussée, où le mécène mystique héberge des familles qui cherchent les faveurs miraculeuses du frère André, je vois sortir une femme visiblement éplorée qui pousse dans un fauteuil roulant une adorable petite fille blonde de six ou sept ans. Ses jambes sont emprisonnées dans des attelles de métal, au cas où elle voudrait marcher seule. Moi, les enfants infirmes, ou cancéreux, ou gravement malades, peu importe le cruel destin, ça m'arrache le cœur.

Les larmes me viennent aux yeux, et, sans que je sache trop pourquoi, je me dis qu'il faut que je lui parle, il me semble que je peux l'aider. Je vais vers elle spontanément. La femme, qui est sans doute sa mère, me regarde, au début avec une méfiance naturelle.

Je m'approche de la fillette, lui demande :

— Tu vas voir le frère André pour lui demander une faveur ?

— Oui, je veux jouer au soccer avec mes amis. Il paraît qu'on a juste à lui demander n'importe quoi, il dit toujours oui. Même si je peux pas marcher, ça fait rien.

Sa mère, émue de sa naïveté, me regarde, les larmes aux yeux.

Moi, ça me trouble encore plus. Je m'agenouille devant la fillette, qui porte un vieux manteau rose, la mère visiblement est pauvre. Chose certaine, elle ne consacre guère de sous à l'élégance de sa fille. Qui avise mon bracelet. Semble s'y intéresser. Le touche.

— Tu veux l'essayer ?

— Je peux ?

Avant de dire oui, je regarde sa mère, pour obtenir son approbation. Elle se contente de dodeliner de la tête en plissant les lèvres.

Je tends le bracelet, la fillette le contemple un instant, admirative, le met. Puis me le remet. Et je fais une petite prière au ciel : peut-être qu'il accélérera son karma, qu'elle guérira, marchera. Comme la plupart des enfants de son âge.

Je souhaite bonne chance à la mère, sourit à la fillette, monte enfin chez madame de Delphes. Je la trouve au téléphone, mais elle esquisse un sourire, de toute évidence pas du tout contrariée de ma visite inopinée. Elle me fait signe d'entrer, m'assurant, en faisant le chiffre deux avec les doigts de sa main libre, qu'elle n'en aura pas pour bien longtemps. Elle m'indique son bureau.

À l'instant où j'y entre, la laissant seule au salon, j'éprouve une émotion singulière. Car je me rends compte qu'un des portraits au mur, celui d'Hilarion, que j'ai pourtant vu tant de fois avec quasi-indifférence, maintenant me bouleverse, car il représente un homme que j'ai rencontré il n'y a pas long-temps, du moins il me semble : chez Birks ! C'est l'homme blond qui m'a remis le bracelet à l'émeraude ! Pour m'en assu-rer tout à fait, je m'en approche.

Certes, son manteau est différent, mais c'est la même beauté, quasi transcendante, les mêmes yeux bleus extraor-dinairement lumineux, la barbe blonde comme les cheveux. Je suis éberluée.

Je réalise que, sous le portrait, il y a un texte auquel j'ai jamais porté attention. Cette fois-ci, je m'y intéresse. Comme si j'avais la certitude intérieure qu'il contenait l'explication de cette coïncidence mystérieuse. Le voici écrit comme à la main, avec élégance et force lettrines :

Karma n'oublie pas, c'est la loi.

Le piège que tu tends à un étranger, à un ami, à un frère, même si tu le crois secret, tu y tomberas toi-même, un jour ou l'autre et parfois longtemps après ton méfait, si bien que tu crieras à l'injustice.

La pierre que tu auras enlevée du sentier de l'aveugle écrasera le serpent qui t'y attendra plus loin, sur le chemin, si longtemps après que tu croiras à la chance. C'est toi qui viens à ton propre secours, par la noblesse désintéressée de tes actions passées qui ont créé autour de toi le Bouclier de l'Amour.

Il en sera de même pour l'abri que tu auras offert avec charité vraie au voyageur en difficulté : il te protégera quand le vent de la tempête se lèvera dans ta vie.

Le collier que tu voles dans le tiroir d'autrui, on te le volera plus tard et à nouveau tu crieras à l'injustice : laisse les morts enterrer leurs morts et pleurer leurs larmes inutiles !

À la langue qui médit, à ton sujet ou au sujet d'un ami, fais la sourde oreille et va ton chemin, ne répétant à tout venant que des variantes nobles et belles du nom de Dieu, tout le reste n'est que vain bruit qui vient et va vers l'Enfer. La haine jamais n'apaisera la haine : c'est une loi ancienne.

Le pain, blond et bon, dont tu auras nourri un parfait inconnu, un mendiant ou un enfant dans la rue, te nourrira longtemps et même nourrira tes enfants et les enfants de tes enfants : n'oublie jamais le pouvoir de la charité vraie !

Les lacets que tu attacheras pour le boiteux et l'infirme lieront les mains de tes ennemis et les empêcheront de te nuire et de nuire à tes proches. Voilà bien utile bouclier : que celui qui a des oreilles entende !

Ne te donne que s'il y a Amour vrai, sinon passe ton chemin et attends le compagnon, homme ou femme, selon ton destin, qui porte sous son manteau la lumière qui éclairera ton ombre, comme ta lumière éclairera la sienne : ne jette jamais les perles de ton cœur aux pourceaux ! Sois original, reste pur, et préfère la solitude au mensonge à deux qui t'empêche de rencontrer ta moitié, ensuite tu seras un à deux.

Karma n'oublie pas.

Ce que tu sèmes, même en secret, tu le récolteras dans la joie ou la peine, la douleur ou la paix, en cette vie ou en une autre : nul ne peut échapper à l'Œil de Dieu. Le comptable céleste n'est pas pressé. Tu peux choisir les actes et les pensées que tu sèmes à tout vent, parfois avec trop d'insouciance, mais l'heure de la récolte est entre les mains de Dieu.

Karma n'oublie pas.

Je termine à peine de lire ce texte que j'ai compris qu'à moitié lorsque j'entends :

— Alors finalement, tu l'as reconnu !

La voix qui a dit ça derrière moi, c'est celle de madame de Delphes, qui est entrée dans son bureau sans que je m'en rende compte. J'ai sursauté. Je me retourne, la main sur ma poitrine.

— Ce que vous m'avez fait peur.

Sourire aux lèvres, théière en main, ma chère voyante me m'observe de son œil unique. Je me tourne vers le portrait d'Hilarion, puis vers la voyante.

— Pour répondre à votre question, oui, je l'ai reconnu, enfin j'en suis presque certaine... sinon l'homme qui m'a remis le bracelet était son vrai sosie.

— C'était lui..., dit-elle avec beaucoup d'assurance.

Je considère encore une fois le portrait d'Hilarion.

— Je...

— C'est une grande chance que tu as, peu de gens le voient. Tu as dû faire de bonnes choses en cette vie ou une autre. Moi, je l'ai rencontré une seule fois.

— Vous l'avez rencontré, vous aussi ?

— Oui, j'avais sept ans. J'étais allée au parc, j'ai voulu m'asseoir dans une des deux balançoires, mais comme pour me taquiner il m'a devancée, et j'ai dû m'asseoir dans la balançoire dont une des chaînes a brisé. Je crois qu'il le savait. Il était là pour que mon destin s'accomplisse et que je devienne voyante, comme je t'ai expliqué.

— Ah, c'est mystérieux.

— Mais *tout* est mystérieux dans la vie, *tout*. Seulement, on passe trop de temps à regarder l'écran de télé au lieu de regarder celui de son âme.

— C'est noté. Mais dites-moi, il avait l'air de quoi, quand vous l'avez rencontré il y a…

Je parviens pas à faire le calcul et du reste, je connais pas l'âge exact de madame de Delphes. Contre toute attente, ma question la fait sourire, comme si elle était idiote.

— Ben, il avait l'air de ça, explique madame de Delphes en pointant du doigt le portrait.

— Je… je suis pas sûre que je vous suis…

— C'est que… il y a certains maîtres qui vieillissent pas…

— Ah…

— Ils ont la jeunesse éternelle…

— Ils feraient fortune dans un spa, que je plaisante.

Pour moi, c'est un peu du chinois, ces théories-là, mais comme c'est madame de Delphes qui me fait cette sorte de révélation, je lui donne le bénéfice du doute. Elle est pas trop portée sur le mensonge et les exagérations.

— Les mauvaises pensées, les mauvaises actions, et les mauvais moyens de subsistance donnent des rides et des ulcères, ajoute-t-elle.

Et de son œil unique et bleu, elle me regarde avec un drôle d'air, comme si elle savait pour mon métier : la danse, c'est sans doute pas le meilleur moyen de subsistance. Danseuse. Un métier à un pas du métier de putain. Au fond. Parce que même si les mains frustrées et rêveuses de ton client touchent pas ton corps, ses sales désirs te salissent l'âme.

— Les mauvais moyens de subsistance…, que je répète.

Et je me dis que j'ai des circonstances atténuantes. On en a toujours, je sais, ou on les invente avec imagination. Et la vie passe, et bientôt, étouffé par le poids de toutes nos promesses oubliées, de tous nos rêves enfouis dans le fumier de notre bon sens, l'espoir cesse de luire comme un brin de paille dans l'étable.

Je me répète intérieurement, comme un mantra qui donne rien, ça s'est vu : « C'est pas moi qui ai voulu ce métier de merde. C'est Herby qui m'a forcé la main : ce sera juste provisoire. »

Madame de Delphes paraît un instant rêveuse, comme si elle replongeait dans son passé, puis elle dit :

— C'est drôle, quand il est venu m'aider à me relever, et a regardé ma cheville fracturée, il a dit : « Il fallait que ces choses adviennent. »

— Oh ! c'est mystérieux.

— Oui. Puis il a mis sa main droite sur mon œil…

— Il vous enlevé l'usage d'un œil en plus de vous enlever l'usage d'un pied ? que je demande, ulcérée, car je trouve que ça commençait à faire beaucoup.

— Non, non, s'empresse-t-elle de protester, avec un sourire amusé. Je suis née avec un œil aveugle. C'est sur mon œil qui voyait qu'il a mis la main et il m'a expliqué : « Même si tu as juste un œil, maintenant que tu as juste un pied qui marche, tu verras mieux que ceux qui en ont deux. C'est le bal de la gratitude et du mal. »

Je fais pas de commentaire. Je trouve juste que ça porte à réflexion.

Madame de Delphes s'intéresse alors à mon visage puis dit, en tendant le doigt vers mon œil amoché :

— Et moi je note que ton petit ami t'a aussi mis la main sur un œil, mais un peu plus brutalement.

Je baisse la tête, honteuse. Je peux pas nier, elle devine tout, *anyway*. Comme pour me réconforter, elle me sert du thé que je bois avec plaisir. Ça fait diversion. Je regarde le bracelet, j'avoue :

— Je sais pas si je veux le garder, ce bracelet, il a un drôle d'effet, pas juste sur moi d'ailleurs, mais aussi sur les gens autour de moi. Jenny…

Je termine pas ma phrase. Elle demande :

— Comment elle va ?

— Bien. Même très bien. Son ex, enfin pour être plus précise, le père de ses jumelles, parce que des ex, elle en a tous les mois, eh bien, il est revenu dans le décor environ dix secondes et demie après qu'elle a essayé le bracelet, je sais pas si c'est un hasard, mais c'est assez troublant. Et il y a aussi Isabelle…

Mais j'ose pas lui dire pour Isabelle, parce que je serais obligée de lui avouer pour le 369, que c'est une collègue danseuse qui vient de sauter la clôture avec un homme, alors qu'elle était aux femmes et pas qu'un peu, et surtout en amour par-dessus la tête avec Thérèse et tout et tout…

Remarque, elle savait peut-être déjà, comme elle savait presque tout sur moi : j'ai préféré me taire.

— Isabelle ? se contente-t-elle de demander.

— Oui je…

Je retire le bracelet. Mais j'hésite à le lui rendre.

— En fait, que je lui avoue, ce que j'aimerais, c'est le garder mais que vous me disiez ce qui va m'arriver.

Elle a un sourire plein de bonté, me soufflette gentiment :

— Ça, je t'ai déjà expliqué que c'était pas possible.

Je réfléchis quelques instants en regardant le bracelet puis je conclus :

— Je pense que je vais le garder.

Elle dit simplement :

— Je pense que tu fais la bonne chose.

Je me demande si je fais pas une erreur, vu la manière dont les choses se précipitent déjà dans ma vie, tellement que ça fait peur. Mais je veux tellement que mon destin s'accomplisse. Tellement.

Chapitre 38

Pourtant, les jours suivants, mon bracelet karmique, je l'ai pas porté. Et j'ai pas travaillé au 369. J'avais l'air amochée, les clients m'auraient posé trop de questions, et peut-être, m'auraient pas fait danser, *anyway*.

Herby, il a pas aimé, évidemment. Il comprenait qu'il avait fait une sorte d'erreur. Son gagne-pain… gagnait plus de pain ! Et les factures, elles, elles continuaient à rentrer : t'arrête pas le progrès… de tes dettes ! Il faut que tu vives avec.

Mais Herby, il avait des goûts de médecin, alors le manque à gagner, c'était pas sa tasse de thé. En conséquence, on a pas parlé ni fait l'amour. Mais au moins, il m'a pas frappée.

Le dimanche, j'ai pensé que ce serait bien d'aller tous les deux à l'Horizon, question de se retrouver et de danser ensemble. Remarque – et tu vas sans doute être d'accord avec moi, lectrice, mon amie –, les hommes, quand ils ont déjà couché avec toi, la danse, c'est rare que ça les démange.

Moi, la danse, pas celle sur un *stage* minable ou sur un tabouret ridicule pour cinq dollars la nausée, mais sur une vraie piste de danse, j'avais toujours aimé, peut-être autant que mon frère Johnny. On avait si souvent dansé ensemble, je veux dire avant qu'il rencontre Mélanie et commence à faire des concours avec elle : ils étaient beaux à voir quand ils dansaient.

Herby, pour le dimanche soir, il a dit : « Non, je peux pas », il avait un examen tôt le lendemain, vers neuf heures du matin. Quand tu es futur médecin, il faut que tu fasses des sacrifices. Remarque, pour lui, pas danser, ça lui donnait pas de l'urticaire, bien au contraire.

Alors j'étais contente, le dimanche soir, de laisser Herby à ses livres pour me retrouver, vers dix heures, à l'Horizon. Je savais que je retrouverais Johnny, Mélanie. Et Jenny.

Elle était, comme elle l'avait promis, avec Gérard que j'avais jamais vu. Pas vraiment mon genre, le mec, trop « vendeur sur la route », mais de toute évidence amoureux fou de Jenny. Chacun son truc. Les goûts se discutent pas. Les dégoûts, non plus, *mind you*. Il la régalait de champagne sans regarder aucunement à la dépense – plus facile quand, comme lui, tu gagnes bien ta vie –, et dansait avec elle toutes les danses.

Après une hésitation, j'avais décidé de porter le bracelet à émeraude, à mes risques et périls, surtout après la conversation un peu mystérieuse que j'avais eue avec madame de Delphes et la lecture du texte sous le portrait de Hilarion.

Est-ce pour cette raison – je veux dire l'audace de porter le bracelet à émeraude malgré ses conséquences confirmées ou presque – que, vers onze heures trente, à peine une demi-heure avant le concours de danse, Mélanie, éblouissante dans sa robe rose à crinoline exactement comme dans *Dirty Dancing*, a brisé, en répétant avec mon frère le *Johnny's Mambo*, le talon aiguille gauche de son escarpin, et par la même occasion s'est foulé la cheville?

Quand elle s'est relevée de sa chute inopinée, elle grimaçait de douleur, et encore plus, je pense, de désespoir, car elle et mon frère dansaient vraiment bien et tous les autres concurrents semblaient d'accord sur le fait qu'ils remporteraient probablement le concours et surtout le premier prix de mille dollars qui y était attaché.

Pour Mélanie, qui était même pas capable de poser le pied gauche par terre sans grimacer de douleur et que mon frère catastrophé devait soutenir aussitôt, il était évident qu'il fallait oublier le concours de danse.

Mais aussitôt, Johnny, qui était beau comme un cœur avec son smoking à veste courte, exactement comme Patrick Swayze dans *Dirty Dancing*, m'a regardée sans rien dire avec un air suppliant qui voulait tout dire.

— Mais non, tu es fou ou quoi! que j'ai protesté.

Mélanie, qui avait tout compris des intentions de mon frère, m'a regardée d'un air suppliant, elle aussi.

— Ça fait cent cinquante ans que j'ai pas dansé le mambo, que j'ai expliqué.

— Mais c'est ta danse préférée! a répondu mon frère du tac au tac.

Je portais un simple jeans et un col roulé parce que, les vêtements sexy, depuis que je dansais au 369, j'étais plus capable d'en porter. En plus, Herby, il aimait pas, surtout quand j'étais pas à son bras.

— Je peux pas danser comme ça, voyons, surtout que tu es en smoking, toi.

— Je vais te passer ma robe, a proposé aussitôt Mélanie.

— Mais je peux pas danser en espadrilles !

Jenny qui s'était avancée avec son fiancé, et qui portait des souliers à talons hauts, s'est empressée d'offrir :

— Je peux te passer mes souliers.

On portait la même pointure. Même qu'on faisait souvent des échanges, surtout quand on en avait marre de porter les mêmes chaussures ou qu'on avait pas la paire qui allait avec une nouvelle robe, problème coutumier : t'as beau avoir vingt paires de souliers dans ton placard, il y en a jamais une qui convient à ta nouvelle robe ! C'est une sorte de loi incontournable. De l'élégance féminine. Que les hommes comprendront jamais, il faut pas leur en demander trop ! Ils jappent à ce sujet, mais ils bavent quand même de ravissement de te voir marcher avec une robe et des souliers assortis !

Je suis allée avec Mélanie aux toilettes pour femmes, on a fait l'échange de vêtements, elle pouvait pas se promener nue à l'Horizon. En retirant mon jeans, j'ai grimacé : j'avais oublié que je portais un slip rose vraiment sexy et plutôt transparent, question de tenter de donner des idées romantiques à Herby mais ça marchait pas vraiment, en tout cas il me faisait jamais de compliments. J'ai pensé que si la robe de Mélanie se soulevait trop dans la fièvre de la danse du samedi soir, tout le monde penserait que je porte pas de slip. J'ai regardé celui de Mélanie, plus conservateur, elle a croisé mon regard, lu dans ma pensée. Lisant mon angoisse, elle a proposé :

— On change de slip ?

— Mais non, voyons !

Mais j'appréciais l'aimable intention.

Cinq minutes plus tard, avec la robe rose de Mélanie, et les souliers de Jenny qui devait se contenter de mes tennis, je répétais avec une nervosité infinie *Johnny's Mambo*. Avec mon frère.

Au bout de dix pas, je trébuchais.

Johnny s'en est pas formalisé, on a repris comme si de rien n'était, devant les regards inquiets de Jenny et Mélanie. Gérard, lui, il regardait surtout Jenny et son soutien à balconnet.

Quand est venu le temps pour moi de soulever la jambe sur l'épaule droite de Johnny, qui devait me traîner dans cette position, ce qui est spectaculaire, je suis d'accord, mais pas évident quand c'est toi qui dois le faire, mon pied gauche a abouti dans sa poitrine, et il a fallu qu'il m'attrape *in extremis* pour pas que je fasse une chute ridicule.

À côté de la piste, Jenny et Mélanie avaient l'air catastrophées sur le coup, ensuite elles ont fait semblant que c'était rien, et elles ont affiché des mines souriantes. Gérard, lui, il s'est aperçu de rien. Il était occupé à régler la serveuse pulpeuse à qui il avait commandé d'autres drinks, et même s'il était amoureux fou de Jenny, la serveuse, il la trouvait pas mal.

Le photographe de l'événement, qui travaillait pour le journal du quartier, a pas manqué d'immortaliser ma déconvenue. Les concurrents nous regardaient, et ils avaient peine à dissimuler leur joie, car Johnny était un des favoris. Mais sans Mélanie, c'était une tout autre histoire, comme ma maladresse en était la preuve par *A* plus *B* : on ferait pas le poids. Comme si j'avais lu dans leur joie, j'ai dit à Johnny :

— Je pense vraiment pas que je vais pouvoir faire le concours, je suis désolée.

Il a dit, en me regardant droit dans les yeux :

— Tu le peux, je *sais* que tu le peux !

Il avait l'air si convaincu, ou si désespéré – c'est souvent la même chose ! –, que ça m'a galvanisée. En plus, c'est comme si j'avais plus le choix parce que l'annonceur maison a dit de sa belle voix que le concours *Dirty Dancing* commençait, et que les meilleurs gagneraient les mille dollars et les deuxièmes, seulement cinq cents.

J'ai frotté comme une folle l'émeraude de mon bracelet, en espérant que c'était dans mon destin immédiat, ou si tu veux mon *instant karma* ou quelque chose comme ça de gagner, même si on avait pas beaucoup de chances vu que j'étais rouillée et que le mambo, c'est pas la salsa ou la valse, crois-moi !

Mais, Dieu sait pourquoi, on a dansé comme des dieux. Et même la jambe jetée sur l'épaule de Johnny, juste un peu avant la fin, je l'ai réussie, je sais pas comment. Le photographe s'est empressé de nous croquer dans cette position, assez spectaculaire merci, pendant que tous les spectateurs applaudissaient.

Finalement, contre toute attente, on a gagné le premier prix. J'étais folle de joie. Mélanie et Jenny sont venues m'embrasser spontanément.

Après le concours, Gérard, il est resté sur le bord de la piste, mais il était content pour moi, ça se voyait. Il y avait cependant un spectateur inattendu qui, lui, était pas content, mais alors là vraiment pas. C'était Herby !

Quand je l'ai vu, j'ai tout de suite donné le bracelet à Jenny. Johnny, il porte pas Herby dans son cœur, comme je t'ai dit. Mais il était trop excité d'avoir gagné et puis il arrêtait pas d'embrasser Mélanie, surtout que je lui avais dit que je lui donnais l'argent, j'ai même insisté parce que, au début, elle voulait pas, vu que c'était quand même moi qui avais dansé et pas elle. Herby, il avait l'air enragé. Mais il a seulement dit :

— Viens, on rentre !

Dans l'auto, j'étais sûre qu'il allait me frapper. Mais il l'a pas fait. Il m'a accusée :

— J'ai vu comment tu dansais avec ton frère. Tu couches avec lui aussi, en plus de coucher avec Cassandra et de *frencher* l'autre lesbienne de danseuse ?

— Non, voyons ! Ça fait des années qu'on danse ensemble.

— Et cette robe de putain – c'est vrai que la robe de Mélanie était décolletée et plutôt sexy mais quand tu veux gagner un concours de mambo, tu mets tous les atouts de ton côté –, tu l'as achetée avec l'argent que tu m'as piqué l'autre soir ?

— Ben non, mon chéri, c'est la robe de Mélanie.

— Tu couches avec elle aussi !

Bizarre, il pensait vraiment que je couchais avec tout le monde, moi si fidèle, si loyale.

— Non, elle s'est blessée à une cheville, elle pouvait pas faire le concours avec mon frère. Alors elle me l'a prêtée.

Je pense qu'il m'a crue. Si c'est une preuve, il m'a pas frappée. Il avait l'air content de mon explication. Il souriait presque, en tout cas il grimaçait pas. Moi, ça me suffisait, vu les circonstances. Mais après quelques secondes, il a repris un air dur.

Je me suis mise à trembler. Je veux dire, intérieurement. Ça sentait mauvais. Je me trompais pas.

— L'argent du prix, ton frère va te le donner quand ?

La vraie question qui tue. Guy A., tu repasseras !

— Euh, je… j'ai dit à Johnny que Mélanie et lui pouvaient le garder, parce que…

Il m'a pas laissé terminer. Il était livide, ou encore, si tu sais pas ce que ça veut dire, il était blanc : vu la couleur plutôt foncée de sa peau, ça en disait long sur son état. D'âme. Si tant est qu'il en avait une, je commençais à en douter légèrement, vu la nature de ses arguments percutants.

— Mais tu es folle ou quoi ! C'est toi qui as dansé, pas cette conne de Mélanie ! Sans toi, ton frère aurait pas eu un sou.

— Je sais, je sais, mon amour, j'ai été stupide, c'est une erreur ! Je voulais bien faire… Ils sont si beaux ensemble, et elle s'est foulé la cheville, ils avaient pratiqué pendant des semaines pour ce concours. Alors elle était catastrophée. Tu comprends, *darling* ?

— Ce que je comprends, c'est que nous deux, on passe toujours en deuxième! Cet argent, on en avait *vraiment* besoin,
surtout que tu as rien foutu cette semaine.

J'ai eu envie de lui objecter que si, comme il disait, j'avais
rien foutu cette semaine, c'est qu'il m'avait arrangé le portrait
et que je ressemblais à un Picasso, raté en plus, à cause de ses
coups, qui étaient pas des coups de pinceau.

— Je regrette, je regrette, mon amour, j'ai été stupide…

Il a pas eu envie de frapper quelqu'un de stupide. Je me
trompais. C'est le lendemain que j'ai reçu ma punition.

Chapitre 39

Depuis qu'Herby avait établi ses quartiers d'hiver chez moi, je me sentais envahie. Pas que j'aimais pas l'avoir à côté de moi à temps plein, comme mon amour pour lui qui prenait jamais de pause et pourtant toutes les poses. Physiques, morales et autres. Car, pour lui plaire, je mettais mes robes de mystère, les enlevais coquinement, portais des petites tenues, portais le nu. Du mieux que je pouvais. Je faisais tout et son contraire pour trouver la recette durable et vraie de l'art de plaire ! La quadrature du cercle, c'aurait été un jeu d'enfant en comparaison. Je l'aimais et tentais de me faire aimer vingt-quatre heures par jour, huit jours par semaine, comme dans la chanson des Beatles.

Dès les premiers jours, j'ai compris que ce qui était à moi était à lui, mon appart y compris, je veux dire que c'était les invasions barbares presque tous les soirs.

Mon modeste trois et demie était envahi par sept ou huit amis qu'Herby régalait avec l'argent que je gagnais durement en me montrant nue.

Ça devenait souvent le bordel : ses amis, souvent bruyants et souvent jusqu'aux petites heures du matin, buvaient, mangeaient, et moi j'étais la servante, je renouvelais les consommations, ramassais les bouteilles de bière vides, les assiettes sales.

Le soir dont je parle, il y avait aussi sa sœur, Jasmine, qui avait vingt-deux ans, et qui sortait avec Nel, un type de la bande. Jasmine, c'est un peu la version féminine d'Herby, je veux dire au physique. Mince comme une liane et plutôt grande, elle a les mêmes yeux bruns, presque aussi ravageurs, et le même nez. Moi, Jasmine, je l'aimais bien, je trouvais juste qu'elle se maquillait trop, je veux dire qu'elle donnait pas dans la nuance, elle mettait un pouce d'épais de bleu sur ses yeux, et un pouce d'épais de rouge sur ses lèvres, on aurait dit un modèle dans un tableau de Gauguin.

Presque tout le monde était dans le salon sauf moi, la pauvre conne de service. Je me tournais les pouces dans la cuisine à attendre que la bière que j'avais mise en catastrophe dans le congélateur soit assez fraîche pour pouvoir la servir, parce que les amis d'Herby, la bière tablette, je veux dire à la température de la pièce, ils aimaient pas.

Herby est entré dans la cuisine, il avait pas l'air content. Il a demandé, exaspéré :

— Tu attends quoi pour nous servir la bière ?

— Ben, qu'elle soit froide. Elle est au congélateur.

— Tu aurais pas pu être plus prévoyante ?

— Plus prévoyante ?

— Ben oui, tu savais que mes amis viendraient, tu aurais pu mettre plus de bière au frais ! J'ai l'air de quoi devant eux autres ? De quelqu'un qui sait pas recevoir !

Là, c'était trop, j'ai explosé. J'aurais pas dû, je sais. Mais j'avais bu quelques bières de trop. Chaudes pour laisser les autres, plus fraîches, à sa petite cour.

— Écoute, je commence à en avoir ma claque de tes amis de merde qui viennent foutre le bordel ici puis qui repartent comme s'ils étaient à l'hôtel.

Big mistake !

— Ferme ta grande gueule et contente-toi de torcher ! Je suis ici chez moi, tu me diras pas quoi faire !

J'ai gaffé encore plus, j'en avais assez de tout endurer et surtout de ses amis. J'ai craché ce que j'avais sur le cœur depuis de trop nombreuses semaines.

— C'est chez moi, ici, c'est moi qui paye le loyer, après tout !

Il m'est tombé dessus, s'est mis à me rouer de coups.

Il frappait, frappait, frappait, c'était la seule trilogie qu'il connaissait. Ses yeux étaient comme fous, on aurait dit que le diable en personne s'était emparé de lui. Alors, je sais pas pourquoi, mais j'ai pas pu m'empêcher de penser à ce qu'avait dit madame de Delphes au sujet du nombre 666.

Je me suis mise à crier pour que quelqu'un vienne m'aider. Jasmine est arrivée dans la cuisine, mais elle a rien dit quand elle m'a vue, même si je saignais. Son copain Nel, un Haïtien court sur pattes, qui la suivait, a rien dit non plus. En fait, il a demandé, presque avec indifférence comme si Herby et moi on avait eu une dispute banale, une petite chicane de couple :

— Est-ce qu'il y a de la bière froide ?

Herby a arrêté de me frapper. Il a dit :

— Oui, je pense…

Lui et Nel, ils ont pris cinq ou six bouteilles dans le congélateur et ils sont sortis de la cuisine, comme si de rien n'était. Moi je continuais de saigner et de pleurer. Jasmine s'est approchée, elle m'a demandé :

— Qu'est-ce qui s'est passé ?

Je lui ai dit que j'étais écœurée des amis de merde d'Herby et du bordel qu'ils font chaque fois qu'ils viennent fêter ici.

— Il faut jamais provoquer un homme haïtien, qu'elle m'a dit.

Elle avait l'air vraiment désolée de la grosse erreur que je venais de commettre, parce que je pense qu'elle m'aimait bien, même si son copain, moi, j'en raffolais pas, et comme il avait pas levé le petit doigt pour moi, l'histoire d'amour était pas prête de commencer.

Les toilettes donnaient sur la cuisine, je m'y suis réfugiée avec Jasmine. J'ai verrouillé la porte. J'étais terrorisée. Je comprenais rien de ce qui venait de se passer. Ou alors je le comprenais trop. Je sais plus. J'avais juste mal, et j'avais le cœur brisé.

Je me suis regardée dans le miroir, c'était pas beau à voir. J'avais l'œil droit, le même que la fois précédente, tout enflé, peut-être parce qu'Herby était gaucher. Et je saignais du nez.

Jasmine a pris une débarbouillette, l'a humectée avec de l'eau tiède, et m'a aidée à me laver. Ça m'a fait chaud au cœur.

Il s'est passé je sais pas combien de temps au juste. J'avais peur de ressortir, qu'Herby me batte… Jasmine et moi, on parlait un peu, elle tentait de me consoler, de me dire que ça se replacerait avec Herby.

Ç'a cogné à la porte des toilettes. Jasmine et moi, on a rien dit et on a pas ouvert, comme s'il y avait personne dans la salle de bains. Ç'a cogné de nouveau, vraiment fort cette fois-ci. Jasmine et moi, on s'est regardées, on avait vraiment peur.

Chapitre 40

On a entendu une voix d'homme, que je reconnaissais pas, dire :

— Ouvrez ! Police !

J'en ai déduit que la voisine qui faisait l'amour bruyamment nous avait entendus, Herby et moi. J'ai ouvert. Il y avait le même policier que la fois précédente, je veux dire avec la moustache à la gauloise, mais là, il était pas seul, il y avait avec lui une femme policière, vraiment jolie, mais avec des épaules larges comme un homme ou c'est l'uniforme qui donnait cette impression.

Derrière eux, il y avait Herby et Nel. Herby, il disait rien, mais dans ses yeux, il y avait des couteaux, ou plutôt des mitraillettes, qui disaient, comme la fois précédente : si tu dis un mot, je te tue !

— C'est elle, votre meilleure amie, qui vous a fait ça ?

Le policier montrait Jasmine du doigt, et les dégâts sur mon visage.

— Mais non, voyons…

— Elle est où, votre meilleure amie ?

Et sans me laisser le temps de répondre, il a ajouté :

— D'ailleurs, avec des amies comme ça, vous avez pas besoin d'ennemis.

C'était sans doute censé être drôle, mais personne a ri de sa plaisanterie. La policière, en tout cas, elle affichait un air très sérieux, elle me regardait puis elle regardait Herby, comme si elle comprenait ce qui s'était passé.

Ensuite, elle a regardé Jasmine, et elle a dit :

— Vous, est-ce que vous avez quelque chose à dire ?

Jasmine a regardé subrepticement son copain. Il lui a fait un air pareil à celui qu'Herby venait de me faire.

— Non, rien, je suis arrivée après, j'ai rien vu.

Ça paraissait qu'elle mentait, du moins moi je trouvais, en plus elle baissait les yeux, pour pas que les policiers puissent lire dedans, ils sont psychologues, ces gens-là, ça te rend nerveux quand tu dis pas la vérité.

Le policier a fait un signe pour qu'on passe pas le reste de la soirée dans la salle de bains. Jasmine est sortie avant moi, et elle s'est mise à pleurer. Son copain a joué les bons gars, il a mis la main sur son épaule et l'a entraînée vers le salon. Le policier m'a demandé si je voulais porter plainte mais j'ai refusé comme la première fois.

— Vous êtes sûre ? a insisté le policier.

— Oui.

Mais en même temps, je regardais la policière, et avec mes yeux, je tentais de lui dire le contraire, je voulais dire que c'était faux, que ce que je voulais, c'était dire la vérité, qu'Herby venait de me battre mais que je devais me taire, c'était l'omerta. Ma vie en dépendait. Elle le comprenais, je crois. Et a dit au policier qu'elle voulait lui dire un mot à l'écart. Il a acquiescé, avec pourtant une sorte d'agacement que trahissait le plissement de ses lèvres. Il s'en est suivi une brève conversation, où elle semblait se faire mon avocate improvisée. De toute évidence, elle tentait de convaincre son collègue de quelque chose. Mais lui, obtus, ou fatigué à cette heure avancée de la nuit, qui était peut-être la fin de son *shift*, il hochait la tête en signe de dénégation.

Herby, il me regardait nerveusement, et m'a réitéré sa menace silencieuse par son regard : tu parles, tu meurs !

Le policier et sa collègue ont mis fin à leur petit conciliabule. La jolie policière, avec un air résigné, m'a demandé :

— Est-ce que vous avez quelque chose de brisé ?

J'ai eu envie de lui dire oui, mon cœur, mon honneur, ma vie, entre autres choses, et peut-être le nez, qui me fait mal, je me sens tellement humiliée, si vous saviez !

Mais j'ai dit simplement non. Comme une bonne petite femme. Soumise et terrorisée, ce sont en général les deux côtés d'une même médaille, à moins que ce soit la mendicité (économique) qui te fasse faire des compromis que tu aurais jamais faits si tu avais eu un million dans ton compte en banque, ou un métier reconnu : en conclusion, et avec du recul, maintenant que j'ai passé quarante ans et que je vois les choses différemment, je te dis, lectrice, mon amie, ma sœur, je te le dis du fond du cœur, je t'en supplie même, achète à tout prix ta liberté : va à l'école et obtiens ton diplôme, fie-toi juste à toi, pas aux hommes !

Surtout pas aux hommes qui se fient juste à toi pour rouler carrosse et faire la grande vie en manipulant ton petit cœur. Qui est trop grand. Beaucoup trop grand. En plus, ton estime de soi, elle est petite. Beaucoup trop petite. Ça fait un *mix* explosif. Qui te pète dans la face. Ensuite, te reste plus qu'à ramasser les miettes de ton moi. S'il en reste !

Mais revenons à moi, mon petit moi pris dans un coin comme un rat, avec un type qui, au volant d'un tank est prêt à te foncer dedans si tu respectes pas l'omerta. La policière a longuement regardé mes yeux suppliants, mes yeux qui lui criaient que je disais pas la vérité, que je pouvais pas la dire, que je devais me taire pour sauver ma peau. Je crois qu'elle a compris ce qui se passait, parce qu'elle était une femme, et elle était moins pressée que son collègue. Mais comme je me taisais, et Jasmine aussi, elle pouvait rien faire. Finalement, elle a dit :

— Aimeriez-vous que je vous emmène à l'urgence ? Vous avez peut-être le nez cassé, il a beaucoup saigné, on dirait.

Pas autant que mon cœur, belle policière qui me comprend, même si je peux pas te le confirmer, vu l'enjeu de cet aveu : ma vie, pour te résumer ! J'ai enlevé la débarbouillette sur mon nez, j'ai dit :

— Ça saigne plus. Je pense que je vais être O.K. Et de toute manière, j'ai une formation comme préposée aux soins, et mon copain finit son cours de médecine en avril, l'année prochaine.

Quand j'ai dit ça, elle a eu l'air impressionnée, et même un peu déstabilisée, la policière. Et les doutes qu'elle semblait avoir eus au sujet d'Herby et de la violence conjugale, elle les a perdus. Je l'ai senti tout de suite quand elle s'est tournée vers son collègue qui lui a fait un air qui voulait dire : je te le disais, aussi, que c'était pas lui, notre suspect. Ou quelque chose du genre.

Elle a quand même rempli un rapport, sur la table de la cuisine, où je me suis assise avec elle, son collègue et Herby. Amoureuse. Je leur ai offert un café, mais ils ont dit non merci, ils en buvaient juste le matin.

Quand on a reconduit les policiers vers la porte, il y avait plus personne dans le salon, tout le monde avait déguerpi, même Jasmine et son copain. Les rats avaient déserté le vaisseau ! Une belle bande de lâches et de pourris, que j'ai pensé, mais je l'ai surtout pas dit à Herby. J'avais eu ma dose de coups pour la journée.

Quand Herby a refermé la porte derrière les policiers, il m'a prise par la gorge, m'a poussée brutalement contre le mur et il a dit :

— Si tu avais parlé, je t'égorgeais comme une truie.

— J'ai compris, que j'ai dit.

— Et essaie de te refaire une beauté le plus vite possible. On a beaucoup de dépenses ce mois-ci. C'est pas de ma faute, toutes tes conneries.

Mais il a quand même admis, et ça m'a surpris de sa part :

— Mais j'aurais quand même pas dû te frapper, je me suis laissé emporter, j'ai beaucoup de stress avec mes examens, je m'excuse.

— Je comprends, que je me suis contentée de dire. Je marchais sur des œufs.

Mais ça prenait pas un génie pour savoir pourquoi il disait ça : bon financier, il voulait simplement protéger son placement.

Il est allé se coucher. Ça épuise, battre une femme.

Moi je suis restée longtemps assise sur le sofa du salon, à réfléchir.

J'avais honte.

Oui, j'avais honte, parce que j'avais beau le nier, j'étais devenue une femme battue sans vraiment m'en rendre compte, petit à petit, de gifle en gifle, d'humiliation en humiliation…

J'avais honte parce que, malgré mon jeune âge, je savais bien ce que la plupart des gens pensent des femmes dans ma situation : ce sont juste des faibles, des tapis que tu peux fouler à volonté, insulter, exploiter, frapper, et elles vont quand même rester auprès de cet homme brutal et rusé, qui a pris possession de leur cœur, de leur tête, de leur corps, de leur compte en banque, de leur vie en somme.

Qui a surtout le génie de te convaincre que tu es juste une bonne à rien…

Oui, cet homme qui, les premiers temps te souriait tout le temps, te donnait des ailes, redonnait un sens à ta vie, te disait *je t'aime*, maintenant, il t'a mise dans un fauteuil roulant invisible. Et toi, tu ne peux plus rien faire sans lui, surtout qu'il t'a fait comprendre par *A* plus *B*, ou plutôt par la gifle *A* puis la gifle *B* – et il reste tout plein de lettres dans son alphabet, et tu le sais – que tu as toujours tort, archi tort, dès que tu penses pas comme lui, le génie, ou le contraries, c'est pas permis. Et si tu tentes de fuir, il va toujours te rattraper. Il est ton *Terminator*, c'est une machine à tuer.

Je me suis endormie sur le sofa, sans penser que c'était peut-être dangereux, cette faiblesse, cette liberté de déserter le lit conjugal, car Sa Majesté en prendrait peut-être ombrage et croirait que je le boude, pire encore que j'ose le punir pour m'avoir battue. Mais le matin, quand je me suis réveillée, il était déjà parti à ses cours.

J'ai poussé un soupir.

De soulagement.

Mais j'ai aussi pensé qu'il y avait urgence en la demeure. Et le 911 de cette urgence me disait que je devais récupérer le bracelet karmique, à cause de toutes les conséquences.

Philosophiques et autres.

Chapitre 41

Après m'être maquillée pour cacher du mieux que je pouvais les dégâts de la veille sur mon visage dévasté – pour mon cœur en miettes, j'avais développé l'art de lui faire afficher des sourires mensongers ! –, je suis allée chez maman après avoir appelé Johnny, pour vérifier que Mélanie lui avait rendu le bracelet que je lui avais filé en catastrophe, à l'Horizon.

C'est pas la bonne personne qui m'a ouvert la porte. Elle avait le droit d'être là, remarque. Elle était chez elle, c'était ma petite maman. Spontanément, et avec une intensité qui trahissait mon sentiment, j'ai dit : « T'es pas partie travailler ? »

Et ça sonnait plus comme un reproche que comme une simple question. Elle avait le nez rouge, comme les yeux, et j'ai tout de suite compris pourquoi quand elle a dit, d'un voix un peu nasillarde : « Je suis grippée, j'ai pas pu rentrer travailler. »

Et elle a ajouté aussitôt :

— Mais toi, qu'est-ce qui t'es arrivé à l'œil ?

— Oh je… je me suis fait piquer par une araignée.

— Ah…

Elle a avisé l'enflure de mes lèvres :

— Elle t'a aussi piqué la bouche ?

— Non, je… c'est stupide, j'ai bu un truc à même une boîte de conserve, je me suis coupée.

Elle m'a regardée d'un air sceptique, puis elle a éternué, ce qui a semblé mettre un terme au train de ses pensées, et elle a conclu :

— Viens, je vais te faire un café, Johnny est dans la cuisine avec sa… fi-an-cée.

Elle a dit le mot avec une intonation désobligeante. De toute évidence, elle raffolait pas de sa copine Mélanie. Mais elle a jamais aimé aucune des petites amies de Johnny. Elle est pire qu'une mère italienne.

— Ça tombe bien, je voulais justement la voir.

— En passant, moi je suis allée te voir vendredi aux Chants de l'Aube, comme j'étais trop grippée pour travailler, et j'ai appris que tu travaillais plus là depuis une mèche. Qu'est-ce qui s'est passé ?

Nouvel embarras de ma part. Mais au fond il était inévitable que ma mère finisse par apprendre la vérité. Dans ma honte, qui semble être devenue pour moi un état second, j'ai préféré de nouveau mentir.

— Je… C'est mon patron, Napoléon. Il aimait pas mes méthodes. Il traitait les vieux comme des chiens. Moi, je pouvais plus à la fin.

— C'est un con. Tu as bien fait.

Une pause, et elle a demandé :

— Mais maintenant, tu fais quoi ?

— Je me suis trouvé un emploi dans un bar. Comme *barmaid*.

— Je vois…

J'ai pensé : « Ah ! comme je déteste mentir comme je respire. Surtout à ma mère. Comment en suis-je arrivée là ? » La discussion en est restée là, ma mère ayant de nouveau porté son mouchoir à son nez.

Dans la cuisine, on a retrouvé Mélanie et Johnny. Sur la table, il y avait trois exemplaires du journal de quartier. Celui sur le dessus de la pile était ouvert sur un article qui narrait notre triomphe à l'Horizon. J'avais mes quinze minutes de gloire (selon Andy Warhol, comme tu sais), qui ont même pas duré quinze secondes, car honnêtement, j'aurais pu m'en passer, je veux dire quand j'ai vu la photo : elle me montrait et surtout… montrait ma chatte dans toute sa splendeur, vu mon slip transparent et ma jambe jetée sur l'épaule de Johnny.

— T'en veux une copie ? m'a demandé mon frérot tout excité.

J'ai tout de suite pensé : si Herby voit ça, il me tue.

— Non, c'est O.K., je suis sûre que tu as plein d'amis à qui tu aimerais les donner.

— Mais je… j'en avais acheté une copie pour toi.

— Je sais, je sais, mais c'est O.K.

Il a pas insisté. Mélanie, dont la cheville amochée était soutenue par un bandage, m'a sauté dans les bras quand elle m'a vue. Elle m'a serrée longuement. Johnny nous regardait avec l'air de dire : les filles, ce qu'elles sont démonstratives ! Ensuite, l'excitation des retrouvailles passée, elle a vu que j'avais pas exactement le même visage que la veille, beaucoup s'en fallait, et elle m'a posé les mêmes questions que maman. J'ai fait les mêmes réponses : quand tu mens il faut que tu sois cohérente sinon tu passes pour... une menteuse. J'ai pu finalement lui remettre sa robe que j'avais apportée dans un sac. J'ai dit :

— Est-ce que ça te dérangerait de me remettre mon bracelet ?

Elle le portait encore. Elle a dit non évidemment et elle me l'a rendu. Je l'ai remis, avec une sorte de soulagement que je m'expliquais pas. Comme si je pouvais plus vivre sans lui et surtout que j'avais infiniment peur de le perdre. Johnny a dit :

— Raconte-lui pourquoi t'es si excitée, Mel.

Elle a expliqué :

— Hier soir, j'étais tellement sur un *high* après avoir gagné, je veux dire après que *tu* nous as aidés à gagner, Johnny et moi, que j'ai dit : « il faut en profiter, quand la chance passe », alors j'ai acheté pour cent dollars de billets de loto. Johnny, il était pas d'accord. Mais ce matin, tu sais quoi ?

Ma mère, elle savait quoi, et ça la réjouissait pas, elle grimaçait presque son irritation.

— Tu as gagné le gros lot ? que je demande, tout excitée.

— Non, pas le gros lot, ce serait trop beau, mais vingt-huit mille dollars.

— Vingt-huit mille dollars ! Wow ! c'est une somme ! C'est incroyable ! Je suis tellement contente pour toi.

Et comme malgré moi, je me suis dit, par déformation professionnelle : « Il faudrait que tu en fasses, hein, ma fille, des danses à cinq pour te retrouver avec vingt-huit mille piastres dans les poches ! »

Ma mère a levé les yeux au ciel, comme si ça faisait cent cinquante fois qu'elle entendait la même histoire depuis le matin.

Moi, j'ai regardé le bracelet à émeraude, et je me suis demandé s'il était responsable de ce coup de chance. Puis, je me suis dit que Mélanie pourrait peut-être me remettre les cinq cents dollars que j'avais gagnés à sa place, vu qu'elle venait d'en gagner vingt-huit mille. Herby serait content, et ça lui ferait oublier ma générosité de la veille, qu'il réprouvait. Mais elle a pas pensé à ça, Mélanie. Folle d'excitation, elle a dit, et je pouvais pas lui reprocher sa joie qui était trop belle à voir :

— Avec l'argent, on va enfin pouvoir se prendre un appartement, et Johnny m'a demandée en mariage.

— C'est vrai, Johnny ? ai-je fait, étonnée.

Il a fait un petit sourire timide qui signifiait oui. Mélanie s'est précipitée pour aller l'embrasser. Maman, elle, elle la trouvait vraiment pas drôle, la nouvelle.

Mélanie s'est arrachée à Johnny, et elle a dit :

— Je reviens dans une seconde, les émotions, ça me donne envie de faire pipi, je sais pas pourquoi, en tout cas je vais essayer de pas boire le matin de mon mariage !

Johnny, tout ce qu'elle disait, il trouvait ça adorable, il l'aurait mangée vivante s'il avait pu. Il s'est contenté de l'attirer vers lui et il l'a embrassée encore une fois. Maman a levé les yeux au plafond, qui aurait eu besoin de peinture, en passant, mais les temps étaient durs apparemment. Moi je les trouvais plutôt mignons, Mélanie et Johnny. C'est si rare un couple vraiment heureux, et qui a pas peur de le montrer.

Mélanie est disparue vers le petit coin. Maman a pas perdu une seconde pour faire sa diatribe.

— Tu fais une erreur, Johnny, je te le dis. C'est pas une fille pour toi.

— Maman, tu as dit ça pour mes trois dernières amies, a objecté Johnny.

— C'est une *gold digger* ! a-t-elle décrété avec certitude.

— Mais maman, c'est *elle* qui vient de gagner les ving-huit mille dollars, pas moi, a objecté Johnny, non sans bon sens.

— Et en plus, elle est hygiéniste dentaire, maman, que je me suis permis de lui rappeler car on aurait dit qu'elle l'avait oublié.

— Hygiéniste dentaire, hygiéniste dentaire ! Elle est quand même pas médecin, comme Herby !

Johnny et moi, on s'est regardés, il y avait rien à faire avec maman, qui oublie que, après tout, son merveilleux fils, il est juste portier et que, sans les pourboires, il gagne à peine le salaire minimum, rien pour pavoiser ou surtout attirer une soi-disant *gold digger*.

— En tout cas, a dit maman, c'est pas parce que je veux parler contre elle, je déteste ça les gens qui parlent contre les autres, mais je suis quand même ta mère, Johnny, et je dois te protéger contre toi-même. Alors pour ton propre bien, je te le dis, et te le répète, tu en en train de faire une erreur, une grosse erreur : Mélanie, c'est pas une fille pour toi !

Mélanie est revenue du petit coin juste à ce moment-là.

Dans la cuisine, on a fait comme on fait généralement quand on est pris en flagrant délit de médisance. On s'est tus tous en même temps, et on a souri comme des cons.

Fine mouche, et avec le large sourire que lui donnait son bonheur nouveau, Mélanie a dit :

— Vous pouvez continuer de parler contre moi, même si je suis là, ça ne me dérange pas.

Johnny et moi on s'est regardés avec un petit sourire idiot. Maman, elle, avait l'air encore plus contrariée qu'avant, surtout que Mélanie lui montrait toutes ses dents, qui étaient droites et blanches, vu son métier.

J'ai pas pu m'empêcher de regarder le bracelet à émeraude, me disant que s'il me portait chance comme à Mélanie, je pourrais cesser de faire mon métier de merde, ce serait la belle vie avec Herby.

Chapitre 42

Aussi, en sortant de chez maman, j'ai couru au Boni-Soir le plus près de chez elle, et j'ai acheté un billet de loterie. Puis un deuxième, puis un troisième. En composant moi-même chaque fois les numéros qui sortiraient le lendemain. Ensuite, il me restait plus un rond, ou disons, juste assez pour le bus, vu que, même mon argent de poche, c'est Herby qui le contrôlait. Parce que non seulement il était presque médecin, mais en plus il avait la bosse des affaires. Moi, pauvre et petit moi, les seules affaires qui m'intéressaient, c'étaient celles du cœur.

Au dépanneur, j'avais pris soin évidemment de frotter l'émeraude sur le bracelet. Je me disais : « Si ç'a marché pour Mélanie, pourquoi ça marcherait pas pour moi ? » Une folle dans une poche, quoi ! Mes trois billets « gagnants » en main, je suis allée voir Jenny à L'Œuf à la Coquine.

Elle était la seule au fond à qui je pouvais dire la vérité sur ma vie et mon drame. Elle m'a trouvée amochée, évidemment. Je lui ai dit la vérité, que Herby m'avait battue. Même si j'avais rien fait de mal. Elle a dit :

— Mais pourquoi tu le quittes pas ?

— Je… je sais pas… je… c'est le premier homme qui m'a fait comprendre c'est quoi, être deux.

— Peut-être, mais il te bat. Te rends-tu compte, *il te bat.*

— Je sais, je…

— Tu attends qu'il te tue, ou quoi ?

— Mais non voyons… il est pas vraiment violent, c'est juste parce qu'il est tellement intense. Il m'aime trop, j'ai jamais rencontré un homme comme ça…

Jenny a hésité :

— Pourquoi tu en parles pas à d'autres personnes, si tu me crois pas ?

— Ben, à qui veux-tu que j'en parle ?

— Je sais pas, à ta mère, à ton frère…

— Je peux pas en parler à ma mère.

— Pourquoi ?

— Parce que si j'en parle à ma mère, elle va en parler à mon frère.

— Et après ?

— Et après, mon frère va aller en prison.

— Mais pourquoi il irait en prison ?

— Parce que si Johnny apprend qu'Herby m'a touchée, il va le tuer.

— Pourquoi tu dis ça ?

— Parce qu'il a déjà tabassé des gens pour moins que ça.

— Oh, je vois… Mais tu devrais quand même en parler à quelqu'un.

On a pas pu continuer la discussion. Cinq clients sont entrés en même temps et il a fallu que Jenny les serve. Je lui ai fait un salut de la main et je suis sortie.

À la porte du restaurant, j'ai retrouvé la carte de Jean-Paul Cassini, et après une hésitation, je lui ai téléphoné à partir d'une cabine téléphonique. Il avait l'air surpris – et ravi, enfin je pense – que je lui téléphone. J'ai dit :

— Est-ce qu'on peut se voir ?

— Est-ce que tu travailles ce soir ?

— Non, je veux dire, en dehors du chic 369.

— Oh, je… oui, absolument, dis-moi juste quand ?

— Là.

— Là ?

— Oui, je veux dire, ce matin.

— Euh, donne-moi une seconde, je consulte mon agenda.

Je lui ai donné une seconde, il a consulté son agenda.

— J'ai un truc, mais je pourrais le remettre. Pour toi.

— Je… je l'apprécie beaucoup.

— Rien de grave ?

— Non…

— On se rencontre où ?

Je lui ai donné l'adresse d'un restaurant, mais dix minutes avant le rendez-vous, j'ai téléphoné au restaurant, et je lui ai fait porter le message que j'avais un empêchement.

J'avais peur de le rencontrer.

J'avais peur de moi.

Chapitre 43

Mes trois billets de loto, même si j'ai frotté mon émeraude tous les jours et prié mon ange gardien de faire un petit quelque chose pour moi et de préférence à sa plus proche convenance, ils m'ont pas fait gagner d'argent. Même pas assez pour racheter d'autres billets. Je me suis dit, résignée, que ça devait pas être mon destin de gagner beaucoup d'argent vite et facilement. Mon karma, c'est de le gagner difficilement, et cinq dollars à la fois, en faisant quelque chose que je déteste et que je peux juste faire en me gelant et en me soûlant : exactement le contraire de ma mission de vie, quoi !

En plus, dans les jours qui ont suivi, j'ai pas pu danser, j'avais trop l'air d'une femme battue. Mais comme on dit, à quelque chose malheur est bon. Herby, il a compris qu'il se tirait dans le pied quand il me tapait.

Alors j'ai pu danser, danser, danser...

Mais pour pouvoir danser, danser, danser, il fallait que je me gèle de plus en plus. Je m'enfonçais. Mon égo, qui était déjà pas trop gros, il diminuait encore plus. J'étais quoi, au fond, si je m'arrêtais à y penser ?

J'avais un prestigieux diplôme de cinquième secondaire, une formation inutile de préposée aux soins, mais mon vrai diplôme, c'était en... montrage de cul ! L'équation de ma glorieuse personne se résumait à ceci qui était assez déprimant merci : la seule chose que j'ai, ma seule richesse, c'est mon beau corps. À part ça, ce que je vaux, c'est de la merde !

Je suis devenue une machine à dollars.

Je peux plus arrêter de danser, sinon Herby pourra pas finir son cours de médecine, et je sais pas quand cet enfer prendra fin. Je dois rapporter de l'argent, rapporter de l'argent, rapporter de l'argent : voilà ma Sainte Trinité, le monstre à trois têtes de ma vie. Sans argent, je vaux rien.

J'ai honte.

Mon rêve, c'était d'être avocate, d'avoir un mari et trois enfants, de vivre dans une jolie petite maison, avec des volets et une clôture blanche, et des amis qui m'aimaient.

J'ai honte.

Je me sens à part et rejetée où que je sois. Il y a que Jenny qui sait ce que je vis, je veux dire pour mon métier de merde. Elle me juge pas, parce qu'elle est mon amie, mais elle aime pas Herby. Oui, il y a quelque chose à son sujet qu'elle aime pas et c'est pas juste pour sa violence à mon endroit. Qu'elle comprend pas.

J'ai honte.

J'aurais envie de crier qui je suis et pourquoi j'en suis là mais je peux pas. Je voudrais exister, qu'on remarque que mon cœur saigne, que malgré tout ça, je veux dire mon métier, je suis quelqu'un de bien au fond. J'ai l'impression que, où que je sois, je suis une actrice, et mon rôle est un rôle de merde et il commence à me coller un peu trop à la peau. Que je montre. Ç'est mon métier : danseuse nue.

Parfois, le soir, au 369, en me maquillant avec outrance pour faire un max de fric, ou en me démaquillant après ma soirée merdique, même si je suis devant un miroir, j'ai l'impression que Martine Jeanson existe pas, c'est juste une fiction, une fausse *Pretty Woman* qui sera jamais *pretty*, qui se sent si laide intérieurement, juste un fond de poubelle, tout sauf belle. Je me répète, je sais, mais j'ai des circonstances atténuantes : je *me* le répète aussi. Dix, vingt, trente fois par jour, c'est la litanie de ma vie. Au fond, si je veux être honnête avec moi, me dire la vérité, toute la vérité, rien que la vérité : je suis morte. Morte et déjà enterrée. Et j'ai même pas eu d'enterrement ! Herby aurait pas approuvé la dépense ! Ça s'est passé sans que je m'en rende vraiment compte.

Peut-être comme dans le film *Sixième sens* où le héros est mort depuis des jours, mais il pense qu'il est encore vivant, c'est juste une illusion. Tu as déjà vécu ça, mon amie, ma sœur, ce drôle de sentiment ? Que t'as renoncé à toutes tes valeurs, à tout ce que tu es ou aurais aimé être quand tu étais enfant, avec tes rêves et là, ombre de toi-même, tu es vraiment pas dans ta mission, tu es même exactement dans une autre région, un autre monde, une autre galaxie, tu te sens juste comme une marionnette, et tout ce qui te tient en vie, c'est l'amour pour l'homme de ta vie ?

Moi, c'était Herby, comme tu sais. Mais des fois je me disais, en repensant aux arguments de Jenny, est-ce que moi, je suis... la femme de sa vie ? La question vaut une certaine réflexion, non ?

Au moins, au 369, il y avait les filles...

Cassandra, Jessica, Isabelle et les autres...

Les filles qui, pour moi, étaient toujours là, c'était un peu ma nouvelle famille, vu que les membres de ma vraie famille, je pouvais pas leur annoncer ma mort, ils pouvaient juste la sentir à la détresse dans mon regard.

Les filles, elles savaient ce que je vivais.

Ou à peu près.

Parce qu'elles vivaient la même chose.

Ou à peu près.

Au moins, il y avait un objet de réjouissance au 369.

Parce que le drame d'Isabelle et de Thérèse, il avait connu une fin heureuse. J'ai tout appris dans la loge des filles, un soir.

Isabelle, qui avait pour ainsi dire disparu de la circulation après s'être enfuie avec Beauté Fatale dans une suite du Ritz ou ailleurs, va savoir, est arrivée sans s'annoncer au 369, toute radieuse.

Thérèse, elle avait pas l'air vraiment contente de la voir. Ou bien elle faisait semblant. Vu ce qu'elle lui avait fait. J'ai tout entendu ce qu'Isabelle a dit à Thérèse. Parce que je l'aidais avec ses cheveux, elle savait pas quoi faire avec, elle était découragée et les trouvait affreux. Ça arrive des fois quand tu as le moral à plat : il y a rien que tu aimes, surtout quand ton moi profond, il t'emballe pas vraiment, vu que tu viens de te faire larguer ou trahir ou dire qu'il est pas sûr si tu fais encore partie de ses plans d'avenir. Isabelle qui, toujours égale à elle-même, était belle comme un ange, blonde comme un champ de blé à la fin de l'été, a dit de sa jolie voix enfantine :

— J'ai deux nouvelles pour toi, Thérèse !

Je sais pas pourquoi mais j'ai pensé tout de suite à Jean-Paul Cassini, à sa bonne et à sa mauvaise nouvelle, qui lui avaient valu deux ruptures, et une sorte de diminution de son estime de soi, si du moins il lui en restait, avocat ou pas : t'es souvent moins gros que tu en as l'air en société, malgré ton uniforme et ta bagnole, il y a des limites à faire le guignol.

— Commence par la mauvaise, a dit Thérèse qui, malgré tout, semblait contente de ce retour inattendu, mais alors là vraiment, de l'amour de sa vie, Isabelle.

Je sais pas où elle avait été crécher après le Ritz, mais visiblement c'était pas chez Thérèse.

— Il y a pas de mauvaise nouvelle, a annoncé Isabelle.

— Hein ? a fait Thérèse, qui restait sur ses gardes.

— Non. J'ai pas aimé faire l'amour avec Jim.

Alias Beauté Fatale, si tu as oublié, éblouie par sa… beauté !

— Non ? a dit Thérèse, et elle avait tout à coup l'air d'une fillette de dix ans à qui on vient de dire quelle est la plus jolie de sa classe même si elle a toujours eu des doutes à ce sujet.

— Remarque, pour dire toute la vérité, c'était pas complètement désagréable avec le champagne, au Ritz, et en plus il ressemble pas exactement à Quasimodo, même pour une lesbo à turbo.

— Écoute, si tu es venue ici pour me traiter de lesbo à turbo et me dire que tu as pris ton pied après avoir disparu de la circulation pendant un mois…

— Non, non, je voulais juste te dire, et ça fera pas plaisir à ma pauvre mère, mais les hommes…

— Les hommes quoi ?

— Les hommes, je m'en fous. Parce que, même si Jim faisait tout pour me plaire, je pensais tout le temps à toi.

Thérèse, elle a eu la larme à l'œil tout de suite. Moi aussi, j'étais émue.

— Mais c'est pas la meilleure nouvelle !

— C'est quoi, la meilleure nouvelle ? a demandé Thérèse avec scepticisme.

— Notre grand drame est enfin résolu, c'est vraiment un miracle de la vie. Je suis enceinte ! s'est exclamée Isabelle, et elle était vraiment radieuse.

Sur le coup, Thérèse a eu un mouvement de recul. De toute évidence, elle trouvait pas que c'était une bonne nouvelle.

— Mais je… je comprends pas.

— C'est pourtant simple : Beauté Fatale, il veut pas l'enfant et en plus il est prêt à nous payer une pension jusqu'à ce qu'il ait dix-huit ans. Ça le dérange pas que j'aie l'enfant et qu'on l'élève ensemble. Il veut pas s'en occuper, il aime juste sa liberté. On va enfin avoir une vraie famille !

Là, Thérèse s'est levée de sa chaise et s'est jetée dans les bras d'Isabelle. Dans la loge, toutes les danseuses étaient émues, même les plus cyniques, et il y en avait, vu le métier qu'on exerçait et leur passé, qui était pas toujours un conte de fées qui les emplissait de gratitude, je t'en passe un papier.

De mon côté, j'ai pas pu m'empêcher de frotter à répétition mon bracelet à émeraude et de me demander comment il se faisait qu'il faisait pas pour mon destin ce que, de toute évidence, il faisait pour celui de Thérèse et d'Isabelle. Ou celui de Mélanie, par la même occasion...

J'ai même pensé que je devrais retourner voir madame de Delphes et lui demander des explications, des précisions, vu qu'il se passait pour ainsi dire rien dans ma vie.

Mon karma, il était en mode PAUSE !

Je perdais rien pour attendre, parce que les événements se sont vraiment précipités dans ma vie, mais pas exactement dans le sens que j'aurais voulu. Ou prévu. Ce sont des choses qui arrivent. Dans notre monde bas de gamme.

Chapitre 44

Je suis tombée malade. Grosses douleurs au ventre. Grosse fatigue. Grosses nausées. Assez mauvais trio. Pire que du MacDo.

Une petite visite à l'hôpital me confirme ce que j'avais deviné : j'étais enceinte ! Mais ce que j'avais pas deviné et qui était un peu *flyé* sur les bords, c'est que j'étais enceinte de… quatre mois et demi !

Oui, quatre mois et demi !

En fait presque cinq, selon l'estimation du médecin ! Comment avais-je pu ne pas m'en rendre compte ? J'avais pris un ou deux kilos, certes, mais je pensais que c'était l'alcool, même si je me trémoussais plusieurs heures par soir sur un *stage*. Mon ventre paraissait pour ainsi dire pas, et comme j'avais jamais eu de menstruations régulières, je pouvais pas me douter : j'ai peut-être des dons de sorcière, mais pas tant que ça ! Je prenais la pilule, et c'est une méthode assez sûre, mais il faut pas que tu l'oublies une journée.

Parce que, justement, un jour t'es pas enceinte, et le lende-main… tu l'es! Ma surprise passée, j'ai sauté de joie.

Enceinte!

J'allais avoir un bébé!

J'allais devenir maman!

Et dans quelques mois à peine, vu que j'étais déjà si avancée…

Et, surtout, SURTOUT : JE SERAIS PLUS DANSEUSE!

Danseuse, *terminado*, *finito*, *over*, fini, enfin je connais pas tous les mots, mais tu as saisi!

Je rendrais mon tablier, ou plutôt mon *string* et mes sou-liers à talons aiguilles.

Mais comme il y a jamais rien de simple, que ce que la vie te donne d'une main, elle le reprend souvent de l'autre, tout de suite après mon exaltation, une ride profonde a traversé mon front, et j'ai eu un horrible point au cœur : je venais tout simplement de réaliser que j'étais enceinte de quatre mois et demi, presque cinq ET que je prenais de la coke et de l'alcool presque tous les soirs, et que mon enfant, qui était dans mon ventre, qui était impatient de naître comme moi j'étais impa-tiente d'être sa mère, mon enfant, il avait subi les conséquences de mon égarement…

J'étais *déjà* une mauvaise mère avant même d'avoir un enfant! Quel horrible sentiment!

L'autre conséquence de ma grossesse inopinée, c'est que si j'arrêtais de travailler, le revenu de mon couple avec Herby tomberait à… zéro ! Pas exactement une bonne nouvelle !

On ferait comment pour survivre jusqu'en avril ? Moment où Herby aurait fini ses cours, enfin presque tous ses cours mais, *anyway,* il pourrait commencer à travailler et gagner des sous.

J'ai pensé que je pourrais tenter d'emprunter des sous à Mélanie, vu les vingt-huit mille dollars qu'elle avait gagnés avec son billet de loterie. Mais il faudrait qu'elle demande la permission à Johnny, et ça, ce serait pas évident, parce que Johnny, il détestait Herby. Donc, selon toute vraisemblance, ce serait non. Il fallait trouver une autre solution.

J'ai frotté longuement mon bracelet à émeraude. Au risque de passer pour une folle, je me suis adressée à lui comme s'il était non pas un simple bijou, mais une personne. Après tout, dit-on d'une personne aimable qu'elle est… un vrai bijou ?

Voilà à quoi se résumait ma complainte de femme enceinte :

« Cher bracelet karmique et magnifique, t'es en or, en plus, l'émeraude que tu te tapes, c'est pas de la *scrap* ! Alors, juste entre toi et moi, tu pourrais pas faire quelque chose pour mon petit moi, genre là, là, je veux dire tout de suite si t'as pas pigé, vu que, je veux surtout pas passer pour envieuse ou frustrée, mais il me semble que… TU FAIS TOUT POUR TOUT LE MONDE AUTOUR DE MOI ET RIEN POUR MOI ! J'ai peut-être l'air de me plaindre mais regardons les choses comme elles sont. Veux-tu un résumé des derniers mois de ma vie ? Prenons un exemple facile pour s'assurer que tu comprennes.

« Commençons, si tu veux, par Jenny, je veux dire, pas besoin d'être Steve Jobs pour voir le job (*sorry* pour le jeu de mots facile !) que tu as fait avec elle aussitôt qu'elle t'a porté, parce qu'elle te trouvait mignon à L'Œuf à la Coquine ! Elle a même pas eu à frotter désespérément ton émeraude comme je fais présentement, le téléphone qu'elle attendait depuis des années a sonné immédiatement : l'homme de sa vie, et le père de ses deux enfants, il lui a juré qu'il voulait revenir en courant comme par enchantement. C'est le signe des vrais grands sentiments : quand tu prends trop ton temps, c'est pas bon signe, on est d'accord avec ça, non ? En plus comme preuve de sa bonne foi, il lui a demandé sa main, c'est pas rien.

« Et Mélanie, la petite amie, ou fiancée de Johnny, qui est mon frère adoré en passant, elle a acheté un billet gagnant, et elle avait jamais gagné avant, même que c'était sur le point de la ruiner, même si elle gagne bien sa vie avec les dents. Je veux dire que je vois ce que tu peux faire quand on te porte même seulement quarante-quatre secondes et demie, mais le problème est simple : tu le fais pas pour moi ! Pourquoi ?

« Je veux dire les belles surprises, les chances, les miracles dans une vie, appelons-les aussi, tout simplement, les billets gagnants de loterie, ou encore les hommes beaux bonshommes et romantiques et pas fauchés qui te demandent en mariage avec un diamant gros comme ton rêve, moi j'ai rien eu.

« Enfin, c'est comme ça que je vois les choses. Je te reproche rien, remarque, mais je suis déçue. Dire le contraire serait mentir. Et pour le moment, mentir, j'en ai ma claque, je veux dire ma dose, je veux dire, j'en ai marre, j'en ai la nausée et elle me donne envie de vomir et c'est pas juste parce que je suis enceinte de quatre mois et demi ! »

Cette femme enceinte, elle pouvait plus penser à autre chose qu'à cet enfant dans son ventre, depuis quatre mois et demi. Et, je sais pas pourquoi, mais il me semblait que c'était une petite fille.

Oui, une petite fille, et si j'y pense pendant plus de quatre secondes et demie, comme les mois qu'elle a été en moi, dans mon ventre, dans mon cœur, dans mon cerveau – c'est le jeu parfait et complet et total des vases communicants ! –, je suis emplie de gratitude. Car je sais pourquoi je suis née, c'est pour qu'elle naisse, que je la tienne dans mes bras, que je lui dise « maman est là, pour toi et pour la vie », et tout le reste, c'est de la merde, en tout cas pas grand-chose en comparaison.

J'aurais aimé apprendre la bonne nouvelle à Herby mais, en bon étudiant qu'il était, il était parti tôt, le matin, il avait un labo, ou un examen, vu qu'on était à quelques jours de Noël.

J'ai pensé appeler madame de Delphes, pour mes questions et mes protestations au sujet du bracelet, ensuite je me suis dit qu'elle avait sans doute d'autres chats à fouetter, et en plus qu'elle était vieille et fatiguée. J'ai donné une dernière chance au bracelet. Je me suis concentrée, et j'ai frotté l'émeraude.

Tout de suite, je sais pas pourquoi, j'ai pensé, excitée, que c'était l'heure du courrier ! Je suis descendue voir si j'avais reçu des bonnes nouvelles, et surtout, le chèque du gouvernement parce que j'avais quitté Les Chants de l'Aube, et Napoléon avait promis que ça devait pas tarder, mais avec le gouvernement, ça tarde toujours.

S'il était assez important, le chèque, pas le gouvernement, je pourrais arrêter de danser – et surtout de danser sans coke ou *Jack* !

J'ai frotté une dernière fois l'émeraude, j'ai ouvert en tremblant le casier : il y avait une seule enveloppe. Mais tout de suite, j'ai vu qu'elle était du gouvernement. Je l'ai prise et j'ai sauté de joie.

Mais mon allégresse a été de courte durée.

Quand j'ai ouvert l'enveloppe, elle s'est dissipée, comme un stupide petit nuage quand il y a beaucoup de vent. Et c'était pas parce que ça suivait la loi avec les chèques, qui fait que tu reçois presque toujours une somme plus petite que celle que tu attendais : je sais pas pourquoi, c'est comme ça !

C'était mille fois pire que ça !

Chapitre 45

Le chèque que je tenais dans mes mains tremblantes, c'était... un chèque de BS! Oui, un chèque de BS, ou si tu comprends pas, de bien-être social! Et il était... au nom d'Herby!

Ça m'a pris trois secondes et demie pour tout comprendre. Herby, il était aussi futur médecin que le proprio du dépanneur du coin!

Il m'avait menti depuis le début! Pour me tourner la tête, pour me séduire. Je sais pas pourquoi mais aussitôt, j'ai pensé à maman.

À sa surprise, et surtout, oui, SURTOUT, à sa déception. Quand je lui dirais la vérité, la triste vérité. Enfin pas toute la vérité, parce que pour le 369, et mon distingué métier de danseuse, j'avais pas été encore capable de lui dire, je me gardais une petite gêne, ou plutôt une honte immense.

Ça ferait un réveillon de Noël gai, quoi!

Parce que tout le monde se réunirait chez maman et papa, le 24. Même Herby, qui raffolait pas de ma famille, surtout à cause de Johnny, il avait dit qu'il viendrait. Enfin jusqu'à avis contraire.

Et avec lui, ils venaient souvent et vite, les avis contraires, c'était vraiment dans sa manière.

Je rageais de ma stupidité, de ma naïveté.

Non seulement l'homme de ma vie se faisait-il entretenir par moi, mais les cinq cents dollars et quelques qu'il recevait en BS chaque mois, il les gardait pour lui et ses petits amis qu'il régalait… et avec mon argent évidemment, avec de la pizza, des mets chinois et des plats de Chez Mamie, juste en bas !

Dans le fond, la conclusion était simple : Herby était un *pimp*, et j'étais son jouet, son objet, son gagne-pain, sa PME : Petite Moyenne Épaisse !

Mais je faisais quoi, là ?

J'ai pensé : la vengeance est un plat qui se mange froid.

Le soir, quand il est revenu de son labo, j'ai mis sa bière (froide, comme il l'aime) sur la table, avec un beau napperon, des ustensiles, tout le couvert quoi ! et même une fleur dans une bouteille de Coca. Il a paru ravi et surpris par le spectacle inattendu. Pour faire les choses comme il faut et aller au bout de mon asservissement et de la dérision, j'ai ouvert sa bière et je la lui ai servie. J'ai dit :

— Ton examen a bien été, mon chéri ?

— Oui, je… c'était stressant.

— Ça portait sur quoi ?

— Sur un truc dans la tête…

— Jouer dans la tête, tu connais, c'est même ta spécialité.

Il m'a regardée avec un drôle d'air, comme s'il était pas sûr de ce que je voulais dire, si je me moquais ou pas de lui.

— Ç'a l'air intéressant, en tout cas.

— Oui, mais tu pourrais pas comprendre !

— Évidemment, que j'ai fait en souriant et dodelinant de la tête comme une blonde, même si je suis rousse.

Il a bu sa première gorgée, a paru satisfait de la température de sa bière : pour une fois, sa servante stupide avait bien travaillé.

— Est-ce que tu travailles ce soir ? qu'il m'a demandé.

— Avec la tête que je me tape, ou plutôt que tu me tapes, est-ce que tu penses vraiment que le gérant va me laisser me dandiner sur un *stage* ?

Il m'a détaillée, ce qu'il avait pas fait en arrivant, en fait, il avait même pas cru bon de m'embrasser comme j'aurais aimé. Je veux dire comme j'aurais aimé *avant* de connaître la vérité : à savoir qu'il me mentait depuis le début.

J'étais encore vraiment amochée (mon œil avait pas vraiment désenflé et la coupure à ma lèvre, bien, on la voyait encore) et j'espérais seulement que ça paraîtrait pas trop à Noël, vu ma mère et Johnny. Mon père, lui, il écoutait tout le temps la télé, alors il remarquerait rien : pour une fois, sa distraction serait la bienvenue.

Je savais que je jouais avec le feu. Et même avec ma vie.

Jasmine, la sœur d'Herby, elle m'avait prévenue, le dernier soir où il m'avait battue : un homme haïtien, il faut pas que tu le confrontes en public. On était pas en public, je sais, mais quand même… Je voulais jouer le tout pour le tout. J'ai porté mécaniquement la main à mon poignet gauche, pour frotter mon bracelet à émeraude, mais j'avais pris soin de le retirer, vu la présence d'Herby.

— On mange quoi pour souper? qu'il m'a demandé.

— Tu vas être content, j'ai commandé un vrai buffet de roi en bas, Chez Mamie, ça va être prêt dans dix minutes, avec plein de trucs créoles incroyables comme tu aimes.

— Tu as commandé à manger?

— Il y a presque rien dans le frigo!

— Je veux bien, mais on va faire comment pour payer toutes ces dépenses de fou? Ça fait des jours que tu travailles pas, et comme tu dis, avec ta gueule tout abîmée, c'est pas demain la veille que tu vas te mettre à rapporter de l'argent à la maison.

— T'as reçu un chèque, que j'ai décrété en souriant comme une arriérée mentale.

— Un chèque? qu'il a fait, étonné, et ça paraissait qu'il avait de la difficulté à dissimuler son inquiétude, qui ressemblait même à une sorte de panique, comme s'il devinait ce qui s'en venait.

— Oui, du gouvernement. Je l'ai ici, tiens!

Je gardais l'enveloppe à portée de la main, dans ma poche. Je la lui ai remise. Il l'a pas ouverte, il a juste vu qu'elle venait effectivement du gouvernement, il l'a pliée, puis l'a serrée dans sa poche, l'air traqué.

— Tu l'ouvres pas ? que j'ai fait, avec un large sourire d'imbécile heureuse. Un beau chèque du gouvernement, habituellement, on veut savoir le montant.

Il m'a regardée de ses beaux yeux, que maintenant je trouvais laids. C'est bizarre, l'amour, ou, pour être plus précis, la manière dont tu vois l'autre. Maintenant que j'avais découvert le pot aux roses, je pouvais plus le trouver beau. C'est la métamorphose de l'amour, mais contrairement à la légende, au lieu que le crapaud devienne ton prince charmant, c'est ton prince charmant qui devient un crapaud. Même pas *ton* crapaud. Juste *un* crapaud. Qui peut bien aller répandre sa bave et conter fleurette à n'importe quelle princesse qui le changera, elle aussi, en prince charmant par l'aveuglement de son amour nouveau. Jusqu'à ce qu'elle découvre la vérité à son sujet : il est et restera toujours un crapaud !

Herby a repris l'enveloppe, l'a examinée, a protesté :

— Tu ouvres mon courrier, maintenant ?

— Je pensais que c'était le chèque du gouvernement, qu'on me doit parce que j'ai été congédiée des Chants de l'Aube. Désolée.

Il a hésité, comme s'il espérait encore que j'avais rien compris.

J'ai voulu le narguer, même si c'était un jeu dangereux.

— Je savais pas que les étudiants en médecine recevaient des chèques de BS. Ça doit être une nouvelle politique du gouvernement. Je vais en parler à mon client le Ministre.

Herby s'est levé. Il savait que je savais. Il m'a regardée avec étonnement : j'osais me payer sa tête ! Oui, je me moquais de lui, ça se voyait dans mes yeux. Pour la première fois depuis qu'on était ensemble, je le défiais. Il aimait pas, c'était évident, c'était même pour lui une sorte de crime de lèse-majesté.

En fait, Herby avait l'air enragé. Ma brusque inflation de confiance a connu une récession subite. Je me suis dit : « Tu as gaffé, ma fille, tu vas en manger toute une. »

C'est ce moment qu'a choisi la voisine d'à côté pour faire l'amour. Habituellement, le jour, elle se gardait une petite gêne, c'était surtout le soir qu'elle gémissait. Mais là, c'était le temps des Fêtes, elle était peut-être déjà en vacances. Et puis chacun sa vie ! C'est pas parce que Herby et moi on baisait presque plus qu'elle était obligée de se priver avec son mari.

Irrité par cette musique de chambre qui ressemblait de plus en plus à une symphonie, et de surcroît à la *Neuvième* de Beethoven avec une finale qui en finit plus, Herby a fait ni un ni deux, et il s'est avancé vers moi. J'ai pensé qu'il voulait me battre, parce que je l'avais confronté, même si j'aurais pas dû.

Mais à la place, il est allé frapper à grands coups sur le mur qui donne chez notre bruyante voisine. Elle et son mari, ils ont pas arrêté pour autant de faire l'amour et de pousser les cris de leur *Ode à la joie* de la journée. Même qu'il m'a semblé qu'ils redoublaient d'ardeur, ils étaient encore plus bruyants. Même pour moi c'était énervant parce que ça me rappelait qu'entre Herby et moi, les seuls cris qui restaient, ou presque, c'étaient les cris que je poussais quand il me rouait de coups et non pas quand il tirait son coup avec moi : pas l'*Hymne à la joie*, quoi !

Herby qui, il me semblait, me battait par procuration, a fait pleuvoir d'autres coups sur la paroi, il y a même fait des trous. Le proprio serait pas content. Et qui paierait pour les dégâts ?

Moi !

Les voisins se sont finalement arrêtés. Triomphant, Herby a levé un doigt d'honneur dans leur direction, et il souriait, comme s'il était seul responsable de leur silence, lui, le maître absolu de l'Univers, *master of the Universe*, son grand rêve, au fond et peut-être tout simplement parce qu'il était pas médecin et qu'il avait un petit zizi, ça, je sais, je te l'avais jamais dit, mon amie.

Tant qu'on aime, on tait ces petits détails, je veux dire vraiment petits, là !

Le silence des voisins a été de courte durée. Parce qu'ils ont alors monté la musique, qu'on entendait pas jusqu'ici. C'était *Purple Haze* de Jimi Hendrix. Quand il dit, *'scuse me while I kiss the sky*, les voisins ont monté le son au max. J'ai trouvé qu'il y avait de l'humour là-dedans, une sorte de pied de nez, peut-être, mais élégant. Comme s'ils voulaient nous dire : « Excusez-nous, on s'envoie en l'air, on est au septième ciel, *'scuse me while I kiss the sky.* »

Puis tout de suite après, je me suis dit : « Ça sent pas bon, vraiment pas bon : si la musique est si forte et qu'Herby décide de me battre, même si c'est pas très bon pour le rendement de son placement, je fais quoi ? Oui, s'il pète les plombs parce que je l'ai confronté, il va peut-être se foutre d'endommager sa vache à lait. Même qu'il va peut-être se résigner à s'en débarrasser une fois pour toutes en la faisant passer de vie à trépas. Et la petite fille qui est dans mon ventre, elle va faire quoi si sa maman est morte ? Je peux pas me contenter de penser juste à moi, nous sommes deux maintenant. Vraiment DEUX. »

Comme s'ils avaient entendu mon souhait secret, les voisins ont baissé le son. Même qu'on a plus du tout entendu Hendrix s'égosiller.

Herby, il est revenu vers la table, et il a vidé d'un seul coup sa bouteille de bière. Il l'a posée avec brutalité, je comprends même pas comment ça se fait qu'il l'a pas fait éclater en mille morceaux, comme il venait de faire sans le savoir avec mon cœur, vu le chèque du gouvernement ouvert par erreur, et toutes ses conséquences douloureuses et logiques.

On aurait dit qu'il se préparait à une mise au point, peut-être la dernière. Je commençais à me sentir pas très grosse dans mes souliers. Pourtant, j'ai quand même voulu savoir la vérité, je veux dire au sujet du gros mensonge qu'Herby me racontait depuis des mois. J'ai pas tourné autour du pot une éternité :

— Pourquoi tu m'as menti ? Pourquoi tu m'as dit que tu étais médecin ?

— Est-ce que tu te serais intéressée à moi si je t'avais dit que j'étais un homme d'affaires qui a tout perdu il y a un an parce que je me suis fait voler par un associé pas scrupuleux et qu'en attendant de me refaire et de monter mon nouveau *business*, je suis sur le BS ?

— Je… je savais pas ça, je…

— Dis-moi la vérité, la vérité vraie ! Est-ce que tu aurais voulu de moi, un Haïtien sur le BS, qui vit encore chez sa mère à vingt-cinq ans, qui a même pas d'auto et qui vient pas, mais alors vraiment pas, d'une belle famille comme la tienne ?

— Une belle famille ! Il faut quand même pas charrier. Johnny, il est portier dans un bar, ma mère, elle travaille chez Zellers comme vendeuse en attendant d'être gérante dans l'an deux mille quarante, et mon père, il est juste plombier.

— Moi, mon père, je le connais même pas, et ma mère, elle est sur le BS elle aussi, elle s'occupe de mes quatre frères et de mes trois sœurs, ou demi-frères et demi-sœurs que je devrais dire, car on sait même pas de quel lit ils sont.

— Je… je savais pas et je… mais quand même, tu aurais pu me dire la vérité, j'aurais compris.

— Vraiment ? qu'il a dit avec tristesse, et on aurait même dit qu'il y avait une larme qui lui montait à l'œil.

J'étais confuse, je savais plus quoi lui dire. Il est allé dans la chambre. J'ai dit :

— Qu'est-ce que tu fais ?

Il a pas répondu mais j'ai entendu du bruit, des tiroirs qui s'ouvraient et se refermaient. Je me suis dit qu'il cherchait un objet pour me battre, peut-être même un revolver ou un couteau pour me tuer.

J'ai eu peur, je me suis précipitée vers la porte. Mais Herby est ressorti de la chambre et j'ai vu qu'il tenait un objet dans ses mains.

Chapitre 46

— Où tu vas ?

— Euh, nulle part, je…

J'ai regardé son visage, il avait pas l'air en colère.

J'ai regardé sa main, pour voir s'il tenait un revolver ou un couteau.

Mais non, c'était un écrin !

Il s'est agenouillé devant moi et il a dit, en me le tendant :

— Est-ce que tu veux devenir ma femme ?

— Tu veux qu'on se marie ?

— Oui.

Avant de répondre, j'ai regardé l'écrin : il venait de la bijouterie du quartier, La Perle des Antilles. J'ai soulevé le couvercle de velours bleu nuit, c'était pas une bague à diamant, mais simplement une alliance en or, je sais pas combien de carats mais probablement pas des masses, vu la condition d'Herby qui était juste étudiant, enfin je veux dire juste sur le BS. Je m'habituais pas encore à la nouvelle réalité de ma vie, au passage de la période rose à la période bleue.

Je l'ai trouvée belle, *anyway*, la bague imprévue, et j'ai pas pu m'empêcher de la passer à mon annulaire : elle *fittait* parfaitement. J'ai eu une petite émotion, une sorte de miniravissement, mais tout de suite après je me suis rappelé qu'Herby, en plus de me battre, il m'avait menti pendant des mois, ça limitait un peu ma joie. C'était peut-être juste un autre mensonge, pour se faire pardonner tous les autres, me faire oublier les coups. Une question m'est venue.

— Mais dis-moi… où tu as pris l'argent pour la bague ?

— Je… je l'ai emprunté à Marley.

Marley qui avait dû l'emprunter, ou plutôt se le faire donner par Cheryl, qu'il faisait danser pour l'aider à payer les études de médecine qu'il faisait probablement pas plus qu'Herby, alors il lui en restait plus pour ses dépenses. Et pour faire des prêts à ses amis.

— C'est une grosse dépense, surtout vu notre situation, tu trouves pas ?

— Oui mais… Qu'est-ce que tu dis, finalement, c'est oui ou non, pour le mariage, qu'il m'a demandé, toujours à genoux devant moi.

— Il faut que j'y pense. C'est trop tôt.

Il s'est relevé. J'ai ajouté :

— Oui, il faut vraiment que j'y pense, surtout que…

— Surtout que quoi ?

— Ça tombe bien que tu veuilles qu'on se marie : je viens d'apprendre que je suis enceinte.

Au lieu de sourire, de sauter de joie, comme j'aurais aimé, il a presque grimacé. En tout cas, il souriait pas vraiment.

— T'es enceinte ?

— Oui, de quatre mois et demi. On va avoir un enfant, et je sais pas pourquoi, mais je suis sûre que ça va être une petite fille.

— Mais attends, je… je suis pas sûr de comprendre. Je croyais que tu…

Il était incapable de finir sa phrase.

— Que je quoi ?

— Ben, que tu prenais la pilule…

— Oui, mais je sais pas ce qui est arrivé, je…

Il a regardé mon ventre, qui avait vraiment pas l'air du ventre d'une femme enceinte. Remarque, une femme enceinte, elle a pas toujours l'air enceinte jusqu'au cou, même après quatre mois et demi, surtout quand elle danse comme moi huit heures par soir, six soirs par semaine : ça garde mince, les danses à cinq, malgré l'alcool.

L'alcool…

Une fois de plus, j'ai pensé : « J'ai bu comme une éponge depuis le début de ma grossesse et je me suis gelée à la coke, grâce aux vaillants soins de Cassandra. Si ç'a affecté mon enfant, si ma petite fille a souffert par ma faute, ma très grande faute, je…»

J'aimais autant pas y penser, ça me tuait et, *anyway*, j'avais pas vraiment le temps. La discussion avec Herby devenait animée et exigeait de moi toute mon énergie. J'ai balbutié :

— J'ai peut-être oublié de prendre ma pilule, c'est pas ma faute. Et puis, la pilule, ça marche pas tout le temps.

— Comment on va faire pour payer le loyer et pour vivre, si tu veux garder l'enfant?

J'ai vu ce qui comptait vraiment pour lui.

C'était pire qu'une claque sur la gueule. Comme il m'en avait donné tant de fois.

J'aurais aimé qu'il dise : «C'est pas grave, mon amour, que tu arrêtes de danser, c'est pas grave, je m'en fous, tout ce qui compte maintenant pour moi c'est NOUS DEUX, comme il l'avait juré à nos débuts. Tout ce qui compte pour moi, c'est notre amour, et surtout, surtout, notre enfant que tu portes dans ton ventre ! Moi, je vais me relever les manches, c'est fini pour toi, la danse ! Je vais travailler quatre-vingt-dix heures par semaine s'il le faut. Et pour te prouver par *A* plus *B* ce que je pense de toi et de NOUS DEUX, je suis même prêt à arracher des pissenlits, à nettoyer à la main des fosses septiques, doutes-en pas, à creuser des tombes, à ramasser des vidanges, à manger à tous les rateliers, et même, MÊME, comment suis-je tombé si bas, maman? à faire la rue ou à devenir député, c'est le même métier, je sais.»

Mais Herby, l'huile de coude, surtout si ça pouvait lui donner une petite ride au front, ou un cheveu blanc, c'était pas dans ses habitudes de vie, ou sa philosophie. Un emploi, il trouvait ça ordinaire, et pas vraiment nécessaire. En plus, comme il m'a expliqué plus tard dans la conversation avec un air futé et plein de gratitude pour le gouvernement, il touchait pas juste un chèque de BS mais deux ! Quand tu connais le mode d'emploi, c'est facile : l'autre supplément de revenu, il se le faisait livrer sans souci chez sa maman parce que ça éveille des soupçons, deux chèques à la même adresse et au même nom.

J'ai dit :

— Je sais pas pour le loyer, mais je peux juste danser encore quelques semaines, et je suis même pas sûre que je vais pouvoir, parce que là je peux plus boire, et danser sans boire, je sais pas si je vais pouvoir... Il va falloir que tu te trouves un emploi.

— Je vais perdre mon chèque de BS que je donne à ma mère.

— Mais tu vas avoir un salaire.

— De trois fois rien. Les Haïtiens, les patrons nous prennent pour des chiens. On a pas le choix. Il *faut* que tu te fasses avorter.

— Avorter ? Mais tu y penses pas ? Je suis enceinte de quatre mois et demi !

Herby a haussé le ton, il a dit :

— Il faut que tu oublies ça !

Il a pris le récepteur du téléphone, et me l'a tendu :

— Appelle à la clinique pour prendre rendez-vous.

J'ai explosé :

— Non, jamais, jamais, il en est pas question ! Je me ferai jamais avorter !

J'ai mis ma main sur mon ventre, qui avait pas l'air du ventre d'une femme enceinte, même si c'en était un, et j'ai conclu :

— C'est mon enfant, et je le garde !

Il a explosé lui aussi. Il a commencé à me traiter de tous les noms, de sale putain, de prostituée et de danseuse qui se pissait dessus, de *sniffeuse* de coke et d'alcoolique finie, de profiteuse et de *gold digger*, qui l'avait piégé en faisant exprès d'oublier de prendre sa pilule de merde. J'étais sûre qu'il allait me frapper mais ç'a sonné à la porte. Tous les deux on s'est regardés en pensant la même chose : la voisine avait de nouveau appelé la police.

Herby a ouvert, c'était juste le livreur de Chez Mamie, qui apportait le buffet créole que j'avais commandé. Ça coûtait douze piastres. Herby a demandé :

— As-tu l'argent ?

J'en avais pas des masses mais j'ai trouvé treize dollars. Herby les a comptés, a sourcillé, outré (c'est toujours plus facile de l'être avec l'argent des autres) :

— Tu donnes juste un dollar de pourboire ?

J'ai trouvé un autre dollar. Herby a posé le sac sur la table, assez brusquement, et il a dit, et ça sonnait comme s'il m'envoyait paître :

— Bon appétit !

— Qu'est-ce que tu fais ?

— Maintenant que tu nous laisses tomber, j'ai pas le choix, je vais aller me chercher un travail. Attends-moi pas, ça risque d'être long. Les gens ont des préjugés contre nous, les Haïtiens, et ils se méfient de nous donner un emploi.

J'ai pas protesté, j'ai juste baissé la tête. Herby est sorti en coup de vent. Le soir, il est pas rentré, et il a pas appelé.

C'était pas la première fois qu'il faisait ça, je veux dire qu'il découchait. Quand on se disputait ou qu'il avait envie de prendre l'air, d'avoir son espace, comme il disait, il allait passer la nuit chez Marley, ou chez sa mère où il avait encore son lit, parce que c'était son fils favori.

Toute la nuit, j'ai ruminé en me disant que j'avais peut-être fait une erreur, que j'avais été dure avec Herby, et que, dans le fond, il m'aimait peut-être vraiment parce que sinon, pour-quoi il m'aurait demandé en mariage et offert une bague ? C'est quand même pas tous les hommes qui font ça avec une femme.

Mais le matin, au MacDo où je suis allée prendre un café, question de me changer les idées, j'ai vu, dans le *Journal de Montréal* qu'ils te louent pour un dollar qu'ils te redonnent quand tu leur rends, une photo de Marley qui avait été arrêté comme suspect principal pour un vol de bijoux deux jours plus tôt à... La Perle des Antilles !

Alors j'ai conçu un petit doute au sujet de l'origine roman-tique de la bague que m'avait donnée Herby. Ou plutôt, je me suis dit : « *Fuck* ! Herby m'a encore menti, est-ce qu'il y a autre chose qu'il aime faire dans la vie ou c'est vraiment son sport favori ? »

À côté de moi, il y avait un charmant couple de personnes âgées. Elles devaient pas être mariées parce que le monsieur écoutait quand la madame parlait et il lui lisait pas le journal dans la face. En plus, il lui souriait et il lui tenait les mains comme s'il venait de la rencontrer. Ils m'ont fait penser avec nostalgie à mes vieux des Chants de l'Aube.

Dans un mouvement de colère – pas contre eux mais contre Herby ! – j'ai retiré la bague probablement volée, je me suis levée, me suis approchée du beau vieux couple et j'ai dit à l'homme :

— Vous devriez la demander en mariage. Elle vous aime, c'est évident.

Je sais pas s'il était dur d'oreille ou surpris ou les deux mais il a fait :

— Hein ?

Je me suis contentée de lui donner la bague, que la belle vieille dame lui a tout de suite arrachée des mains, ravie. Je sais pas s'il l'a demandée en mariage ou quoi. J'avais trop de chagrin pour attendre, et je voulais pas qu'il voit ma tristesse. Je suis partie.

Le lendemain, Herby avait toujours pas donné signe de vie. Alors je me suis rendue seule chez maman pour le réveillon de Noël. Inutile de te dire que je me sentais pas exactement dans l'esprit des Fêtes.

Je sais, c'est souvent comme ça, même si on le dit pas.

Mais quand même, là…

Chapitre 47

Je suis arrivée la dernière chez maman. J'étais pas pressée d'expliquer pourquoi je venais seule, surtout pour le réveillon de Noël. J'avais honte. On est presque toujours comme ça quand notre couple bat de l'aile ou pire encore, fait naufrage : on préfère taire la chose, comme si son annonce la rendait réelle, comme si notre amour allait pouvoir survivre tant que son agonie resterait sans publicité.

Je suis demeurée un instant immobile sur le perron, à la porte de la maison familiale, avec mon sac de cadeaux que j'avais achetés, comme on fait trop souvent maintenant *in extremis*, le 23 ou le 24 décembre, et sans trop savoir si ça plaira. Mais je me suis dit, surmenée ou cynique avant l'âge : « C'est pas grave : il reste le *regifting*. »

Le *regifting*, c'est quand tu reçois un cadeau, et que tu souris aussitôt, pas parce que tu es contente mais parce que, pleine de ressources, tu as déjà pensé à qui tu le redonneras, et tu te félicites secrètement de l'avoir déballé avec des précautions infinies, pour réutiliser aussi le même papier et le même ruban, parce que tu avais une sorte de prémonition que ça te plairait pas ou mieux, que tu l'avais lu dans ton horoscope du matin, et pour une fois il avait raison.

Maman ou papa, mais plus probablement maman, avait laissé la porte entrouverte pour que tous les invités puissent entrer aisément. À l'intérieur, j'entendais le bruissement des conversations mais surtout une musique de mon enfance.

J'ai eu une émotion. C'était *Au royaume du bonhomme Hiver*, et je sais plus si c'est Claude Valade ou Ginette Reno qui chantait, mais j'avais le cœur gros.

Écoutez, les clochettes
Du joyeux temps des Fêtes
Un hymne à la joie,
Pour chaque cœur qui bat
Au royaume du bonhomme Hiver.

J'étais projetée malgré moi dans mon passé, dans mon enfance, où tout était si simple, si facile, où mon avenir semblait tout tracé d'avance…

Et là, je me retrouvais à dix-huit ans avec un *chum* qui était peut-être plus mon *chum*, que j'avais cru futur médecin et qui le serait jamais, qui ne travaillait pas parce que, non seulement il était sur le BS, mais il touchait princièrement deux chèques, et qui avait fait de moi une danseuse et une future maman : mais il voulait pas de l'enfant !

J'ai répété mentalement mon excuse, pour expliquer l'absence d'Herby, et je suis entrée avec un grand sourire.

J'ai pas été longue à devoir servir l'excuse que je m'étais fabriquée. Parce que la première chose que tout le monde m'a dite, c'est pas Joyeux Noël, mais : « Herby est pas avec toi ? »

Est-ce qu'il l'a jamais été, que j'aurais répondu, si j'avais voulu jouer à la philosophe à cinq sous, moi, la danseuse à cinq piastres la danse. Mais à la place, j'ai menti :

— Sa mère est vraiment pas bien, il est allé s'occuper d'elle.

Johnny, ça le traumatisait pas, l'absence d'Herby. Même qu'il s'en réjouissait visiblement. Sa copine Mélanie, toute mignonne dans sa robe rouge, comme elle était folle de lui, elle aimait et détestait les mêmes choses. Et les mêmes gens. Ou presque. C'est l'osmose du début de l'amour.

Johnny, il avait bu beaucoup de champagne qui était pas du vrai, même si ma mère disait, quand elle le servait : « Tu veux du champagne ? » Ça fait plus riche que : tu veux du *Codorniu* ? Mais mon frérot adoré, même passablement éméché, il a fait preuve de retenue, même s'il y avait de l'ironie dans sa phrase :

— C'est beau d'entendre ça, un fils qui se sacrifie pour sa mère malade. N'est-ce pas, maman ?

Et sans attendre de réponse, il a regardé sa petite amie et ensemble – ça aussi c'est l'osmose ou la symbiose ou le quelque chose de l'amour – ils ont levé les yeux au ciel, comme pour me dire : prends-nous pas pour des valises ! Puis tout de suite après ils se sont embrassés, peut-être pour cacher leur joie, ou leur fou rire.

Papa, il a eu aucune réaction : normal, c'est un homme, et il regardait – toujours – la télévision dans son incontournable La-Z-Boy.

Maman, ça la désolait, cette solitude à deux dans un mariage, et sa rivale, la télé, elle lui aurait bien volontiers casser la gueule, je pense.

Mais ce qui la désolait encore plus, maman, enfin ce soir de réveillon de Noël, c'était moi. Moi et ma circonstance qui était que j'étais seule. Seule et surtout... sans Herby!

Elle avait pas « acheté » mon explication du bon petit garçon qui court soigner sa mère malade et laisse en plan sa fiancée la veille de Noël. Ça se voyait dans ses yeux. Il y avait du doute, du désespoir, de la lucidité : ça fait rarement un joli bouquet, ce trio, surtout servi à froid. Avant de tout lui dire, je lui ai demandé :

— As-tu du Coca?

— Du Coca? Tu veux pas de champagne?

Je pouvais pas lui dire pourquoi je buvais pas.

— Euh, non...

Elle m'a servi du Coca. J'ai bu mon verre d'un seul trait. J'ai dit :

— Un autre!

Elle a rempli mon verre, avec une certaine surprise. Je l'ai vidé tout aussi vite. Comme si c'était de l'alcool que je buvais, et que je voulais m'étourdir. Elle a deviné :

— C'est vraiment si grave avec Herby?

J'ai tout de suite lâché le morceau.

— Herby, il deviendra pas médecin.

— Il a coulé ses examens ?

— Non, il y a jamais eu d'examens.

— Je comprends pas.

— Il a jamais été étudiant en médecine, maman. C'est toute une histoire inventée. La vérité, c'est qu'il travaille même pas, il est sur le BS.

— Sur le BS ! Il sera jamais MÉ-DE-CIN ? s'est-elle exclamée, les yeux arrondis par la consternation la plus profonde.

Et sans doute que Mélanie et Johnny auraient entendu son cri de détresse, mais à la télé il y a eu un but. Papa a poussé des cris de joie, il s'est même mis à taper des mains. Pour un peu, il se serait levé, mais son La-Z-Boy était si confortable.

Maman, elle, but du Canadien ou pas, elle se réjouissait pas vraiment. En fait, elle s'en foutait éperdument, et pour cause : son grand rêve s'écroulait.

Elle s'est réfugiée en pleurant dans sa chambre. Je me suis empressée d'aller la retrouver, même si Mélanie a tenté de me retenir pour m'expliquer qu'elle avait eu un super *deal* pour un ensemble de cuisine au Père du Meuble, vu qu'ils déménageaient sous peu grâce à l'argent qu'elle avait gagné à la loterie après avoir porté le bracelet à émeraude.

Chapitre 48

La chambre de maman, c'est pas la chambre conjugale. Depuis des années, papa et elle, ils font chambre à part. Je sais pas si c'est à cause du hockey. Ou des années. Je sais juste que moi, ça m'a chagrinée. Quand je l'ai réalisé. Je sais, c'est bébé. On pense toujours que nos parents, ils vont s'aimer éternellement et baiser comme des déments, même après avoir eu des enfants. Mais les contes pour enfants, c'est… des contes pour enfants !

J'ai frappé doucement à la porte en disant : « C'est moi, maman, est-ce que je peux entrer ? » Mais elle a pas entendu, ou a fait semblant que. Alors j'ai pris la liberté d'entrer. Elle m'a pas vue tout de suite.

Elle regardait, sur sa petite télé, son film préféré, *Breakfast at Tiffany's*, avec Audrey Hepburn. Elle était tout absorbée par la scène où Audrey Hepburn chante sur le bord de la fenêtre, en s'accompagnant à la guitare. Maman, elle avait une voix magnifique. Elle aurait pu devenir chanteuse. Comme elle aurait pu devenir pianiste. Mais la vie en a décidé autrement.

Elle l'utilisait justement, sa voix mélancolique et douce. Et chantait en même temps que l'héroïne du film.

Moon river, wider than a mile
I'm crossing you in style some day
Oh, dream maker, you heart breaker
Wherever you're going I'm going your way…
Two drifters off to see the world
There's such a lot of world to see…

Moi, cette chanson sur les rêves brisés, je l'avais toujours trouvée triste, et cette fois-ci encore plus, parce que j'entendais maman la chanter pour la première fois, et on aurait dit que c'est son cœur que j'entendais parler.

Quand elle a vu que j'étais là, elle s'est arrêtée. J'ai dit : « Arrête pas, maman, c'est si beau. » Mais elle a pas voulu continuer. Elle a baissé le son de la télé.

— J'ai plus rien, qu'elle a dit.

— Pourquoi tu dis ça ?

Elle a montré une photo sur sa commode, une photo de son mariage.

— Ton père, au début, c'était un aventurier, il voulait tout faire, tout connaître, en plus si tu l'avais vu, un vrai dieu, il dansait comme Fred Astaire, encore mieux que Johnny, je te dis… Et maintenant, il a l'air de quoi…

Elle a levé une main désolée en direction du salon où mon père écoutait la télévision.

— Il avait commencé une compagnie d'import-export, un truc sûr à cent pour cent... Il avait emprunté trois mille piastres à ses amis...

— Ah, je savais pas, je...

— Oui, il a pas été toujours comme ça. Il disait qu'à trente ans, il serait millionnaire, et alors il allait pouvoir me suivre partout dans mes concerts autour du monde. Et moi je le croyais évidemment...

— Ah, je...

— Au bout d'un an... il a fait faillite. Ses amis, ils étaient pas contents, ils voulaient ravoir leur argent... Alors lui, il s'est mis à la plomberie... Plus de compagnie...

— Je sais...

— Et plus de diplôme de médecin pour Herby...

— Je suis désolée, maman, vraiment désolée, je... Mais je pense que tu vas être contente quand je vais te dire la bonne nouvelle.

— La bonne nouvelle ?

— Oui, je suis enceinte, maman !

Je l'ai dit comme si c'était vraiment une bonne nouvelle, même si, dans les circonstances, c'en était pas tout à fait une.

— Enceinte ? a-t-elle dit en arrondissant les yeux, et tout à coup, elle semblait plus aussi triste.

— Oui, de quatre mois et demi.

Elle s'est levée d'un bond, véritablement métamorphosée.

— Mais pourquoi tu me l'as pas dit avant ?

— Je viens juste de l'apprendre.

— Ça veut dire que toi et Herby, vous allez vous marier ?

— Euh oui…

— Au fond, a-t-elle dit, philosophe, c'est pas si grave qu'Herby soit pas médecin, il pourrait devenir apprenti plombier et aider ton père…

— Oui, c'est quelque chose à considérer… c'est… je vais lui en parler ce soir…

S'excitant de cette perspective nouvelle, maman a ajouté :

— Il serait plus obligé d'être sur le BS, c'est moins humiliant pour un homme.

— Un autre bon point pour le convaincre…

Elle s'est approchée et m'a serrée dans ses bras en s'exclamant :

— J'en reviens pas, je vais devenir grand-maman, ma fille va avoir un enfant !

Mais le lendemain, jour de Noël, il s'est passé quelque chose. Quelque chose de si horrible que je me suis rendu compte que ma mère deviendrait peut-être pas grand-mère ni moi, maman.

Chapitre 49

La veille, le gérant du 369 m'avait appelée pour me demander si je voulais travailler, le jour de Noël, un gros soir, supposément. J'avais dit non, que j'avais des obligations. Familiales. En plus, mon œil droit ressemblait à ceux des femmes dans un tableau de Picasso : pas très beau, quoi !

Et puis, j'avais pas envie de répondre à toutes les questions des autres danseuses. Qui savaient pas qu'Herby me battait. Et des clients, qui le savaient encore moins, si jamais ils remarquaient mes yeux, chose improbable, je sais, car ils s'intéressaient principalement à mon cul, même si je me mettais beaucoup de mascara.

Mais le 25, vers midi, Cassandra m'a téléphoné pour me souhaiter Joyeux Noël et me demander comment s'était passé le réveillon.

J'ai pas voulu entrer dans les détails, dire les larmes infinies de ma mère quand elle a appris la vérité au sujet d'Herby, qu'elle serait jamais la belle-mère d'un MÉ-DE-CIN. J'ai seulement dit, mais je crois qu'elle a tout compris :

— Ordinaire. Toi ?

— Ordinaire. Mais j'ai l'habitude.

Une pause, et elle a enchaîné :

— Qu'est-ce que tu fais, aujourd'hui ?

Ce que je faisais ? Je *me* faisais du mauvais sang. Parce qu'Herby était pas rentré, et j'avais pas de nouvelles de lui depuis notre dispute.

Et j'en venais à me dire que j'aurais peut-être pas dû le confronter, que j'avais fait une erreur, une erreur épouvantable, en un mot l'erreur de ma vie (amoureuse) et que la bague, il l'avait peut-être achetée avec de bonnes intentions, surtout avec celle, vraie et sincère et infiniment romantique, de faire de moi sa fiancée, et que par conséquent c'était pas Marley qui la lui avait donnée ou vendue à vil prix après le vol de la bijouterie.

Dans le fond, après réflexion, je veux dire avec le recul des ans, à quarante ans passés, lorsque je jette un coup d'œil sur mon passé, je me rends compte que j'étais une DA, pire encore une… DAF !

Donc pas juste une Dépendante Affective, mais une… Dépendante Affective… Finie ! Mais il faut pas oublier que j'avais juste dix-huit ans. À cet âge, on a le cœur large, presque aussi large que notre tendance au pardon. Qui se module la plupart du temps en des variantes qui ressemblent à ceci : donner à l'homme de sa vie une chance, ensuite une autre chance, ensuite une dernière chance, ensuite une dernière dernière chance, ensuite une dernière dernière dernière chance, puis enfin la dernière, la chance finale ! Et si ça nous brise trop le cœur, cette fermeté finale, et bien la ronde des pardons recommence.

— Écoute, a expliqué Cassandra, le gérant vient de m'appeler, il est pas content, il manque deux filles, supposément parce qu'elles ont trop fêté et ont fait une indigestion. Il aurait dû le prévoir dans sa gestion. *Anyway*, tu pourrais pas venir ?

J'ai pas répondu tout de suite. Je me suis d'abord regardée dans le miroir, j'ai conclu qu'avec un peu de maquillage, mon œil droit passerait inaperçu ou presque. Aussi on travaillait dans la demi-obscurité, et les clients nous regardaient pas vraiment les yeux. Comme je tardais à répondre, Cassandra a insisté, comme une petite fille, ce qui la rendait irrésistible :

— Allez, dis oui, dis oui, dis oui ! Je t'en supplie. En plus, ça va être amusant, le gérant nous a loué des déguisements de père Noël.

— Ah ! c'est gentil, mais qui a envie de passer Noël au 369 ? Je veux dire qu'il y aura pas un chat.

— T'es folle ! Tu serais surprise du nombre de clients qui sont seuls à Noël.

— Je pensais pas que ça existait, des gens seuls, que j'ai dit avec dérision.

— Ha ha ha ! très drôle !

J'ai pensé que les clients préfèrent sans doute être au Trou que seuls. Surtout à Noël, où tu te sens encore plus seul, et inadéquat et *loser* de pas avoir de famille ou d'amis pour fêter : on est le refuge des sans-abris du cœur, des bonnes samaritaines qui, en plus de te tendre la main, te montrent leurs seins.

Pourtant, j'hésitais encore. Cassandra a continué de me supplier comme une petite fille :

— Allez, dis oui, dis oui, dis oui !

J'ai pensé, comme une fille abandonnée pense, surtout quand elle est enceinte de quatre mois et demi et que la présence de son petit ami est tout sauf garantie, que, comme je pourrais probablement plus danser bien longtemps, c'était peut-être le temps de faire un max de fric avant que mon ventre soit trop gros et que les clients et le gérant me fassent les gros yeux en me disant : « Tu reviendras danser quand tu auras accouché ! » J'ai dit :

— Si tu me le demandes une seule fois de plus, tu sais ce que je fais ?

— Euh, non…

— Je te dis oui !

Elle a crié comme une folle :

— Je t'aime, Titine !

À six heures trente est arrivée ma limousine. Je veux dire la fourgonnette conduite par Diane, à qui j'ai donné un généreux pourboire de Noël, 20 piastres.

Cassandra avait pas menti, il y avait plein de suicidaires, je veux dire de solitaires, je veux dire de clients, et monsieur Blanc nous fournissait notre déguisement.

Dans la loge des filles, j'ai commencé à me costumer en père Noël, avec un bonnet en velours rouge à bordure et pompon blancs, assorti à une jupette également rouge et également bordée de blanc, sous laquelle je n'ai pas cru bon de porter de bas de bikini ou de slip. Je portais un haut assorti. J'avais aussi de longues bottes noires et un large ceinturon à grosse boucle dorée, ça faisait un joli effet.

C'est pas toutes les filles qui portaient le même déguisement. Thérèse et Isabelle, elles portaient un chapeau de père Noël comme le mien, mais pour le reste, au lieu d'une jupette et d'un haut de velours rouge, elles avaient juste deux larges rubans rouges, qui leur couvraient à peine les seins et se rejoignaient entre leurs jambes pour couvrir leur sexe, c'était très réussi.

Je me suis dit qu'elles allaient faire un malheur. Elles portaient des bottes rouges encore plus hautes que les miennes, qui en fait leur montaient aux fesses que les deux rubans dissimulaient à peine avant d'aller former, dans leur dos, une grosse boucle comme celle d'un cadeau.

Cassandra, qui était si heureuse que je sois finalement venue, a dit, en me faisant signe de m'approcher du comptoir :

— C'est Noël, la coke est gratuite, aujourd'hui !

— Non, je… je te remercie.

— T'en veux pas ?

Elle comprenait vraiment pas, d'autant qu'elle venait de se poudrer le nez deux fois, ses yeux étaient brillants :

— C'est de la bonne, et c'est Noël, allez, on a juste une vie à vivre.

— Non, je peux plus en prendre, désolée.

— Pourquoi ?

— Je… je suis enceinte.

— Tu es enceinte ! s'est-elle exclamée à si haute voix que toutes les filles l'ont entendue dans la loge.

Thérèse et Isabelle, qui étaient juste à côté de nous, m'ont dévisagée. Thérèse a plaisanté :

— De Beauté Fatale ?

— Ha ha, ha, très drôle, a fait Isabelle.

Mais elle était pas vraiment fâchée.

— Non, du père Noël, que j'ai rétorqué.

— Sérieusement, t'es enceinte d'Herby ?

— Oui. En tout cas, c'est ce qu'il croit, ai-je plaisanté.

Ensuite, je sais pas pourquoi, je me sentais plus d'humeur à faire le guignol, la fille drôle de service, et j'ai baissé la tête, j'avais l'air effondrée.

Toutes les filles sont venues me féliciter. Moi, même si tout le monde trouve que toutes les danseuses de la terre sont juste des putains et des bonnes à rien, ça m'a touchée, tellement que j'avais les yeux tout humides.

Les filles m'ont dit plein de douceurs, que c'était le *fun*, que c'était la plus belle chose qui pouvait m'arriver, en autant évidemment que le père se retrouverait pas en prison, comme c'était arrivé à plusieurs d'entre elles. Je sais, tu choisis pas toujours l'homme avec qui tu tombes en amour.

— Est-ce qu'Herby est content ? a demandé Cassandra.

J'ai pas eu le temps de répondre, heureusement, parce que j'aurais pas su quoi dire. C'est jamais agréable d'avouer que, pour ton *chum*, un enfant de toi, c'est la pire des choses qui pouvait lui arriver, parce qu'il va manquer d'argent. Les danseuses du *shift* de jour arrivaient dans la loge en chantant et en riant pour se changer, il fallait faire face à la musique… du D.J.

Cassandra avait dit vrai pour le nombre de clients à Noël. Il y en avait beaucoup, et parmi eux beaucoup de réguliers comme le Veuf, le Boucher, et même le Ministre. J'étais éberluée. Ce dernier m'a demandé de lui donner son cadeau de Noël, urinaire et dégoûtant, évidemment. J'ai dit : « J'y pense et on se voit l'année prochaine.» Il a insisté, a allongé des deniers de l'État mais j'ai dit que je pouvais pas. Il le savait pas mais Beauté Fatale venait d'arriver, et c'est connu depuis Cocteau, les privilèges de la beauté sont immenses.

Thérèse et Isabelle ont accueilli Beauté Fatale en disant à tour de rôle, le plus gentiment du monde, avec de larges sourires :

— Bonjour, papa !

Lui, vraiment beau comme un dieu dans un smoking blanc, avec une rose à sa boutonnière, a touché délicatement le ventre d'Isabelle, en écartant coquinement le ruban rouge qui lui servait de vêtement. Il souriait d'aise, vraiment fier de cette paternité à venir. Il était visiblement de bonne humeur parce qu'il a crié à Sandra :

— Champagne pour tout le monde !

Il a pas été obligé de le lui dire deux fois.

Les bouchons ont sauté aussitôt, les clients, pas habitués à tant de générosité, applaudissaient, riaient, et moi, j'étais vraiment contente pour Thérèse et Isabelle.

Comme elles étaient hyper sexy avec les rubans pour tout vêtement, Beauté Fatale, même si elles l'appelaient papa, leur a demandé de danser à sa table. Autour de lui, les clients bavaient d'envie. Même en gardant leur ruban pour pas ruiner l'effet cadeau de Noël. C'était très réussi.

Quand le Ministre est parti vers une autre fête, une autre porcherie, ça me faisait pas un pli. Il était pressé, de toute évidence. Je me suis assise et j'ai rêvassé, personne me demandait de danser mais ça me dérangeait pas du tout.

Je frottais mon bracelet à émeraude et me demandais ce que le destin pouvait bien me réserver avec Herby, où il était, ce qu'il faisait.

Ensuite, le gérant a dit aux filles de faire un petit *show* en groupe sur la scène, vu que c'était Noël. Il voulait que ça ait l'air d'un vrai *party*. Avec sa Nikon, il a pris des photos pour la publicité. Personne a regimbé, le champagne gracieusement offert par Beauté Fatale avait déjà fait son merveilleux effet, les filles étaient toutes un peu pompettes ; moi, je m'étais limitée à un verre, vu ma grossesse.

Des clients sont venus nous rejoindre sur la scène. Les filles dansaient avec eux, les taquinaient. Le Boucher, il a pas pu résister et, bien entendu, il est venu me coller, avec deux autres clients que j'avais jamais vus, des vraies sangsues.

Le Boucher, qui se sentait généreux, a agité devant moi un billet de cent. J'ai compris sa basse intention, et comme je voulais faire un max d'argent, j'ai pris le billet et je me suis penchée devant lui pour lui faire voir la lune.

Le gérant a fait crépiter le flash de son appareil photo.

Aussitôt, le Boucher s'est mis à genoux et il s'est avancé vers mon postérieur en mettant ses mains devant lui, comme un petit chien qui fait la belle. Tout le monde riait. Moi je le voyais s'avancer entre mes jambes, et il m'aurait sans doute baisé le cul, encouragé par les cris et les claquements de mains des clients mais au dernier moment, je me suis avancée, il a embrassé le vide et il a perdu l'équilibre, ç'a été l'hilarité générale. Pour mettre la cerise sur le sunday, je me suis redressée et j'ai mis mon pied sur sa tête, comme un chasseur sur sa proie.

Deux clients se sont spontanément placés de chaque côté de moi, et m'ont levé les bras en l'air, comme si je venais de gagner mes élections. Le gérant s'en donnait à cœur joie avec ses photos.

Le D.J., pour une fois, a eu du génie, il a mis une de mes chansons préférées, *Feliz Navidad*. Toutes les filles se sont mises à chanter à voix forte.

Feliz Navidad
Feliz Navidad,
Feliz Navidad,
Prospero ano y felicidad
I wanna wish you a Merry Christmas
I wanna wish you a Merry Christmas
I wanna wish you a Merry Christmas
From the bottom of my heart.

En chantant *from the bottom of my heart*, il y a des filles, inspirées ou généreuses, ou mercantiles, qui ouvraient leur haut pour montrer leurs seins. Les clients aimaient bien.

Thérèse et Isabelle, qui ont voulu leur faire un cadeau de Noël encore plus gros, se sont mises à danser un *plain* vraiment collé, elles formaient plus qu'une, si tu vois ce que je veux dire, et comme elles étaient juste vêtues de rubans, l'effet était saisissant. Ensuite, les clients leur ont demandé de répéter le même numéro toute la soirée. Plus tu donnes, plus tu reçois !

Pendant quelques minutes, je crois, les filles ont oublié qu'elles étaient des danseuses, des femmes que le destin avait placées dans cette situation pas très reluisante malgré les paillettes, les projecteurs et le champagne, souvent parce qu'elles avaient été violées par leur père, leur beau-père, leur frère, et que leur mère s'était tue : ça les avait tuées.

Mais ensuite évidemment, comme tout finit par s'arranger dans la vie, elles avaient rencontré leur mari ou celui qui se disait leur mari, souvent un *pimp* ou un ex-détenu qui voulait refaire sa vie et surtout… se refaire grâce à elles.

Ça te rend moins sévère quand tu réalises ça : elles ont fait ce qu'elles pouvaient, pas ce qu'elles voulaient.

Sur la scène, il y avait beaucoup de filles qui ont fait des folies. Moi, soudain, j'ai eu l'âme à la mélancolie. Je me rappelais que, il y avait même pas deux mois, je faisais ou plutôt tentais de faire mon premier numéro, et, paralysée par la gêne, j'avais eu besoin du secours des filles pour aller jusqu'au bout.

Même pas deux mois, et pourtant, il me semblait que ça faisait un an que je dansais. Je me sentais si vieille, si usée déjà.

Juste avant la fin de notre numéro de Moulin Rouge à cinq cents (vu nos costumes rouges !), j'ai aperçu dans la salle un autre client inattendu, et je me suis sentie embarrassée, et c'était pas juste en raison de mon costume de père Noël.

Chapitre 50

C'était Jean-Paul Cassini, l'avocat tendre et romantique qui, après avoir été quitté, avait préféré échouer au 369 plutôt que de se jeter en bas du pont Jacques-Cartier.

Je me suis demandé : « Qu'est-ce qu'il est venu faire ici le jour de Noël ? Il a pas de famille ou d'amis plus intéressants que nous, les danseuses nues ? » Puis j'ai pensé : « Sa dernière fiancée... il a peut-être envie d'être seul. »

On s'était pas reparlé depuis que je lui avais posé un lapin au restaurant. Nos regards se sont croisés, il avait pas l'air trop fâché. Ça m'a rassurée, ensuite je me suis dit : « C'est Noël, il se garde peut-être une petite gêne avant de me dire sa manière de penser. »

Après la danse de groupe, je l'ai regardé comme si j'hésitais ou sollicitais son autorisation d'aller le trouver, il m'a souri, j'ai pris ça pour un oui.

— Je... premièrement, Joyeux Noël, que j'ai fait en lui tendant la main.

— Joyeux Noël à toi aussi.

— Je... j'ai pas été correcte, pour le resto, j'ai... est-ce qu'ils t'ont fait le message, au moins ?

— Quel message ?

— Ah ! ils t'ont pas prévenu que j'avais eu un empêchement ?

— Oui, voyons, je te taquinais...

J'ai plissé les lèvres. Il m'avait bien eue. S'en est suivi un bref silence pendant lequel on s'est regardés avec une certaine tendresse, enfin il me semble. Puis Jean-Paul a expliqué :

— Je... j'ai... je me suis dit, c'est presque sûr que Martine travaille pas le jour de Noël, mais il y a une chance sur un million...

— C'est mieux que zéro chance sur 2.

Il a esquissé un sourire. Mon esprit lui plaisait, visiblement.

— Oui, donc je l'ai prise cette chance improbable comme tout ce qui est vraiment beau dans la vie. Et te voilà.

— Habillée en père Noël. Tu pouvais pas demander mieux !

On s'est regardés, ravis de se retrouver, contre toute attente. Moi, ça me faisait du bien, après les larmes des dernières heures, pour pas dire des derniers jours, ou des derniers mois : il était charmant, quoi !

Ensuite, comme j'étais curieuse – car une femme qui est pas curieuse est une curieuse de femme, non ? –, je me suis permis de lui faire la remarque suivante :

— Tu fêtes pas ça fort, Noël, dans ta famille...

— Non, mon beau-père m'a assez fêté quand j'étais jeune et moi aussi d'ailleurs, alors j'ai calculé qu'on avait des réserves d'absence jusqu'au Noël de l'année 2040 !

J'ai rigolé, même si c'était pas vraiment drôle, vu le passé douloureux que ça évoquait.

De nouveau un ange est passé, si du moins il pouvait soutenir l'atmosphère *swampeuse*, je veux dire marécageuse des lieux, et à ce sujet, je suis pas vraiment certaine que mon ange gardien me suivait au 369, vu que supposément les anges ont pas de sexe.

Mais si tu y penses vraiment, il y a PAS de vrai sexe au 369. Pas juste parce qu'il y a pas de danses contact, mais surtout parce que le sexe, le vrai sexe, celui qui a du sens et qui est vraiment *hot*, il faut qu'il y ait deux personnes qui le dansent, qui le chantent, qui le partagent et le crient. Ce qui est le plus torride entre deux êtres, c'est… la réciprocité du désir.

Au 369, il y avait juste un client avec son désir à sens unique et des danseuses qui pensaient juste à son argent.

Donc, les deux parties étaient aussi éloignées l'une de l'autre que des habitants de deux galaxies aux extrémités les plus opposées de l'Univers. Mais seules les danseuses le savaient : les hommes croient encore naïvement que l'argent peut tout acheter, même le désir et les grands sentiments !

Plus loin dans le bar, un homme qui m'avait vue sur scène me pencher pour rire devant le Boucher, gesticulait dans ma direction pour réclamer mes merveilleux services. Comme je hochais la tête pour dire non, Jean-Paul s'est tourné, l'a vu et a dit :

— Il y a un client qui veut que tu danses pour lui, je pense.

— Qu'il attende !

Le client a fait encore des signes, je lui ai montré trois doigts, ce qui pouvait vouloir dire dans trois minutes ou dans trois heures. Il a esquissé un sourire déçu. Jean-Paul a dit, compréhensif, pour pas dire empathique :

— Écoute, il y a plein de monde ce soir, je veux pas te déranger trop longtemps et t'empêcher de gagner ta vie, je suis juste venu pour te souhaiter Joyeux Noël et t'apporter un cadeau.

Et il a posé une petite boîte bleue sur la table.

J'ai arrondi les yeux, je me suis dit que ça devait pas être du toc ou un truc volé parce que ça venait pas de la distinguée Perle des Antilles mais de chez Birks. J'ai soulevé le couvercle : c'était une bague, une très belle bague en or, sertie de petites émeraudes.

J'en revenais tout simplement pas. On aurait dit le complément de mon bracelet ! D'ailleurs, Jean-Paul l'a noté, lui aussi, car il s'est empressé de prendre la bague. Il l'a tenue près de mon bracelet karmique comme pour les comparer, en estimer la ressemblance, et il semblait étonné.

Je sais pas si c'était un hasard ou si c'était prémédité, je veux dire s'il avait remarqué mon bracelet la dernière fois ou quoi, mais j'en doutais.

Les hommes, même gentils et attentionnés comme Jean-Paul, ils sont nuls pour noter les détails, même de la femme qu'ils aiment. Tu peux passer deux heures chez ton coiffeur, t'acheter une robe neuve qui t'a coûté les yeux de la tête ou des sous-vêtements affriolants qui sont censés lui faire tourner la tête, ils se rendent compte de rien, sauf quand ils sont gais, auquel cas ça donne rien. Il s'est exclamé :

— Et en plus, elle va super bien avec ton bracelet, essaie-la !

— Non, je regrette, je peux pas, je…

— Tu quoi ?

— Je suis vraiment désolée, je peux pas accepter ton cadeau, même s'il est hyper beau, je… je suis enceinte.

Son visage s'est décomposé un peu comme celui de Rick dans *Casablanca*, quand il revoit Ilsa qui, quelques années plus tôt, l'a laissé tomber sur le quai d'une gare, d'où ils devaient fuir ensemble Paris avant l'arrivée imminente des nazis. Moi, chaque fois que je vois cette scène de retrouvailles acciden-telles – ou peut-être pas ! – je me mets à pleurer : je suis trop sensible au cinéma.

— Ah je comprends…

Il s'est levé.

— Reprends au moins la bague, ai-je dit…

— Non, voyons. Je l'ai achetée pour toi, elle t'appartient, c'est le destin.

— Le destin ?

— Ben oui, tu vois bien que cette bague est faite pour aller avec ton bracelet.

Il avait un bon point. J'ai voulu insister, mais j'ai vite compris que ça lui briserait encore plus le cœur de la reprendre. Il a dit :

— Bonne chance avec ton enfant… et… il nous restera toujours Paris !

J'ai frissonné. Il a fait la même plaisanterie – assez célèbre, merci ! – que dans *Casablanca*. Alors je me suis dit que peut-être que oui au fond, lui et moi on… J'ai pas complété ma pensée, j'étais trop triste de lui avoir brisé le cœur.

Je l'ai regardé sortir. Juste avant d'arriver à la porte, il s'est tourné vers moi comme s'il voulait me voir une dernière fois. Ça m'a touchée. C'est pas tous les hommes qui auraient fait ça, je veux dire piétiner leur orgueil. Il m'a souri, avec tristesse bien entendu. Je lui ai rendu son sourire.

Chapitre 51

Ensuite j'ai dansé un peu comme une zombie.

Comme on fait trop de choses dans la vie.

Je pensais à lui, je veux dire, Herby.

Surtout, que j'aurais un enfant de lui.

J'ai fait plein de fric ce soir-là, je sais pas exactement combien, mais on aurait dit que je m'en foutais, même si j'en avais besoin pour l'enfant à paraître. Puis les lumières se sont allumées, il était temps, *anyway* il restait plus tellement de clients dans le bar, vu qu'ils avaient probablement veillé tard, la veille, pour le réveillon traditionnel. Les clients sont sortis sans trop insister, comme ils font parfois, dans l'espoir de lever une fille.

Dans la loge, Cassandra, qui était passablement éméchée – elle était pas enceinte comme moi, qui avait bu une seule coupe de champagne, ensuite je m'en étais sagement tenue à l'eau Perrier ou Pellegrino, je sais plus –, a dit : « Attends, je crois qu'il me reste un quart. » Je lui ai rappelé que j'étais enceinte. Elle a précisé : « Je dis ça pour moi, pas pour toi. »

Elle a sniffé la coke vite fait, puis a remarqué la bague que Jean-Paul m'avait donnée.

— C'est joli. Je savais pas que tu avais la bague qui allait avec le bracelet.

— C'est un cadeau de Jean-Paul.

— Jean-Paul ?

— Euh oui, l'avocat.

Cassandra a froncé les sourcils, puis a demandé :

— Est-ce que c'est lui le père de ton enfant ou Herby ?

J'ai pas eu le temps de répondre, j'ai entendu la voix de Sandra derrière moi, elle avait passé la tête par la porte de la loge :

— Il y a quelqu'un qui t'attend, Martine… Un Haïtien, je pense.

Je me suis tournée vers Cassandra, j'ai souri comme malgré moi. Malgré tout ce qu'Herby m'avait fait, les mensonges, les coups, l'insistance à me faire avorter, la rupture, un peu bizarrement, j'étais contente qu'il vienne me chercher au 369, comme s'il voulait se réconcilier, me dire, me supplier : on oublie tout, on repart à zéro. Je sais, je suis stupide, j'étais encore prête à lui donner une dernière, dernière, dernière, dernière chance !

— C'est Herby ! Il est revenu !

Elle avait l'air contente pour moi, Cassandra. Ou peut-être pas. Je lui ai dit :

— Je peux pas prendre les bijoux avec moi, Herby va me poser trop de questions. Est-ce que tu peux les garder?

— Ben oui... je te les remettrai demain... Au fait, est-ce que tu travailles demain?

— Euh, je sais pas, je vais voir avec Herby...

J'ai enlevé la bague et le bracelet karmique, et je les lui ai remis.

J'avais déjà revêtu ma robe rouge – *because* Noël – qui s'ouvrait et se fermait devant avec sept boutons noirs.

Sept boutons noirs : j'aurais dû me méfier du néfaste présage...

Tout est signe dans la vie, tout est signe et pas juste signe de piastres...

J'ai vidé de son contenu le petit sac que je porte en bandoulière quand je danse, j'ai pas pris la peine de compter la recette de la soirée, mais elle me semblait bonne. Par distraction ou parce que j'étais trop excitée, j'ai failli mettre l'argent dans mon sac à main. Mais je me suis ravisée aussitôt, et l'ai plutôt serré dans la poche-poitrine gauche de mon blouson de cuir.

C'est la précaution que j'ai commencé à prendre à mes débuts comme danseuse, je veux dire de jamais mettre mon argent dans mon sac. Ça arrive trop souvent à Montréal-Nord, qu'un gars de gang de rue passe à côté de toi en courant ou en moto et te l'arrache. Ils sont orientés vers le profit rapide, dans le quartier. C'est pas drôle de se faire voler son sac, mais au moins ils ont pas ton fric, alors ça te console.

J'ai embrassé Cassandra, salué au passage quelques filles, et je suis sortie de la loge.

Mais c'était pas Herby qui m'attendait à la porte, c'était, comme m'en avait prévenue Cassandra, un type d'origine haïtienne, mais il était beaucoup plus baraqué qu'Herby, il faisait au moins six pieds deux, et pesait environ deux cent cinquante livres. Déçue, je me suis avancée vers lui, et j'ai dit :

— Oui, qu'est-ce que je peux faire pour toi ?

— C'est Herby qui m'envoie te chercher. Il t'a préparé une petite surprise.

Ma méfiance s'est évanouie, même que j'étais ravie. En plus, j'ai trouvé que le type, même s'il était du style armoire à glace, il avait le regard doux et une sorte de timidité. Mais c'était peut-être la première fois qu'il mettait les pieds dans un bar de danseuses. Malgré la fatigue de la soirée, je me sentais légère, j'ai pensé que, Herby et moi, c'était peut-être juste une petite brouille, comme tous les couples du monde en ont. Et que c'était peut-être normal qu'il ait réagi violemment à l'annonce de ma grossesse.

Restait la question du BS. Il m'avait menti. Mais il avait des circonstances atténuantes. Et il s'était peut-être déjà trouvé un emploi. Quoi qu'il en soit, j'étais plus capable de faire la part des choses dans ma tête, et encore moins dans mon cœur : au fond, j'étais juste heureuse de le retrouver. Je me suis dit qu'on s'expliquerait de vive voix. Et puis, pour une fois qu'il faisait une chose romantique – envoyer un chauffeur me prendre au bar –, je devais peut-être lui donner le bénéfice du doute !

J'ai levé les yeux au ciel, j'ai fait un petit clin d'œil à mon ange gardien. Pour une fois, il avait bien travaillé.

J'ai pensé : « Il est mignon, au fond, Herby. Pour se faire pardonner sa fugue et les mots pas très gentils qu'il a eus pour moi, il me fait une mise en scène digne de *Pretty Woman*. »

— C'est quoi, ton nom, en passant ? que j'ai demandé à mon chauffeur de fortune.

Il devait être encore plus timide que je pensais, car il a répliqué :

— Mon nom ?

— Oui, tu dois bien avoir un nom ?

Je me suis dit que ça devait vraiment l'intimider, une danseuse, pourtant, on est des moins que rien, de l'avis général. Mais il était pas vieux, il devait avoir dix-huit ou dix-neuf ans, ça expliquait peut-être son embarras.

— Oui, Dany.

— T'es un ami d'Herby ?

— Oui.

Dans le stationnement du bar, on est passés devant la fourgonnette de Diane. Elle a regardé mon chauffeur et elle m'a demandé :

— Tu montes pas avec moi ?

— Non.

— Tu es sûre ?

— Oui, c'est lui qui va me ramener.

Son regard et celui de Dany se sont croisés. Égal à lui-même, Dany a baissé les yeux. Diane a fait un drôle d'air, en ma direction, comme si elle avait senti quelque chose de pas très net, de dangereux même, et qu'elle voulait me prévenir silencieusement de ce danger.

— Rends-toi bien ! a-t-elle fini par dire, et elle avait l'air vraiment inquiète.

Moi, j'avais plutôt le cœur en fête.

Mais quand j'ai vu le numéro de matricule sur la plaque de la petite Mazda noire que conduisait Dany, j'ai eu une sorte de frisson, et j'ai été gagnée par l'inquiétude de Diane. Je me souvenais brusquement des avertissements de madame de Delphes : les trois derniers numéros de la plaque, c'était 666 !

Chapitre 52

Dans une limousine, je veux dire avec un vrai chauffeur, tu t'assois pas sur la banquette avant. Mais là, c'aurait été ridicule de jouer à la grande dame. Alors j'ai pris place côté passager.

Dany semblait nerveux, je sais pas pourquoi. T'avais pas besoin d'être Sherlock Holmes pour le voir. Sa main tremblait quand il s'est allumé une cigarette, des Player's sans filtre, pas les plus douces. J'ai failli lui demander ce qu'il avait mais ensuite je me suis dit que c'était pas de mes affaires et qu'il était peut-être seulement fatigué. Normal, à cette heure de la nuit.

— Oh! qu'il a dit, je t'en ai pas offert une.

— Non merci, je peux plus fumer, je suis enceinte.

— Tu es enceinte?

— Herby te l'a pas dit?

— Non…

Je me suis dit : « C'est normal qu'Herby aille pas raconter à tous ses amis que sa copine attend un enfant. Il doit être encore sous le choc, et il espère peut-être que je change d'idée et que je me fasse avorter. » Dany a remis ses cigarettes dans sa poche. Avant de démarrer, il m'a regardée, et il avait l'air encore plus triste que d'habitude ou torturé, et on aurait dit qu'il avait envie de me dire quelque chose. Moi, j'avais surtout envie de retrouver Herby. Alors j'ai dit :

— On y va ou quoi ?

— D'accord, on y va.

Il a pris une longue bouffée de cigarette et il a démarré. Pour faire la conversation, j'ai dit :

— Il me semble pas t'avoir déjà vu à la maison…

— Je travaille tout le temps.

— Ah ! Je vois. Tu fais quoi ?

— Je suis *wrapper*.

— Ah ! C'est le fun ! Tu joues dans un *band* ?

— Non, juste *wrapper* chez IGA.

— Ah, chez IGA…

Pas exactement la même chose. Je me suis trouvée conne, mais de la manière dont il l'avait prononcé, ça sonnait comme *rappeur*. Un silence a suivi, Dany semblait encore vraiment nerveux, sa cigarette l'avait pas soulagé. Ça m'a rendue nerveuse moi aussi, même si je savais pas pourquoi au juste.

J'ai noté, suspendu à son rétroviseur, une statuette de Jésus, en plastique ou en plâtre peint, j'aurais pas pu dire au juste. J'ai voulu détendre l'atmosphère.

— Tu crois en lui ?

— En Herby ?

— Non, je veux dire : lui, Jésus.

Et j'ai tendu mon doigt vers la statuette.

— Ah, lui… ! Oui, je… je vais souvent prier… ça m'aide quand je suis mêlé, parce que les choses vont pas toujours comme je veux dans ma vie.

Moi aussi, j'étais souvent mêlée et les choses allaient pas toujours comme je voulais dans ma vie.

— Ça me ferait peut-être du bien à moi aussi, que j'ai laissé tomber, mais j'ai pas développé.

On est bientôt arrivés à Montréal-Nord. Dany a immobilisé la Mazda noire devant une conciergerie qui payait pas de mine. Il y avait pas beaucoup de lumière aux fenêtres, comme si c'était une piquerie, mais ensuite j'ai pensé qu'il était passé trois heures et demie du matin, c'était un peu normal.

— On est rendus, a dit Dany, et il a montré du doigt la porte d'entrée.

Il est sorti de la Mazda, moi aussi. Et comme je suis passée derrière la voiture, malgré moi j'ai regardé de nouveau la plaque d'immatriculation, j'ai revu ses trois derniers chiffres, 666, et j'ai encore eu un mauvais pressentiment, comme si ça annonçait rien de bon.

J'ai porté instinctivement la main à mon poignet, pour toucher à mon bracelet, mais je me suis rappelé que je l'avais laissé à Cassandra, avec la bague que m'avait donnée Cassini. J'ai plissé des lèvres. On est arrivés à la porte de l'immeuble. Normalement il aurait fallu une clé, ou sonner pour entrer, mais la serrure était brisée.

Dany a poliment poussé la porte devant moi. J'ai voulu spontanément me diriger vers les escaliers parce qu'il y avait un papier sur lequel c'était écrit « HOR SERVISSE » [*sic*] collé avec du *tape* de hockey. Mais Dany a dit :

— Non, c'est en bas.

— Ah! que j'ai fait, un peu surprise.

Ensuite, je me suis fait un peu curieusement la réflexion suivante : les amis d'Herby ont peut-être pas assez de sous pour vivre ailleurs qu'au sous-sol! Puis je me suis dit : « Bof, qu'est-ce que ça peut bien faire! C'est pas l'argent qui compte, juste les grands sentiments! » Et tout à coup j'ai eu vraiment hâte de revoir Herby, de lui sauter dans les bras, de l'embrasser, de lui dire : « Je t'aime, mon amour, tout va bien aller, tu vas voir, il suffit d'aimer, on va avoir un enfant ensemble, une petite fille, j'en suis sûre, je peux pas te l'expliquer! »

On avait pas descendu dix marches que j'ai commencé à entendre une de mes chansons préférées que j'avais justement entendue et chanté à tue-tête avec les filles quelques heures plus tôt : *Feliz Navidad*. J'ai eu envie de crier tellement j'étais heureuse : il y a pas de hasard!

On est enfin arrivés au sous-sol. La première porte donnait sûrement pas sur un appartement habité car il y avait dessus les rubans jaunes que la police met sur une scène de crime. Ça m'a fait drôle. Mais j'ai pensé qu'il fallait pas en faire tout un plat, après tout on était à Montréal-Nord. Et *anyway*, c'est pas là qu'on allait. À la porte suivante, Dany a dit :

— C'est ici.

Je me suis félicitée intérieurement, et j'ai esquissé un sourire : *Feliz Navidad* venait de toute évidence de là !

Dany m'a poliment ouvert la porte.

L'appartement était mal éclairé, mais assez pour que je reconnaisse celui qui présidait le comité d'accueil : l'homme à la boucle d'oreille en diamant !

Chapitre 53

Chapitre 54

Le blanc, le vide et surtout le néant du chapitre précédent, c'est pas seulement une figure de style, c'est pas juste un amusement, ou une preuve de mon égarement littéraire ou autre. C'est pour illustrer, sans trop verser de larmes, et avec la plus grande économie de moyens, l'aide reçue de mon ange gardien, du Ciel et de tous ses distingués résidents, y compris son Président, lorsque j'ai été agressée sauvagement.

Pascal a parlé de la solitude de l'homme sans Dieu, moi j'aurais envie de parler de la solitude d'une femme sans Dieu, quand elle se fait sauvagement violer par sept hommes.

Je sais, c'est sacrilège comme pensée, ça bouleverse toutes les idées reçues. Mais si tu avais vécu ce que j'ai vécu, tu aurais peut-être les mêmes idées, la même révolte, la même rhétorique, qui est pas théorique.

Ce silence délibéré dans ce chapitre, c'est aussi la plus éloquente image de ce que j'ai voulu avouer pendant dix années à ma mère, à mon frère, à mon père.

Aux policiers, j'ai bien été forcée de donner un court résumé, mais je suis pas entrée dans les détails.

Il y a juste à Jean-Paul Cassini et à ma meilleure amie Jenny que j'ai pu dire tout ce qui s'était passé.

Pour les autres, j'avais honte, trop honte !

Même – et c'est bizarre, si tu y penses – si j'étais la victime de ce crime.

Je me sentais si salie, anéantie, trahie que, oui, pendant dix longues années, j'ai vécu dans cette illusion commune à tant de femmes offensées et humiliées dans leur chair et leur cœur et leur être, que si je disais rien, ça existerait plus à la fin, tout ce qui m'était arrivé : ce serait juste un mauvais rêve, et je m'en sortirais, je serais pas endommagée pour le reste de ma vie.

Mais les fantômes du passé reviennent toujours te hanter, et parfois, la seule manière de leur donner congé, de les conjurer, c'est de les nommer : au commencement était le Verbe.

NOTA BENE : Pour les âmes sensibles, pour toi, ma sœur, qui rêve d'aller là-bas, là où tout n'est qu'ordre et beauté, luxe, calme et volupté, en ce pays qui ressemble à ton cœur encore tendre, saute commodément le prochain chapitre ! Car peut-être est-il un peu trop explicite, un peu trop tragique, un peu trop diabolique pour ta douceur : tu veux surtout pas vieillir de dix ans en une heure !

Alors voici enfin, après tant de précautions oratoires, le récit de la tranche la plus sombre de ma vie en ce soir de Noël, ou le lendemain, pour moi, c'est pareil.

Je serai brève, et te ferai grâce de certains détails.

Chapitre 55

L'homme avec la boucle d'oreille en diam souriait comme un prédateur : l'heure de sa vengeance était enfin arrivée !

J'ai poussé un cri de terreur, j'ai voulu m'enfuir, je me suis retournée vers la porte mais un homme, haïtien comme les six ou sept présents dans l'appartement, m'a frappée violemment au visage.

Je me suis retrouvée par terre.

Comme si j'étais du gibier, un type m'a tirée par un bras, l'autre par les cheveux, et ils m'ont traînée comme ça vers le centre de la pièce. Je criais à l'aide de toutes mes forces, mais un homme m'a mis la main sur la bouche. Mon premier réflexe a été de le mordre. Il a pas aimé. Il a poussé un cri de douleur, puis il m'a donné au visage un coup de poing si fort que j'ai failli m'évanouir.

J'ai pensé qu'ils allaient tuer mon bébé. J'ai crié :

— Je suis enceinte, je vous en supplie, pour l'amour du ciel, laissez-moi partir !

Mais ils parlaient tous créole entre eux, ils m'ont peut-être pas compris. Au lieu de me laisser aller, il y en a un qui a *dézippé* mon blouson, puis ils se sont mis à deux pour me l'enlever. Ils tiraient tellement fort, et dans des directions opposées, que j'ai eu l'impression qu'ils allaient m'arracher une épaule.

Ensuite, l'homme au diam s'est jeté sur moi, il a fait sauter les sept boutons noirs de ma robe rouge, m'a arraché mon soutien-gorge, puis mon slip. Comme je le frappais de toutes mes forces au visage, il a pas aimé, il m'a frappée à son tour et il a dit quelque chose à ses complices. Il y en a deux qui, obéissant, m'ont tenu les bras en croix comme une crucifiée.

L'homme au diam a accompli sa basse besogne.

Puis tous les hommes présents ont passé un après l'autre sur moi.

Bien vite, je me débattais plus, j'en avais plus la force, je les écoutais juste rire comme des hyènes haïtiennes, rire et se réjouir, et me crier que j'étais juste une chienne. Je comprenais seulement la moitié de ce qu'ils disaient, parce que la moitié du temps, ils parlaient créole. Et de toute manière, j'étais dans les vapes, comme si j'étais sortie de mon corps, parce que c'était trop pénible de l'habiter, enfin c'est difficile à expliquer.

J'entendais toujours la musique qui jouait en boucle *Feliz Navidad*.

Et je comprenais pas ce qui m'arrivait, et je cessais pas de me répéter qu'ils allaient tuer mon bébé à force de me rentrer dedans comme des brutes. J'ai supplié le Ciel et tous ses saints, mon ange gardien : « Aide-moi mon Dieu ! »

Mais rien.

RIEN.

NADA.

Lui aussi semblait considérer que j'étais qu'une bonne à rien pas digne de sa miséricorde infinie : à l'impossible nul n'est tenu, même Dieu !

D'autres hommes continuaient de m'insulter, de me rentrer brutalement dedans et de déverser en moi leur sale sperme.

Ensuite, ça s'est arrêté.

J'ai pensé que Dieu m'avait peut-être enfin entendue.

Mais pas vraiment, parce que j'ai senti un liquide chaud sur mon visage, puis sur mes seins et mon ventre, un liquide dont l'odeur était facile à reconnaître : mes bourreaux me pissaient dessus !

Et riaient, et discutaient le coup et me souhaitaient avec dérision Joyeux Noël !

Au même moment, la musique de *Feliz Navidad* s'est arrêtée.

Alors j'ai reçu au cœur un coup encore plus horrible, encore plus terrible que tous ceux que je venais de recevoir dans ma chair. Je venais de reconnaître, parmi mes agresseurs, une voix qui m'était familière : celle d'Herby !

Oui, celle d'Herby, l'homme de ma vie, mon amoureux, qui avait assisté à ce viol collectif.

Qui non seulement y avait assisté mais, de toute évidence, l'avait tout planifié pour ne pas que j'aie mon enfant et que je puisse continuer à danser, pour que je perde mon enfant et que lui perde pas d'argent.

Danseuse, il aimait, mais pas maman !

Et en même temps, en une douloureuse fraction de seconde, même si j'étais dans un état second, en apercevant l'homme au diamant qui riait debout à côté de moi en refermant sa braguette après m'avoir pissé copieusement dessus, j'ai compris qu'Herby m'avait menti depuis le premier jour.

Que depuis le premier jour, il m'avait piégée, manipulée !

L'homme au diamant qui avait tenté de me violer dans les toilettes de l'Horizon, c'était un de ses amis à qui il avait demandé un petit service. C'était pas une vraie tentative de viol, tout était planifié : Herby voulait juste passer pour un héros en venant me sauver des griffes de ce faux violeur !

Il voulait s'assurer par cette astuce que je lui serais reconnaissante pour la vie, que je mangerais dans sa main, que j'accepterais son épouvantable conduite, sa violence, et surtout me prostituerais pour lui pour lui rapporter des sous, parce que lui, travailler, il connaissait pas : c'était juste trop avilissant pour lui, mon cher prince de Port-au-Prince !

Alors je me suis mise à pleurer toutes les larmes de mon corps, et bizarrement, je sais pas pourquoi, j'ai ensuite vu l'image du suaire de Turin, qui était dans le bureau de madame de Delphes, et, ç'a été plus fort que moi, j'ai prononcé une des sept paroles que Jésus a dites sur la croix : « Mon Dieu, mon Dieu, pourquoi m'as-tu abandonnée ? »

J'ai vu l'homme au diam se diriger vers mon blouson, je me suis dit que ça lui suffisait pas de me violer, il allait me voler !

Il a fouillé mes poches, y a rien trouvé, a vu mon sac à main, s'en est emparé et est parti avec ses amis dans la nuit.

Ensuite, je sais pas comment j'ai fait pour trouver la force de me lever. Peut-être en pensant que si je restais là, j'allais mourir. J'avais mal partout et je faisais peut-être une hémorragie. Et surtout, surtout, et ça me rendait folle d'y penser, mon bébé mourrait peut-être, j'avais reçu tant de coups, tant d'assauts de ces assassins qui voulaient pas juste me violer mais tuer mon enfant, oui, tuer mon enfant ! C'était leur mandat, leur mission, le service qu'ils avaient gracieusement et avec un évident plaisir – vénérien – accepté de rendre à Herby !

Il fallait que je trouve tout de suite du secours.

J'ai réussi à me lever et, comme il me restait un peu de lucidité, je me suis dit : « C'est l'hiver dehors, mon enfant va avoir froid, et ça, je peux pas, une petite fille, c'est frileux. » Alors j'ai pris mon blouson de cuir et je l'ai mis.

Dans les escaliers, que je gravissais avec une difficulté infinie, j'ai croisé un des Haïtiens qui m'avaient violée. J'ai mis instinctivement mes deux mains devant mon ventre, pour protéger ma fille, au cas où il aurait voulu me frapper encore une fois, pour se servir un « dessert », et j'ai pensé : « Il en a pas eu assez ? »

Mais il m'a complètement ignorée, je m'en suis félicitée : il avait juste oublié son immense et précieuse radio portative. J'ai pas tardé à le comprendre car, comme il me fallait des efforts immenses pour gravir marche à marche l'escalier, il est vite repassé à côté de moi avec sa radio. Il avait l'air heureux, même qu'il sifflait de joie. Il avait baisé, quoi !

Je suis enfin arrivée dehors, sur le trottoir, et j'ai vu un taxi qui passait. J'ai levé la main en sa direction mais il était occupé, alors il s'est pas arrêté. Ensuite, je me suis évanouie.

Chapitre 56

Je me suis réveillée à l'hôpital, quelques heures plus tard. Il devait être six ou sept heures du matin. Il y avait une infirmière dans ma chambre. Une jolie Noire de vingt ou vingt-deux ans qui me souriait avec gentillesse et qui s'appelait Alice. Je sais pas pourquoi, je l'ai aimée tout de suite. Peut-être parce que j'étais désespérée, parce que je venais de me faire violer par sept hommes. Elle m'a demandé avec un accent haïtien, je veux dire un peu créole sur les bords :

— Comment vous sentez-vous ?

Au lieu de répondre à sa question, j'ai dit :

— Est-ce que ma fille est encore vivante ?

— Oui, elle est O.K. ! m'a-t-elle rassurée avec un large sourire. Comme on a pensé que vous étiez enceinte à votre arrivée à l'hôpital, vu votre ventre, on a fait faire une écho… On avait raison. Mais au fait, de combien de mois êtes-vous enceinte ?

— Quatre et demi ou cinq. Mais vous êtes sûre que c'est une fille ?

— Oui, sauf s'il y a des fœtus mâles qui ont pas encore de zizi à cinq mois !

D'abord, j'ai ri comme une folle puis, tout de suite après, je me suis mise à pleurer. Je comprenais que c'était une certitude maintenant : elle était dans mon ventre et elle était vivante !

L'infirmière m'a pris spontanément les mains. Elle a dit :

— Il va falloir qu'on fasse des examens. Vous avez été sauvagement violée.

— Ah je... je me souviens plus de rien...

— Je vois...

Une femme médecin, la quarantaine élégante mais sévère dans son sarrau blanc, est arrivée avec une photographe, sa Nikon suspendue au cou. Elle m'a dit :

— Comment vous sentez-vous ?

— Comme quelqu'un qui...

J'allais dire qui vient de se faire violer sauvagement, mais j'ai pensé que ce serait compromettant. Elle a expliqué :

— Ma collègue photographe va prendre des clichés, c'est pour le rapport de police.

Elle a regardé Alice, qui a compris ce qu'elle attendait d'elle : elle m'a aidée à me lever. Je me sentais pas très solide sur mes jambes. Alice a soulevé pour moi ma chemise, suivant les instructions de la photographe, une blonde de vingt ans, plutôt jolie, et qui devait commencer dans le métier car elle avait l'air tout sauf blasée en prenant des clichés...

... des ecchymoses sur mon visage...

... de mes lèvres coupées et tuméfiées...

... des bleus ailleurs sur mon corps...

... des contusions et des rougeurs sur mon cou, causées par mes violeurs qui me retenaient quand j'avais l'horrible certitude qu'ils allaient m'étrangler...

... des éraflures sur mes seins, sur mon ventre, comme si j'avais été attaquée par une meute de bêtes sauvages.

Alice m'a fait pivoter, pour que la photographe puisse prendre des clichés de dos. Je pouvais la voir parce qu'il y avait un miroir sur un des murs, peut-être pour donner l'impression que la chambre, assez exiguë, était plus grande.

Quand elle a photographié mes fesses, elle a été obligée de prendre une petite pause. J'ai lu sur son visage de la révolte et de la colère. Sur celui de la femme médecin aussi. Je me suis penchée, j'ai regardé entre mes jambes, il y avait du sang séché sur mes cuisses.

J'ai pensé qu'il y en avait aussi à l'arrière, ou sur mes fesses. Ça expliquait ma douleur, une sorte de brûlure, de déchirure. Honteuse à la pensée de ce que j'avais subi, j'ai gardé la tête baissée un temps. Alice, la bonté incarnée, a mis sa main sur mon épaule, a murmuré :

— Ça va aller, ça va aller...

Il y avait dans sa voix tant de douceur, tant de compassion, tant d'amour! Ça m'a fait un petit velours.

La photographe a pris ses derniers clichés, je me suis retournée vers elle et j'ai vu qu'elle sanglotait. La femme médecin a voulu la consoler, mais elle a pas pu : la photographe est sortie brusquement de la chambre. La femme médecin a expliqué :

— C'est sa première semaine, je...

Elle a pas terminé sa phrase. Mais on comprenait. Puis elle a demandé :

— Si vous voulez me suivre, je vais vous examiner.

Alice m'a escortée jusqu'au bureau de la femme médecin et elle m'a dit qu'on se reverrait après : d'autres tâches l'appelaient.

Je me suis allongée sur une table, j'ai mis les pieds dans des étriers, la femme médecin m'a examinée, a fait des prélèvements. Elle prenait des notes sur une tablette, et je pouvais voir, au froncement de ses sourcils, que c'était pas très joli, ce que l'examen lui révélait, ou ce qu'elle soupçonnait. Elle pouvait évidemment pas imaginer toute la scène, mais je crois qu'elle comprenait qu'il y avait eu foule en ma demeure, ou *full* violeurs, si tu veux une expression plus moderne et plus proche de la vérité. Quand elle a eu terminé, elle a dit :

— Vous pouvez vous laver maintenant.

Elle m'a tendu une poire vaginale – rouge et noire, comme la fausse passion dans ma vie ratée – et a ajouté :

— Donnez-vous une bonne douche! Vous savez comment ça fonctionne?

— Non. Mais… *I'll figure it out.*

Je sais pas pourquoi, c'est sorti comme ça, en anglais.

— *All right then*, qu'elle a dit gentiment en entrant dans mon jeu.

Elle m'a souri, elle était bien, ça se voyait, mais elle pouvait pas faire plus pour moi, mon petit moi, qui non seulement était minuscule, microscopique, atomique, mais qui en plus avait été violé de tous bords tous côtés, comme le sang sur mes cuisses en témoignait tristement.

Ensuite, j'ai sans doute pris ce qui devait être la plus longue douche de ma vie.

Pourtant, quand je me suis regardée, après, dans le miroir de la salle de bains, je me sentais encore aussi sale.

Chapitre 57

J'étais de retour depuis cinq minutes dans ma chambre, j'essayais de penser à rien, et, malgré ma révolte, je disais quand même : « Merci mon Dieu, ma fille est pas morte, ma fille vit encore, elle est en moi, Herby a pas réussi à la faire tuer, à me l'enlever. »

Puis, précédés d'Alice, sont entrés dans ma chambre le policier et la policière qui avaient répondu à la plainte de la voisine bruyante, celle qui avait appelé deux fois la police parce qu'Herby me battait.

Ils m'ont posé toutes sortes de questions au sujet du viol. Mais moi, j'avais trop peur de me faire tuer si je disais la vérité. Alors j'ai menti et j'ai simplement dit :

— Je sais juste que je suis partie avec un client, hier soir, ensuite je me souviens plus de rien.

— Un client ?

J'ai pensé : « Ah ! c'est vrai, ils peuvent pas savoir que j'accomplis ma mission de vie comme danseuse dans un bar *topless*, pour subventionner les fausses études de mon petit ami. »

— Oui, je… je travaille au 369.

— Le 369 ? a demandé l'agent qui avait un carnet dans lequel il griffonnait des notes, on se serait pensé dans un banal film policier.

— C'est un bar de danseuses nues, boulevard Labelle, a précisé la policière.

Il l'a noté. Il a eu un sourire qui avait l'air de dire : « C'est juste une danseuse, donc une travailleuse du sexe, pas étonnant qu'elle ait été violée : on est puni par où on a péché ! » Il pensait sans doute pas exactement dans ces mots-là, et pourtant, je pouvais lire cette condamnation dans ses yeux, et ça me blessait.

— Est-ce que vous pouvez nous donner le nom du client ?

— Euh non, je me rappelle plus.

— Pourriez-vous nous le décrire ?

— Non, je… tout est vraiment flou dans mon esprit.

— Même si c'est flou, est-ce que vous pouvez nous expliquer la présence de ces objets dans la poche de votre blouson.

Et, ce disant, il a agité devant moi un sac de plastique dans lequel il y avait quatre ou cinq préservatifs dans des étuis de diverses couleurs. J'étais éberluée.

— Je… je sais pas quoi vous dire…

— La vérité est toujours bonne à dire.

Dans mes souvenirs encore flous, je me suis quand même souvenue d'une scène de mon viol, je veux dire juste après, quand l'homme au diamant, juste avant de quitter le lieu du crime, s'est penché sur mon blouson qu'on m'avait arraché de force. Il cherchait pas juste à me voler mon fric, comme j'avais d'abord pensé. Il voulait aussi y mettre ces préservatifs pour me compromettre, me faire passer pour une putain dont la dernière escapade avait mal tourné. J'ai pensé :

« Ce sont vraiment des démons, des représentants du Mal sur terre, Herby et ses amis. »

Je me suis tournée vers Alice comme pour chercher un support moral. Elle paraissait embarrassée, comme si elle découvrait en moi une nouvelle personne. Heureusement, elle a pas abandonné ma main.

— Je sais vraiment pas pourquoi je garderais ça dans mes poches, monsieur l'agent.

— Peut-être pour le ou *les* clients avec qui vous êtes partie du bar, hier soir ?

Une autre gifle.

Par un homme assenée.

Je commençais à avoir du métier.

À ce chapitre pas très gai.

N'empêche, dans ma détresse, j'aurais préféré autre chose...

Je...

J'étais vraiment découragée.

402 *Danseuse et maman*

J'étais faible.

J'étais dévastée.

Ruinée.

Toi, mon amie, quand tu as un mal de dent, ça ruine ta journée : imagine quand tu as mal partout, dans ton sexe, dans ton c...

J'avais juste envie de...

Pleurer.

Comme dans pleurer !

Je venais de me faire violer.

Par sept hommes noirs comme... les boutons noirs de ma robe rouge.

Rouge comme celle de *Pretty Woman*.

Mais pas vraiment.

Car j'avais pas pris de *Learjet* vers San Francisco : j'avais pris le *Learjet* de l'enfer.

Sans escale !

Et sans champagne.

Le *Learjet* de l'humiliation suprême, de la révolte extrême qui te fait penser, même sans diplôme, même sans génie : Dieu, il était en vacances ou en voyage d'affaires dans une de ses vastes demeures ou quoi ?

Toutes ces pensées, je pouvais pas les révéler. Alors j'ai rien dit. Je me suis mise à pleurer.

La policière a consulté à voix basse son collègue, et elle m'a demandé :

— Madame Jeanson, est-ce que vous désirez porter plainte pour viol ?

— Je… non… je me rappelle plus de rien ou presque…

À l'époque, on pouvait faire ça, je veux dire NE PAS porter plainte. Aujourd'hui, c'est différent, les lois ont changé, la police sait que la plupart du temps la victime se tait parce qu'elle craint pour sa vie ou celle de ses proches, alors elle fait enquête et entame des poursuites, s'il y a lieu, que la victime ait ou non décidé de porter plainte.

— Vous en êtes bien certaine ?

— Oui…

Alice a alors dit :

— Je pense que madame aimerait se reposer maintenant…

— Oui, on comprend, a dit la policière, tandis que son partenaire, lui, semblait pas vraiment d'accord, peut-être parce qu'il avait pas réussi à tirer grand-chose de moi.

La policière s'est permis de lui prendre le rapport qu'il avait préparé sommairement, et a dit :

— Si vous voulez bien signer ici.

J'ai griffonné mon nom. Sans lire ce que je signais, je savais même pas si c'était une déposition. J'étais contente de pas avoir gaffé, malgré ma fatigue et ma nervosité. La policière m'a tendu sa carte et m'a expliqué :

— Des fois, quand on vient de subir un grave traumatisme, notre mémoire bloque. Mais, même si vous voulez pas porter plainte en ce moment, si des détails vous reviennent, hésitez pas à nous rappeler. Il y a des hommes qui ont commis un crime, qui sont en liberté et qui pourraient s'en prendre à d'autres femmes.

Ou me tuer si j'ouvre la bouche, que je me suis fait comme petite note mentale.

C'est ce moment qu'a choisi le maître-d'œuvre de cette abomination pour faire son entrée dans la chambre.

Chapitre 58

Il m'apportait un immense bouquet de roses rouges, au moins deux douzaines – qu'il avait payées bien entendu avec mes sous. Il avait l'air bouleversé, le pauvre Herby, ses joues étaient même baignées de larmes : il s'était probablement frotté les yeux avec des oignons ou du lave-glace !

— Merci d'être venu si rapidement, docteur, a dit le policier.

J'ai compris évidemment que c'était lui qui avait prévenu Herby. Mon sang a fait un tour dans mes veines.

Il était juste un faux étudiant en médecine, en fait un parasite professionnel qui siphonnait le gouvernement deux fois par mois d'un chèque de BS – et moi le reste du temps – et il se faisait quand même servir du docteur long comme le bras ! Inouï, hostie !

— Je savais pas que votre femme était une… enfin faisait le métier de…

Il osait pas dire : le métier de danseuse.

Herby s'est tourné vers le policier, lui a fait un air plein de cette bonté que les médecins doivent afficher en tout temps, vu leur serment d'Hippocrate. Lui, c'est le serment de l'Hypocrite qu'il avait fait. Ou un pacte avec le diable, si tu préfères. Il s'est tourné enfin vers moi et a dit, en brandissant le bouquet :

— Je t'ai apporté ça, ma chérie.

Comment j'ai fait pour me retenir, pour pas rassembler toutes les forces qui me restaient et lui sauter au visage pour lui arracher les yeux, que j'avais trouvés si beaux, et qui maintenant me dégoûtaient ? Je le sais pas. J'ai même pas répondu, je me suis contentée de le regarder avec tristesse. Puis je me suis tournée vers Alice.

Elle contemplait, la bouche entrouverte, l'immense bouquet de roses et, comme toutes les femmes, elle trouvait ça romantique, malgré les circonstances horribles. Et, comme toutes les femmes, même si elle était mariée et avait deux enfants, elle trouvait qu'Herby était beau. En plus, il pleurait, le pauvre chou : c'est si rare un homme sensible, et qui, de surcroît, craint pas de montrer ses sentiments !

La policière, elle aussi, semblait subir, même si elle le voyait pas pour la première fois, les effets du charme ravageur d'Herby, et le bouquet de fleurs y était sans doute pas complètement étranger.

Moi, j'avais juste le goût de le tuer.

Mais j'étais pas au bout de mes peines, ou plutôt de mon dégoût, ou de ma colère infinie.

Comme il y avait pas de vase dans la chambre, Herby a posé la gerbe de roses au pied du lit, s'est approché de moi. J'ai eu un mouvement de recul, de répulsion serait plus juste.

— Tu... te sens O.K. ?

— Oui, que j'ai dit sèchement.

Il s'est penché pour m'embrasser, j'ai grimacé en recevant ce baiser de Judas. Il s'en est pas rendu compte. *Anyway*, il avait pas vraiment envie de m'embrasser, c'était juste de la comédie.

— Et notre enfant... il est... est-ce qu'il a...

Il voulait dire sans doute « survécu à cette chose horrible qui t'est arrivée ». J'ai pas eu le temps de répondre. Alice m'a devancée, elle a dit d'une voix lumineuse, triomphante :

— Votre fille est intacte ! Le viol l'a pas affectée. La grossesse de votre femme va poursuivre son cours normal.

— Ah, c'est une fille... je... et elle est sauvée... je respire mieux ! a dit Herby, quelle bonne nouvelle ! Merci mon Dieu !

Merci mon Dieu ! Le démon remerciait Dieu !

Et moi qui croyais qu'il y avait juste les politiciens qui disaient le contraire de ce qu'ils pensent vraiment !

Le regard d'Herby s'est complètement métamorphosé. Dans ses yeux, il n'y avait pas Dieu : il y avait juste le diable ! Il avait l'air d'un assassin, d'un assassin qui est en colère car il pense avoir tué sa victime – notre fille – et se rend compte qu'il a échoué lamentablement, que le destin en a décidé autrement.

Je suis sûre que s'il avait pu, il aurait repris le bouquet de roses ou se serait mis à me donner des coups de poing dans le ventre. Pour réussir ce que ses complices avaient échoué. Mais comme un vrai tueur professionnel, il a vite repris son sang-froid.

Il voulait vérifier des choses, des choses capitales. Il voulait surtout vérifier si j'étais encore sa chose, si je vivais sous le règne de la terreur et que l'omerta était encore ma loi. Il s'est tourné vers les policiers, a demandé, en feignant l'indignation la plus profonde :

— Est-ce qu'on sait qui sont les ordures qui ont fait ça ?

— Non, on a même pas de piste, votre femme se souvient de rien, docteur, a dit le policier.

Il m'a regardée, visiblement soulagé, jusqu'à ce que j'esquisse un sourire ambigu qu'il a pas aimé. Tout de suite, je l'ai vu. Maintenant, après des mois d'égarement et d'aveuglement, je lisais en lui comme dans un livre ouvert et c'était pas exactement un conte de fées, plutôt la chronique de la descente dans l'enfer de Dante, et ses cercles les plus bas de gamme.

Herby a lu dans l'ironie de mes lèvres. Il a lu que je lui disais, sans le lui dire vraiment : je sais tout, oui, TOUT ! Ça l'a un peu déstabilisé, je pense. Pour se donner une contenance, il a dit :

— Je vais aller téléphoner à ma mère pour lui apprendre la bonne nouvelle, elle était morte d'inquiétude à l'idée que tu avais peut-être perdu notre enfant.

J'ai eu envie de vomir.

Ou de le tuer.

Ou de le tuer et de vomir sur lui.

Tu choisis, mon amie.

Sartre a écrit : « L'enfer, c'est les autres. »

Mais pour Herby et les gens de son engeance, les autres existent pas. J'en avais juste une autre confirmation.

Ou pour le dire différemment, les autres, pour lui, sont uniquement des… objets !

Oui, des objets !

Qui le servent ou lui nuisent. Et donc qu'il doit entretenir ou éliminer.

Excuse-moi de philosopher ainsi dans ma détresse, mais elle est infinie, et je tente comme je peux de remettre ensemble les morceaux de mon existence, de recoller les pièces de mon cœur éclaté.

Je tente surtout de sauver ma vie. Et celle de ma fille. De la protéger, même en taisant le crime odieux dont j'ai été victime, contre le fou qui lui a donné malgré lui la vie. Et qui cherche à tout prix à la lui enlever.

Herby s'est tourné vers la porte de la chambre. J'ai dit, en pointant du doigt la table de lit :

— Il y a un téléphone ici.

Il a réprimé vite fait sa grimace de contrariété. Mais comme tout manipulateur professionnel qui se respecte, égal à lui-même, il a dit :

— Oui, mais avec toutes ces émotions, je vais d'abord aller me chercher un bon café. Tu en veux un, chérie ?

Je l'ai regardé dans les yeux, pour lui offrir une nouvelle édition de ma pensée, lui répéter silencieusement que sa chérie savait tout et qu'elle était pas dupe de son petit jeu. Ensuite j'ai dit, avec un sourire ironique :

— Tu sais toujours ce qu'il faut faire pour me plaire. Je ferais quoi si t'étais pas là ?

Il a eu un sourire embarrassé. Il est sorti de la chambre. Le policier a dit :

— Bon, bien, on va vous laisser vous reposer un peu.

— Si jamais vous vous souvenez de quoi que ce soit et que vous voulez changer votre déposition, appelez-nous, a dit la femme policière.

J'ai dit oui.

Ils sont sortis.

J'ai compté les secondes.

Je voulais être sûre que les policiers soient plus dans le décor quand je dirais enfin à Herby le fond de ma pensée. À vingt, ou peut-être juste quinze, je l'admets, parce que je comptais vite, je me suis levée, comme un ressort. Alice a dit :

— Qu'est-ce que tu fais ?

J'ai simplement dit :

— Il y a quelque chose que j'ai oublié de dire à Herby.

Mais je crois qu'elle a compris que je lui disais pas toute la vérité, parce que j'ai attrapé le bouquet de roses au passage, et, blanche comme un drap, je suis sortie d'un pas décidé de la chambre.

Chapitre 59

Dans le corridor, j'ai pas vu les policiers, je me suis dit que la chance était de mon côté. J'ai repéré Herby. Il était devant la porte de l'ascenseur, à trente pas de ma chambre.

Je croyais pas que mon cœur pouvait battre plus fort. J'étais naïve : j'avais pas encore vu la jolie surprise qu'Herby me réservait.

Mon bourreau était pas seul !

Il était accompagné d'une femme très belle, très jeune. Visiblement, c'était pas sa cousine ou sa sœur, même si elle était probablement haïtienne : il lui tenait les mains, lui faisait les beaux yeux (que je trouvais laids !), lui montrait ses dents, et son visage, ô horreur ! ô douleur infinie ! se trouvait à un doigt du sien comme s'il venait ou allait l'embrasser, enfonçant encore plus profondément dans mon cœur le glaive de sa trahison : Herby vivait une histoire de cul avec une autre femme pendant que moi je me montrais le cul à des étrangers ! Pour lui.

Sa nouvelle ou ancienne amie – comment savoir ! – a écarquillé les yeux en me voyant. Elle me reconnaissait visiblement, pourtant elle m'avait jamais vue. Alors je me suis frappé le front : le soir de ma rencontre avec Herby, à l'Horizon, elle était une des petites gourdes qui faisaient des ronds de jambe autour de lui ! Enfin, c'était évident qu'elle était sa petite amie. Il la voyait depuis quand ? Depuis toujours, je veux dire avant ce qu'il appelait NOUS DEUX ? Et c'était sans doute elle qu'il allait rencontrer avec *mon* auto, alors qu'il prétendait aller à ses cours.

Elle semblait savoir qui j'étais, et je sais pas ce qu'il lui avait raconté à mon sujet, probablement un tissu de mensonges dont il possédait le secret. J'ai vu qu'elle me détestait. On était au moins d'accord sur une chose : son sentiment était partagé.

Je me suis mise à courir vers leur couple qui m'était douloureux, même si je détestais déjà Herby et pour toujours, juste une autre contradiction de mon cœur. Il a pas eu le temps de parer aux roses – et surtout : aux épines – de ma colère !

Il a soulevé le bras, mais pas assez vite pour éviter mon assaut.

J'ai éraflé tout le côté gauche de son visage, il s'est mis à saigner. Sa dinde a voulu le défendre, elle a goûté à la même… médecine ! Après tout, on était dans un hôpital ! Elle a poussé un cri de douleur et a porté la main à sa joue. Elle a fait marche arrière.

Herby, je sais, déployait des efforts infinis pour pas céder à la tentation de me couvrir de coups, comme il en avait l'haïssable et haïtienne habitude, du moins selon sa sœur Jasmine. J'étais, on s'en souviendra, l'objet non pas obscur mais fort clair de son profit, maintenant compromis. Ses yeux me frappaient à la place de ses poings : je perdais rien pour attendre !

Il voulait surtout éviter les faux pas, car il voyait les deux policiers s'avancer à grands pas à sa noble rescousse. Je les avais pas vus en sortant de la chambre, ils discutaient mon cas, ou le prochain à leur agenda. Moi, je livrais à Herby le fond de ma pensée :

— T'es un écœurant, juste un écœurant !

— Mais, ma chérie, qu'est-ce qui se passe ? Je te reconnais pas !

Sa « vraie » chérie se montrait un peu moins diplomatique dans sa réplique :

— Hey mon hostie de grosse *bitch* de profiteuse sale, vas-tu finir par comprendre qu'il veut rien savoir de toi, Herby ? Puis que ça le fait chier que t'aies oublié exprès de prendre ton hostie de pilule, comme une mongole à pédales, pour plus qu'il puisse t'échapper ! Il te déteste, il t'a jamais aimée, il sera jamais à toi, il est à moi, à MOI, tu comprends pas ? Pourtant, tu devrais : tu baises comme une femme de soixante-dix ans qui a jamais eu de libido ! Vas-tu finir par comprendre puis lui foutre la paix une fois pour toutes ?

J'ai vraiment pété les plombs, je veux dire en supposant que je les avais pas déjà pétés solide. Les roses de ma colère, j'en ai plus eu besoin pour lui taper dessus, à la nouvelle amie de mon ex, pour qu'elle comprenne que les accidents arrivent, que, surtout, j'avais pas fait exprès de tomber enceinte de son petit chéri de merde, en un mot de mon ex. Elle pouvait le garder, moi, j'avais assez donné ! J'ai laissé tomber les roses et je l'ai frappée à poings nus. Elle s'en est souvenue. Elle était pas belle à voir, quand j'ai eu fini avec elle.

Les policiers sont arrivés. Ils ont fait avec moi leur travail de… policiers ! Herby qui, comme tout manipulateur qui se respecte, avait toujours le bon mot pour tout, a laissé tomber noblement :

— Ça doit être le choc post-traumatique !

Je sais pas où il allait chercher des expressions comme ça, je veux dire l'expression juste, et plutôt médicale sur les bords. Il avait même pas une neuvième année, ce que j'ai su lorsque toute la vérité sur lui est sortie.

Les policiers ont approuvé son diagnostic, évidemment : qui s'incline pas devant un MÉ-DE-CIN ? Ils ont même paru édifiés par sa savante gentillesse. Pire encore : ils se sont excusés de pas avoir prévu le coup, malgré leur expérience des victimes de viol, septuple ou pas.

Une infirmière, qui elle aussi faisait juste son métier, comme tout le monde, est arrivée tout affolée près de moi avec une seringue immense : elle m'a piquée dans l'épaule ou le bras, je sais pas.

J'étais trop concentrée sur la nouvelle amie d'Herby, allongée malencontreusement sous moi. Moi qui lui tapais dessus avec inspiration : elle en menait vraiment pas large !

Juste avant de sombrer dans l'inconscience, je me suis dit : « La vie est bien faite, au fond ! C'est aussi bien qu'Herby pense que je suis furieuse contre lui parce qu'il a déjà une autre petite amie, vu qu'une femme enceinte de quatre mois et demi, c'est pas vraiment sexy, c'est même extrêmement encombrant et inutile, surtout quand elle est dans ta vie pour une seule raison : danser pour toi ! »

Oui, il valait mieux qu'il pense que j'étais simplement folle de jalousie, et que je me souvenais de rien de la nuit.

Avec lui et ses sept amis.

Comme ça, l'omerta serait respectée. Et ma fille adorée serait épargnée. Il me tuerait pas, ni elle avec moi, puisque j'étais son vaisseau d'or vers la vie, et surtout l'indispensable passeport de sa paresse d'autant plus chronique qu'il se complaisait dans l'idée que ce sont juste les minables, les sans-génie qui travaillent pour vivre : lui était au-dessus de ces basses contraintes matérielles, véritable Rockefeller de Montréal-Noir. Il était un roi, et ses sujets étaient tous les imbéciles qui travaillaient de neuf à cinq.

Juste avant de sombrer, sous l'effet de la saleté qu'ils m'avaient injectée sous prétexte de ma folie de femme, j'ai pensé : « Je la nommerai Jessica. »

Quand je me suis réveillée, je sais pas exactement combien de temps après, j'ai vu d'autres larmes couler d'autres yeux : c'était ceux d'Alice, mon adorable infirmière. Elle me tenait les mains, comme si elle voulait me réveiller, ou prier avec moi, car c'était son habitude. Elle croyait en Jésus et lui demandait souvent des faveurs, et prétendait qu'Il lui disait souvent oui, du moins quand c'était conforme à sa mission de vie. Malgré ma torpeur, j'ai dit, inquiète :

— Qu'est-ce qui se passe ?

Elle a tenté une explication, mais son visage s'est vite décomposé, et ses pleurs ont redoublé. Alors, comme on fait souvent, j'ai sauté aux conclusions, pas les meilleures :

— Il est... il est arrivé quelque chose à ma fille...?

Je pensais tout naturellement, comme toute maman, qu'elle allait m'annoncer que je l'avais perdue : j'étais bouleversée, complètement anéantie à l'idée.

— Non, c'est que... enfin...

Elle arrivait pas à le dire. J'ai insisté. Et devant mes yeux qui s'écarquillaient avec angoisse, elle m'a enfin expliqué :

— Même si je t'ai lavée le plus vite que je pouvais à ton arrivée à l'hôpital, je...

Elle a pas pu continuer, elle pleurait trop, comme si elle était remplie d'un remords affreux.

— Mais voyons, je sais que tu as fait tout ce que tu pouvais pour moi. Mais maintenant, dis-moi, dis-moi, je t'en supplie, est-ce que ma fille est encore en vie ?

Elle a rassemblé toutes les forces qu'elle avait, et m'a enfin dit la vérité que j'appréhendais tant :

— Tu as la chlamydia et des condylomes, il va falloir te brûler l'intérieur et l'extérieur du vagin pour pas que ton bébé soit infecté à la naissance.

À ces mots, je me suis mise à pleurer, et je sais pas si c'était de dégoût, de découragement ou de reconnaissance.

J'ai crié spontanément : « Maman ! »

Mais comme je pouvais pas l'appeler et lui dire la vérité, toute la vérité, rien que la vérité, parce qu'elle aurait tout de suite tout raconté à mon frère Johnny, qui aurait tout de suite tué Herby et aurait passé le reste de sa vie en prison, ou les deux tiers ou environ avec bonne conduite, j'ai plutôt appelé ma meilleure amie.

Chapitre 60

Jenny est arrivée tout de suite après les petits déjeuners servis à la hâte à ses merveilleux clients de L'Œuf à la Coquine, et je lui ai tout raconté. Enfin tout ce dont je me souvenais.

— Il a demandé à sept de ses amis de te violer, pour que tu perdes ton enfant ? a-t-elle dit, ahurie par mon récit.

Elle en revenait tout simplement pas. Elle secouait la tête avec incrédulité, elle avait l'air en colère et infiniment triste, et ça faisait un drôle de spectacle, une sorte de contradiction dans les termes car elle portait encore son uniforme de travail, ses talons aiguilles et son décolleté plongeant dont elle se moquait éperdument.

— Mais c'est un fou !

— Oui et c'est pour ça qu'il faut que tu me jures de pas en parler à personne.

— Mais au contraire, il faut que tu le dises à la police, aux journalistes, à tout le monde, sinon il va recommencer, c'est un assassin, et ils sont en liberté, lui et ses complices.

— Non, il faut rien dire parce qu'il va me tuer, ou il va demander à ses amis de me tuer : pour eux, une vie humaine, c'est rien, et encore moins quand c'est la vie d'une femme, on est juste des putains et des servantes pour eux.

— Et des bols de toilette, a ajouté Jenny, révoltée.

— Si la police avait pas été dans la chambre quand je lui ai dit que j'avais pas fait de fausse-couche, je pense qu'il se serait mis à me frapper à coups de poing dans le ventre jusqu'à ce que je perde ma fille. Tu aurais dû voir ses yeux, on aurait dit le diable en personne, ça m'a donné des frissons.

Jenny était abasourdie. C'était pire que le plus horrible film d'horreur qu'elle avait vu de toute sa vie. Même un esprit malade aurait jamais pu imaginer cette histoire pourtant vraie qui venait d'arriver à sa meilleure amie. Celle qui était comme la sœur que j'avais jamais eue s'est mise à secouer la tête.

Moi, je me suis mise à pleurer, même si ces horribles faits étaient pas nouveaux pour moi. Mais ils étaient encore très frais dans ma mémoire, plaie ouverte sur laquelle, comme un démon aux pieds de sel, dansait maintenant une question douloureuse sur Dieu : sa supposée Bonté Infinie, elle était intervenue comment dans ma vie ? Tu me le signifies à ta plus proche et intelligente convenance, toi qui, plein de gratitude, crois en la Providence, et cries à tout venant et à propos de tout et de rien : merci la vie ! J'attends ta réponse sur Facebook, par Fedex, courrier de Mercure ou courriel ou encore poste restante, je suis pas regardante.

Jenny aussi avait les yeux humides. Elle m'a serrée dans ses bras. Elle a dit :

— Tu vas t'en sortir, tu vas t'en sortir. Je suis là pour toi. Ce qui compte, dans la vie, c'est de croire en soi. Ou d'avoir quelqu'un qui croit en nous jusqu'à ce qu'on croit en nous. Ensuite, on passe au suivant et on aide quelqu'un à croire en lui. Qui aidera à son tour quelqu'un à croire en lui : c'est la chaîne dorée de La Bonté.

— Tu as pris ça où, cette belle idée ?

— Dans le journal d'avant-hier.

J'ai ri. Jenny a repris :

— Je comprends pas vraiment pourquoi mais j'ai pas exactement envie de me poser des questions comme je m'en pose sur ma vie de merde depuis des années : je prends les demandes en mariage comme elles viennent ! *Carpe diem.*

J'ai ri. Je savais pas qu'elle connaissait l'expression. Pas si tarte que ça, ma *chum*, même si bien des gens la méprisent parce qu'elle est juste serveuse. *Juste* serveuse, ça veut dire quoi, au fond ? Jésus, il était *juste* charpentier, si tu y penses, et il a pas fait une carrière trop piquée des vers. Remarque, il a mal fini, sur une croix qu'il avait probablement pas fabriquée, de surcroît.

Ensuite, on s'est regardées sans rien dire.

Mais, dans le silence admiratif et ému de nos yeux, il y avait une promesse, une certitude : je t'aimerai toujours, mon amie, ma grande amie.

Quand, à la fin de cette trop brève éternité qui m'était un baume pour demain, elle est partie, ma Jenny, il m'a semblé que j'avais quelques coups de fil.

À donner.

Après qu'on m'ait tout pris.

Sauf l'essentiel.

Ma fille.

Je devais penser au lendemain.

C'est ce que font toujours les (futurs) parents pour leur enfant.

Chapitre 61

Le premier coup de fil, je l'ai donné à Cassandra. Je lui ai expliqué où j'étais et ce qui m'était arrivé. Sans lui donner tous les détails. Pour pas la faire vomir. Et parce que ça me faisait vomir de les répéter, comme si je devais mettre à *replay* et revoir *ad nauseam* un film que, même la première fois, j'avais pas pu écouter jusqu'à la fin, c'est te dire.

Comme elle travaillait le soir, elle est arrivée une demi-heure plus tard. Avec mes bijoux que je lui avais demandé de rapporter, et que j'avais cru bon de laisser au 369 quand Dany, l'ami timoré d'Herby, était venu me chercher.

Elle avait un air éploré. Et elle m'a tout de suite serrée dans ses bras. Elle avait la surprenante bague avec une émeraude que m'avait offerte Jean-Paul Cassini.

Elle avait surtout mon bracelet karmique que, je sais pas pourquoi, j'étais infiniment soulagée de récupérer, même si, et tu en conviendras avec moi, il m'avait pas vraiment porté chance jusque-là.

Je me suis empressée de le mettre à mon poignet gauche, malgré la présence pas très élégante de mon bracelet d'hôpital qui révélait mon nom et ma date d'admission. J'en ai frotté l'émeraude comme si elle avait été un talisman et que ses vertus avaient été magiques. Je respirais mieux, il me semble. Cassandra m'observait dans un silence ému, vu tout ce qui m'était advenu, puis enfin elle a dit :

— C'est drôle, hier soir, avant de me coucher, je sais pas pourquoi, peut-être parce qu'il y a aucun homme dans mon lit depuis cinq ans, j'ai eu envie de mettre ton bracelet pendant la nuit et j'ai fait un drôle de rêve. J'étais sur une plage, et c'est bizarre mais je marchais avec Jésus.

— Jésus sur une plage ?

— Rassure-toi, il était pas en Speedo mais dans sa tunique blanche avec des belles sandales.

— Ah ! J'aime mieux ça.

— À un moment, je lui ai dit, comme dans le poème bien connu *Des pas dans le sable,* de Mary Stevenson ou je sais plus trop qui : «Dis-moi, boss, je l'ai toujours appelé comme ça, pardonne-moi l'insubordination ! tu m'as toujours promis que si je croyais en toi, ton Père qui est au Ciel et tes anges aux belles grandes ailes que j'ai pas eus souvent dans mes cahiers d'écolière, vu que mon père buvait trop et me battait trop souvent, oui, tu m'as toujours promis que tu serais toujours à mes côtés, mais l'autre jour, je revoyais entre deux danses l'histoire de ma vie, et dans le plus triste des épisodes, sur la plage de mon existence, il y avait juste une trace de pas dans le sable, tu marchais vraiment pas à côté de moi comme tu l'avais promis.» Il a souri, et il m'a demandé : «As-tu bien regardé dans le sable ? » « Bien regardé ? » que j'ai dit. « Oui, qu'il a rétor-qué, observe l'empreinte des pieds, leur taille. » J'ai regardé dans le sable, et j'ai compris pourquoi il me demandait ça. Les empreintes étaient bien plus grandes que les miennes, mais j'ai rien dit. Il a dit, comme dans le fameux poème : « S'il y avait juste la trace de mes pas dans le sable c'est que, dans les moments les plus durs de ta vie, je te portais sur mes épaules, comme saint Christophe m'a porté lorsque j'étais enfant. Je te dis ces choses afin que tu les répètes à la femme aux cheveux de feu et aux yeux bleus, car un jour le monde connaîtra son destin et ceux qui me persécutent comprendront enfin le bal de la gratitude et du mal. » Je me suis mise à pleurer.

Cassandra s'est tue. Son rêve me bouleversait, pas juste par son message, bien sûr, mais aussi par sa prédiction au sujet de cette femme aux cheveux de feu et aux yeux bleus. Il me sem-blait que c'était moi, cette femme du rêve. Mais peut-être pas. Tu sais jamais, avec un si grand expert en paraboles.

Cassandra a encore dit :

— Ensuite, comme nous marchions toujours sur la plage, nous sommes arrivés devant un homme. Il était allongé, face contre le sable. Et il semblait dormir, ou alors il était mort. Jésus s'est penché vers lui, a posé sa main droite sur son front et a dit : « Lève-toi et marche, Robinson. » L'homme s'est levé et il souriait. Il a donné à Jésus un livre qui se trouvait dans sa poche. Jésus s'est tourné vers moi, et il m'a donné le livre, c'était écrit le nom du type dessus : Robinson. Je comprenais pas trop pourquoi il me donnait ça. Il a dit : « Va et porte ce livre à ton amie Marthe, car elle a vu comment j'ai ressuscité son frère Lazare, aussi elle saura quoi faire avec la lumière qui se cache en ses pages. »

— Ah ! c'est vraiment bizarre comme rêve, que j'ai commenté.

— Oui. Bizarre, c'est le mot. Quand je me suis réveillée, je me suis rappelé que j'avais rêvé. Je me suis demandé, c'est qui Marthe ? Je me le suis demandé pendant des heures, ça me chicotait vraiment, puis quand tu m'as appelée tout à l'heure, je me suis dit : mais voyons, Marthe, c'est Martine !

— Ben, mon frère s'appelle pas Lazare, il s'appelle Johnny.

— Je sais, je sais, mais dans les rêves, c'est souvent comme le mot mystère dans le journal.

— Ah, je vois, que j'ai dit, même si j'étais pas sûre de voir parce que le mot mystère, dans le journal, je le fais jamais.

— Alors je suis allée dans ma bibliothèque, et j'ai comme laissé ma main me guider… et je suis tombée sur le livre que Jésus m'avait donné.

Au lieu de m'en révéler le titre, elle a tiré de son sac un roman : c'était un vieil exemplaire de *Robinson Crusoé*. Elle me l'a donné et ensuite, elle a dit :

— Comme tu es enceinte et que tu peux plus danser, tu vas faire comment, pour l'argent ?

— Je sais pas, je vais m'arranger.

— En tout cas, si tu en as besoin, j'en ai mis pas mal de côté.

— Oh ! tu es une vraie amie, toi !

Elle s'est contentée de hausser les épaules avec modestie, a dit :

— Juste pour la vie. Après ça, je peux pas rien te promettre.

J'ai ri, on s'est embrassées, elle est partie.

Puis, poussée par une force mystérieuse, j'ai ouvert au hasard *Robinson Crusoé* et j'ai lu le premier passage : une grande émotion est aussitôt montée en moi.

Chapitre 62

« Moi, pauvre misérable Robinson Crusoé, après avoir fait naufrage au cours d'une horrible tempête, tout l'équipage étant noyé, moi-même à demi-mort, j'ai abordé sur cette île infortunée que j'ai appelée *L'île du désespoir.* »

Tout de suite j'ai pensé : « Ce Robinson Crusoé, c'est moi ! L'horrible tempête, le naufrage, c'est mon viol, mon viol orchestré par le propre père de mon enfant ! J'ai abordé sur l'île du désespoir. »

J'ai continué ma lecture. Un autre passage m'a interpellée :

« Comme je réfléchissais sérieusement à ma condition présente, l'idée me vint de dresser par écrit une sorte de bilan, non pas que j'espérasse laisser à des héritiers plus que problématiques ce témoignage, mais pour délivrer mon esprit des pensées qui l'assiégeaient et risquaient de l'abattre. Faisant la balance des biens et des maux, je tentais de me convaincre que mon sort eût pu être pire ; et débiteur et créancier, j'établis ainsi le compte fidèle de mes jouissances et de mes misères… »

J'ai interrompu un instant ma lecture, puis je me suis replongée dans les aventures du célèbre naufragé :

LE MAL	LE BIEN
Je suis jeté sur une île déserte, sans espoir de délivrance.	Mais je suis en vie ; mais je n'ai pas été noyé.

Je me suis dit, imitant Robinson en son bilan : « J'ai été trompée, j'ai été violée sauvagement, mais par miracle, je suis encore en vie, et surtout, SURTOUT, ma fille est pas morte, elle vit encore dans mon ventre, même que je la sens parfois bouger ! »

Puis, je sais pas pourquoi, je suis allée tout de suite à la fin du bilan :

LE MAL	LE BIEN
Je n'ai personne à qui parler.	Mais Dieu, par sa bonté, a fait échouer le vaisseau si près du rivage que j'en ai pu tirer de quoi subvenir à mes besoins.
	En somme, il résultait de cette confrontation du bien et du mal, qu'il n'est point de condition si misérable où l'on ne puisse trouver quelque sujet de se consoler. J'accueillis mon destin avec plus de philosophie, et cessant de promener mon regard sur la mer dans l'espérance d'y découvrir une voile, je m'appliquai à rendre aussi douce que possible mon existence de naufragé.

J'ai pensé, édifiée par cette lecture qui arrivait par un merveilleux hasard dans ma vie, que, moi, j'avais une chance infinie, en comparaison de Robinson : j'étais pas seule !

J'avais ma mère, à qui je pouvais pas parler.

Ni à Johnny, mais il me défendait toujours.

Et j'avais aussi Jenny, et mes adorables collègues de travail.

J'ai refermé le livre et je me suis dit : « C'est bizarre quand même, la vie, Cassandra m'a apporté exactement le livre dont j'avais besoin dans ces moments sombres de ma vie. »

Alice, la gentille infirmière, est arrivée dans ma chambre, et a interrompu ma rêverie philosophique en annonçant :

— J'ai une bonne nouvelle. Je viens de parler avec votre médecin. Elle va signer votre congé demain.

J'ai regardé furtivement mon bracelet, j'ai dit merci. Ensuite Alice a demandé :

— Est-ce que vous avez besoin de quelque chose ?

— Une nouvelle vie, que j'ai plaisanté.

Elle a pas entendu ou pas compris, et elle a fait :

— Hein ?

— C'est rien, que j'ai dit.

Elle est sortie. J'ai pensé à ce qu'elle venait de me dire. Bonne nouvelle peut-être, mais avec des conséquences pas exactement roses. Ça voulait dire que je devrais affronter Herby pour récupérer mes trucs – et, entre autres choses, mon auto ! – avant de déménager chez Jenny.

Ça m'a frappée de plein fouet, cette réalité. T'as beau te dire que c'est fini avec quelqu'un, il reste toujours des petits – et gros – détails à régler. Des fois, il faut toute une vie ! J'ai déprimé à cette idée.

Puis j'ai avisé *Robinson Crusoé.* Je me suis dit que le naufragé avait peut-être un autre merveilleux conseil pour m'aider à me sortir de mon *île du Désespoir.* Je l'ai ouvert au hasard, j'ai lu, en sautant parfois des bouts de phrases tant j'étais troublée de ce que me disait ce livre écrit il y a presque trois cents ans :

« Et comme j'avais besoin de ce sac pour quelque autre usage, […] j'allai le secouer au pied du rocher, sur un des côtés de ma forteresse […], je fis ce geste machinalement ; j'en avais même perdu le souvenir. Or au bout d'un mois environ, j'aperçus quelques tiges vertes qui sortaient de la terre. J'ai pensé d'abord qu'il s'agissait de plantes propres à ce pays. Mais quel ne fut pas mon étonnement lorsque, peu de temps après, je vis, qui avaient poussé, dix ou douze épis d'une orge verte, parfaite, de la même qualité que l'orge d'Europe, voire que notre orge d'Angleterre. J'en fus à ce point ébloui qu'il se produisit en moi une véritable conversion. Jusqu'alors, j'avais été plutôt indifférent au fait religieux. Dans mes aventures, j'étais surtout tenté de voir le jeu du hasard, ou, comme on dit, du bon plaisir de Dieu ; je n'essayais point d'apprivoiser les desseins de la Providence. Mais de voir croître l'orge dans un climat qui n'était point celui de la céréale, surtout que je ne me rappelais pas qui l'avait semée, cela me fit concevoir l'idée d'une faveur miraculeuse de la Providence, attentive à me faire subsister dans ce désert. Les larmes m'en coulèrent des yeux. »

Elles roulèrent aussi des miens, en même temps que je refermais le livre et touchais mon ventre. Mais ce n'était pas de la tristesse. Une résolution nouvelle m'habitait.

Je me suis emparée du combiné : je savais soudain qui pouvait m'aider à faire face à la musique. Grinçante. De ma vie.

Chapitre 63

Le lendemain, comme Alice avait dit, j'ai obtenu mon congé.

Et comme Jean-Paul Cassini avait dit, il est passé me prendre à l'heure convenue.

Agréable sentiment.

À la sortie de l'hôpital, il m'a ouvert la portière de sa Porsche pour que j'y monte.

Agréable sentiment.

Les belles manières, celles de la vieille école, on peut pas dire que j'en avais été gavée avec Herby. Sauf quand il me faisait sa cour, de cour… te durée !

Mon avocat amoureux de moi portait un blouson d'aviateur en cuir, un foulard de soie blanche, un jeans ajusté noir, et ça lui donnait une allure d'enfer. On a démarré, l'hôpital se trouvait pas très loin de mon appartement.

— Tu es certaine que tu veux pas que je les poursuive ? Je te demanderais rien, je le ferais juste par principe.

— C'est gentil, vraiment gentil. Et je l'apprécie énormément. Mais je peux pas.

— Pourquoi ?

— J'ai peur.

— De quoi ?

— Qu'il me tue.

— Mais si on le fait emprisonner ? Je te dis, on a de grosses chances de gagner contre lui.

— Il va demander à ses amis de le venger.

— On va les poursuivre eux aussi.

J'ai souri de sa bonne volonté, que nourrissait sa naïveté.

— Je connais pas leurs noms, et je crois pas que je pourrais les reconnaître, à part l'homme au diamant, évidemment.

— L'homme au diamant ?

— Oui, je… enfin je t'expliquerai…

J'ai revu en frissonnant son visage hideux. Puis j'ai dit :

— On perdrait notre temps, il faisait noir, je les avais jamais vus, je sais juste que c'étaient des Haïtiens, on ira pas loin en cour avec ça.

Il en a convenu. J'ai ajouté :

— Mais surtout, si on fait ça, je sais ce qui va arriver, Herby est un vrai démon, il va tout faire pour se venger, tout faire !

Jean-Paul m'a regardée avec un sourire triste. Malgré les circonstances, je trouvais qu'il était beau. Peut-être simplement parce qu'il était gentil avec moi, et depuis quelques jours, la gentillesse des hommes, on m'en avait pas servi des bien grandes doses.

Quand Jean-Paul a vu où j'habitais, au-dessus de Chez Mamie, cuisine créole avec ses spécialités de poulet boucané et légumes labo, je pense qu'il a été un peu surpris, ou du moins déçu. Il l'a pas dit évidemment, parce qu'il a de la classe, mais ça se voyait à son air. Il a garé sa Porsche, une 911 SC Targa. Il s'en targuait pas, bien sûr, mais moi, je savais ce que ça valait. C'est à cause de mon frère Johnny, c'est son auto préférée, il arrête pas de m'en parler, il dit qu'il va la conduire vite fait s'il peut finir par obtenir son poste de fonctionnaire, comme son ami qui justement en conduit une malgré son petit salaire, c'est à cause, tu te souviens, des enveloppes brunes qui arrêtent pas de pleuvoir sur lui chaque fois qu'il émet un permis : merci la vie, qu'il dit !

Jean-Paul s'est garé devant La Flamme du Dollar, une vraie contradiction dans les termes ou si tu veux que je le dise autrement, ça jurait un peu beaucoup énormément. À côté des voitures des autres clients qui conduisaient des bagnoles plus modestes, comme la mienne, qui était dans le stationnement. J'ai dit :

— Merde ! Herby est à la maison.

J'aurais évidemment préféré récupérer mes trucs en son absence, je redoutais la confrontation. Bien sûr, j'étais pas seule. Mais… il y avait trois Haïtiens qui fumaient une cigarette près de ma voiture, comme s'ils étaient chargés de sa surveillance, dont un que j'ai reconnu, Nel, le petit ami de

Jasmine, une des sœurs d'Herby. Il a paru étonné de me voir descendre d'une Porsche. Même que c'était quasiment comme si je le giflais, que je lui crachais dessus, lui qui devait prendre le métro quand sa copine à qui il avait offert des nouveaux seins, qu'elle avait fini par payer en dansant pour lui, avait besoin de son auto. À elle. Il a aussitôt chuchoté un truc à ses amis, sans doute pour leur dire qui j'étais : la copine, ou plutôt l'ex d'Herby. Ensuite, ils m'ont regardée et ils ont esquissé un sourire. J'ai pas vraiment aimé. Même que ça m'a fait frissonner. Je me suis dit : « Est-ce qu'ils m'attendent ici pour me violer encore ? »

J'ai eu un tremblement intérieur, suivi d'une pressante envie de dire à Jean-Paul « on reviendra une autre fois ». J'avais peur que ça fasse du grabuge, en plus je me sentais fragile, si tu vois ce que je veux dire. Cassini a senti mon malaise, il a dit :

— Tu les connais ?

— J'en connais un.

J'ai pas voulu le désigner du doigt pour pas m'attirer des ennuis. J'ai ajouté :

— C'est le copain d'une des sœurs d'Herby, on dirait que lui et ses complices surveillent ma voiture.

— Ta voiture ?

Je lui ai montré ma Honda, que j'adorais, même si elle avouait 249 291 kilomètres et des poussières à l'odomètre. Il doit y avoir une sorte de logique dans ma psychologie, même si je suis peut-être plus tordue que je pense : j'ai toujours adoré ce qui est vieux. C'est pas par hasard que j'ai travaillé aux Chants de l'Aube ! Oui, malgré son âge avancé, elle démarrait toujours dès que je mettais la clé dans la porte étroite de son cœur, même à moins vingt, moins trente avec le facteur vent, qui soufflait vraiment fort dans ma vie.

Des fois, je me disais que si elle était si parfaitement serviable, et me lâchait jamais, malgré l'usure du temps, c'est parce que je lui parlais, comme si elle était un être vivant, qu'elle avait une âme, des sentiments, des humeurs aussi bien sûr : personne est parfait ! que je lui disais souvent, avec plusieurs variations sur un même thème : « Je t'aime et j'ai besoin de toi, Shlanka. » Shlanka, c'est le nom bizarre et un peu russe sur les bords et, chose certaine, pas du tout japonais que je lui avais donné, malgré ses origines, je sais pas pourquoi.

Il a pas grimacé, Jean-Paul, en voyant ma bagnole.

Mais j'ai senti une sorte de glissement progressif de son admiration à mon endroit. Le premier jour, qui était un premier soir, je lui avait plu de toute évidence, car c'est vers moi qu'il était venu spontanément alors qu'on était au moins dix danseuses, vers moi, l'inespérée et inattendue 911 dans sa vie nouvellement bouleversée. Et même si j'avais un métier de merde, comme j'avais un peu d'esprit de répartie, il m'avait donné le bénéfice du doute, il m'avait pas condamnée tout de suite, comme font la plupart des gens avec les danseuses. On se sent encore plus nue devant leur regard de juge qu'à se trémousser sur un *stage* dans le plus simple appareil !

Mais là, petit à petit, il découvrait ma vraie vie : d'où le glissement progressif de son admiration, du moins à mon avis.

Car si tu regardais mon cul… riculum vitæ, le parcours de ma vie de cul, voici ce que tu lisais : j'étais pas juste une pauvre fille, j'étais une fille pauvre !

J'ai eu le sentiment que ça irait pas trop loin avec Jean-Paul, et ça me donnait un petit pincement au cœur. En plus, on avait même pas encore couché ensemble. Non pas que je pensais à ça, après tout ce qui venait de m'arriver. Mais en général, les hommes, quand tu leur donnes accès à tes dessous, tu les mets moins sens dessus dessous, ou à l'envers si tu préfères : le mystère, ton meilleur complice en ces affaires (de cœur) est parti en Porsche 911 Targa rendre intéressante une autre étrangère ! Compose le 911 des amours mortes ou gravement accidentées !

Je sais pas si je pensais à tout ça en raison du défaut de fabrication de mon moi dont je t'ai parlé au début du récit de ma vie. Seul l'avenir le dirait, même si je me dis, comme tous les gens *New Age*, que ton avenir tu le crées avec tes pensées. Mais ça doit pas être complètement vrai, cette théorie-là. Parce que si j'approfondis un peu, je me demande : « Est-ce que c'était vraiment dans mes idées, dans ma mission de vie, dans mes rêves les plus fous, tout ce qui m'est arrivé ? Je veux dire, ceux qui jurent juste par la loi de l'attraction, toutes ses vertus et toutes ses merveilles, est-ce qu'ils devraient pas se garder une petite gêne, ou ajouter des contre-exemples et des nuances à leur belle philosophie ? Quand, par exemple, ta fille de sept ans se fait enlever, ou meurt de leucémie ; que ta sœur t'apprend en pleurant qu'elle a un cancer du sein, même si elle était végétarienne et zen ; que ta meilleure amie vient de se faire assassiner par "amour fou" par son ex parce qu'elle a fait l'erreur de le quitter pour un autre homme. Je pose juste la question, je suis seulement allée à l'université de la vie. »

Mais revenons-y, à ma vie, excuse la stupide dérive de ma pensée. Jean-Paul a haussé les épaules en avisant les petits amis d'Herby. Il était pas impressionné, et c'est pas juste parce qu'il était avocat. Il était baraqué et avait une ceinture noire en karaté – ça te donne une sorte d'assurance dans la vie –, alors les trois amis d'Herby, ça lui augmentait pas le rythme cardiaque.

— Où c'est ? qu'il a demandé.

Il parlait de mon palais, bien sûr.

— Par là.

On est entré. Le gentil voisin qui nous avait aidées, Jenny et moi, à monter le canapé que j'avais acheté pour trois fois rien dans une vente de garage et qui en passant était infesté de mites, avait pas pu se rendre jusque chez lui, la veille ou le matin. Il était assis dans le corridor, qui sentait toutes les cuisines du monde, devant sa porte avec une grosse bouteille de whisky bon marché vide entre les jambes et il parlait tout seul. Jean-Paul a paru surpris.

— L'administrateur de l'immeuble, que j'ai dit pour le faire rire.

Le voisin ivre a fait :

— Heinnnnn ?

On a poursuivi notre chemin. Quand on est arrivés sur le palier, on entendait la voisine, qui avait sans doute pas eu sa ration d'orgasmes la nuit précédente, rattraper le temps perdu à onze heures du mat.

— Ma voisine gymnaste.

— Gymnaste ?

— Médaillée d'or aux Jeux de Montréal de 1976.

Jean-Paul a compris que je me moquais de lui. On a eu un petit fou rire, même si on était tous les deux tendus. On est arrivé à la porte, j'ai sonné, même si j'avais ma clé. Bizarre, mais c'est comme ça. Je voulais prévenir Herby de mon arrivée au cas où il aurait été au lit avec la femme avec qui je l'avais vu à l'hôpital, et avec qui il me trompait allègrement depuis je savais pas quand. Il y a pas eu de réponse.

— T'as pas ta clé ? a demandé spontanément Jean-Paul, un peu étonné par mon comportement.

— Oui mais je…

Au lieu de lui livrer le fond de ma pensée, j'ai sonné de nouveau. Pas plus de succès que lorsque tu demandes quelque chose au gouvernement, même en trois copies. J'ai dit :

— C'est curieux, mon auto est là, pourtant.

J'ai consulté ma montre :

— Hum, seulement onze heures, un peu tôt pour un prince de Port-au-Prince ! Les chèques de BS arrivent rarement avant midi !

J'ai pris ma clé, mais elle entrait pas dans la serrure. Je me suis tournée vers Jean-Paul :

— Je comprends pas, je…

— Es-tu sûre que c'est le bon appartement ?

— Ben oui, appartement 203, je suis pas encore complète-ment folle…

J'ai examiné ma clé, comme si elle avait quelque défec-
tuosité, je l'ai essayée de nouveau, mais rien à faire. J'étais
éberluée. J'ai regardé Jean-Paul. Il avait l'air de réfléchir. Il a dit :

— Je pense que je sais ce qui est arrivé. Il y a peut-être élu
domicile.

— Élu domicile? Ça veut dire quoi, ça?

— C'est une expression juridique. Quand, dans un couple,
un des conjoints craint pour sa sécurité, il a le droit d'élire
domicile, c'est-à-dire de changer les serrures pour que l'autre
puisse plus entrer et le menacer.

— Ben là, c'est quoi cette loi-là? C'est *mon* appartement!

— Je sais.

— Qu'est-ce qu'on peut faire? L'appartement est quand
même à moi, il est à mon nom, c'est moi qui paye le loyer.
C'est vraiment dégueulasse, cette loi-là. J'en reviens pas!

— On peut la contester en cour, mais il y aura un délai, ça
peut être long, vraiment long.

J'ai fait une mine dépitée.

— Mais il y a aussi une autre procédure plus simple qu'on
peut prendre.

— Une procédure? Laquelle? Tu m'intrigues.

Il m'a pas précisé quelle procédure on pouvait prendre,
mais j'ai compris. Il a reculé d'un pas, s'est servi de son art de
karatéka pour donner un grand coup de pied dans la porte.
Ç'a fait du bruit et ça aurait pu alerter les voisins mais ma
voisine faussement gymnaste, mais vraiment hédoniste,

poussait les derniers cris de la volupté, et je me suis dit : « Merci la vie ! »

Cassini s'est tourné vers moi et il a souri.

— C'est utile, un avocat, parfois, a-t-il plaisanté.

On est entrés. Mon premier réflexe a quand même été d'aller voir la chambre pour vérifier qu'Herby était vraiment pas là.

Non. Ouf ! Jean-Paul a dit :

— Est-ce que je peux faire quelque chose ?

— Non.

J'ai fait ma valise en vitesse, emportant juste le nécessaire. Aussi curieux, aussi paradoxal que ce soit, je me sentais comme une voleuse ou du moins coupable de quelque chose. Inouï, non ? Et pourtant, c'était MON appartement ! Bizarre, je sais, mais c'est comme ça ! On est ressortis, on a refermé la porte.

Dans le stationnement, Jean-Paul, toujours galant, a porté ma valise jusqu'à ma voiture. Mais quand j'ai voulu y monter, les trois amis d'Herby, qui fumaient toujours leur cigarette probablement volée ou achetée sur le marché noir (à Montréal-Noir, c'était monnaie courante !), se sont approchés aussitôt. En fait, ils se sont interposés entre ma Honda adorée et moi, et Nel a dit :

— Où est-ce que tu vas comme ça ? C'est la bagnole d'Herby !

Là, j'en avais vraiment ras le bol !

— C'est *ma* voiture !

— Laisse, je m'en occupe, a fait Jean-Paul, sans nervosité aucune, comme s'il s'agissait juste de régler l'addition au resto.

Il a levé l'index en direction des trois Haïtiens de service.

— Une petite seconde !

Ils se sont regardés, ils avaient l'air intrigués, et ils souriaient, comme si Jean-Paul était un demeuré pour oser les défier. Surtout qu'ils étaient en surnombre et qu'il y en avait un qui avait pas l'air d'un enfant de chœur, mais plutôt d'une vraie brute baraquée comme une armoire à glace : ça donnait des frissons dans le dos juste de le regarder. C'est lui qui souriait le plus largement, ça montrait bien les deux dents qui lui manquaient sur le devant, peut-être à cause d'un combat où il avait pas été vraiment gagnant.

J'ai mis la main sur l'avant-bras de Jean-Paul :

— Insiste pas, c'est O.K. Viens juste me reconduire, on va prendre ton auto.

— Non, non, a-t-il dit, laisse…

Même s'il faisait pas vraiment froid, et que le quartier était chaud, on était quand même en décembre. Pourtant, Jean-Paul a retiré son blouson. Et me l'a remis. J'ai écarquillé les yeux. Je le suivais pas. Les trois amis d'Herby non plus, visiblement. Jean-Paul a levé encore le doigt, et il a dit :

— Juste une autre petite seconde.

Et devant leur mine ahurie, il a commencé à déboutonner sa chemise, une très belle chemise blanche hyper ceintrée qui lui donnait fort bon genre.

— Une Hugo Boss, a-t-il expliqué aux trois mousquetaires, qui étaient vraiment juste trois, contrairement à ceux du roman célèbre. Je voudrais pas la tacher de sang en vous arrangeant le portrait. Des fois, même si je travaille bien, le sang gicle vraiment.

Les trois bums, ils ont un peu perdu leur sourire. Et ils l'ont perdu tout à fait quand ils ont vu sa musculature, qui m'est apparue à moi aussi quand il m'a remis sa Hugo Boss. Je me suis dit, éberluée : « Quel torse, on dirait Bond. James Bond ! » Cassini, il était ceinture noire, alors pour la mise en bouche, il a fait quelques katas, ou si tu préfères des poses de karaté qui font peur. En tout cas qui ont fait peur aux amis d'Herby. Même le plus gros, il a ravalé sa salive. Ils se sont consultés vite fait du regard, et quand Jean-Paul a dit, avec un sourire de prédateur, les deux mains ouvertes et en leur faisant signe d'approcher : « je suis prêt », ils ont préféré prendre la poudre d'escampette. Jean-Paul a pas cru bon de courir après eux. Il m'a regardée en souriant.

— Des gamins…

— T'as pas froid aux yeux, toi !

— Non, mais j'ai froid au reste du corps ! Brrrr !

Et il a récupéré sa chemise qu'il a tout de suite enfilée.

Je lui ai rendu son blouson, il l'a mis, et je lui ai dit en souriant, charmée par son audace :

— T'es pas un peu cinglé, toi ?

— Oui, peut-être… Viens, allons-y, je vais t'escorter jusque chez Jenny.

Il a insisté pour porter ma valise, et comme je protestais, il a dit :

— T'es une femme enceinte !

Il a fallu que je me retienne pour pas fondre en larmes. Oui, j'étais une femme enceinte et si fière, si heureuse, si reconnaissante de l'être encore malgré la terrible épreuve que je venais de vivre. J'ai regardé Jean-Paul, et, pour le taquiner, j'ai dit :

— Tu sais, pour quelqu'un qui fréquente le 369, tu es quand même bien !

Jenny aussi l'a trouvé bien. Vraiment bien. Plutôt pâmant même. Dès qu'il se retournait, elle me faisait toutes sortes de mimiques et il y en avait qui étaient un peu audacieuses, du genre « je me le ferais vite fait si j'étais toi ». Elle était amoureuse folle de Gérard, mais… une femme reste une femme !

— Tu vas venir avec Martine au mariage ? lui a-t-elle demandé après avoir insisté pour qu'il reste prendre un café.

Gérard avait été sérieux, avec sa demande en mariage. C'était pas juste pour ravoir Jenny dans son lit avant de lui expliquer que finalement, il était plus sûr de rien, qu'il avait besoin de temps pour réfléchir…

— Euh…, a balbutié Jean-Paul.

Je l'ai regardé. Il savait visiblement pas quoi répondre, et me consultait du regard.

— Si ça te dérange pas d'accompagner une femme enceinte de cinq mois, que j'ai dit.

— Qu'est-ce que tu en penses ? a-t-il demandé.

— Un vrai avocat ! a plaisanté Jenny.

— Il répond toujours à une question par une autre question ! que j'ai renchéri.

— Vous trouvez ? a-t-il ajouté finement.

Et tous les trois, on s'est mis à rire.

— Alors vous venez ou pas, à mon mariage ?

J'ai trouvé ça sympa qu'elle dise *vous*.

Comme si on formait déjà un couple.

Même si j'avais vraiment pas ça dans la tête, l'amour et ses accompagnements, je veux dire son compagnon, même mignon.

Chapitre 64

Finalement, Jean-Paul et moi, on est allés au mariage de Jenny.

Quand elle et Gérard ont échangé leurs vœux d'amour éternel et leurs alliances, j'ai été émue, et je me suis mise spontanément à frotter mon bracelet karmique, comme si je souhaitais que ça m'arrive à moi aussi et de préférence avant que j'aie cent cinquante ans.

Je trouvais ça trop beau.

Et trop laid.

Trop beau parce que ma meilleure amie se mariait en blanc. Un peu à retardement, tu me diras, mais c'était quand même le père de ses enfants, même s'il était un peu lent.

Et trop laid, parce que, en comparaison, ma vie avec Herby, c'était pas vraiment très joli.

Les émotions, c'est bien beau, mais ça te gâche vite fait ton maquillage. C'est Jean-Paul qui me l'a fait remarquer gentiment : mon rimmel partait à tire-d'aile.

Je suis allée réparer les dommages de l'émotion au petit coin. Mais pas le bon. Car, dans mon trouble j'ai poussé la porte des toilettes pour hommes. Puis un grand cri : il y avait un type de race noire qui se lavait les mains. Et, dans un flash épouvantable, je me suis revue à l'Horizon quand l'homme au diamant avait tenté de me violer, même si c'était pas vrai mais tout arrangé avec Herby.

Le type, un inoffensif invité de Jenny, a eu l'air surpris que je crie si fort, et m'a peut-être crue raciste ou folle. Il a voulu s'excuser mais je lui en ai pas laissé le temps.

Quand je suis revenue des toilettes pour femmes, avec mon maquillage refait, j'avais encore l'air bouleversée. En tout cas Jean-Paul a trouvé. Il m'a questionnée. J'ai pas voulu tout lui raconter. Il a dit :

— Viens, allons danser.

Jean-Paul, il avait pas juste des talents oratoires et une ceinture noire, il dansait comme un dieu. Enfin, soyons honnêtes, peut-être pas aussi bien que Johnny, parce que lui, c'est sa vie. N'empêche, il savait tous les pas, toutes les danses, mon bel Italien. Évidemment, pour le tango argentin, j'ai préféré pas vérifier, vu mon ventre, mais pour le reste, on s'éclatait, tu aurais dû voir ça, mon coco, ou plutôt ma cocotte.

Quel beau show, même si on était tout sauf chaud ! En fait, on avait pas bu une traître goutte d'alcool. Moi, j'étais enceinte, et Jean-Paul, un vrai ange, voulait pas rendre ma sobriété trop déprimante : il avait l'esprit d'équipe, quoi! Ça me touchait, cette délicatesse, si tu savais.

Tout le monde nous remarquait, on recevait tout plein de félicitations. Dans un mariage, surtout quand c'est pas dans ta famille, mais dans celle d'une amie, il y a plein de gens qui te connaissent pas. Mais il y a au moins dix invités qui sont venus nous dire qu'on formait un vrai beau couple et nous demander : « C'est pour quand le bébé? »

Pour taquiner les gens, comme mon ventre était pas si apparent, je disais parfois, interloquée, et presque insultée par la remarque : « Mais… je suis pas enceinte! » Les gaffeurs s'excusaient aussitôt. Ensuite, je les rassurais.

Mon avocat et moi, on a pas raconté la vérité, pour le beau couple, ç'aurait été trop long à expliquer, et les détails étaient pas vraiment jojos, surtout dans un mariage. On disait juste « merci, merci beaucoup… », et autres formules convenues de politesse. Pour le bébé, je disais juste : « Pour la mi-mai probablement. » Une vieille dame m'a demandé, étonnée : « Vous connaissez pas la date exacte? » Je la connaissais pas, mais pour me débarrasser gentiment d'elle, et pas gâcher sa soirée, j'ai dit le quinze.

Comme si j'avais eu une boule de cristal aussi efficace que celle de madame de Delphes, qui en avait pas, le quinze, à onze heures sept du matin, je suis devenue maman.

Je n'étais plus juste danseuse.

J'étais ex-danseuse et… maman!

Chapitre 65

Chapitre 66

Le chapitre qui précède, je l'ai voulu vierge, pour faire un équilibre avec l'autre chapitre vierge. Le premier était horrible, celui que tu viens de « lire » est si beau que longtemps j'ai été sans mots pour l'écrire.

Oui, je sais pas pour les autres femmes, mais pour moi, c'est trop beau, être maman, surtout après tout ce que j'ai traversé.

À l'instant où tu tiens ta petite merveille dans tes bras, un vrai miracle dans mon cas, que tu l'allaites pour la première fois et toutes les autres fois qui sont toujours la première fois, qu'elle s'endort entre tes seins, la lèvre comblée, les poings fermés, tu comprends, même si tu es pas diplômée, sauf de la vie, ce que c'est que l'amour inconditionnel.

Tu donnerais ta vie pour ton enfant.

Oui, ta vie – surtout quand on a voulu la lui enlever !

Si tu voyais un autobus ou un conducteur ivre foncer dans sa direction, et que, te jetant devant lui, tu pouvais lui sauver la vie, tu le ferais sans hésiter. Pour ton conjoint, tu aurais peut-être besoin d'un peu de réflexion, même si tu l'aimes follement, surtout si, la veille il t'a dit «j'ai besoin de temps pour moi, pour ma carrière», et que, la puce à l'oreille, tu es tombée par hasard – mais ils disent que ça existe pas! – sur les vingt-deux courriels qu'il a échangés avec sa secrétaire de vingt-deux ans, et il parlait pas juste de son travail, mais du fait qu'elle le comprenait, elle, et de son parfum, et de la petite jupe noire qu'elle avait portée juste pour lui à leur dernier party de bureau, où heureusement les conjoints avaient pas été invités : «C'est à cause des coupures de budget, ma chérie, elles sont rendues si chiches, les compagnies!»

Je l'ai baptisée Jessica.

Elle était mulâtre.

Ça vient de *mulet*, j'ai pas exactement compris pourquoi.

Ma fille, c'est certain, elle venait pas d'un mulet.

Mais d'un chien.

Et de moi.

Comme Herby était très pâle pour un Haïtien, et moi très pâle comme une véritable rousse, Jessica était pas très foncée. Elle aurait quand même les cheveux frisés et noirs de son père, et non pas roux comme les miens.

Jean-Paul m'avait accompagnée à l'hôpital : le dernier mois, on se parlait dix fois par jour, et j'étais au téléphone avec lui quand j'ai perdu mes eaux. Dix minutes après, sa Porsche était à ma porte, et sa gentillesse infinie à ma disposition : ça me changeait de l'air bête d'Herby!

L'obstétricienne a demandé, à Jean-Paul, pas à Herby, s'il voulait assister à l'accouchement. Ma mère était là, elle aussi, quand elle lui a demandé ça, parce que je l'ai appelée pour lui dire où je m'en allais toutes affaires cessantes avant que Jean-Paul arrive dans son carrosse allemand.

Elle le trouvait beau bonhomme, « c'est sûr, c'est sûr » : même une aveugle l'aurait trouvé beau : juste à le voir, tu mouillais, si tu étais pas lesbo, et même encore, je crois qu'il aurait pu provoquer quelques conversions inattendues, surtout vu son côté féminin, tu me suis ?

Jean-Paul a dit non, pour la salle d'accouchement. Même s'il m'aimait, enfin je crois, il lui restait un peu de bon sens.

— Comme vous voulez, a dit l'obstétricienne, qui visiblement le trouvait moins beau soudainement, vu la réponse surprenante qu'il venait de faire : elle pouvait pas savoir qu'il était pas le père.

On a tous des circonstances atténuantes mais, hélas, peu de gens s'en rendent compte, d'où les guerres petites et grandes dans le monde.

Lui et maman sont restés dans la salle d'attente. Mais ma fille, elle les a pas fait attendre bien longtemps. Elle était pressée de naître, la coquine.

Faut la comprendre, elle avait failli pas avoir cette chance, si du moins c'en est une quand tu penses à tout ce qui se passe dans le monde, et que tu lis Bouddha qui dit que c'est une punition de naître dans la vallée de larmes.

Moins d'une heure après le début de mon travail, j'étais en « chômage », Dieu merci. Maman et Jean-Paul sont venus dans la chambre. Il y a plusieurs infirmières qui ont félicité Jean-Paul, malgré la peau un peu foncée et par la même occasion un peu suspecte de Jessica. Mais Jean-Paul, tu te souviendras, son nom de famille était Cassini, il était italien de naissance et avait le teint basané. Alors Jessica pouvait passer pour le fruit de ses œuvres, en plus il avait les cheveux noir jais, et gominés : la gueule d'enfer que ça lui donnait ! Devant ces compliments mal fondés en fait et en droit, comme il le pensait sans doute, il s'est contenté de se tourner vers moi et de sourire en haussant les épaules.

Ma mère a fini par trouver ça agaçant, je pense, ce malentendu. À un certain moment, elle lui a demandé, à cet homme plein de bonne volonté et plus embarrassé qu'autre chose par la situation :

— Est-ce que tu pourrais nous laisser, un moment, je voudrais avoir une conversation avec ma fille ?

— Mais bien sûr, madame Jeanson.

Il comprenait, je pense. Il avait à peine franchi la porte de la chambre que ma mère, comme si elle croyait encore qu'Herby était médecin, d'où son indignation, et que, de toute manière, il était le père, a dit sur un ton de reproche :

— Comment ça se fait qu'Herby est pas là ?

— Bien, on est séparés depuis Noël, maman !

— C'est quand même lui le père !

— Si tu savais…

— Si je savais quoi ?

— Rien.

Mentir, des fois, c'est trop compliqué. Mieux vaut rien dire. Sinon tu te mêles dans tes explications. Comme parler, c'est son sport favori, à maman, elle aime pas vraiment quand je mets fin à une conversation mère-fille comme ça. Je crois que ça aurait pu mal finir, même si je tenais mon petit poupon adoré dans mes bras. Et puis, elle a pas résisté à la tentation de prendre enfin Jessica dans ses bras. Nouveaux. De grand-maman. Un beau moment. Une belle diversion. Du moins pour moi.

Puis Jenny et Gérard sont arrivés, avec tout plein de cadeaux.

Puis il y a eu Johnny et Mélanie.

Cassandra m'a rendu visite à peine vingt minutes plus tard, avec un présent amusant : des petits souliers de ballerine. Elle a plaisanté :

— Au cas où elle voudrait devenir danseuse comme sa maman.

J'ai trouvé ça drôle, mais j'ai quand même mis tout de suite mon doigt devant ma bouche : ma pauvre mère, idéaliste déjà assez déçue de l'échec de sa propre vie, savait pas encore le métier que j'exerçais. Je voulais surtout pas qu'elle l'apprenne, là, dans des moments autrement si heureux, enfin presque.

Elle était pas venue seule, Cassandra, mais avec plusieurs ex-collègues du 369 : Jessica, Sandra, Thérèse et Isabelle, pour pas les nommer, les bras chargés de cadeaux. Je battais des mains comme si j'avais encore dix ans, tant j'étais heureuse de les voir.

Les filles s'étaient pas habillées en danseuses, mais il y a des choses que tu caches pas aisément. Alors il y a eu beaucoup de médecins et d'infirmiers – ils sont pas tous gais, quoiqu'on en dise ! – qui sont entrés par « erreur » dans la chambre. Juste pour « vérifier » si tout était correct. Si on avait pas besoin de rien ou de quelque soin intensif ou pas, ils étaient pas regardants.

Pas regardants ? En tout cas, tous regardaient ou plutôt s'étonnaient des formes d'Isabelle. Elle était pas enceinte jusqu'au cou, certes, mais de cinq ou six mois, j'ai pas fait le décompte exact, mais c'était évident, contrairement à moi à pareille date, qu'elle serait mère. En plus, elle portait un jeans de femme enceinte, avec une ceinture élastique. Et Thérèse, en futur « père » heureux, cessait pas de lui toucher le ventre et de l'embrasser. Mais juste sur les joues. Pour pas offusquer les bien-pensants, qui sont légion.

N'empêche, et malgré sa retenue, ça créait un émoi autour d'elles, pas auprès des danseuses bien sûr, qui connaissaient tout de leur situation (amoureuse) et pour qui seul l'amour comptait, tous sexes confondus.

Après que tout le monde, maman y compris, fut reparti vers sa vie, ses rêves et ses ennuis, il a fallu que je signe le certificat de naissance de Jessie, avec Cassini qui m'avait rapporté une pâtisserie pour me donner de l'énergie.

À la ligne « PÈRE », j'ai écrit, en belles grandes lettres moulées : INCONNU. Jean-Paul me tenait l'autre main, parce que je tremblais. T'es toujours mieux de tout faire en présence de ton avocat, surtout quand il est chouette comme le mien.

La préposée aux certificats, appelons-la comme ça, quand elle a vérifié que tout était conforme, elle a fait un drôle d'air et a regardé Jean-Paul. Elle était pas vraiment jeune et pas vraiment moderne dans ses idées sur le mariage et la vie. Elle était sûre que c'était lui, le papa, et elle aussi, comme au mariage de Jenny, devait trouver qu'on faisait un beau couple et que Jean-Paul était beau. Elle a regardé une seconde fois le formulaire pour être sûre qu'elle avait pas mal lu.

Jean-Paul, il était pas juste beau, il était aussi beau joueur, et il avait de l'humour, parce qu'il a illico haussé les épaules et a dit, avec un plissement amusé des lèvres, comme si c'était une bagatelle que sa femme ait été enceinte d'un autre homme :

— Petite distraction de mari ! C'est la vie ! Il faut pas en faire un drame.

L'employée a eu l'air vraiment choquée par la légèreté de nos mœurs, parce que moi aussi je souriais avec nonchalance. Ensuite, j'ai vérifié :

— Tout est O.K. ? On peut y aller, maintenant ?

Elle a dit oui, encore indignée, et j'ai senti qu'elle avait vraiment hâte qu'on parte pour raconter à ses collègues notre ignominie. Alors j'ai pas voulu la priver trop longtemps de ce plaisir de calomnie, et on a quitté l'hôpital.

Avec Jessica.

Ma vie a repris son cours normal, enfin pas tout à fait parce que j'étais maman. Celui qui a inventé l'expression « dormir comme un bébé », j'aimerais avoir une petite conversation avec lui : un bébé, ça dort pas ! En tout cas, pas Jessica. Mais je pouvais pas vraiment lui faire des reproches, avec tout ce qu'elle avait vécu, surtout vers l'âge de quatre mois et demi, je veux dire dans mon ventre, toute cette haine, toute cette violence…

Pour gagner ma vie, je me suis fiée au grand principe de Harvard Business School : pour réussir, ce qui compte, c'est pas ce que tu connais mais *qui* tu connais ! Maman m'a fait entrer par la grande porte comme vendeuse chez Zellers, au rayon des souliers pour femmes ! Le pied, quoi !

Jean-Paul, il était plus ou moins d'accord avec mon choix, il aurait préféré que je vive mon rêve, que je retourne à mes études de droit. Il était prêt à tout payer pour ça, même mon appartement. Mais moi, après avoir entretenu un homme, j'avais pas envie de devenir une femme entretenue !

Je sais bien que c'était tout sauf ça dans l'esprit de Cassini, et qu'en plus, il avait les moyens de sa générosité : c'était une bagatelle pour lui avec le salaire qu'il se tapait. Et, en somme, je lui faisais de la peine en refusant sa proposition offerte – et plus d'une fois – sur le plateau d'argent de son cœur d'or.

Mais j'avais besoin de mon indépendance. En plus, on sortait pas vraiment ensemble. Oscar Wilde, désillusionné, a dit à Pierre Louÿs : « Je voulais avoir un ami. Je n'aurai plus que des amants. » Moi j'avais un ami : je voulais pas le perdre en en faisant mon amant.

C'était trop tôt pour moi, *anyway*.

Je jouais, je sais, un jeu dangereux. Parce que les hommes, quand tu les fais trop patienter, ils perdent patience.

Oui, un jeu dangereux, et même, peut-être, le jeu amoureux le plus dangereux de toute ma vie. Parce que c'était évident que les sentiments que Jean-Paul avait pour moi étaient sincères. On avait tout pour que ça marche entre nous. Il me semblait évident qu'on était des âmes sœurs.

Pourtant, je résistais. J'étais pas prête à faire le pas, même si on dansait souvent ensemble et bellement. Jean-Paul caressait même le projet de participer au prochain concours à l'Horizon. Ça me rappelait pas exactement des bons souvenirs, mais je me disais, sans encore de succès, que dans la vie, si t'es pas capable de tourner la page, ton livre, il finit par être lourd à lire et encore plus à porter.

Pour Herby, plus le temps passait, plus je pensais qu'il me foutrait la paix pour toujours. J'avais aucune nouvelle de lui et je me disais comme les Amerloques : *no news is good news*. Il avait probablement refait sa vie avec la fille que j'avais égratignée à coup de roses. Je n'allais pas m'en plaindre.

Une fois de plus, je faisais une (grave) erreur de psychologie.

J'étais rentrée chez moi depuis trois mois, je veux dire que j'avais pu «réélire domicile» et changer la serrure (j'en avais ajouté une avec un pêne plus grand que son pénis! Pas un exploit, tu me diras!). Sans grande surprise, Herby s'était fait mettre à la porte de l'appartement parce que je payais plus le loyer : il était allé se faire vivre par une autre poire!

Mais alors que Jessica avait pas encore six mois, je sais pas pourquoi, il est débarqué chez moi, un matin, et les choses se sont pas exactement bien passées.

On en est venu aux coups. De couteau. Et quelqu'un a failli mourir!

Chapitre 67

J'étais surprise de le voir, et pas exactement ravie. En fait, je tremblais. Intérieurement et extérieurement : la totale, quoi ! mais pas dans la meilleure variante de l'expression !

Je tenais la prunelle de mes yeux dans mes bras quand je lui ai ouvert la porte. Sans même me demander comment j'allais, ni faire de commentaire au sujet de Jessica, un ange dans un pyjama rose que m'avait donné Jenny, et qu'une de ses filles avait porté enfant, il a dit :

— De quel droit tu as écrit père inconnu sur le certificat de naissance de ma fille ?

— Ta fille ?

— Oui, *ma* fille. Je suis son père.

— Tu avais pas exactement envie de l'être quand tu as insisté pour que je me fasse avorter. Ni quand tu as engagé tes sept petits copains pour me violer.

C'était la première fois qu'on parlait directement du viol, en fait, parce que, dans le corridor de l'hôpital, quand je les avais battus à coup de roses, sa copine et lui, il avait sans doute pensé que c'était par jalousie, parce que j'étais furieuse de découvrir son infidélité.

Mais là, mon attaque était frontale, si j'ose dire. Il était pas habitué à ça, il avait toujours fallu que je m'écrase devant lui. Et surtout, il avait jamais pensé que je savais tout.

— Je vois pas de quoi tu parles ! Es-tu encore sur la coke ou quoi ?

— Je t'ai entendu me souhaiter Joyeux Noël pendant que tes amis me pissaient dessus.

— Tu es rendue vraiment folle ! J'ai lu le rapport de police, tu es partie avec un type en limousine le soir du supposé viol.

J'en revenais pas, il niait tout, j'avais envie de lui sauter à la gorge.

— Ta nouvelle poire vient de te foutre à la porte, et comme travailler, c'est trop dur, tu veux que je te reprenne ?

Freud a dit que lorsque tu fais ça avec quelqu'un, je veux dire lorsque tu lis en lui comme dans un livre ouvert, il aime vraiment pas, surtout si, de surcroît, il est cachottier et manipulateur de métier. L'air vraiment en colère, Herby a dit :

— T'es juste une droguée et une sale putain, et je veux pas que tu gardes ma fille, elle va devenir une ordure comme toi.

Même si elle était trop jeune pour comprendre ce flot d'injures, Jessica s'est mise à pleurer.

— Regarde ce que tu fais à ma fille !

— *Ma* fille ! *Ma* fille ! Et je vais pas tolérer qu'elle soit élevée par une prostituée droguée.

Il a levé la main, j'ai écarquillé les yeux, je croyais pas qu'il pouvait me frapper. Mais il l'a fait. Instinctivement, je me suis détournée : sa gifle a atteint Jessica en plein visage. J'ai lu la terreur et l'étonnement le plus profond dans ses yeux : c'était la première fois de sa brève vie d'ange qu'elle recevait un coup. Elle découvrait précocement le bal de la gratitude et du mal. Ses pleurs ont redoublé.

Sans rien dire, avec tout mon calme, je suis allée la déposer dans son petit lit rose et blanc, et je l'ai câlinée jusqu'à ce qu'elle cesse de pleurer, puis je lui ai promis : « Maman revient dans un instant. »

Je suis passée dans la cuisine et j'y ai pris le plus gros couteau que j'avais et que j'utilisais pour couper le rôti de bœuf. J'ai pensé : « Qui peut le plus peut le moins : ça suffira pour couper un chien. » Je suis retournée au salon.

Herby, quand il m'a vue, je pense qu'il a pas compris où je voulais en venir. J'avais toujours été juste une victime et là, je m'avançais vers lui avec un immense couteau. Il a dû penser que je bluffais parce qu'il a esquissé un petit sourire moqueur. Mais j'ai foncé sur lui, il est tombé par terre, je lui ai mis le couteau sur la gorge, et je lui ai dit : « Si jamais tu remets les pieds ici, je te tue, tu m'entends, je te tue ! »

Il m'a craché au visage. Je lui ai enfoncé la pointe de la lame sur le côté de la gorge. Il y a un peu de sang qui a giclé.

J'ai alors pensé à chaque fois qu'il m'avait frappée, battue, humiliée.

J'ai pensé au viol.

Et une rage profonde est montée en moi, que je refoulais depuis trop longtemps. J'ai brandi le couteau, je voulais vraiment passer aux actes. Lui enlever le vie. Pour enfin en avoir une.

Mais au dernier moment, j'ai entendu Jessica qui s'était remise à pleurer à chaudes larmes.

J'ai pensé : si je tue Herby, j'irai en prison, et je serai privée de ma fille, je perdrai les plus belles années avec elle, celles où on croit encore que tout est beau et rose dans la vie. Ensuite on vieillit.

J'ai dit : « Si tu pars pas, je te tue. »

Je me suis relevée, sans attendre sa réponse. J'ai jeté le couteau sur le plancher, au fond de la pièce et je suis retournée vers la chambre.

J'ai pris Jessica dans mes bras, et j'ai téléphoné à Jean-Paul. Je lui ai expliqué du mieux que je pouvais ce qui venait de m'arriver.

Jean-Paul a dit qu'il arrivait. Je suis restée dans la chambre. Quand il s'est pointé, une vingtaine de minutes plus tard, il a pas vu Herby. Pour une fois il m'avait prise au sérieux, je crois. Jean-Paul m'a serrée dans ses bras puis il a demandé :

— Est-ce que tu as le couteau ?

— Euh, il doit être sur le plancher du salon. Mais pourquoi tu me demandes ça ?

Il a pas répondu. Il s'est dirigé tout de suite vers le salon. J'ai replacé ma puce dans son lit, et je l'ai rejoint.

Il arpentait le salon, comme un limier, l'air fort préoccupé. Je lui ai fait un signe, vers un des coins du salon.

— J'ai lancé le couteau par là.

Mais il l'a pas trouvé. Moi non plus. Il a sourcillé, comme si c'était grave. J'ai dit :

— Viens, je vais te faire un café.

Il m'a suivie dans la cuisine où j'ai constaté qu'il y avait un tiroir qui était resté ouvert, et c'était pas celui où j'avais pris quelques minutes plus tôt le long couteau : c'était celui où je remisais les rouleaux de papier d'aluminium et les sacs *Ziploc*. La boîte qui contenait les plus gros était restée sur le comptoir !

Atterrée, j'ai regardé Jean-Paul : Herby était parti avec le couteau qu'il avait mis dans un Ziploc pour que mes empreintes sur son manche restent intactes !

— Il va m'accuser de tentative de meurtre ? que j'ai demandé, affolée.

— Ça ressemble à ça, a admis Jean-Paul, et je lui avais jamais vu une mine aussi déconfite.

— Et s'il gagne, je vais aller en prison, et je pourrai plus voir ma fille ?

Il a pas répondu à ma question, mais il a dit :

— Je pense qu'il va falloir que tu dises la vérité ?

— La vérité ? Je te suis pas.

— Oui, qu'il t'a fait violer par ses amis. Et qu'il était même présent quand ça s'est passé.

— Mais je peux pas, je peux pas ! Tu comprends pas. Si je fais ça, mon frère Johnny va tuer Herby, et il va se retrouver en prison.

— Il va falloir que tu fasses un choix, Martine.

Mais ce choix, le plus difficile, le plus douloureux de ma vie, j'ai pas eu à le faire. Parce que, quelques semaines après ce bizarre incident, j'ai reçu la visite d'un huissier. C'était pas pour me signifier que j'étais accusée de tentative de meurtre, mais plutôt pour m'informer qu'Herby avait entrepris des démarches légales pour obtenir la garde exclusive de Jessica : je devais me présenter en cour dans trois semaines !

Je me suis mise à frotter de manière presque compulsive mon bracelet karmique, dans l'espoir qu'un miracle se produise dans ma vie.

Chapitre 68

Tout de suite, Jean-Paul s'est offert pour me défendre. J'ai objecté que j'avais pas d'argent pour le payer avec mon salaire de vendeuse de souliers. Il a dit : « Est-ce que je t'ai demandé quelque chose ? » J'étais ravie. On a commencé à préparer le procès. Même si, moi, au début, je trouvais que ça avait pas de sens, cette histoire-là. J'avais poussé les hauts cris :

— Jessica a juste six mois, et, en plus, je l'allaite ! Comment est-ce qu'il pense obtenir la garde ?

Jean-Paul est resté silencieux un moment, comme s'il voulait être certain de me donner la bonne réponse, qui me jetterait pas à terre.

— Je… J'ai parlé à une collègue spécialisée en droit de la famille, et elle dit que c'est un facteur qui joue en ta faveur. Mais les procès durent souvent longtemps et, à un moment donné, Jessica aura plus de six mois et tu l'allaiteras plus. Alors on sait jamais dans un procès. Ça dépend de tant de facteurs : du juge, des experts, des témoins…

Jean-Paul, il avait raison. Parce que, on peut pas dire que ça s'est exactement bien passé, la suite des choses. Mais j'anticipe sur mon récit, et il paraît qu'il faut pas, ça enlève le suspense, et il en faut un max, sinon tu te fais zapper vite fait. On vit dans un monde où si tu excites plus, tu existes plus : voilà l'équation affolante de notre existence. Comme point de départ, Jean-Paul a dit :

— Il faut d'abord établir qu'Herby était violent avec toi. On parlera pas du viol, mais il faut au moins dire qu'il t'a battue. Sinon on a rien, il va vouloir démontrer à la cour que tu es une mère agressive et dangereuse pour votre enfant...

— *Mon* enfant !

— Oui, d'accord, ton enfant. Mais aux yeux de la cour, un enfant a deux parents, surtout quand les deux se battent pour en avoir la garde.

Finalement, j'ai cédé. Enfin, en principe. Mais d'abord il fallait que je parle à Johnny. Je suis allée le rencontrer dans son nouveau condo, avec Jean-Paul.

Sa copine Mélanie a insisté pour être présente. J'étais pas sûre d'être d'accord, vu que c'était quand même des choses assez confidentielles, mais elle m'a aidée finalement. J'ai expliqué à Johnny qu'il devait d'abord me promettre de pas être violent quand il entendrait ce que j'avais à lui dire. Il a dit qu'il ne pouvait pas me promettre avant de savoir. Moi, je pouvais pas courir le risque de lui dire au sujet d'Herby avant de tenter de lui arracher une promesse. C'était l'impasse. Jean-Paul m'a regardée en haussant les épaules : mieux valait pas insister. Mais j'ai eu une idée.

— Mélanie, est-ce qu'on peut se parler entre femmes ?

Elle a dit oui. Les hommes se sont regardés en pensant : les femmes…

Mélanie et moi, on s'est retirées au salon, où il y avait tout plein de meubles neufs achetés grâce à l'argent gagné à la loterie, grâce au bracelet d'émeraude qui change ta vie. Mais pas la mienne, en tout cas pas, mais alors là vraiment pas dans le sens que j'aurais aimé.

Jean-Paul est resté avec Johnny, ils avaient pas des masses de choses en commun, à part que tous les deux m'aimaient. Sauf que, à un moment, ils se sont mis à parler bagnoles et quand Johnny a su que Jean-Paul roulait en Porsche 911 Targa, tout de suite ça leur a fait un sujet de conversation. Qu'il m'a dit après, dans l'auto, Jean-Paul.

Je lui ai tout expliqué, à Mélanie. Elle avait l'air catastrophée, mais comme elle était une femme, elle a vite compris. On est retournées à la cuisine. Ma « belle-sœur » a dit à Johnny : « il faut que je te parle, mon chéri », et, dans son ton, ça paraissait que c'était pas négociable. Quand ils sont revenus du salon, où ils s'étaient réfugiés eux aussi, il m'a dit : « C'est O.K., sœurette. »

On avait le feu vert, Jean-Paul était content. Il s'est levé et comme pour récompenser Johnny, il lui a lancé les clés de sa Porsche en disant : « On va vérifier si tu aimes vraiment ça une Porsche Targa. » Johnny s'est pas laissé prier, comme tu peux l'imaginer. Jean-Paul m'a fait un clin d'œil, et il est parti d'un pas léger avec Johnny.

Mais sa joie a été de courte durée.

Chapitre 69

Le lendemain, au poste de police de Montréal-Nord, il a pas été capable de faire sortir un seul rapport. Il a passé pour un fou, un perdu, un pas rapport… de police ! C'était comme si Herby était pas un chien, mais un agneau, qu'il avait jamais levé la main sur moi, qu'aucun agent était jamais venu à notre appart, oups, stupide de moi : *mon* appart ! Je comprenais pas. Et Jean-Paul encore moins.

À un certain moment, j'ai même eu l'impression de voir passer dans ses yeux une sorte de doute sur ce que je disais, je veux dire comme si j'étais folle et que j'avais tout inventé : ça s'est vu. Mais c'est vite passé. Il m'aimait. Freud a dit ou à peu près : « Un homme qui doute de son propre amour peut et même doit douter de toute chose moins importante. » Alors Jean-Paul pouvait pas douter longtemps de moi.

J'ai pensé : « Allons voir si la rose qui ce matin, non, je veux dire allons voir la voisine qui, même si elle faisait l'amour du matin au soir, ou quasiment, a quand même eu le temps d'appeler la police quand elle entendait Herby qui me battait du matin au soir, ou quasiment, et moi qui criais. »

Mais contre toute attente, elle a dit qu'elle savait vraiment pas de quoi on voulait parler et qu'elle avait jamais appelé la police. La jeune quarantaine, les seins refaits de toute évidence ou sinon c'était un mystère, cette arrogance, elle était plutôt sexy dans son jeans moulant et sans soutien-gorge dans sa camisole noire, avec aux lèvres (peintes en rouge vif) une cigarette blonde tout comme elle.

Jean-Paul en revenait pas : pas de ce triomphe des lois de la gravité – enfin je crois. Mais qu'elle nie tout en bloc.

De nouveau, il m'a regardée, mon avocat, mon ami, mon âme frère peut-être, je savais plus, dans le tourbillon de ma vie, oui, il m'a regardée, comme si, peut-être, il s'était fait monter un grand bateau avec cette histoire de violence conjugale. Au fond, la folle, la mytho, c'était peut-être moi !

Et même toi, lectrice, mon amie, comment peux-tu savoir si je te dis la vérité ou si je te mens pas éhontément, puisque c'est moi et seulement moi qui tiens les rênes du récit ?

Mais je sais que tu me crois car tu es femme, et en général, ce sont les hommes qui mentent. Faut pas vraiment leur en vouloir : ils peuvent pas s'en empêcher et la raison au fond en est simple : ils sont polygames et pas nous, d'où le drame. Nous, on sait qu'on est ou sera mère, eux, ils sont jamais vraiment sûrs qu'ils sont pères : d'où leur petite angoisse qui leur fait commettre de grandes infidélités et d'incessantes contre-vérités. Jean-Paul a tenté d'intimider la voisine :

— Je peux vous obliger à comparaître.

— Est-ce que vous avez déjà pensé faire le Festival Juste pour Rire ou *Saturday Night Live*?

Jean-Paul, il a été moins vite sur ses patins que d'habitude, il a demandé :

— Euh, non, pourquoi?

— Parce que vous avez vraiment un talent comique, a fait la voisine sexy et loin d'être sotte, contrairement à ce que pensent les hommes qui font l'équation : dès que tu es sexy, tu es stupide!

Alors qu'eux sont souvent cons, bedonnants et chauves, pas du matériel vraiment érotique pour la femme moderne qui a pas besoin d'eux pour continuer à faire ses paiements parce qu'elle a déjà une carrière : « *Don't call me, I'll call you!* Ce fut un plaisir immense de faire ta connaissance mais laissons au hasard, qui arrange toujours bien les choses, le soin d'une deuxième rencontre. »

— Évidemment, qu'il a fait, Jean-Paul, en plissant les lèvres, pris en flagrant délit de lenteur mentale.

Pourtant, il a aussitôt ajouté :

— Mais vous me trouverez moins drôle quand un huissier vous apportera un *subpoena*.

— Non, parce que votre *sub* je sais pas quoi, je vais l'utiliser comme torche-cul, et dans pas longtemps parce que vous me faites vraiment chier. Vous pouvez pas m'obliger à me faire dire ce que vous voulez que je dise.

— Vous êtes prête à vous parjurer?

Elle a éclaté de rire :

— Vous avez quel âge ? Je veux dire vous êtes avocat depuis combien de temps ?

— Je… vous me demandez ça pourquoi ?

— Il faut vraiment tout vous expliquer, vous ! Ma sœur s'est fait tuer à seize ans par un conducteur ivre, ma mère est morte du cancer du sein quand j'avais quatorze ans, moi, je suis stérile parce qu'un type m'a refilé une gonorrhée à dix-neuf, alors ma vie a pas de sens, et c'est pour ça que je baise trois fois par jour en attendant que mon *chum* me donne mon quatre pour cent pour une fille qui va pouvoir lui donner des enfants, même s'il dit le contraire. Est-ce que vous avez d'autres questions ou je peux retourner à mes mots croisés et mon café ?

Jean-Paul, il a bien vu que, *subpoena* ou pas, la voisine, qui avait pas la langue dans sa poche, dirait juste ce qu'elle avait envie de dire, et que, en cour, il aurait l'air d'un con, et le juge se demanderait pourquoi il l'avait appelée comme témoin.

Il m'a regardée avec l'air de dire : on perd notre temps, viens, on y va ! Mais j'ai voulu jouer une dernière carte. J'ai dit :

— Pourquoi vous faites ça ? Vous savez bien qu'Herby me battait. Maintenant il veut avoir la garde de mon enfant.

Ç'a paru la toucher, mon petit boniment, même si ou parce qu'elle aurait jamais d'enfant, comme elle venait de nous l'avouer candidement. Elle a hésité, a plissé les lèvres, a dit :

— Je vais vous raconter une histoire. Imaginez que vous êtes en voyage, parce qu'il vous est resté de l'argent après avoir payé tout votre impôt au gouvernement pour que les ministres puissent boire du bon vin à votre santé, oui, donc vous êtes en voyage avec votre amoureux ou votre enfant et un étranger arrive, et vous dit qu'il a un service à vous demander, mais vous savez que si vous le lui rendez, vous risquez votre vie ou celle de votre amoureux ou de votre enfant, vous faites quoi ?

— Herby vous a fait des menaces ? que j'ai conclu en un éclair.

— Oui mais, même si vous voulez me citer là-dessus, je vais dire que j'ai jamais dit ça.

J'ai compris, Jean-Paul aussi et on a pas insisté. Dans la vie, chacun fait ce qu'il peut, pas ce qu'il veut. En d'autres mots, si, pour rendre un service, tu risques de te faire tirer une balle dans la tête, tu fais quoi ? Tu fais ce que ma voisine avait décidé de faire. On peut pas tous être Jésus-Christ.

En refermant la porte de mon apart derrière Jean-Paul et moi, j'ai laissé tomber, découragée :

— *Shit*, qu'est-ce qu'on va faire ?

Jean-Paul, qui est plein de ressources habituellement, semblait un peu démonté. Je lui ai offert un café.

— Bien tassé, qu'il a dit, après avoir poussé un long soupir de découragement.

Il avait pas bu trois gorgées que le téléphone a sonné. C'était Cassandra, et tout de suite, dans sa voix, j'ai senti qu'il y avait quelque chose qui allait pas.

Chapitre 70

On se voyait pas souvent, Cassandra et moi. Je travaillais le jour, elle, le soir, au 369. J'avais Jessica. Elle avait sa vie. J'ai dit :

— Ça va pas, hein ?

Elle a répondu, catastrophée :

— J'ai reçu une lettre par huissier pour comparaître en cour, j'ai pas le choix.

— En cour ?

— Oui, à ton procès. Avant de t'appeler, j'en ai parlé à un de mes clients avocat et il m'a dit que je vais être obligée de dire des choses contre toi.

Ensuite elle a été obligée de raccrocher, elle pouvait plus arrêter de pleurer.

Je savais pas trop quoi penser. Mais quand j'ai résumé à Jean-Paul la conversation que je venais d'avoir avec elle, il a semblé trouver ça grave. Après quelques secondes de réflexion, il a dit :

— À ton avis, pourquoi ils la veulent comme témoin ?

— Je… je sais pas…

— Réfléchis ! Je suis sûr que tu le sais.

Il me regardait droit dans les yeux. J'ai rougi, et comme je suis rousse, c'était pas facile à dissimuler, cet émoi. Après une hésitation, comme j'avais peine à soutenir le regard de Jean-Paul, j'ai avoué platement :

— Ils vont lui demander si elle m'a vendu de la coke au 369, et elle va dire la vérité.

— La vérité ?

— Oui, parce qu'elle peut plus mentir, c'est à cause de Jésus et d'un…

— Jésus ? qu'il a fait en fronçant les sourcils parce que, une danseuse nue et Jésus, ça faisait pas exactement le cocktail le plus évident.

J'ai pas voulu lui expliquer, on avait pas toute la soirée, et il avait beau être intelligent, après tout, il était juste un avocat, et un homme de surcroît : les choses pas rationnelles, qui répètent pas *ad nauseam* que un plus un égale deux et rien d'autre, les choses plus subtiles, en un mot, les choses de femmes, ils peuvent pas comprendre, les hommes, même s'ils pensent souvent qu'on est juste des connes.

— De la coke, elle m'en vendait. Tous les soirs.

— Tous les soirs ? qu'il a dit, ahuri et surtout catastrophé, en raison des conséquences que ça aurait en cour.

— Oui, sans coke ni *Jack*, j'aurais pas pu danser. Je me sentais comme un dépotoir pour les clients. Sauf pour toi évidemment, mon chéri.

Je sais pas pourquoi j'ai dit « mon chéri », c'est sorti comme ça, malgré ma pudeur à dire mes sentiments vrais à cet homme. Peut-être le premier homme vrai que j'avais jamais rencontré. Et que, peut-être, je rencontrerais jamais : ils sont encore plus rares que les hommes dangereux, c'est te dire.

Il a eu un sourire bref et ému, Cassini mon ami, à cause du « mon chéri », enfin je suppose (tu sais jamais avec les hommes, malgré toute leur prose et toutes leurs poses), et ensuite il a baissé la tête.

J'ai compris que ce serait pas de la tarte et j'ai pas pu fermer l'œil de la nuit. En fait, je l'ai passée à regarder Jessica dormir, en pensant que je perdrais peut-être cette joie, ce privilège, à cause de mes conneries passées et de la méchanceté d'Herby : il voulait juste m'enlever ma fille pour me faire mal, parce qu'il m'avait plus sous la main pour exercer son sacerdoce de prince...

... des forces du Mal, et ça n'avait rien à voir avec la couleur de sa peau ou qu'il fût haïtien. Le diable est partout, même dans les moindres détails de nos pensées, de nos actions, de nos vies, si on ne fait pas attention : on est le seul gardien de sa vie.

Jean-Paul avait raison de s'inquiéter au sujet du témoignage de Cassandra parce que c'est elle qui a été le premier témoin appelé à la barre, et ça n'a pas été exactement la joie pour moi. Ni pour mon avocat. Ni pour ma fille Jessica. Même si elle pouvait pas savoir. Mais moi je voyais les conséquences, et c'était pas exactement *pretty*. *Woman* ou pas. Et ça ressemblait de moins en moins à un film qui finirait bien comme à Hollywood.

P.-S. Pendant le procès, la voisine qui pouvait pas avoir d'enfant et faisait toujours l'amour (bruyamment) avec son amant dans l'espoir de devenir mère, m'a proposé de garder Jessica. Je lui ai pas demandé si c'était pour se racheter d'avoir pas voulu témoigner, j'ai juste été touchée. Parce que cette femme, au fond, était mère sans jamais avoir eu d'enfants!

Chapitre 71

Cassandra, elle avait fait un effort (fort louable), ça se voyait. Pour pas s'habiller sexy et passer pour ce qu'elle était : une danseuse. Elle portait un tailleur tout ce qu'il y a de distingué, Coco Chanel aurait pas rougi de sa couleur noire ni de son décolleté, et vraiment, le seul reproche que je pouvais lui faire, c'est qu'il était un peu court. Pour la cour. Et comme elle avait des jambes d'enfer, et des talons aiguilles d'une hauteur un peu vertigineuse, ça lançait un message contradictoire sur les bords, comme ils disent.

Elle m'a dit ensuite qu'elle avait fait ce qu'elle pouvait, qu'elle avait rien trouvé de mieux dans sa garde-robe, et que pour les escarpins, elle avait pensé les troquer pour des espadrilles, ou des souliers plats, mais elle avait eu peur que ça fasse suspect et que ça paraisse trop qu'elle voulait cacher ce qu'elle faisait dans la vie.

Quand l'employé de la cour l'a assermentée, un type de quarante ans qui avait l'air abruti, avait les yeux rougis d'un alcoolo fini ou d'un grand chagriné, elle semblait nerveuse, même que sa main tremblait sur la Bible, et sa voix aussi. Même que, au lieu de répondre seulement oui, après : « Jurez-vous de dire la vérité, rien que la vérité, toute la vérité ? », elle a dit, comme à l'église, quand tu te maries : « Oui, je le veux. »

Mᵉ Stanley, l'avocat d'Herby, en fait une avocate, qui avait un style Ilsa, la louve des SS avec des yeux bleus qui te donnaient froid dans le dos et des cheveux blonds tout lisses et retenus en chignon derrière sa tête de bourreau ou de dominatrice (il lui manquait seulement un fouet et sa liste de tarifs !), a eu de la difficulté à étouffer son rire.

Elle a illico chuchoté un mot à l'oreille d'Herby, qu'elle trouvait visiblement beau, comme toutes les femmes, même si elle pouvait pas coucher avec un client – elle pouvait quand même en rêver, la stupide mal informée ! Le magnifique double bénéficiaire des largesses du BS, cravaté de soie et sapé comme un roi (déchu), dans un costume trois pièces brun, a esquissé un sourire lui aussi : il me détruirait haut la main, comme il avait tenté de le faire depuis qu'il me connaissait.

J'ai pensé qu'elle lui confiait, cette avocate aux allures sado-maso, qu'elle ferait une seule bouchée de Cassandra. Jean-Paul, optimiste increvable, avait une gueule d'enterrement : il y aurait du sang.

Oui, la pauvre Cassandra avait le *shake*, je sais pas pour laquelle des trois raisons suivantes : parce que la cour, ça te rend nerveux ; parce qu'elle avait peur de me nuire et que je perde Jessica ; ou parce qu'elle avait rêvé à Jésus sur la plage. Ou les trois.

Le juge Alphonse Lacroix, un sexagénaire d'allure sévère, avec une barbe poivre et sel bien taillée, a plissé les lèvres et s'est tourné vers Me Stanley pour qu'elle procède.

Elle s'est pas laissé prier et s'est aussitôt avancée vers Cassandra. Elle affichait un sourire digne de *Jaws*, il manquait juste la musique, quand le requin nage dans le voisinage. On aurait dit que Cassandra était sa dangereuse rivale auprès du (beau?) Herby, et qu'elle voulait la déchirer en morceaux :

— Madame Tremblay, quel est votre métier?

Ça m'a fait drôle d'entendre appeler Cassandra « madame Tremblay », même si c'était la plus banale des vérités : pour moi, Cassandra c'était celle qui m'avait gentiment enseigné le métier alors que toutes les autres danseuses riaient de moi, et qui m'avait offert une ligne quand j'avais pensé de tourner tout de suite la page sur ce métier de merde.

— Je travaille dans un bar.

— Quel bar?

— Le Trou.

— Le Trou?

— Oui, le 369.

— Bien, et vous faites quoi, dans ce bar?

— Je suis danseuse.

— Danseuse?

— Danseuse nue.

— Connaissez-vous Martine Jeanson ? a demandé la louve des SS.

— Oui.

— Depuis combien de temps ?

— Euh, je sais pas exactement.

— Approximativement ?

— Euh, un an.

— Où l'avez-vous rencontrée ?

— Au 369.

J'avais tout fait pour que ma mère vienne pas au procès. Je lui avais jamais avoué mon métier. Et comme je dansais plus depuis que je savais que je serais maman, donc depuis près d'un an, j'en voyais pas l'intérêt. Mais elle avait dû sentir quelque chose, ou tirer les vers du nez de Johnny, ou de sa petite amie.

Quand j'ai avoué mon métier passé, j'ai regardé dans sa direction, dans la direction de ma pauvre petite maman qui avait voulu être pianiste et avait fini chez Zellers, qui avait cru que sa fille épouserait un médecin, et qui apprenait qu'elle avait fait un métier pas loin de putain. J'ai regardé dans les yeux bleus de maman avec dans les miens les mots de la chanson de Ferland, « maman, maman, ta fille passe un mauvais moment ». Elle aussi passait un mauvais moment. Et elle avait plus sa maman pour lui parler, juste son fils à qui elle serrait la main, le cœur gros.

Quand nos regards se sont croisés, j'ai vraiment eu honte. En fait, je pense que j'ai jamais eu aussi honte de toute ma vie. J'étais LA fille indigne modèle. Johnny, il a esquissé un petit air coupable, il m'a même semblé qu'il haussait les épaules. J'ai compris que c'est lui qui avait ouvert sa grande trappe.

— Est-ce que vous lui vendiez de la cocaïne ? a demandé Me Stanley, qui avait pas eu besoin de gagner la Coupe Stanley pour savoir ce qu'elle devait lui demander.

C'est Herby, évidemment, qui lui avait filé le tuyau : elle répétait comme un perroquet les questions qu'il lui avait mises dans la bouche.

Cassandra, atterrée, m'a regardée. Je me suis contentée de dodeliner de la tête : elle pouvait simplement dire la vérité, rien que la vérité, toute la vérité, aussi accablante fût-elle.

— Madame Jeanson, je veux dire madame Tremblay, a insisté l'avocate, est-ce que vous pourriez répondre à ma question ?

Cassandra s'est tournée vers le juge et a demandé, sans moquerie :

— Votre Altesse, est-ce que je peux me retrouver dans le trouble si je réponds à cette question ?

— Non, madame, le procès est pas à votre sujet.

— Ah, là vous me faites plaisir, Votre Majesté.

Je sais pas si c'était la nervosité qui lui donnait de la poésie langagière, mais elle déclinait le titre du juge avec des variations, ma *coach* de vie de nuit.

Soulagée, sourire aux lèvres, elle a ouvert son sac à main et en a tiré une cigarette qu'elle a allumée.

L'employé qui avait l'air abruti s'est approché aussitôt et lui a expliqué qu'elle avait pas le droit de fumer. Elle a pris une dernière bouffée, mais elle savait pas comment éteindre sa cigarette. L'employé a tiré de sa poche un petit cendrier en aluminium. Il devait fumer en cachette aux toilettes ou ailleurs pendant les pauses. Cassandra a éteint sa cigarette, elle souriait, désolée de sa bourde. Il a eu un petit sourire coupable : dans sa gentillesse, il avait trahi son vice.

— Madame Tremblay, s'il vous plaît, est-ce que vous pourriez répondre à ma question, a fait l'avocate, irritée par ce qui venait de se passer. Est-ce que vous vendiez de la cocaïne à madame Jeanson ?

Avant de répondre, Cassandra m'a regardée et elle avait l'air infiniment désolée. Finalement, elle a expliqué :

— Je… écoutez, c'est presque impossible de faire ce métier si on prend pas de coke.

— Je comprends, madame, mais s'il vous plaît, pouvez-vous vous contenter de répondre à ma question ? Est-ce que oui ou non vous vendiez de la cocaïne à madame Jeanson ?

— Oui, je… je lui en vendais.

— Tous les soirs où elle dansait ?

— Tous les soirs où elle dansait, je sais pas, j'étais pas là tous les soirs.

— Je vais reformuler : tous les soirs où vous étiez au bar en même temps qu'elle ?

— Euh oui…

Jean-Paul m'a regardée. On comprenait tous les deux que je m'enfonçais.

— Et vous en preniez avec elle ?

— Oui.

— De grandes quantités ?

— Un quart ou deux.

— Pouvez-vous expliquer à la cour ce qu'est un quart de cocaïne ?

Cassandra m'a regardée, puis a dit sur un ton mi-figue mi-raisin :

— Juste assez pour danser pendant une heure, quand les clients sont pas trop dégueulasses.

— Pouvez-vous être plus précise ?

— Objection, monsieur le juge ! a dit Jean-Paul, le témoin est pas expert en stupéfiants.

— Vous avez raison, maître Cassini, mais j'aimerais une réponse quand même, a tranché le juge.

Et se tournant vers Cassandra, il a ajouté :

— Madame Tremblay, répondez à la question, s'il vous plaît.

— Je… écoutez, un quart, ça donne plusieurs lignes, je… ça donne un buzz, un hostie de bon buzz… je veux dire, je voulais pas dire le mot « hostie », vu votre présence, mon Excellence, oups, je veux dire *Votre* Excellence…

— Ça va, ça va, l'a rassurée le juge, on a compris.

Mᵉ Stanley a demandé :

— Assez pour vous enlever le sens de la réalité ?

— Ben, je sais pas si ça m'enlevait le sens de la réalité mais c'est assez pour oublier que les clients sont dégueulasses.

C'était peut-être pas exactement la réponse que souhaitait Mᵉ Stantley, mais elle a souri.

— Madame Tremblay, vous souvenez-vous du dernier soir où vous avez vu madame Jeanson au 369 ?

— Euh, oui.

— C'était quel soir ?

— Le soir de Noël.

— Noël dernier ?

— Oui.

— Et est-ce que vous lui avez vendu de la cocaïne ce soir-là ?

— Non.

— Parce que vous n'en aviez pas ? Ou qu'elle n'avait pas d'argent pour vous en acheter ?

— Non, j'en avais, mais elle a refusé.

— Vous a-t-elle dit pourquoi ?

— Oui. Parce qu'elle était enceinte.

— Madame Tremblay, à votre connaissance, y avait-il quelqu'un d'autre dans le bar qui aurait pu lui en vendre ?

— Objection ! Maître Stanley demande au témoin de spéculer.

— Objection maintenue.

— Je n'ai pas d'autres questions, monsieur le juge, a conclu Me Stanley.

Elle est retournée s'asseoir à côté d'Herby, il souriait. Elle aussi. J'avais le goût de me lever et d'aller lui cracher au visage, pour me faire vivre cette humiliation.

Le juge a demandé à Jean-Paul s'il voulait contre-interroger Cassandra, mais, après une brève réflexion, et m'avoir consultée du regard, il a préféré y renoncer. Elle avait dit juste la vérité, la plus plate, mais en même temps la plus accablante, des vérités.

Le juge a dit à Cassandra qu'elle était libre ; elle m'a regardée en plissant les lèvres, elle avait vraiment fait son possible. Je le savais, je lui en voulais pas, je lui ai souri gentiment.

Le juge avait pris beaucoup de notes, je suis pas avocate mais il me semblait que c'était pas bon signe, j'ai vérifié auprès de Jean-Paul, il a dit que, non, en effet, c'était pas bon signe.

J'ai regardé en direction de maman. Elle venait d'apprendre que non seulement sa fille était une danseuse mais aussi une droguée. Pas étonnant qu'elle était incapable d'arrêter de pleurer.

Johnny, lui, il essayait de la consoler. Mélanie, elle a sorti un petit mouchoir blanc de son sac et elle le lui a donné, pour essuyer ses larmes.

Le prochain témoin, ça m'a tout pris pour pas me lever et aller l'égorger.

Chapitre 72

Quand Herby a dit : « Oui, je le jure », la main dignement posée sur la Bible, j'ai laissé malgré moi échapper un soupir dans lequel il y avait un *fuck* retenu. Le menteur chronique, le manipulateur suprême continuait sa comédie et, de toute évidence, elle était pas improvisée. Je sais pas s'il avait été conseillé par son avocate, ou par le diable à qui il avait vendu son âme, si du moins il en avait jamais possédé une, mais il avait dépouillé ses mains de ses bagues voyantes de *pimp*, et il avait pas sa grosse chaîne en or au cou, ou alors elle était cachée sous sa chemise blanche bien repassée, même que le col paraissait amidonné, lui toujours vêtu comme le bum qu'il était. Il voulait vraiment jouer la carte de l'homme d'affaires sérieux qui avait fait l'erreur de sortir avec une vulgaire danseuse, et pire encore de lui avoir fait un enfant.

Le juge a sourcillé comme s'il était pas sûr d'avoir entendu ce que je venais de dire. Un sourire forcé aux lèvres, Jean-Paul a murmuré :

— *Shut the fuck up…*

— Oui, oui, d'accord.

Son avocate lui a d'abord demandé ce qu'il faisait dans la vie, à Herby. Sa réponse m'a surprise.

— Je travaille comme fonctionnaire à la ville de Montréal-Nord.

Lui, travailler? J'en revenais pas. J'ai pensé aussitôt que c'était peut-être pour ça que tous les rapports de police avaient disparu. J'ai écrit sur une des tablettes mises à notre disposition : raison de la disparition des rapports de police?

Jean-Paul a dodeliné de la tête en plissant les lèvres, ce qui semblait vouloir dire « peut-être ».

— Monsieur Dieudonné, est-ce que vous avez d'autres activités? a demandé Me Stanley à Herby.

— Je fais du bénévolat auprès des enfants malades à Sainte-Justine, une fois par semaine.

— *Fuck*! que j'ai dit, et cette fois-ci le juge l'a bien entendu.

— Madame Jeanson, m'a-t-il prévenue, je vous prierais de garder vos commentaires pour vous, sinon vous pourriez être accusée de mépris de cour.

— Oui, monsieur le juge, et j'ai penché la tête, me suis tournée vers Jean-Paul, l'air repentant.

Herby a continué de répondre aux questions de Me Stanley.

— Quand j'ai rencontré la mère de notre enfant, elle travaillait aux Chants de l'Aube, une résidence pour personnes âgées. Mais elle, elle disait que c'était pas assez payant, et que c'était trop déprimant de changer les couches, vider les bassines, écouter les vieux radoter sur leur passé et leurs enfants qui viennent jamais les voir. Elle faisait tout pour se faire congédier, elle arrivait en retard, elle faisait mal son travail...

— Objection! Le témoin spécule.

— Objection maintenue.

Herby a dit :

— Je... finalement elle s'est fait mettre dehors. Elle était contente...

— Objection pour les mêmes raisons!

— Écoutez, maître Cassini, théoriquement vous avez raison, mais comme le temps de la cour est précieux, et que nous ne sommes pas ici pour une histoire de meurtre, je vais accorder un peu de liberté au témoin et à maître Stanley.

— Oui, monsieur le juge, s'est incliné Jean-Paul, et son air s'est rembruni : il aimait évidemment pas la direction que prenait le témoignage.

— Merci, monsieur le juge, a dit Me Stanley avec un sourire triomphant et un tantinet arrogant à l'endroit de Jean-Paul.

— Vous disiez, monsieur Dieudonné?

— Euh, elle était contente de se faire congédier, elle a même acheté une bouteille de Baby Duck.

Me Stanley et le juge ont esquissé un sourire légèrement moqueur ou plutôt supérieur : ils venaient tous deux d'une classe... supérieure, et le Baby Duck, il avait pas bonne presse dans leurs cercles ou à leur table, je suppose.

— *Baby fuck*, que j'ai murmuré.

Il inventait tout, tout, tout : ce sirop gazéifié, j'avais jamais aimé !

Le juge a pas entendu ma remarque, Jean-Paul a mieux respiré.

— Elle voulait pas juste fêter en grande pompe parce qu'elle avait été congédiée, a repris Herby, mais surtout parce qu'elle venait de voir une annonce dans le *Journal de Montréal*, qui cherchait du personnel dans un bar de danseuses.

— Comment avez-vous réagi, monsieur Dieudonné ?

— Ben, sans vouloir parler contre elle, parce que c'est une bonne personne dans le fond, moi, je comprenais pas, je trouvais ça dégueulasse, ils ont beau dire que c'est des danses sans contact, c'est quand même de la prostitution. J'aime pas employer le mot pour la mère de mon enfant, et ça me brise le cœur, mais il faut appeler un chat un chat et une chienne une chienne.

Faisait-il exprès ou pas de me traiter indirectement de chienne ? En tout cas, je sentais que j'allais exploser. Même que je sais pas comment j'ai fait pour pas me lever et aller l'étrangler. Il disait exactement le contraire de ce qui s'était passé, j'en revenais pas. Je croyais rêver. Rêver ? Façon de parler ! C'était le pire des cauchemars que j'avais jamais vécus. Enfin, exagérons rien !

Le pire cauchemar, c'était le viol ! Non, c'est même pas vrai. Le pire cauchemar, qui me hantait, me brisait, me tuait, c'était l'idée horrible que je perdrais peut-être ma fille qui se retrouverait un jour ou l'autre avec ce monstre. Qui la tuerait peut-être pour avoir commis le crime de lèse-majesté de lui avoir tenu tête, à mon prince haïtien de mon arrière-train, et, crime suprême, de m'être finalement débarrassée de lui et de sa tyrannie.

— Pour elle, a conclu Herby, il y avait juste l'argent qui comptait.

— Objection !

— Objection maintenue.

Herby s'est ressaisi, et il a dit :

— Finalement, même si je trouvais ça dégradant, danser nue, comme je la respectais comme femme, et que je croyais que c'était la femme de ma vie et qu'on pourrait être deux ensemble, j'ai dit c'est correct. Mais alors, il s'est produit quelque chose, une sorte de miracle : un jour, elle m'a annoncé qu'elle était enceinte. Moi je me suis dit que Dieu existait, après tout. J'ai remercié le Ciel, que je priais de m'aider depuis des mois, et j'étais sûr qu'elle arrêterait enfin de danser et que mon humiliation cesserait, mais non elle a… elle a…

Il semblait avoir de la difficulté à poursuivre.

— Prenez votre temps, l'a encouragé son avocate, je sais que c'est difficile pour vous d'évoquer ce passé.

Elle a pris le verre d'eau qui était mis à la disposition du témoin, et elle le lui a tendu. Il a décliné l'offre d'une geste courageux, presque héroïque, de la main.

Moi j'en revenais pas. Je voulais le tuer de nouveau, comme plusieurs fois depuis quelques mois, juste un peu plus, juste un million de fois plus. J'avais commencé à trembler, je savais vraiment pas si j'allais pouvoir me contrôler dans les minutes, que dis-je, dans les secondes à venir.

Herby a fait semblant de retrouver une contenance, et il a poursuivi sa déposition de merde, déversant dans la cour toutes les ordures du *container* de son cœur :

— Elle a dit qu'elle… qu'elle voulait…

Il hésitait comme s'il était incapable de dire le mot.

— Prenez votre temps, l'a encouragé de nouveau la louve des SS qui, elle aussi, jouait la comédie, et avec un art consommé.

— Elle a dit qu'elle voulait se faire avorter, que la seule chose qui comptait pour elle, c'était sa carrière et le fric et que, avoir un enfant à dix-huit ans, c'était ridicule.

Fuck, il disait de nouveau exactement le contraire de la vérité ! Jean-Paul m'a regardée, et un bref doute est passé dans ses yeux, comme s'il se demandait : « Est-ce possible qu'il mente avec tant de sincérité, tant de conviction, ce modeste fonctionnaire qui fait du bénévolat dans un hôpital pour enfants ? »

— Je l'ai suppliée à genoux de pas se faire avorter, et à la dernière minute, je sais pas pourquoi, elle a accepté. Je pensais qu'on serait enfin heureux ensemble, qu'on aurait une petite famille, comme j'avais toujours rêvé, mais finalement, la veille de Noël, elle m'a annoncé qu'elle voulait plus qu'on vive ensemble, et que j'étais juste un Haïtien raté…

Là, il s'est interrompu, comme suffoqué par l'émotion. Moi, je me suis tournée vers maman, et ça m'a tuée, le spectacle de son désarroi. Je voyais bien qu'elle croyait Herby, qu'elle avait acheté toute sa comédie : que, entre autres, c'est moi qui avais insisté pour être danseuse, que c'est moi qui avais voulu me faire avorter et que si j'étais finalement devenue maman, c'était juste grâce à son insistance.

Johnny, il a passé son bras autour des épaules de maman qui sanglotait, et il m'a ensuite regardée avec des reproches dans les yeux. Mélanie, sa copine, elle, je crois qu'elle lisait entre les lignes, qu'elle croyait pas les mensonges d'Herby.

— Est-ce que vous préférez prendre quelques minutes de pause, pour rassembler vos idées ? a demandé le juge.

— Non, je…

Il a joué les héros, il a dit :

— Non, ça va aller, je… je vais pouvoir continuer…

— Pourquoi votre ex-conjointe vous a-t-elle traité de Haïtien raté ? a demandé Me Stanley.

— Ben, quand je l'ai rencontrée, je recevais de l'aide du gouvernement, mais je donnais tout à ma mère, pour l'aider, parce que mon père, il est resté en Haïti, c'est un homme d'affaires et j'ai plusieurs sœurs et frères qui vont encore à l'école.

— Je vois. Mais est-ce que vous avez des preuves que vous cherchiez activement un emploi, des copies de lettres que vous avez envoyées ou reçues des employeurs que vous avez approchés dans vos recherches ?

— Non, quand ils voyaient que j'étais haïtien, et que j'étais pas allé à l'école longtemps, ils disaient seulement « on vous rappellera », mais ils rappelaient jamais : les gens, ils ont des préjugés contre notre peuple, c'est pas facile. Je dis pas ça pour parler contre le Canada, mais c'est comme ça.

Me Stanley a consulté ses notes, puis elle a demandé :

— Ensuite, que s'est-il passé ?

— Des dizaines de fois, j'ai appelé mon ex pour tenter une réconciliation et savoir comment allait sa grossesse. Mais elle répondait jamais. C'est comme si j'avais jamais existé. Puis notre fille est née, je l'ai appris parce que sa mère me l'a dit.

J'ai regardé en direction de ma mère. Je dirais pas qu'il y avait de la défiance dans ses yeux, mais c'était comme si elle avait décidé de... décider pour moi, une fois de plus ! Et que, aussi invraisemblable – hallucinant serait plus juste – que ce soit, elle croyait encore qu'Herby était médecin et que, par conséquent, c'est moi qui avais tout fait, qui l'avais quitté, qui me serais fait avorter sans lui ! Herby a continué son cirque :

— Quand je suis allé la voir à l'hôpital, le jour de l'accouchement, elle a dit qu'elle...

Il a pas pu terminer, il pleurait à chaudes larmes. Moi, j'ai secoué la tête, avec l'incrédulité la plus profonde. C'était le champion toute catégorie du mensonge et de la manipulation. Il a poursuivi :

— Elle a dit que jamais je verrais notre enfant parce que cet enfant, il était pas de moi, mais d'un client...

— *Fuck* ! il est vraiment fou, que j'ai dit à l'oreille de Jean-Paul.

— Chut !

Le fleuve de mensonges suivait son cours :

— Et c'est là que j'ai appris que, en plus de danser, elle couchait avec des clients... Je me demandais aussi comment elle faisait pour faire autant d'argent avec des danses à cinq dollars.

À ce mots, orduriers et faux, ma mère s'est mise à hyper-ventiler. Je me suis dit qu'elle allait s'évanouir, ou pire encore, qu'elle était en train de faire une crise cardiaque : elle a jamais eu un bon cœur, parce que la vie le lui a trop souvent brisé. C'était trop, vraiment trop pour elle, ces pseudo-révélations. Johnny a dû l'aider à quitter la cour. Moi, j'ai explosé :

— C'est faux, c'est archifaux ! Je vais te tuer, je vais te tuer !

Je me suis levée et je voulais effectivement aller lui sauter à la gorge, à Herby. Jean-Paul était catastrophé, il s'est levé lui aussi. Un huissier s'est interposé entre moi et Herby, qui souriait comme une hyène parce qu'il était en train de gagner son pari. Le huissier m'a reconduite gentiment vers ma place. Le juge avait vraiment l'air ulcéré. Jean-Paul a dit :

— Monsieur le juge, est-ce que vous permettez que je prenne quelques minutes avec ma cliente ?

— Non seulement je le permets mais je vous le demande. Elle a épuisé ma patience. Ma cour n'est pas un cirque et encore moins une arène de lutte.

Jean-Paul et moi, on s'est retrouvés dans une de ces petites pièces qu'on pourrait appeler les placards de la cour, et qu'ils mettent à la disposition des avocats et de leurs clients ou témoins pour discuter de choses que personne d'autre doit entendre. Jean-Paul a refermé la porte un peu brusquement.

— Martine, ça peut pas continuer comme ça !

— Il ment comme il respire !

— Peut-être, mais c'est le juge qui va en décider. Si tu continues à parler quand c'est pas ton temps, et surtout à faire des menaces comme tu viens d'en faire, tu risques même de perdre la garde complète de ta fille. Est-ce que c'est ça que tu veux ?

Chapitre 73

On est retournés dans la cage aux lions, ou plutôt dans la cage où il y avait un chien et une louve qui nous attendaient pour nous dévorer. Visiblement encouragé par ses premiers succès, Herby, qui avait séché ses fausses larmes, a poursuivi :

— J'ai demandé à Martine quand je pourrais voir notre fille, elle a dit : jamais. J'ai eu beau la supplier. Elle voulait rien entendre. J'ai eu peur qu'elle me fonce dessus comme lorsque je suis allé la visiter à l'hôpital après le viol. Je lui avais apporté un bouquet de roses. Je parlais dans le corridor avec ma cousine, et Martine a foncé vers nous en courant et elle s'est mise à nous frapper avec les roses. Des infirmiers sont arrivés, et ils ont été obligés de lui donner une injection pour la tranquilliser.

J'ai regardé Jean-Paul, à qui j'avais oublié de narrer ce détail. Il a pas souri : les avocats, ils raffolent pas des surprises. J'ai baissé les yeux, avec un peu de honte. J'étais désolée.

Me Stanley est allée chercher une enveloppe sur sa table, est revenue et en a extrait des photos. Des photos assez accablantes pour moi, parce qu'elle montrait le visage d'Herby, éraflé à plusieurs endroits. Et aussi celui de sa copine. Elle a ensuite demandé à Herby s'il reconnaissait ces photos. Il a dit oui. Elle les a remises au juge en demandant que ces photos soient déposées comme pièce.

Le jeu de massacre s'est pas arrêté là. Me Stanley a ensuite pris, dans le même sac, d'autres photos d'Herby, qui montraient son cou avec des blessures importantes. Et elle a apporté au juge un sac de plastique contenant le couteau dont je m'étais servie pour l'agresser. Elle a aussi produit un rapport de police qui contenait la déposition complète d'Herby.

Jean-Paul est devenu blême comme un drap, surtout en voyant le couteau qui portait encore des traces de sang. Moi, j'avais de la difficulté à respirer, je pouvais pas arrêter de me répéter : « Tu vas perdre ta fille, tu vas perdre ta fille ! » Ma seule consolation, même si elle était mince, c'était que ma mère était sortie de la salle d'audience. Mais, malheureusement pour moi, c'est ce moment qu'elle a choisi pour y revenir avec Johnny. Décidément, je devrais boire le calice jusqu'à la lie. L'avocate a repris son interrogatoire.

— Monsieur Dieudonné, pouvez-vous nous dire dans quelles circonstances vous avez été agressé pour la deuxième fois par madame Jeanson ?

— Ben, je… après la naissance, j'ai tenté plusieurs fois de voir ma fille, je me suis rendu à l'appartement de Martine, même si ça me brisait le cœur de revoir notre nid d'amour. Mais elle avait changé toutes les serrures. Une journée j'ai eu plus de chance, enfin si on peut appeler ça de la chance. Je me suis rendu chez elle, pour voir si je pouvais pas négocier un truc avec elle, pas la garde partagée mais au moins des droits de visite, prendre ma fille quelques jours, quoi ! surtout que ma mère arrêtait pas de m'en parler : ça lui faisait vraiment de la peine de pas pouvoir voir sa petite-fille. Quand je suis arrivé à l'appartement, je sais pas pourquoi, Martine était de meilleure humeur, elle avait notre fille dans les bras. Je lui ai demandé si je pouvais la prendre, elle a dit oui. J'étais ravi. Ensuite j'ai dit que je comprenais qu'elle l'allaite et tout et tout et qu'un bébé de six mois a besoin de sa maman mais est-ce que je pourrais pas la prendre une fois ou deux par semaine ? Là, elle a rien dit, mais elle est allée dans la cuisine, et elle est revenue avec un couteau, je me demandais si elle plaisantait ou quoi, mais non, elle m'a attaqué. Je me suis dit qu'elle était folle, qu'elle pourrait blesser notre bébé, même le tuer. Alors j'ai couru jusqu'à la chambre pour remettre Jessica dans son petit lit et je suis parti.

J'étais ahurie. Presque autant que ma mère. Qui avait porté la main à sa bouche, comme si elle venait de réaliser que sa fille était non seulement une danseuse, une putain, une droguée, une mauvaise compagne et une mauvaise mère, mais aussi presque une meurtrière !

— Vous avez fait un rapport à la police, mais vous n'avez pas porté d'accusation. Pourquoi ?

— Je… je voulais pas que la mère de mon enfant risque de se retrouver en prison ou avec un casier judiciaire. Je me suis dit qu'elle était surmenée, comme à l'hôpital quand elle nous avait attaqués, ma cousine et moi, ou qu'elle faisait peut-être une dépression *post mortem*.

— Vous voulez dire *post partum*…, l'a repris gentiment son avocate.

— Oui, évidemment. Je… je pensais au bien de ma fille en premier.

— Je n'ai pas d'autres questions, monsieur le juge.

Le juge s'est tourné vers Jean-Paul, et lui a demandé s'il voulait faire un contre-interrogatoire. Jean-Paul a répondu par l'affirmative. Mais ses questions ont pas réussi, enfin je pense, à détruire la mauvaise impression (de moi) qu'Herby venait de produire dans la tête du juge, qui prenait pas de notes, sauf mentales peut-être, comme si son idée était déjà faite. L'avocate d'Herby avait habilement produit deux rapports de police accablants. De mon côté, les rapports de police qui auraient pu me servir avaient disparu comme par enchantement. Je me demandais d'ailleurs encore comment ça se faisait. Un rapport, c'est officiel.

Mais à la pause du lunch, dans le corridor, j'ai vu Herby aller rejoindre un homme que je connaissais ou, du moins, il me semblait l'avoir déjà vu quelque part. Un type très costaud vêtu de noir avec des lunettes fumées. Herby a échangé quelques mots avec lui, et il rigolait comme s'ils étaient de vieux amis. Je me suis fouillé les méninges, et enfin je l'ai reconnu : c'était le garde du corps du Ministre, mon client du 369 qui aimait l'odeur des porcheries et du pipi !

C'était lui, j'en étais sûre, qui avait rendu service à Herby, ou encore Herby et lui avaient fait chanter le politicien aux goûts douteux. Oui, c'était ça, et si j'avais eu des doutes, je les ai perdus, lorsque Herby lui a remis une enveloppe brune. Le garde du corps en a subrepticement vérifié le contenu, et l'a tout de suite glissée dans sa poche avec un sourire de satisfaction. J'ai dit à Jean-Paul que je savais comment les rapports de police avaient disparu.

— Mais ils ont pas disparu et c'est ça qui nous tue, qu'il a dit d'un ton un peu sec, comme si la matinée avait été si éprouvante pour lui qu'il avait épuisé toutes ses réserves de patience.

— Non, je veux dire les rapports quand Herby me battait.

Et je lui ai montré du doigt le garde du corps du Ministre, et ensuite je lui ai tout expliqué. Il en revenait pas. Mais ça réglait pas notre problème, loin de là. Il m'a alors répété, comme il me l'avait dit plus tôt :

— Tu vas avoir un choix à faire, Martine, tu vas avoir un choix à faire. Il va falloir que tu dises que tu as été violée.

J'ai pas répondu, j'ai juste pensé, comme je le lui avais déjà répété dix fois et l'avais retourné mille fois dans ma tête : « Si je fais ça, je vais me faire tuer, et ma fille va être orpheline de mère, ou alors c'est Johnny qui va passer le restant de ses jours en prison parce qu'il va tuer Herby. »

Chapitre 74

J'ai dit la vérité, (presque) toute la vérité, rien que la vérité. Après avoir posé la main sur la Bible, le livre de Dieu, en me demandant s'il était encore de mon côté. Et surtout, même si j'avais lu le beau passage de Robinson Crusoé, sur l'orge et la gratitude et les desseins de la Providence, s'il existait, je veux dire Dieu. Pendant le procès, je sais pas pourquoi – ou plutôt je le sais – je me disais, tu devrais penser comme Baudelaire, et répéter, jusqu'à la révolte, sa fameuse boutade : « Dieu est le seul être qui, pour régner, n'ait même pas besoin d'exister. »

Et je me demandais surtout, alors que le spectre de la perte de ma fille, et donc du sens de ma vie, s'agitait devant mes yeux : « Pourquoi Dieu tolère-t-il les mensonges du *pimp* qui a détruit ma vie, pourquoi lui a-t-il mis dans la tête l'idée saugrenue, paradoxale et sadique de m'enlever Jessica, alors qu'il a tout fait pour qu'elle vienne jamais au monde, qu'il a pas reculé devant les moyens les plus horribles pour la tuer pour pas perdre son gagne-pain : moi, danseuse sans vocation ? »

Dieu m'a pas fait livrer par messager – divin, forcément ! – les réponses que j'attendais. Alors, laissée à moi-même, seule et misérable comme un homme et une femme sans Dieu, j'ai répondu du mieux que je pouvais aux questions que Jean-Paul m'a posées. J'ai expliqué ce que tu sais déjà, mon amie, ma sœur, que lorsque j'ai rencontré Herby, je travaillais aux Chants de l'Aube, que j'adorais mes vieux, que je faisais tout pour eux mais qu'Herby a tout fait pour que je perde mon emploi, il a même intimidé mon patron, Napoléon, Nap pour les intimes, Napa Valley pour ceux qui avaient deviné qu'il buvait. Sur la job. Et avant, et après.

Jean-Paul a fait des pieds et des mains pour qu'il vienne témoigner, Napa Valley ou *whatever* mais il l'a envoyé promener, et Cruella, qui me détestait, a emboîté le pas. J'ai dit aussi à quel point Herby avait insisté pour que je devienne danseuse, parce que ça payait plus que modeste préposée aux soins, et qu'il était supposément étudiant en médecine quand je l'ai rencontré, mais en fait vivait sur le BS, recevait deux chèques plutôt qu'un, c'est facile quand tu sais comment.

Jean-Paul a tenté de prouver ce détail accablant mais quand tu fais une demande au gouvernement il faut vraiment que tu aies une grande espérance de vie ou que tu crois au père Noël, à moins que ton beau-frère soit député, ou ton oncle dans le ciment à Montréal-Nord, sinon, il va falloir que tu attendes que les poules aient des dents, ma pauvre cervelle d'oiseau.

Le cœur gros, je continuais de me le vider, revoyant le film de mon passé pour pas désobliger Jean-Paul et tenter de garder Jessica, pas juste la prunelle de mes yeux mais la lumière de ma vie. J'ai dit qu'Herby me battait mais que j'avais jamais porté plainte contre lui, pour éviter des ennuis, mineurs et autres, comme de perdre la vie parce qu'il avait menacé de me tuer si je le faisais.

J'ai dit aussi sa colère, quand je lui avais appris que j'étais enceinte et que je pourrais plus danser. Mais j'ai pas dit pour le viol. Par lui orchestré.

J'ai rien dit pour ses sept amis d'Haïti, et leur pipi.

Sur moi.

Leur commode bol de toilettes.

Qu'ils avaient honoré de leur jet en me souhaitant Joyeux Noël, *Feliz Navidad*.

Je pouvais pas.

Peut-être parce que je croyais, imbécile superstitieuse, que, en mettant pas de mots sur la chose, sur l'horreur, elle existerait pas, à la fin.

Et bien sûr, maman était dans la salle, mouchoir en main, larmes aux yeux. Johnny, lui, prenait des notes mentales, l'air consterné, le regard noir, plein de funestes projets, et j'espérais que ces derniers le conduiraient pas vite fait à la pire des vengeances, que je t'ai déjà expliquée avec toutes ses conséquences.

Jean-Paul a respecté notre pacte, et je l'ai aimé pour ça.

Il m'a pas posé la question, je lui avais fait jurer que non, et l'avais prévenu bien gentiment que s'il me la posait, je dirais : «je sais pas où vous voulez en venir, maître», alors il aurait l'air d'un con. Les avocats, ils aiment pas avoir l'air d'un con, surtout en cour. Surtout avec leur propre témoin. En principe tout bien préparé par leurs bons soins.

Comme il me posait les bonnes questions, que nous avions décidées d'avance devant un double espresso bien tassé, et plusieurs de mes larmes que ses assurances de succès avaient pas réussi à prévenir, je pouvais rétablir d'autres faits, ou au moins… tenter de les rétablir. Des faits comme celui que j'avais attaqué mon ex avec un couteau, je le niais pas. Mais la vraie version, c'était parce qu'il m'avait d'abord frappée et que son coup avait atteint ma fille que je tenais dans mes bras. Ensuite, ai-je témoigné, devant Dieu et les hommes (et les femmes aussi : on pourrait pas avoir une petite place dans la formule vu qu'on a quand même quelque chose à voir avec la naissance des hommes ?), j'avais porté Jessica dans son petit lit avant de passer à la cuisine chercher le couteau pour que son père comprenne qu'il pouvait jamais plus la toucher sans en subir les graves conséquences : je le tuerais s'il levait le doigt, même le petit, sur elle une seule autre fois. Même par accident. Qui en serait pas un. Les gens du mensonge, les adeptes du Mal, ils font rien par accident mais tout délibé-rément. Pas la bonne chose à dire en cour, je sais, que je le tue-rais. Et c'est peut-être pour ça que je me suis mise à pleurer. Et Jean-Paul a dit qu'il n'avait pas d'autres questions.

Mais la louve des SS en avait, elle. Elle m'a quand même laissé reprendre une certaine contenance, avant de se jeter sur moi, toutes griffes dehors, fidèle miroir de son client. Elle tenait en main un document dont j'ai pas tardé à prendre connais-sance. C'était le certificat de naissance, enfin une copie, qu'elle a ensuite remise au juge, comme preuve de ma mythomanie, ou de ma légèreté avec la vérité, si j'ai pu lire correctement entre les lignes.

— Madame Jeanson, je vous demanderais de prendre connaissance du document suivant, le formulaire de naissance de votre fille Jessica. Est-ce que vous le reconnaissez ?

— Euh oui, évidemment, que j'ai dit après y avoir jeté un rapide coup d'œil.

— Est-ce que vous reconnaissez la signature qui apparaît au bas du document ?

— Oui.

— Est-ce bien votre signature ?

— Oui.

— À la ligne « nom du père », vous avez inscrit « père inconnu ». Vous rappelez-vous avoir fait ça ?

— Oui.

— Pourtant vous saviez qu'Herby Dieudonné était le père.

— Oui.

— Alors pourquoi avez-vous écrit « père inconnu » ?

— Parce qu'il a jamais voulu de cet enfant, qu'il a tout fait pour que je me fasse avorter…

— Parce qu'il a jamais voulu de cet enfant ? Et pourtant nous sommes ici parce qu'il veut rétablir ses droits de père.

— Il veut juste me détruire en m'arrachant ce que j'ai de plus précieux après avoir…

— Après avoir quoi ?

J'ai pas répondu.

— Madame Jeanson, étiez-vous consciente de faire une fausse déclaration en inscrivant «père inconnu» sur ce formulaire?

— Objection, monsieur le juge!

— Je vous écoute, maître Cassini.

— Merci, monsieur le juge. Je me permettrai simplement de rappeler à la cour ainsi qu'à ma distinguée collègue que la mère a le droit, sans que ce soit considéré comme une fausse déclaration, de NE PAS inscrire le nom du père biologique sur le certificat de naissance si elle n'était pas mariée avec lui, si la relation était terminée et qu'en plus le père était absent lors de l'accouchement. Or ces trois conditions étaient remplies dans le cas de ma cliente.

J'ai souri à Jean-Paul, je le trouvais pas seulement beau mais intelligent : pas un mauvais combo pour nous, les femmes. Mᵉ Stanley, elle aussi a souri, mais pas avec la même expression sur les lèvres.

— Maître Stanley, a dit le juge, est-ce assez clair?

— Oui, monsieur le juge.

— Alors poursuivez.

Mᵉ Stanley a rassemblé ses pensées, m'a demandé :

— Madame Jeanson, à quel moment vous êtes-vous rendu compte que vous étiez enceinte de mon client?

— Au bout de quatre mois et demi.

— Quatre mois et demi. Hum… Vous n'aviez pas remarqué que vos menstruations étaient interrompues depuis si longtemps ?

— J'ai jamais été régulière.

— Quel genre de contraceptif utilisiez-vous ?

— La pilule.

— La pilule n'est-elle pas censée régulariser les menstruations ?

— Pas dans mon cas, visiblement.

— Je vois. Mais dites-moi, madame Jeanson, je comprends que vous n'étiez pas régulière, mais au bout de deux ou trois mois sans menstruations, vous ne vous êtes pas posé des questions, vous n'avez pas eu envie d'aller consulter votre gynécologue ?

— Non, je… j'avais jamais eu de règles régulières.

— Je vois. Mais vous n'aviez pas de nausées matinales ?

— Non, juste nocturnes.

— Nocturnes ?

— Oui, en écoutant les confidences des clients.

J'aurais pas dû tenter de faire de l'esprit. Je l'ai compris au regard réprobateur de Jean-Paul.

— Très drôle, madame Jeanson, très drôle ! Mais on parle ici du sort d'un fœtus dans le ventre de sa mère qui dansait dans un bar de danseuses nues.

Un bar de danseuses nues! Ce qu'elle aimait enfoncer le clou!

— Madame Jeanson, a repris l'avocate, est-ce que vous avez pris du poids pendant ces quatre mois et demi de grossesse inconsciente?

— Euh oui...

— Combien?

— Je sais pas au juste, cinq ou six livres environ...

— Ça ne vous a pas mis la puce à l'oreille?

— Non, je croyais que c'était à cause de l'alcool.

— Parce que vous buviez en dansant?

— Oui.

— Combien de consommations?

— Je sais pas, sept ou huit. Ce qu'il fallait pour me rendre à la fin de la soirée.

— Vous étiez enceinte de quatre mois et demi et vous buviez sept ou huit boissons alcoolisées par soir?

— Je savais pas que j'étais enceinte.

— Évidemment, a-t-elle dit avec un sourire ironique, même après l'interruption de vos menstruations pendant quatre mois et demi et votre prise de poids. Et contrairement à toutes les femmes du monde, vous n'aviez pas de nausées, vous ne saviez pas que vous étiez enceinte. Ça vous était inconnu, comme le nom du père que vous avez inscrit sur le certificat de naissance de Jessica?

— Objection ! Maître Stanley harcèle le témoin.

— Objection maintenue. Maître Stanley, la cour a compris où vous vouliez en venir.

— D'accord, monsieur le juge.

J'ai regardé ma mère, mon frère et Mélanie. Et je me sentais pas bien fière d'être là. J'avais le sentiment bizarre que jamais je pourrais me réhabiliter à leurs yeux, surtout aux yeux de ma mère, comme si j'étais condamnée d'avance et à tout jamais. Et encore, ils avaient pas encore entendu la suite de ce contre-interrogatoire absurde.

Une brève pause, et l'hyène au service de mon ex-hyène haïtienne a poursuivi la curée :

— Et pendant tout ce temps, vous consommiez aussi de la cocaïne ?

— Oui.

— Vous saviez que la cocaïne est dangereuse pour le développement du fœtus ?

— Oui, mais pour la cent cinquantième fois, je vous répète que je savais pas que j'étais enceinte !

— Évidemment. Mais dites-moi, madame Jeanson, quand vous avez finalement appris que vous étiez enceinte, avez-vous arrêté de boire ?

— Oui, immédiatement. J'ai aussi arrêté de danser.

— Et de consommer de la cocaïne ?

— Oui. Évidemment.

— Madame Jeanson, à quel moment avez-vous appris que vous étiez enceinte ?

— Euh… quelques jours avant Noël, si j'ai bonne mémoire.

Me Stanley est alors retournée vers sa table et y a récupéré quelques clichés qu'elle est venue me montrer. C'était des photos prises par le gérant du 369 alors que, le soir de Noël, costumées en père Noël, les filles et moi, on avait fait une petite danse en groupe sur la scène, question d'offrir un cadeau aux fidèles clients infidèles à leur femme, si du moins ils en avaient une. J'étais atterrée.

— Est-ce vous qu'on reconnaît sur cette photo ? a demandé l'avocate.

— Euh, oui.

— Et vous avez une flûte à champagne à la main. Qu'y avait-il dans cette flûte ?

— Euh du… du mousseux.

— Et pourtant, vous venez de me dire que vous avez appris que vous étiez enceinte quelques jours avant Noël, et que vous aviez cessé de boire à partir de ce moment-là. Je ne suis pas sûre de vous suivre, expliquez-moi.

Je m'enfonçais. Elle le savait, Jean-Paul le savait, et Herby se régalait.

— Je… j'ai peut-être pris un verre, un seul verre, parce que c'était Noël.

J'ai regardé le juge, il a pris une note, peut-être capitale. En cour, dès que tu te contredis, les juges, ils aiment pas. Ils ont l'impression que tu ris d'eux et pensent spontanément : qui vole un œuf vole un bœuf!

— Ah bon, un verre, un seul verre, a répété Me Stanley.

Elle m'a montré une autre photo, prise le même soir, où j'étais toujours costumée en père Noël, debout devant le bar, avec un autre verre.

— Et dans ce verre, qu'y avait-il?

— De l'eau minérale.

— De l'eau minérale, évidemment, comme je suis stupide de vous poser pareille question.

J'avais vraiment l'air d'une conne, et Jean-Paul semblait vraiment pas trouver jojo le tour que prenait ce contre-interrogatoire. Moi, j'aurais eu besoin d'un apéro, ou deux ou trois. Ou plutôt d'un *Jack*, ou deux ou trois, comme à l'époque révolue de ma carrière de danseuse nue. Ma mère semblait pas vraiment fière de sa fille. Herby, pour sa part, jouait à merveille la comédie, il avait la tête baissée, comme un père désespéré : pour un peu, il se serait mis à pleurer. Je me sentais piégée, et j'avais envie, là, de crier ma révolte, mais Jean-Paul m'avait fait comprendre qu'il fallait pas, et le juge aussi, sinon je serais accusée de mépris.

L'avocate s'est approchée du juge pour déposer comme pièces au procès les photos qu'elle venait de me montrer et elle a ajouté à voix haute :

— Avec une déclaration du gérant du bar 369 assermenté affirmant qu'il a bel et bien pris ces photos le soir de Noël.

Le juge a demandé à Jean-Paul s'il acceptait ces photos. Il a acquiescé après m'avoir consultée du regard. On avait pas beaucoup le choix, *anyway*.

Le juge a regardé les photos et, comme il y avait plusieurs danseuses costumées en père Noël et qu'on voyait quand même leur string, presque tout de leurs seins et de leurs jambes, il s'y est attardé. Comme s'il voulait faire sérieusement son métier et rien prendre à la légère. *Yeah, right*!

Heureuse de son effet, même si elle savait pas trop en quoi il consistait, l'avocate est revenue vers moi, avec aux lèvres un sourire qui me disait rien qui vaille, comme si elle gardait le dessert pour la fin. Je me trompais pas. Je tremblais presque, parce que je m'étais jamais sentie aussi petite dans mes souliers de Cendrillon ratée. Oui, là je me sentais vraiment comme une lilliputienne. La louve des SS me faisait passer pour une menteuse, quasi une mythomane, alors que celui qui mentait comme un arracheur de dents, c'était Herby.

J'ai demandé à Jean-Paul si je pouvais prendre un petite pause parce que je me sentais sur le point de craquer. Il a demandé au juge. Ce dernier a accepté. C'était une bonne idée, la pause, parce que la suite du contre-interrogatoire a été encore plus dure.

Chapitre 75

— Madame Jeanson, a demandé Me Stanley après la pause, cela vous est-il déjà arrivé, dans l'exercice de vos fonctions de danseuse nue au bar 369, que des clients vous proposent des relations sexuelles ?

Exercice de mes fonctions ! J'ai pensé : la bave du crapaud – même paré du noir de sa toge – atteint pas la blanche colombe que je suis, même meurtrie.

— Oui.

— Souvent ?

— Hum non, pas vraiment. Seulement cinq soirs sur six.

— Cinq soirs sur six ?

— Oui, et si vous voulez des précisions, les offres de voyage au Ritz ou de préférence dans le motel du coin à trente piastres la nuit sans petit déjeuner compris, elles venaient d'hommes mariés, d'hommes dont la femme était enceinte et qu'ils trouvaient trop grosse, ou dont la femme venait d'accoucher et qui avait la libido à zéro parce qu'elle dormait juste trois heures par nuit, et j'avais même comme client un honorable ministre qui aurait aimé que j'aille faire l'amour avec lui dans une porcherie et lui faire pipi dessus, et un juge aussi, parmi mes admirateurs finis. Est-ce que ça répond à votre question ?

Jean-Paul m'a regardée en secouant la tête, comme pour me dire que c'était pas vraiment la réponse qu'il aurait fallu donner, mais il comprenait ma frustration, je pense. En fait, il semblait tout comprendre. C'est peut-être en raison de ce qu'il lui était arrivé dans son adolescence : ça te donne de l'intelligence, la souffrance, sinon tu te retrouves à l'asile, même si t'es pas interné ; on appelle ça « rêver en couleurs ».

— Hum, je vois que vous étiez une danseuse très populaire.

— Venant de vous, c'est un grand compliment, Maître.

Elle a compris l'ironie, et, piquée par ma bravade, elle a repris son interrogatoire avec un air de sado depuis trop longtemps au repos.

— Avez-vous déjà accepté d'avoir des relations sexuelles avec des clients ?

— C'était contre notre code d'éthique.

— Oh, vous aviez un code d'éthique, je l'ignorais.

— Oui, si une danseuse avait accepté de coucher avec les clients, ça se serait su, et elle aurait eu un avantage injuste sur les autres danseuses.

— Hum, logique, logique ! Mais malgré votre... code d'éthique (elle a fait des guillemets avec ses doigts richement bagués) dont je vous félicite, en passant, avez-vous déjà eu des relations sexuelles avec un client ?

— Non.

— Madame Jeanson, habituellement, comment reveniez-vous à la maison le soir, à la fermeture du bar ?

— Le bar mettait à notre disposition une chauffeuse, Diane.

— D'accord. Madame Jeanson, j'aimerais maintenant que vous examiniez le rapport que la police a rempli et vous a fait signer le matin du 26 décembre dernier à l'hôpital.

J'ai regardé le rapport, assez rapidement, presque distraitement parce que je savais que c'était inutile, comme chaque fois que tu te bats contre plus puissant que toi.

— C'est bien votre déposition ?

— Euh… oui.

— Et c'est bien votre signature au bas du rapport ?

— Oui.

— Dans le rapport de police, vous dites que ce n'est pas Diane qui vous a raccompagnée à la maison, mais un client.

— Oui.

— Mais pas dans l'intention d'avoir une relation sexuelle avec lui ?

— Non.

— Un bon samaritain, quoi ?

— Oui, il m'a promis qu'il était pas avocat, alors je l'ai cru.

Je sais bien que j'aurais pas dû dire ça, j'avais compris l'idée générale, je veux dire le mode d'emploi en cour, mais mon ironie, ma sœur, c'était juste les cris (inutiles et pourtant vrais) de mon désespoir.

— Très drôle, madame Jeanson. Mais si vous le voulez bien, poursuivons notre interrogatoire.

Elle a pris une grande gorgée d'eau, et a dit :

— Dans ce rapport, vous dites que vous vous rappelez plus le nom du client.

— C'est... c'est exact.

— Il s'agit donc d'un client pour qui vous aviez pas dansé souvent dans le passé. Sinon vous vous seriez probablement rappelé son nom, n'est-ce pas ?

— Oui, sans doute. Remarquez, les clients nous donnent pas toujours leur nom.

— Je comprends. Mais serait-il raisonnable de dire, je dis bien, raisonnable de dire, que ce client était une sorte d'étranger pour vous, puisque vous vous souveniez même plus de son nom ?

— Oui, si on veut.

— Donc, pourrait-on dire que vous êtes partie à trois heures et demie du matin avec un parfait étranger ?

— J'avais quand même dansé pour lui pendant une heure, je le connaissais un peu.

— Ah oui, c'est vrai, quand on se déshabille pendant une heure devant un étranger, on peut affirmer sans l'ombre d'un doute qu'on le connaît.

— Objection, monsieur le juge !

— Objection maintenue. Maître Stanley, limitez-vous aux faits, s'il vous plaît, et épargnez à la cour vos spéculations et votre ironie bon marché.

— D'accord, monsieur le juge, je tentais juste de comprendre ce qui s'est passé le soir du 25 décembre et de dresser le portrait du témoin en tant que mère adéquate ou pas de sa petite fille dont elle veut la garde complète.

— Oui, tout le monde a compris ça, maître.

Me Stanley a fait un tour complet sur elle-même. Visiblement, elle aimait pas avoir été rabrouée.

— Madame Jeanson, on a trouvé cinq préservatifs dans la poche de votre blouson.

— C'est pas moi qui les avais apportés ou achetés. Je sais pas comment ils se sont retrouvés là.

— Évidemment. Génération spontanée.

— Objection !

— Objection maintenue.

— Madame Jeanson, est-ce possible que ce client dont vous ne vous souvenez plus du nom, qui était un étranger mais qui vous a fait danser pendant une heure et avec qui vous êtes partie le soir du 25 ou plutôt le 26 aux petites heures du matin, je dis bien, est-ce possible que ce client vous ait proposé une petite orgie…

— Objection, monsieur le juge !

— Objection maintenue.

— D'accord, au lieu d'une orgie, disons une petite fête pour célébrer Noël avec des amis, et c'est pour ça que vous aviez des préservatifs dans la poche de votre blouson. Et que, en plus d'être danseuse nue, vous étiez aussi prostituée et que rien nous dit que vous ne continuez pas à pratiquer ce métier avec vos anciens clients, et que malgré tout, vous voulez priver mon client des droits légitimes de visite à sa fille Jessica ?

— Non, c'est faux, archifaux !

J'ai regardé maman. Je voyais qu'elle était d'accord avec l'avocate, que j'étais ou du moins j'avais été non seulement une vulgaire danseuse nue, mais aussi une prostituée. Ensuite, quand elle s'est tournée vers Herby, j'ai vu de la pitié dans ses yeux, comme si c'était lui la victime et moi le bourreau.

J'avais envie de tuer Herby.

Et j'avais honte.

Honte de me trouver devant ma mère, mon frère, sa petite amie et, au fond, le reste de l'Univers.

— J'ai pas d'autres questions, a dit Me Stanley.

La cour a ajourné ses travaux jusqu'au lendemain, elle avait d'autres chats à fouetter l'après-midi.

J'ai pas protesté, j'étais dans mes petits souliers, miroirs fidèles de mon petit moi, et, va savoir pourquoi, ma mémoire s'est mise sans mon autorisation en mode *fast rewind*, et j'ai eu plein de *flashs* de mon viol, pas la joie, quoi!

Chapitre 76

À la sortie du palais de justice, Jean-Paul a dit :

— Allons prendre une bouchée !

— Bonne idée.

Mais j'ai pas été capable de prendre une seule bouchée. Même si le petit resto où on s'est retrouvés, rue Notre-Dame, à cent pas du palais de justice était plutôt sympa et que maman était pas là, comme témoin de ma honte et de ma décadence d'ex-danseuse. Jean-Paul avait eu la brillante inspiration de demander à Johnny d'emmener sa petite amie et ma mère manger ailleurs. Vu qu'on avait des choses importantes à se dire.

La première chose importante que Jean-Paul avait à me dire était pas jojo. Il fallait pas être une lumière pour le comprendre quand il a dit :

— On a un problème, un vrai gros problème, je sais pas si tu t'en rends compte.

— J'ai été si mauvaise ?

— Non, c'est pas tellement ça.

— Alors c'est quoi ?

— Ben, on peut même plus te faire dire que tu as été violée, à cause du rapport de police que tu as signé à l'hôpital. On est baisés, complètement baisés.

Il a marqué une pause, a ajouté :

— Excuse, c'est pas le bon mot, je sais.

J'ai pas rien répliqué, je savais qu'il avait raison. Puis, je sais pas pourquoi, comme si j'avais une démangeaison, je me suis mise à frotter mon bracelet karmique, et j'ai dit intérieurement : « Dieu, si tu existes, prouve-le-moi, là ! »

Jean-Paul m'a regardée, intrigué, d'autant que je lui avais pas expliqué les vertus magiques du bracelet à émeraude, enfin supposément magiques, parce que dans ma vie, il me semblait pas que c'était un grand succès, ce truc-là, ésotérique ou pas.

Jean-Paul a dit, entre deux bouchées de son immense *burger* végé : « Est-ce que ça va ? »

J'ai dit oui, et j'ai arrêté de frotter le bracelet. Ça me tentait pas de lui expliquer. Je crois pas qu'il aurait compris, *anyway*. Et il me croyait peut-être déjà un peu folle sur les bords : je voulais pas perdre d'autres points avec lui, si du moins il m'en restait.

Pourtant, je te dis, mon amie, comme si mon 911 à mon bracelet avait marché, trois secondes après, j'ai dit à Jean-Paul, transformée :

— Je sais ce qu'il faut faire. On a peut-être une chance de s'en tirer.

Chapitre 77

Il a avalé en vitesse ce qui restait de son *burger*, et m'a demandé si j'allais terminer le mien. J'ai répondu que non, et il l'a avalé en trois bouchées, parce que les émotions du matin lui avaient donné de l'appétit (exactement comme elles me l'avaient coupé!), et vingt minutes plus tard, on est arrivés chez IGA.

Dans l'auto, je lui avais tout expliqué. Malheureusement, même si j'avais croisé les doigts, j'ai pas repéré Dany. Qui avait remplacé Diane comme chauffeur le soir fatidique où j'ai perdu toutes mes illusions et failli perdre ma raison (d'être), ma certitude, ma joie, en un mot, Jessica.

Il travaillait pas comme *wrapper* aux caisses, le timoré Dany. Comme il me l'avait déclaré, quand je lui avais tiré les vers du nez, le soir du 25, ou plutôt le 26 aux petites heures du matin, quand allait se jouer mon destin. Chose certaine, il travaillait pas ce jour-là. On jouait de malchance.

J'ai demandé à parler au gérant, un type de quarante ans, au teint rougeaud de boucher, avec le cheveu si noir que c'en était suspect à son âge. Il avait l'air pressé et nous a dit :

— Comment puis-je vous aider ?

J'ai expliqué :

— Nous voulons parler à Dany.

— Dany qui ? J'ai soixante employés.

— Euh, je sais pas son nom de famille. Mais il est *wrapper* ici et il est haïtien.

Il a fait un geste en direction des caisses, et il a demandé :

— Est-ce que vous voyez quelqu'un ici qui est payé à rien faire ?

— Mais vous êtes raciste, vous, là ! que j'ai dit, totalement offusquée.

— Je sais pas si je suis raciste, mais je sais que je suis pratique. J'ai une épicerie à *runner*, je suis pas l'Armée du salut. Est-ce que vous avez d'autres questions ou je peux retourner à ma merveilleuse mission ?

— Non, je… je vous remercie.

— C'est moi qui vous remercie. Et, surtout, oubliez pas, IGA a toujours les meilleurs prix.

On est ressortis, bredouilles. Jean-Paul a dit :

— On fait quoi, maintenant ?

— On s'en fait pas, que j'ai dit. Tout finit toujours par s'arranger : même mal.

Jean-Paul a ri même si c'était pas vraiment drôle. J'ai frotté l'émeraude de mon bracelet, et j'ai dit, une seconde et demie après :

— On va prier ?

— Hein ?

Chapitre 78

Il y a un Dieu. Pour les femmes désespérées qui veulent pas perdre leur petite fille.

À l'église du quartier, contre toute attente, ou en conséquence de ma céleste demande, on a trouvé Dany. Qui priait. Tout absorbé. Tout recueilli. Il m'a reconnue. Comme si, justement, il pensait à moi dans sa prière. Ou il demandait peut-être juste plus d'argent, et moins de soucis, de maladies, comme presque tous les croyants. J'ai vérifié :

— Tu me reconnais ?

Il a rien dit, mais il a baissé la tête, ça voulait dire oui dans mon livre.

— Il faut que tu m'aides. Absolument. Je suis en train de perdre mon enfant.

Il a regardé mon ventre, j'avais plus l'air d'une femme enceinte. Il a froncé les sourcils.

— Non, je veux dire Herby veut m'arracher la garde de ma fille.

Il a regardé Jean-Paul.

— Vous êtes policier?

— Non, avocat.

— Ah! il me semblait aussi que vous aviez un air pas très honnête.

Habitué, comme tout avocat digne de ce nom, aux plaisanteries contre sa profession, Jean-Paul s'est contenté de sourire.

— Jean-Paul est un ami, et il est correct, que j'ai expliqué.

— Qu'est-ce que tu veux de moi? a demandé Dany.

— Que tu m'aides.

— Je peux pas t'aider. Je suis juste un Haïtien qui vient de se faire congédier de son prestigieux travail de *wrapper* chez IGA parce que supposément je travaillais pas assez vite.

— Je suis en cour contre Herby, je veux que tu viennes témoigner pour dire que c'est toi qui m'as conduite dans l'immeuble où j'ai été violée par ses amis. Tu es la seule personne au monde qui peut m'aider, que j'ai insisté

— Je... je peux pas, ce serait mordre la main de celui qui m'a nourri.

— La main de celui qui t'a nourri? a demandé Jean-Paul, intrigué.

Dany a eu une hésitation puis enfin il a dit :

— J'avais une dette, je… je devais trois cents dollars à un membre des Master B. J'avais pas l'argent. C'est Herby qui a payé pour moi en échange d'un service : te servir de chauffeur le soir de Noël.

J'ai pensé : Judas a vendu Jésus pour trente deniers, Dany m'a conduite au supplice pour trois cents dollars. Trois cents dollars que, en plus, j'avais donnés à Herby.

Jean-Paul qui, comme bien des hommes, pense qu'on peut tout régler avec de l'argent – et dans bien des cas il a raison –, a sorti trois cents dollars de son portefeuille et les a tendus à Dany.

— Tu lui rembourseras ta dette avec ça.

Dany hésitait. C'est toujours difficile de refuser de l'argent qu'on nous offre comme ça, surtout quand on s'y attend pas, surtout quand on vient de se faire remercier chez IGA, par un patron qui t'aime pas, vu la couleur de ta peau. Mais il a pas pris l'argent :

— Je suis déprimé depuis que je me suis fait remercier, mais je suis pas encore suicidaire. J'aime l'argent mais j'aime encore plus la vie.

J'ai regardé Jean-Paul. On a convenu silencieusement que ça allait mal. J'ai frotté mon bracelet, instinctivement. J'ai regardé Jésus en croix : c'était du plâtre peint, qui avait besoin d'être rafraîchi. Je l'ai montré du doigt.

— Je sais que tu aimes Jésus. Tu ferais quoi à sa place ?

— Jésus, il a plutôt mal fini, il est mort à trente-trois ans, alors faire comme lui, c'est peut-être pas la meilleure idée.

Aussitôt après cette réflexion qui était pas dépourvue de bon sens, il s'est signé, comme s'il voulait se faire pardonner son impertinence. Puis il s'est dirigé vers la sortie de l'église, d'un pas rapide, enfin aussi rapide que son embonpoint lui permettait. Jean-Paul et moi, on l'a rattrapé, une tâche aisée, il était déjà essouflé.

— Mais si je pouvais te garantir qu'il t'arrivera rien si tu m'aides et que tu vivras vieux, tu ferais quoi ?

Il a froncé les sourcils. Bizarre et inattendue comme assurance. Il a regardé les trois cents dollars, visiblement hésitant. Comme par magie, Jean-Paul a fait apparaître deux cents dollars supplémentaires de ses poches. J'ai pensé, il l'imprime ou quoi, l'argent ? À moins que, vu qu'il est Italien et vit à Montréal-Nord, il soit, comme je l'ai déjà dit, dans la poudre ou le ciment, si c'est pas le parmesan, même si je peux pas m'expliquer comment.

Je sais pas si c'est l'argent de plus, ou mes yeux suppliants, ou mes frottements discrets sur mon bracelet qui ont fait le travail, ou parce qu'il était pieux, mais quinze secondes plus tard, Dany faisait main basse sur l'argent, signifiant son consentement.

Chapitre 79

Quinze minutes plus tard, on était chez madame de Delphes. Dans son petit salon, sous le regard bleu de maître Hilarion, que Dany connaissait pas, et de Jésus, qu'il a tout de suite reconnu, même s'il se ressemblait pas vraiment sur le suaire de Turin, la voyante dont l'œil aveugle l'effrayait a fait cette prédiction rassurante :

— Vous allez vivre jusqu'à quatre-vingt-deux ans, et vous aurez huit enfants.

— Huit enfants ? a-t-il fait, ravi, ayant visiblement le sens de la famille.

— Oui. De six femmes, a précisé madame de Delphes.

— Ah ! a soupiré Dany, un peu déçu : ça contrariait probablement sa définition de la famille, ou peut-être pas.

— Alors, que j'ai dit, enchantée par l'aubaine de cette prophétie, on a un *deal* ?

Jean-Paul souriait, certain de notre succès. Une seconde plus tard, il grimaçait, devant l'objection, ma foi assez sensée, que formulait Dany :

— Mais qui me dit que cette prédiction est vraie ?

Madame de Delphes, toujours égale à elle-même, donc toujours égale en ses humeurs et ses bonheurs, a pas pris ombrage du scepticisme prévisible de Dany. Elle s'est recueillie un instant, refermant son œil unique, puis a dit à Dany, de sa voix prophétique qui souffrait pas la contradiction :

— Vous avez eu une syphilis à dix-neuf ans, une appendicite à vingt, et vous devriez vraiment vous rendre comme prévu chez votre médecin, aujourd'hui à trois heures, parce que vous avez de nouveau contracté la syphilis.

Dany a eu un petit sourire coupable. Jean-Paul, qui avait probablement jamais vraiment cru aux dons prophétiques de madame de Delphes, même si je lui en avais dit le plus grand bien, a paru impressionné par sa précision étonnante. Et, comme un enfant que sa mère prolifique aurait oublié dans la distribution collective de cadeaux, a dit, avec une charmante candeur :

— Moi, vous pourriez pas me faire une petite prédiction ?

Madame de Delphes a souri, lui a donné une petite tape sur la joue en même temps qu'elle le rabrouait :

— Pas en présence de votre future fiancée !

— Ah oui, évidemment, a-t-il fait, sans se rendre compte sur le coup qu'elle venait justement de lui faire la prédiction qu'il souhaitait, enfin, je pense, et que moi, j'avais tout de suite comprise.

D'ailleurs, ça m'a légèrement ébranlée, parce qu'elle se trompait pas souvent, madame de Delphes. Mais elle plaisantait peut-être, même si c'était pas vraiment son genre.

J'ai raisonné à toute vitesse : est-ce que ça voulait dire que Jean-Paul Cassini remplacerait Herby dans les fonctions de nouvel homme de ma vie ? J'étais comme… pas exactement préparée à ça. Je sais, tu me diras, on l'est jamais vraiment et si on attend de l'être, on manque la plupart du temps le train et on reste seul sur le quai.

— Bon, vous allez m'excuser maintenant, a dit madame de Delphes, j'ai un autre client.

Jean-Paul a alors réalisé, avec quelques secondes de retard, ce qu'elle venait de lui dire. Il a demandé :

— Vous êtes sérieuse ou pas ?

Elle lui a gentiment redonné une tape sur la joue :

— Pour une consultation complète, faites comme tout le monde : prenez rendez-vous !

Il a pas eu le temps de le prendre, ce rendez-vous capital, ni d'insister, parce que Dany a rappelé :

— J'ai mon rendez-vous dans vingt minutes chez le médecin.

On a quitté la charmante maisonnette de madame de Delphes, à qui Jean-Paul, dont l'élégance n'avait d'égal que sa générosité, a laissé un billet de cent dollars, sans préciser si c'était pour la prédiction faite à Dany ou parce qu'elle lui avait annoncé, comme si de rien n'était, que j'étais sa future fiancée.

On a déposé Dany à la porte d'une clinique de son quartier après lui avoir arraché la confirmation que, le lendemain, il se présenterait en cour à neuf heures pile. Je respirais mieux.

Ensuite, vers dix heures du soir, quand j'ai récupéré ma fille chez ma voisine « gymnaste » et que je l'ai serrée dans mes bras, j'ai senti qu'elle serait avec moi pour la vie et j'ai remercié le ciel.

Chapitre 80

Restait à régler l'épineux problème de ma mère. Et celui de Johnny. Jean-Paul, il avait toujours une solution à tout. C'est plus facile – peut-être – quand tu as des sous. Et que tu es généreux.

Le lendemain soir, à l'heure du souper, on est allés voir Johnny. Jean-Paul lui a expliqué :

— Ta mère, elle a l'air éprouvée par le procès, pourquoi tu l'emmènerais pas magasiner demain matin vers neuf heures ? Ensuite vous pourriez aller luncher ensemble.

— Hein ? qu'il a fait.

Il avait vraiment pas l'air de comprendre. Sur le coup. Puis il a dit, fine mouche à retardement, imitant avec trois secondes de retard sa copine Mélanie qui avait déjà plissé les lèvres, sceptique :

— Il y a des choses que vous voulez pas qu'elle entende au procès ?

— Tu as tout deviné, frérot, que j'ai dit. Mais c'est surtout pour épargner maman.

Et j'ai menti à moitié, mais pour une bonne cause, quand j'y suis allée de cette explication :

— Ils vont me poser des questions sur ce que certains clients me demandaient de faire au 369. Comme le ministre de…

Je lui ai dit le ministre de quoi, et aussi ce qu'il m'avait demandé de faire.

— Méchant malade ! a fait Johnny, et il a aussitôt abondé dans mon sens.

Mélanie a fait : « Ouache, un vrai dégénéré ! » Johnny a ajouté :

— Il faut vraiment pas que maman entende ça, elle voudra plus voter pour son beau parti, mais aller magasiner avec elle, je sais pas si…

Il cherchait pas à négocier, c'est juste que, pour un homme, faire du *shopping*, c'est un peu comme le supplice de la goutte chinoise, ou en tout cas c'est du chinois, ils comprennent pas, et en plus avec leur mère, c'est vraiment pas la joie.

Pour mettre fin – ou du moins tenter de mettre fin – à son hésitation, Jean-Paul lui a tendu trois cents dollars. C'était son montant, on aurait dit, sa manière de régler les problèmes courants.

Johnny a souri mais il a pas tout de suite dit oui. Pour être certain de pas essuyer un refus, Cassini lui a aussi tendu les clés de sa Porsche. Mélanie lui a donné un coup de coude dans les côtes, a prélevé de la main de Jean-Paul un billet de cent et a dit :

— Tu lui diras qu'on a deux cents dollars pour ses achats.

Tout le monde a ri, même si c'était un peu de la rouerie. Mais comme c'était Mélanie… Johnny a dit oui. Il a pris les deux billets de cent restants et surtout les clés de la 911 Targa.

Mélanie lui a sauté au cou. Les femmes aiment toujours quand un homme leur dit oui. Les hommes aussi quand une femme leur dit oui mais pas pour les mêmes raisons. J'en ai profité pour taquiner Jean-Paul, pour cette nouvelle largesse :

— Ç'a l'air presque aussi payant que danser, le métier d'avocat ; je pense sérieusement à me recycler.

Il a ri. Ensuite, dans un bar du quartier, on a pris un verre de blanc. Puis un autre. Puis un autre. On pouvait boire autant qu'on voulait. On était venus en taxi, vu que Jean-Paul avait abandonné ses clés à Johnny.

Il y avait un petit orchestre de trois musiciens, qui jouaient des airs démodés et de la musique latine. On a dansé, sur la piste exiguë, avec deux autres couples, mais on se sentait seuls au monde.

Ça me faisait du bien, tu peux pas savoir comment, parce que le monde, depuis quelques mois, surtout avec ce procès digne de Kafka, j'en avais une trop grosse dose.

C'était comme la fois précédente où on avait dansé mais mieux encore, peut-être parce qu'on se connaissait mieux et que ce sont les âmes qui dansent, pas seulement les corps qui en sont juste les gants.

Oui, on dansait mieux, il me semble, mais c'était peut-être juste mon anxiété, la pensée obsédante que je perdrais peut-être Jessica.

À la fin d'une salsa endiablée, Jean-Paul, qui me tenait dans ses bras, m'a regardée dans les yeux, il respirait fort, et moi aussi. Il avait beaucoup sué. Et moi aussi. La fragrance de son eau de toilette était suave, c'était de l'Armani, je crois, ça sentait le citron, et ça se mêlait à mon parfum, et ça me mêlait, moi qui l'étais déjà assez, merci. En plus il y avait le vin blanc qui, un temps, avait chassé mes idées noires.

À un moment, Jean-Paul s'est penché vers moi, dans l'intention visible de m'embrasser. J'ai eu envie de m'abandonner, je me suis rapprochée de lui, de ses lèvres, de son âme, mais au dernier moment, j'ai dit :

— Si notre témoin vient pas demain, on fait quoi ?

Je devais avoir l'air vraiment désespérée, je crois, si j'en juge par ce que j'ai vu dans ses yeux. Il a dit :

— Il va venir, il va venir.

Il aurait pu m'embrasser à ce moment, je l'aurais probablement pas repoussé : j'avais soudain besoin de la nuit de ses baisers, de la lumière de ses bras. Et pourtant j'ai dit :

— Il faut que j'y aille, je dois récupérer Jessica, il faut pas que j'abuse de ma voisine.

Il a dit qu'il comprenait. On aurait dit qu'il comprenait toujours tout, ce qui est plutôt rare pour un homme. Herby et lui, c'étaient le jour et la nuit, je le voyais bien sans être un génie. Il m'a reconduite chez moi en taxi. Avant de me laisser, il a répété :

— Il va venir, il va venir.

Il parlait de Dany, je sais que tu as compris, mon amie.

Chapitre 81

La confiance, c'est beau, mais comme ça coûte rien, parfois ça vaut pas cher.

Le lendemain, à huit heures et demie, Dany était toujours invisible au palais de justice. À neuf heures aussi. Jean-Paul et moi, on en menait vraiment pas large.

Je frottais l'émeraude de mon bracelet comme une folle. Je pense que, à la fin, ça commençait à agacer Jean-Paul parce qu'il se passait rien.

À neuf heures quinze, quand le juge est arrivé et a demandé à Jean-Paul s'il avait un autre témoin, il a expliqué le plus longuement possible, avec grand luxe de détails inutiles, sauf pour étirer le temps, que nous l'attendions d'une minute à l'autre.

Le temps de la cour est précieux. Au bout de deux minutes, le juge a dit que c'était pas sérieux. Je me suis mise à pleurer. La louve des SS jubilait, la hyène haïtienne avait peine à contenir son ricanement : en fait, visiblement, Herby savourait déjà sa victoire.

Mais son sourire s'est décomposé de la manière la plus singulière possible quand il a vu notre témoin qui arrivait enfin.

Il le reconnaissait évidemment, et il devinait ce qu'il était venu faire là : l'improbable, le surprenant règlement de son compte.

Moi j'ai souri, et j'ai regardé Jean-Paul en tapant victorieusement – et avec soulagement ! – sur l'émeraude de mon bracelet dont il avait été sur le point de rire. Mais j'ai quand même croisé les doigts, on savait pas au juste ce que Dany allait oser dire.

Il semblait hyper nerveux, en fait. En plus, je me suis rendu compte, en me tournant dans sa direction, qu'Herby le regardait comme il m'avait regardée à l'hôpital, quand il avait appris que ma fille avait survécu par miracle à son ignominie : il avait des poignards dans les yeux. Et comme si ça suffisait pas à faire renoncer Dany à son témoignage, il a tendu l'index droit en sa direction, comme le canon d'un revolver, et, avec son majeur, a fait comme s'il appuyait sur la gachette. Son avocate a surpris le geste, et s'est empressée de mettre sa main sur ce revolver improvisé, de crainte des conséquences auprès du juge.

Dany s'est immobilisé, comme s'il avait été atteint par une balle imaginaire. Je l'ai regardé d'un air suppliant. Il a baissé les yeux, comme s'il voulait m'avouer : « Je peux pas vous faire de promesses, même si je suis rendu ici, je vois comment Herby prend la chose. » Comme s'il pouvait la prendre autrement !

Finalement, Dany s'est avancé, il est allé s'asseoir sur le banc des témoins. Une fois assermenté, il a dit tout ce qu'on avait espéré, tout ce qu'il fallait dire. Tout ce que tu sais déjà mon amie, ma sœur. Et que je répéterai pas, pour les raisons que tu devines. Je pleurais déjà assez en l'écoutant me rappeler ces souvenirs de ma descente aux enfers, Jean-Paul aussi, avait l'œil humide, et aussi des expressions de colère mal contenue même si, un avocat, c'est pas censé montrer ses émotions, vu que ça peut te faire perdre un procès et ensuite des clients.

Même l'avocate d'Herby, de toute évidence, perdait ses moyens, son arrogance, elle semblait même écœurée surtout avec l'épisode où les amis d'Herby avaient fait de moi leurs toilettes pour hommes en me chantant Joyeux Noël, pour être dans l'esprit des Fêtes.

Me Stanley a bien tenté de contre-interroger Dany du mieux qu'elle pouvait mais elle savait bien que la partie était perdue. Le juge, l'air sévère et dégoûté, s'était déjà fait une idée. Il a dit à Dany :

— Vous êtes libre.

Il avait pris soin de spécifier qu'il avait pas participé au viol. Avait juste été témoin. Puis le juge a ajouté :

— Je reviens dans quelques minutes pour rendre ma décision.

Avant de se lever, Dany a échangé avec moi un long regard. Il avait fait ce que Jésus aurait fait. Ou, à tout le moins, ce que je lui avais demandé. Il est venu s'asseoir à notre table, à côté de Jean-Paul. J'ai vu qu'il tremblait. Il avait vraiment eu peur. Ou il avait encore peur. À cause des menaces d'Herby. Peut-être qu'il avait déjà oublié la prédiction de longévité de madame de Delphes. Ou qu'il s'était dit que les voyantes, c'est connu, elles peuvent pas tout voir dans l'avenir, en plus celle-là avait juste un œil.

Herby qui était dans tous ses états, parce qu'il savait qu'il avait perdu, le toisait avec ses yeux de tueur à gages, que j'avais un jour trouvés beaux, et qui maintenant me donnaient des frissons dans le dos, me faisaient vomir.

Jean-Paul aussi a vu que Dany tremblait, et il a mis sa main sur sa main, de manière fraternelle. Je me suis dit : « Je me trompe peut-être mais Jean-Paul est un homme bon. » Ça m'a frappée tout à coup et ça m'a tellement émue. De nouveau, j'ai eu des larmes de contraste, que je t'ai déjà expliquées dans des chapitres antérieurs de ma vie. Oui, car l'écart était trop flagrant entre mon ex et cet homme généreux, qui, sourire aux lèvres, s'est alors tourné vers moi et a murmuré à mon oreille :

— On a gagné.

— Pourquoi tu dis ça ?

— Parce que le juge prend pas sa décision en délibéré.

Il a même pas eu le temps de me l'expliquer vraiment, de toute manière, je le croyais sur parole, il m'avait jamais menti. Non seulement il avait étudié le droit, mais c'était un homme droit.

Herby tenait pas en place, comme une bête féroce que tu viens d'enfermer dans une cage, dont tu as jeté la clé dans un lac, dans son cas un marécage. Le juge est revenu.

Je me suis mise à trembler, parce que tu sais jamais ce qu'ils vont dire, ces gens-là. Et Jean-Paul, il s'était peut-être trompé. Pour me faire plaisir. Le suspense a pas duré bien longtemps.

Herby s'est pas seulement vu refuser la garde de Jessica, partagée ou pas, et tout droit de visite, sous supervision ou pas, mais le juge a de plus émis une ordonnance lui interdisant de se trouver à moins de cinq cents mètres de ma fille ou de moi.

Notre triomphe était complet !

J'ai sauté de joie, j'ai éclaté en sanglots, j'ai serré Jean-Paul dans mes bras, puis Dany. Je lui ai dit : « Merci, merci, merci ! »

Il a rien répondu, il y avait un peu d'inquiétude dans ses yeux. Peut-être au sujet de son avenir. Et d'une vengeance possible d'Herby, qu'il venait de trahir.

Mais la chose la plus mystérieuse du monde s'est produite sur les marches du palais.

Chapitre 82

J'avais besoin de prendre l'air, malgré notre victoire. Je suis sortie du palais plus vite que Jean-Paul parce qu'un collègue est venu le saluer, et il avait des choses (importantes) à lui dire. Il m'a dit : « Je te rejoins dans une minute, chérie. » J'ai rien dit, je pensais juste à Jessica, ma joie.

Sur les marches du palais, il y avait Herby, qui discutait avec son avocate, ou plutôt l'engueulait, lui assénant ses arguments. Et il y avait sa petite amie qui me portait pas vraiment dans son cœur depuis que je lui avais arrangé le portrait à sanglants coups de roses. Je l'avais pas remarquée à la cour, peut-être parce qu'elle s'était faite discrète dans sa robe noire et ses lunettes fumées, et elle avait sans doute dû s'asseoir à l'arrière.

J'ai fait une sorte de détour, parce que j'avais pas vraiment envie de lui parler, à Herby, ni à celle avec qui il m'avait trompée depuis le début, et peut-être avant. Et je voulais surtout pas le narguer avec ma victoire.

Quand il m'a vue, il est devenu comme fou, si du moins il l'était pas déjà depuis que je le connaissais. Il a foncé vers moi en criant :

— Tu es une chienne, tu as brisé ma vie, tu m'as enlevé ma fille, je te pardonnerai jamais ! Tu vas me le payer !

Même s'il y avait des policiers qui entraient et sortaient du palais, il a voulu me frapper : l'habitude, disait Pascal, Blaise de son prénom, est une seconde nature, tu peux rien faire contre. J'ai levé, pour me protéger, le bras dont mon poignet était orné du bracelet.

Herby m'a frappée, le bracelet est tombé. Herby l'a vu, il s'est penché pour le prendre, pas pour me le remettre élégamment : il voulait me voler quelque chose parce que je lui avais supposément volé sa fille ! Sa petite amie accourait à grands pas, serrée dans sa robe trop étroite, le suppliait de sa voix nasillarde d'arrêter tandis que son avocate, elle, avait visiblement renoncé à lui éviter de nouveaux ennuis, ou elle était trop dégoûtée par ce qu'elle venait d'apprendre à son sujet, client ou pas : même une avocate cynique reste un être humain à la fin !

Puis tout s'est passé à TGV (très grande vitesse), en une sorte de ballet aussi tragique qu'étrange.

Herby a vu qu'un policier avait surpris son geste et marchait vers lui forcément pour le freiner dans sa folie, et forcément l'arrêter.

J'ai eu une bizarre de prémonition, demande-moi pas pourquoi. J'ai crié, comme si j'avais, en une fraction de seconde, oublié tout le mal qu'Herby nous avait fait, à ma fille et à moi :

— Herby, non, non, garde pas ce bracelet !

Il m'a pas écoutée. Il m'avait jamais écoutée, *anyway*. C'était au-dessus de ses forces. Pour lui, j'étais juste sa PME – son double BS suffisait pas –, une conne, une toilette pour hommes. Qui venait de lui faire mordre la poussière, d'où sa colère.

Un policier a crié : « Arrêtez ! »

Herby l'a ignoré, il s'est enfui et a voulu traverser la rue. Sans prendre la précaution de regarder d'abord. Comme certaines personnes qui sont trop confiantes. Des dames, vieilles ou pas, qui traversent la rue en se disant : « Dieu va me protéger. » Comme s'il avait juste ça à faire, avec tous les cataclysmes, les génocides, les tremblements de terre !

On a entendu un bruit de klaxon, puis des crissements de pneus. Herby a écarquillé les yeux, comme lorsque le destin te frappe alors que tu te croyais invincible, travers commun, vu tes édifiantes lectures dans la liste des *best-sellers*.

Il était trop tard.

Une Mustang rouge a frappé Herby de plein fouet. Il a été projeté au moins vingt mètres plus loin, comme un pantin et, dans les airs, j'ai vu l'éclat doré du bracelet karmique qui lui avait échappé et a roulé sur le trottoir.

Je me suis évidemment pas occupée de le récupérer, j'avais d'autres soucis. Je me suis précipitée vers Herby, sa petite amie aussi. Il y avait aussi des passants, des gens qui sortaient du palais de justice, des curieux.

Le conducteur de la Mustang est sorti de sa voiture. Il se tenait la tête à deux mains, était en larmes, comme s'il avait frappé son propre enfant.

Herby était allongé dans la rue, il était pas mort, mais il grimaçait comme s'il expérimentait des douleurs atroces. Je l'avais aimé follement, je l'avais détesté. Comme on fait si souvent : c'est la chronique annoncée des amours modernes.

Mais là, devant pareille souffrance, je convenais, mieux encore je m'écriais, après Albert (Cohen), après François (Villon) et tous les autres qui avaient souffert et aimé en cette bizarre partie de l'Univers qu'on appelle la Terre : « Ô vous, frères humains ! » Mon cœur était brisé. Difficile de détester ton ennemi quand il souffre le martyre devant tes yeux, frappé par le destin, frappé par une Mustang rouge, comme le sang qui gicle de son corps, et se répand dans la rue.

Herby a tenté de se lever, mais ses jambes étaient comme des chiffons. Il a compris, je pense, qu'il en avait perdu l'usage, peut-être pour toujours. Malgré tout, comme on fait souvent avant d'accepter l'inéluctable, il a tenté de se lever, comme le daim que le chasseur glorieux vient d'abattre, mais ses jambes étaient mortes. Ses yeux sont devenus fous de douleur et de désespoir. Quand il a compris sa destinée.

Et moi, bizarrement, à ce moment, je dois admettre que j'éprouvais plus de haine pour lui : on était plus des ex, j'étais plus la pauvre jeune femme romantique qu'il avait forcée à danser puis avait fait violer quand il avait cru son fonds de commerce menacé par ma grossesse, j'étais juste la spectatrice d'une nouvelle édition de la douleur humaine.

Sa copine s'est agenouillée à ses pieds, et il lui criait, affolé, des larmes aux yeux, une première à laquelle j'aurais jamais cru pouvoir assister, vu que j'étais pas V.I.P. dans sa vie :

— Mes jambes, mes jambes, je les sens plus, je sens plus rien, je pourrai plus jamais marcher, je suis infirme pour la vie !

Pour une fois, il avait raison.

Comme tout se sait dans un patelin comme Montréal-Nord, j'ai appris, la semaine suivante, qu'il était ressorti triomphalement de l'hôpital en fauteuil roulant. J'anticipe, mais je crois que c'est important que tu saches, amie lectrice, le destin de mon ex, car il est ouvrier de lumière pour ta vie à toi : karma oublie pas. La nouvelle m'a donné des frissons pas seulement parce que je pouvais pas me réjouir de son malheur, même si j'aurais peut-être dû (l'ordonnance de la cour était devenue inutile !), mais parce que je me suis alors rappelé la mystérieuse prédiction du Veuf au 369, quand il avait menacé Herby de finir ses jours comme sa femme, en fauteuil roulant !

Mais devant le palais de justice, ce jour-là, fertile en surprises de toutes sortes, je pouvais pas savoir ça.

Je savais juste que mon intuition avait été juste, quand j'avais exhorté Herby de pas prendre le bracelet karmique.

D'ailleurs, comme une foule de plus en plus nombreuse se formait autour d'Herby, je me suis demandé où était le bracelet, que je voulais évidemment récupérer, car après tout il était à moi. Mais il était introuvable.

J'ai pensé, après avoir jeté un regard circulaire autour de moi : quelqu'un l'aura pris. Mais qui ? Impossible de le dire. C'était un vrai cirque.

J'ai éprouvé une tristesse, comme si je venais de perdre le plus précieux de mes bijoux, ce qui était pas difficile, tu vas me dire, vu que j'étais pas exactement la reine d'Angleterre à ce chapitre.

Je jetais un dernier coup d'œil (désespéré) à la ronde lorsque, contre toute attente, à une vingtaine de mètres de la scène de l'accident, j'ai vu un enfant d'une dizaine d'années que j'ai tout de suite reconnu, même si je l'avais vu qu'une seule fois dans ma vie : c'était le mignon gamin blond qui m'avait volé mon sac à main et l'avait laissé tomber à la porte de chez Birks où j'avais fait la rencontre décisive de Hilarion.

Quand il a vu que je l'avais reconnu, le gamin a soulevé le bracelet karmique en souriant, comme s'il était infiniment fier de lui ou infiniment heureux : c'est souvent une seule et même chose.

J'ai voulu aller vers lui, mais j'ai entendu mon nom crié par Jean-Paul qui, libéré de son collègue bavard, arrivait enfin sur la scène et se demandait ce qui avait bien pu se passer : la foule lui permettait pas de voir Herby accidenté.

Je me suis tournée vers lui, pour lui demander de patienter. Quand je me suis retournée en direction du gamin blond, il avait disparu, et le bracelet avec lui !

J'ai pas expliqué ça à Jean-Paul. Il aurait pas compris. Ou il m'aurait pas cru. Moi-même j'avais peine à en croire mes yeux. Je lui ai par contre narré l'accident d'Herby, mais en passant sous silence le détail du bracelet. Il m'a serrée spontanément dans ses bras, ce qui, pour une femme, est souvent la meilleure réponse d'un homme. On préfère les consolations simples aux solutions savantes !

L'ambulance a pas tardé à arriver. Ils ont mis Herby sur une civière, puis l'ont emporté. On aurait dit que c'était pour le cimetière. Jean-Paul a pas dit « bien fait pour lui ! » ou « il a eu ce qu'il méritait ! ». Je suis sûre que ça lui a même pas effleuré l'esprit. Il avait l'air simplement désolé, comme devant la fin d'un amour, la mort, le chagrin infini d'un enfant qui vient de perdre sa maman. Ça m'a juste confirmé ce que je pensais déjà de lui : c'était vraiment un homme bon.

Je me suis fait malgré moi la réflexion, vu mon émoi : « Il me semble que ça redonne un sens à ma vie, que ça me réconcilie avec l'absurdité apparente du monde, la bonté d'un seul homme, surtout quand cet homme me serre dans ses bras, et que tout ce qu'il fait ou dit, c'est une rare variation des mots *je t'aime*, le plus beau des poèmes. »

Cet homme arrivé mystérieusement dans ma vie au 369, le 911 de sa détresse amoureuse, a mis fin à son étreinte, qui avait duré je sais plus combien de secondes, car je perdais la notion du temps dans ses bras, comme lorsque je serrais Jessica dans les miens : c'était le même pain. Il a dit en me regardant droit dans les yeux – ça me faisait fondre chaque fois car ça me rappelait ce que dit Aristote de l'amitié, une seule âme dans deux corps :

— J'ai deux nouvelles, une bonne et une mauvaise.

Chapitre 83

Affligée du mauvais pli de ma vie avec Herby, j'ai pensé tout de suite à la... mauvaise nouvelle, comme la plupart des gens, du reste. Je me suis écriée :

— Le juge a changé d'idée pour Jessica ?

— Non, non, voyons, sa décision restera.

Un ange a passé, et j'ai souri, j'ai levé les yeux vers le ciel, qui était bleu et sans nuages, j'invente rien. Je me suis dit : « Cet ange qui passe comme si de rien n'était, ça doit être mon ange gardien enfin revenu de vacances, et à qui, finalement, je peux rien reprocher. Il me fallait juste patienter, lui si patient, en sa science de la vie plus grande que la mienne. »

Même que j'ai dû admettre, malgré mes occasionnels griefs contre lui, plus fréquents ces derniers temps, qu'il avait plutôt bien travaillé, je veux pas dire pour l'accident d'Herby mais pour la décision de la cour. Je me suis reprise, j'ai dit :

— Alors, la mauvaise nouvelle, c'est au sujet de ton passé.

— Oui.

— Mais on s'en fout ou quoi?

— Oui, on s'en fout. Mais je me fous pas de ce que tu répondras à la bonne nouvelle.

— Tu as acheté…

J'ai pas été jusqu'au bout de ma pensée. Parce qu'elle était trop débordante de bonheur, et peut-être de malheur, comme les épines qui accompagnent les roses. Au lieu de répondre à ma question abrégée par la timidité de mon cœur, Jean-Paul a tiré de sa poche deux billets d'avion.

— Pour Paris, je parie, que j'ai dit.

Il a souri.

— L'avion part après-demain, à vingt heures trente.

— Je… je sais pas quoi te dire.

— Dis oui!

— Je sais pas, on se… je veux dire on a encore jamais… et il y a Jessica.

— Jenny ou ta mère la gardera.

— Vrai. Mais j'ai des responsabilités importantes chez Zellers, je peux pas partir comme ça sans préavis.

Il a souri, il était triste, je pense, parce que mon ironie était pas le plat qu'il aurait choisi, s'il avait pu. Il tentait de lire en moi, mais je portais un masque chinois. Beau joueur, il a suggéré :

— Faisons un *deal*. Je te donne le billet, et si tu décides de venir, tu viens, sinon c'est pas plus grave que ça. On se revoit à mon retour. Ou dans notre prochaine vie.

Notre prochaine vie ! Cette plaisanterie me chavirait. Mais je lui ai pas dit.

— Mais je… si je peux pas y aller, je voudrais pas que tu perdes le billet, tu pourrais…

— Quoi ? Le proposer à l'avocate d'Herby ?

— Non mais sans tomber dans un désespoir si grand, tu pourrais…

Il m'a coupée. Il a dit :

— Il y a qu'avec toi que je veux aller voir la tour Eiffel. Et après tout, *it's just money.*

— C'est vrai, j'oubliais : avocat, c'est presque aussi payant que danseuse nue !

Jean-Paul a souri : il m'aime peut-être d'amour vrai, que je me suis dit. Mais avec les hommes, tu sais jamais.

J'ai quand même pris le billet.

Chapitre 84

Le lendemain matin, je suis allée trouver Jenny à L'Œuf à la Coquine, parce que je savais pas quoi faire avec le billet pour Paris. Je le lui ai montré. Elle était aussi heureuse pour moi que si le billet était à son nom : as-tu une meilleure définition de l'amitié, quand tu as des larmes aux yeux pour le bonheur de ton amie ? Moi pas !

Mais… – parce qu'il y a toujours un « mais » dans mon cas, et parfois un gros paquet – j'ai dit que j'hésitais. Elle a dit, ironique à souhait :

— Moi aussi à ta place, j'hésiterais. Paris, la tour Eiffel, le Louvre, et Saint-Germain-des-Prés, c'est quoi en comparaison de Montréal-Noir, la tour de Pise du Marché aux poux, et La Flamme du Dollar.

— Ah, tu te moques…

Elle a pas pu répliquer tout de suite. Au comptoir, assis à côté de moi, un septuagénaire, sûrement dur d'oreille, a demandé :

— Votre fille Lise a des poux ?

— Non... ceux qui veulent qu'on les élise nous mettent dans le trou.

— Ah! qu'il a fait, sceptique...

Elle a réchauffé son café, il a souri, et a aussi regardé son uniforme de travail, en résumé une jolie vitrine de sa poitrine, vu qu'on était à L'Œuf à la Coquine.

Elle a redirigé son attention vers moi.

— Écoute, je sais, mais Jean-Paul, il est avocat, moi, je suis juste une ex-danseuse...

— Justement une *ex*... danseuse. Tu danses plus. Et, lui, une danseuse, il peut quand même pas cracher là-dessus, il t'a quand même rencontrée au 369.

— Je sais, je sais... Je suis une mère « monoparentale », les hommes, une femme avec un enfant, ils trouvent ça embarrassant.

— T'oublierais pas Gérard?

Elle a levé la main pour montrer sa bague de mariage.

— Mes jumelles, ça l'a pas empêché de me demander en mariage, en plus il avait déjà d'autres enfants.

— C'est vrai, c'est vrai... Mais je me sens pas à la hauteur, je suis juste une petite vendeuse de souliers chez Zellers.

— Ta, ta, ta! Arrête de te diminuer comme ça! Tu me fais de la peine. Premièrement, tu es une personne hyper géniale...

— Moi géniale...

— Oui, parce que tu as pour meilleure amie une grande psychiatre !

— Une grande psychiatre ? Je te suis pas !

— Ben qu'est-ce que tu penses que je fais à longueur de journée avec cette bande de morons (elle a jeté un regard en direction de ses clients) sans compter mon patron ?

J'ai éclaté de rire.

— Oui, dans ce sens-là.

Elle a ajouté de gentils suppléments au pansement qu'elle tentait de mettre sur mon petit moi ébranlé par les événements.

— Dans la vie, c'est pas ce que tu fais qui compte, c'est ce que tu es, et comment tu as de liberté dans ta tête. Tout le reste, c'est de la merde que la société tente de nous vendre. Évidemment, si tu as la chance de rencontrer un homme beau et riche qui, en plus, est assez intelligent pour dépenser son argent juste pour toi, ça nuit pas.

J'ai ri, Jenny a servi d'autres clients qui, à l'autre bout du comptoir, levaient leur tasse vide vers elle, même s'ils cherchaient peut-être juste une autre petite dose de fortifiant moral dans la contemplation matinale de son soutien à balconnet. Je l'adorais. Non seulement elle était drôle mais elle m'encourageait. Lorsqu'elle est revenue devant moi, elle a ajouté :

— En plus, il te demande quand même pas en mariage. Il veut juste que tu l'accompagnes à Paris.

— Oui, mais il doit quand même avoir une idée derrière la tête. Je suis pas prête pour une relation.

— On l'est jamais, prête. Et quand on l'est, souvent il y a pas personne qui est prêt à l'être avec nous. Alors prends le cadeau que la vie te donne, même si tu es ceinture noire en autosabotage.

— Sois pas si intelligente, là !

Puis j'ai ajouté, rêveuse :

— Jean-Paul aussi est ceinture noire.

— C'est un signe, allez bon voyage !

Quatre ou cinq nouveaux clients entraient, et comme une serveuse était malade, Jenny était débordée.

J'ai pas eu le temps de lui confirmer que je partirais ou pas, parce que j'ai vu l'heure sur le gros cadran du restaurant, et je commençais dans une demi-heure.

Sur le trottoir, j'ai pensé : « C'est drôle que Jenny ait parlé de ceinture noire. C'est peut-être un signe, comme elle dit. » Mais ça suffisait pas à me décider, pour Paris, alors je me suis dit que j'avais pas le choix et qu'il fallait que je voie madame de Delphes. Si elle dit comme Jenny, je dis oui pour Paris.

Je me suis précipitée vers la première cabine téléphonique et je l'ai appelée. Elle pouvait me recevoir, mais juste à huit heures du soir. J'ai rongé mon frein en faisant semblant de m'intéresser à la vente des souliers. Il faut être patient dans ce métier, les gens trouvent jamais chaussure à leur pied, si tu me permets ce jeu de mots facile.

À sept heures trente, après avoir embrassé mon ange Jessica que ma chère voisine « gymnaste » avait accepté de nouveau de garder, j'ai sauté dans ma voiture. Mais elle démarrait pas. J'en revenais pas. Je lui ai parlé, sans trop la brusquer, parce qu'elle est sensible, vu son âge et que c'est une fille : *ma* Honda Civic. J'ai dit : « Tu peux pas me faire ça, Shlanka ! » Mais apparemment elle le pouvait. J'ai respiré par le nez, je me suis ressaisie, j'ai fait un tour complet sur moi-même. Je lui ai expliqué, posément : « C'est vraiment important, ce rendez-vous-là, entre autres pour le reste de ma vie amoureuse, je sais pas si tu me suis. » Je sais pas si elle me suivait, mais elle s'obstinait.

J'ai menacé : « Je vais devoir prendre les grands moyens, je te préviens ! » J'ai frotté mon bracelet karmique. Par habitude. Je me suis frappé le front : mon bracelet aux vertus magiques, le gamin blond l'avait repris. J'ai pesté. Je me suis dit que Shlanka, ma Honda, devait rire de moi, là !

Puis je me suis rappelé ce que madame de Delphes m'avait dit un jour de grande inspiration, que les objets qu'on porte, comme les paroles qu'on dit, comme les pensées qu'on a, même secrètes, laissent sur les êtres, partout dans l'Univers et pour toute l'éternité, des traces invisibles qui seront toujours porteuses de leurs vertus – ou de leurs misères, c'est selon. Alors je me suis dit : « Frotte et prie le bracelet, même porté disparu, je veux dire que tu portes plus ! »

Ensuite gonflée d'une confiance nouvelle, j'ai fait tourner la clé dans le contact. Ma Honda, rétive jusque-là, a enfin démarré. J'étais enchantée : le bracelet karmique, même en son absence, opérait encore !

Mais au bout de dix mètres à peine, le moteur a calé, et je comprenais pourquoi, même sans génie : il y avait simplement plus une traître goutte d'essence dans le réservoir. Je l'ai vu sur la jauge du tableau de bord.

Mais il devait y avoir un bon Dieu pour les jeunes femmes qui ignorent si elles doivent ou non dire oui à l'homme de leur vie (peut-être) pour un voyage à Paris (garanti).

En effet, en descendant de ma Honda qui avait fait ce qu'elle pouvait, j'ai aperçu un taxi. Qui était garé dans le stationnement juste devant Chez Mamie. J'y suis montée un peu rapidement, sans vérifier s'il était libre ou pas. J'ai alors vu, à l'oreille du chauffeur, qui brillait dans le soir… un diamant!

J'ai poussé un cri de mort, et j'ai tenté de ressortir aussitôt, mais la porte s'est verrouillée juste avant! J'ai pensé, catastrophée: «Herby a tenu parole, il se venge!» Et, peut-être pour la dernière fois de ma vie, j'ai vu le beau visage de Jessica qui me tendait les bras.

Chapitre 85

L'homme au diamant s'est tourné vers moi.

Mais… c'était pas l'homme au diamant!

C'était un Haïtien, certes, mais beaucoup plus âgé que l'homme au diamant. Il devait avoir cinquante-cinq ans, et son visage était sympa, poupin et rieur, pas celui d'un tueur ou d'un violeur, qui est un tueur d'âmes, ce qui est pire encore, vu que ton âme, elle reste pour toujours avec toi, comme ton ombre que tu peux jamais fuir, même si c'est ton plus grand désir.

— Oh! vous m'avez fait peur, que j'ai dit.

— Vous aussi. Pourquoi vous avez crié comme ça?

— Pourquoi vous avez verrouillé ma porte?

— Parce que je pensais que quelqu'un voulait vous attaquer. On est à Montréal-Noir, il faudrait pas l'oublier, qu'il a ajouté avec autodérision.

— Ah je vois, je… Est-ce que vous pourriez me conduire à Westmount ?

— Je vais pas souvent dans une autre galaxie, vu que c'est plus cher comme permis, mais pour vous, c'est oui.

Il avait le sens de l'humour, c'est sûr, et un accent très joli et musical, et pourtant, bien vite, mon visage s'est décomposé.

Parce que, chemin faisant, il m'a raconté que depuis cinq ans, il travaillait cent heures par semaine, parfois même cent vingt, pour payer les études de son fils aîné, qui venait de recevoir son diplôme de médecin, un vrai, comme ma mère aurait aimé. Ça l'a surpris, mon émotion, le chauffeur de taxi, il a demandé :

— Pourquoi vous pleurez comme ça ?

— C'est trop beau, que j'ai dit.

Ensuite, il m'a expliqué, et il y avait une telle fierté dans sa voix que moi, ça me laissait sans voix, et mes larmes, ça leur donnait un supplément d'âme :

— Maintenant, je fais du taxi pour mon plus jeune, il veut devenir charpentier, comme Jésus. Il veut construire pour tout le monde la maison du bonheur.

Je me suis répété ; parfois, on a pas le choix :

— C'est trop beau.

Arrivée chez madame de Delphes, j'ai donné au chauffeur de taxi les cent dollars que Jean-Paul m'avait remis la veille au cas où le taxi pour l'aéroport coûterait plus cher que prévu, vu que nos élus, l'argent de nos taxes, ils le flambaient en soupers bien arrosés, pas en ennuyeuses réfections des rues.

C'est à cet instant précis que j'ai pensé pour la première fois : « Mon bracelet karmique, que le gamin blond a repris mystérieusement, il a peut-être pas si mal travaillé que je lui reproche depuis que je l'ai reçu en cadeau. Jean-Paul, combien de fois il m'a donné ou a donné pour moi des sommes importantes, comme j'en avais donné à Herby, en rentrant du 369 plus riche mais plus humiliée ? »

Oui, il y avait eu un juste retour des choses ou presque. Peut-être est-ce plus souvent ainsi qu'on pense, dans le bal de la gratitude et du mal, parce qu'on voit plus souvent ce qu'on nous arrache que ce qu'on reçoit, on est comme ça.

Après avoir compté sommairement l'argent, le chauffeur avec un diamant à l'oreille a dit, surpris et incrédule :

— Pourquoi vous me donnez tout ça, la course fait même pas vingt dollars ?

— Parce que c'est trop beau, ce que vous faites, ce que vous êtes.

Il a rien dit. Il s'est contenté de sourire, ému.

Je suis descendue du taxi, sans rien dire de plus, et j'ai grimpé quatre à quatre les marches de l'escalier qui menait chez madame de Delphes.

Chapitre 86

Elle a pas pu me recevoir tout de suite, elle était avec une cliente qui arrêtait pas de pleurer, qu'elle m'a expliqué, parce que sa meilleure amie était dans le coma, et qu'elle comprenait pas pourquoi, vu qu'elle avait trois enfants en bas âge, et un roman qui venait de paraître et qu'elle verrait peut-être jamais. C'était trop injuste, la vie, parfois, du moins c'est ce qu'on croit.

— Attends sur le balcon que j'aie fini mes prédictions et mes consolations.

J'aimais quand elle employait ces mots : « mes consolations » qui étaient souvent des lumières qu'elle jetait sur notre avenir – ou notre passé – pour nous aider à accepter notre présent. Ou alors une simple petite phrase ou un simple mot qui agissait comme une bombe dans notre cœur ou notre cerveau en faisant la plus belle, la plus bénéfique des explosions, mais pour les bonnes raisons.

J'ai obéi, la nuit était belle et étoilée, je l'avais remarqué chemin faisant dans le taxi, à travers mes larmes qui, parfois sont des loupes avec lesquelles on voit mieux les choses. Mais quand je suis arrivée sur le balcon, je suis tombée sur la dernière personne au monde que je m'attendais à voir là.

Chapitre 87

C'était Hilarion !

Oui, le mystérieux et beau et blond Hilarion, que j'avais vu si souvent en photo et une seule fois en personne. À la bijouterie Birks, où il m'avait remis le mystérieux bracelet qui avait eu tant d'effets. Dans ma vie et dans celle des mes amies.

D'ailleurs, à mon étonnement, qui était pas dépourvu d'une certaine frayeur, il portait justement le bracelet, qui brillait à son poignet gauche, ce serpent qui se mordait la queue et soutenait au milieu de son corps cette belle émeraude dans laquelle tout l'éclat de la lune semblait faire la fête.

Alors j'ai eu un frisson, parce que j'ai compris que lui et le gamin blond travaillaient assurément main dans la main. Sinon, comment expliquer ce hasard ? En plus il paraît qu'il y en a jamais, mais juste des complicités cachées entre la vie et ta destinée.

— Je... vous avez... vous connaissez le petit garçon aux cheveux blonds ?

— Il est mignon, n'est-ce pas ?

Je me suis dit : « Un vrai avocat, il répond à une question par une autre question, vraiment pratique, surtout quand tu as pas la réponse. »

Dans ma surprise, j'ai proféré une sottise :

— Vous êtes venu consulter madame de Delphes ?

Il s'est contenté de plisser les lèvres, qu'il avait très rouges. Je suis pas sûre s'il y avait de la moquerie dans son sourire ou simplement une sorte de tendresse paternelle devant ma naïveté. Je me suis dit : « Il faut que tu te rattrapes, ma fille, si tu veux pas passer pour une tarte. »

En réfléchissant à toute vitesse à ma réplique suivante, je pouvais pas m'empêcher de contempler cet homme si singulier. Il était vraiment beau, et, de même que la lune fêtait dans son bracelet, toutes les étoiles du firmament semblaient s'être donné rendez-vous dans ses yeux bleus, comme dans la mer par une nuit sans nuages, et que tu remarques sur la plage, si tu parviens à arrêter de penser à tes soucis, ces lunettes qui te cachent l'Infini avec un grand I.

Hilarion portait son manteau vert à haut col, et son collier d'or semblait si riche, si somptueux que je crois pas qu'il se l'était procuré chez Birks, car on aurait dit qu'il venait d'ailleurs, comme tout ce qui est vraiment beau, peut-être, sauf le sourire de Jessica et la musique parfois, surtout quand elle provient des sphères. J'ai aussi remarqué qu'il portait des souliers bien singuliers, on aurait dit des mules, comme celles que porte le pape devant ses émules : elles étaient brillantes et blanches, elles semblaient faites de lumière, elles brillaient dans la nuit, comme les ailes d'un ange. J'exagère pas, je te dis juste ma première impression, il paraît que c'est souvent la meilleure, même si on s'y fie pas toujours.

Bizarrement, on aurait dit que la seule présence de ce sage m'apaisait, que mes pensées, qui étaient depuis des années montées comme la folle du logis à bord de la Ferrari de mon esprit, revenaient comme par enchantement à une merveilleuse vitesse de croisière. Car je voyais ce que je voyais pas généralement et, surtout, SURTOUT – car le reste on s'en fout, s'en contrefout! –, me revenait le mystérieux goût du bonheur, quelle saveur!

Dans ce calme nouveau et surprenant, il me semblait que je voyais mieux, et j'ai trouvé ce que je devais dire à Hilarion pour me racheter de ma sottise. En plus ça me chicotait vraiment, surtout depuis ce qui s'était passé le soir de Noël, où j'avais servi de toilettes pour hommes. J'ai dit :

— J'ai une question à vous poser.

— Juste une, c'est magnifique, vous êtes un véritable alambic philosophique!

Je suis pas sûre de ce qu'il a voulu dire par là : un alambic, pour moi, ça servait surtout pour l'alcool, frelaté ou pas. Je pouvais pas dire s'il se payait ma tête ou quoi, mais à part un froncement de sourcils involontaire, j'ai pas protesté. Je me suis plutôt expliquée :

— Tout ce que les gens disent partout, du genre : merci la vie, il y a une raison à tout, je suis plein de gratitude, tout est un cadeau, *et cetera*, c'est bien beau, mais est-ce que c'est vrai? Je veux dire, les gens, est-ce qu'ils le pensent vraiment ou si c'est juste pour suivre la mode et se convaincre que leur existence est pas si navrante que ça, qu'ils seront pas toujours seuls, surtout le samedi soir, surtout à Noël ou à la Saint-Valentin, qu'ils auront pas le cancer ou que leur maladie incurable en est pas vraiment une, juste une fausse alarme, comme dans un mauvais rêve, que l'homme ou la femme de leur vie les quittera pas, qu'ils vieilliront en santé ensemble, entourés de leurs enfants et petits-enfants qui viendront les visiter tous les dimanches, et que, en un mot, ils seront toujours heureux. Oui, je veux dire, c'est bien beau tout ça, mais… et je les accuse de rien, je pose juste la question, est-ce que c'est vrai ou c'est juste une pub que chacun fait de lui, pour essayer de prouver qu'il est pas *loser* et malheureux ? Ç'a du sens ce que je dis ou c'est juste des niaiseries de fille qui a rien compris ?

— La question, quelle est-elle ? a-t-il répondu platement, du moins je trouve, mais évidemment j'ai pas osé le lui dire.

— La question, que j'ai dit avec un peu d'humeur dans la voix, parce qu'il pouvait pas y avoir juste de la joie après tout ce qui m'était arrivé, même si j'avais Jessica, elle est simple : si Dieu existe, pourquoi le mal ?

— Le *mysterium iniquitatis*, a résumé le maître spirituel, qui sans doute avait vu bien d'autres révoltes, philosophiques et autres. Avez-vous étudié la théologie ?

— Non, juste les fantaisies de mes clients au 369.

— Oh, je vois, une succursale de Satan.

J'ai eu la chair de poule, là, parce que ça me rappelait étrangement ce que madame de Delphes avait dit au sujet du 369, qu'elle voyait à son sujet le nombre 666, celui de la Bête, de Belzébuth, un autre nom pour Satan. Je suis quand même revenue à la charge :

— Le *mysterium ini...* je sais pas quoi, c'est quoi? Mon latin est un peu rouillé, en plus j'ai juste une cinquième secondaire.

— C'est celui dont vous venez de poser l'équation, et qui donne des cheveux blancs aux théologiens depuis la nuit des temps. C'est le mystère de l'iniquité, de l'injustice... donc le mystère du mal.

— Bon, merci pour la traduction mais ça répond pas encore à ma question : Dieu, si du moins il existe, il faisait quoi pendant que je me faisais battre et violer? Et pourquoi Herby a-t-il été assez tordu et méchant pour tenter de m'enlever ma fille qu'il a tout fait pour pas voir naître? Au risque de me répéter, si Dieu existe, pourquoi le mal?

Il y avait un peu d'humeur dans ma question, et pourtant maître Hilarion s'est pas laissé emporter, comme presque tout le monde avec qui on a une conversation. Suprêmement calme, il a dit :

— Regardez le ciel!

— Vous me répondez comme un avocat, là.

— Normal, je suis l'avocat de Dieu, et son modeste serviteur ici et dans toutes ses demeures.

— Je suis pas sûre de vous suivre.

— Regardez le ciel! qu'il a réitéré.

J'y ai enfin consenti.

Maître Hilarion a alors dit, en levant vers le ciel sa main gauche, qui portait le bracelet à émeraude :

— Il y a des milliards de planètes, et nombre d'entre elles sont habitées, sinon quel gaspillage et comme sont vains les hommes qui se croient seuls dans le vaste Univers ! Plusieurs planètes sont plus avancées que la Terre, et le bien y domine. Ici Satan a la main haute…

— Peut-être mais comment ça explique tout le mal qu'on m'a fait ?

— Regardez cette émeraude, m'a dit maître Hilarion, en avancant sa main gauche.

— Oui, je la vois et après ?

Avec sa main droite, il a alors fouillé dans la poche de son manteau vert, et en a tiré une pierre informe, qui était verte et ressemblait un peu, mais en moins gros, aux cristaux que possédait madame de Delphes et qui supposément avaient toutes sortes de vertus magiques et prophétiques.

— Voilà de quoi vous aviez l'air en arrivant sur Terre !

— Je suis pas sûre de vous suivre.

Il a souri avec une compassion infinie, et il a dit :

— Dieu est le Grand Orfèvre de nos vies. Il fait de nous une pierre précieuse et belle comme cette émeraude.

Il montrait son bracelet, puis il a ajouté :

— Ensuite, son grand œuvre accompli, nous n'avons plus à revenir sur cette planète de transition où le mal domine le bien. Nous évoluons vers d'autres mondes plus raffinés, sauf si nous voulons rester ici pour aider.

— Je saisis, enfin je pense que je saisis, que j'ai dit, mais… pourquoi toute la méchanceté dans le monde, toutes les injustices, les crimes, les désastres?

— Les épreuves sont nécessaires sur cette planète.

— Vraiment?

— Oui. Et elles sont de deux natures, à la vérité. Il y a celles qu'on appelle les épreuves d'expiation. Elles viennent réparer nos fautes anciennes, karma oublie pas.

J'ai pensé au texte sous son portrait, chez madame de Delphes.

— Et il y a aussi les épreuves de perfectionnement.

— Les épreuves de perfectionnement?

Ça sonnait drôle, je trouvais, un peu comme les cours de perfectionnement de la personnalité que tu te tapes à fort prix chez Dale Carnegie et cie.

— Oui, pour comprendre ce qu'elles sont, prenez Jésus par exemple.

— Jésus? que j'ai fait, étonnée, à cause du rêve de Cassandra qui marchait avec lui sur la plage, sans oublier son portrait chez madame de Delphes, mais dans des temps moins heureux, dira-t-on, parce que ta face sur un suaire, même après des millénaires, c'est jamais rien pour écrire à ta mère.

— Oui, Jésus, le Maître des Maîtres. Il n'y avait en lui que bonté, amour et sagesse, et pourtant il est mort sur la croix. C'était son choix pour montrer aux hommes que la mort n'existe pas. Aussi a-t-il dit, et c'est la chose la plus révolution-naire qu'il a dite : « Laisse les morts enterrer leurs morts ! »

Il y a eu un silence que j'osais pas rompre. Enfin, le maître mystérieux a repris, comme pour être certain que je compre-nais ce qu'il venait de dire, et j'ai senti qu'il y avait beaucoup de compassion dans cette insistance.

— Dans le logis de ton cœur, quand tu penseras à ce que je viens de t'enseigner, pour éviter de te culpabiliser pour les malheurs qui tombent sur toi, et comprendre le sens vrai des épreuves de perfectionnement, qu'on choisit toutes avant de renaître en ce monde, pense à notre chère madame de Delphes ! C'était son choix, dans l'au-delà, de perdre l'usage d'une de ses chevilles, pour acquérir un meilleur usage de son esprit, et pouvoir être une meilleure servante de Dieu avec ses dons de voyance.

— Je vous crois.

— Et rappelle-toi pour apaiser la révolte de ton cœur que, presque toujours, on oublie les choix qu'on a faits dans l'au-delà, les épreuves qu'on a choisies : on ne voit que le ciseau douloureux de l'Orfèvre, on ne voit pas le bijou qu'il voit en nous et qu'un jour on deviendra, c'est notre destinée.

Je savais pas si c'était vrai, mais c'était pas dépourvu de sens, et j'aurais pu l'écouter pendant des heures : comme a dit Homère, on se lasse de tout sauf de comprendre ! Et pour cette raison, j'aurais aimé lui poser d'autres questions. Il m'a regar-dée dans les yeux, et m'a dit ou plutôt ordonné :

— Souviens-toi de cette lumière car elle t'aidera pour l'autre moitié des épreuves que tu as choisies en cette vie, et qui seront douloureuses, mais elles sont le prix de ta liberté.

— Douloureuses ?

— Toutes les épreuves sont des grâces que Dieu nous envoie pour qu'on se tourne vers Lui, qu'on se souvienne qui on est et qu'on devienne libre.

Il a alors posé affectueusement sa main sur mon épaule, et j'ai éprouvé une sensation complètement nouvelle. C'était... comment dire... C'était de l'amour pur ! Oui, de l'amour pur, comme de l'or vingt-quatre carats ! Tellement pur, tellement beau, tellement doux que c'en était indescriptible, comme s'il provenait pas de cette planète. Et j'ai pensé que peut-être justement il provenait de ces planètes plus élevées, moins barbares où le bien domine le mal, et pas le contraire, comme ce coin assez mal fréquenté de l'Univers où j'avais vu le jour, pour un séjour qui avait bien failli être court.

Et en même temps, confusément, j'ai pensé à ma fille Jessica dont le séjour avait failli être encore plus court. Alors, je sais pas pourquoi, mon premier mouvement a été de m'incliner devant cet homme mystérieux. Ça m'a permis de mieux voir ses souliers, des mules, comme je t'ai dit.

— Ils sont beaux, vos souliers, si vous me permettez, et je m'y connais en souliers, je travaille dans ce rayon chez Zellers. Mais j'en ai jamais vu de pareils. Ils se vendraient très bien, vous les avez achetés où ?

Maître Hilarion a esquissé un sourire, et il a dit :

— Vous ne pourrez pas les trouver facilement ici, c'est un cadeau de votre ange gardien.

— Un cadeau de mon ange gardien ? que j'ai fait avec éton-nement. Mais je comprends pas, pourquoi il a fait le cadeau à vous plutôt qu'à moi ? Et en plus, des souliers pour homme.

Il a dit, sans répondre à ma question, ce qui était typique de sa manière :

— C'est une bonne question. Je n'ai pas des grands pieds, voulez-vous les essayer ?

Grands pieds ou pas, il avait quand même des pieds d'homme et je me suis dit, si je les essaie, je vais avoir l'air d'une fillette qui marche dans les souliers trop grands de son père.

Sans attendre ma réponse, il les a retirés. Puis il s'est éloi-gné de quelques pas. Les souliers me fascinaient, je sais pas pourquoi. Peut-être tout simplement parce que, les souliers, on aime ça, nous les femmes, en plus c'était mon rayon, tu sais où. En plus c'était supposément un cadeau de mon ange gardien !

Non sans une ultime hésitation, j'ai retiré mes souliers plats bien ordinaires en cuir, que j'avais eus en solde chez Zellers en plus du prix pour employés, et j'allais chausser les jolies mules blanches, mais j'ai pas eu le temps.

— Qu'est-ce que tu fais là ? m'a alors demandé madame de Delphes, qui avait fini avec sa cliente.

J'ai sursauté, puis je me suis tournée vers elle, j'ai balbutié :

— Je...

J'ai regardé autour de moi sur le balcon, mais maître Hilarion avait disparu !

Chapitre 88

— Hilarion était là, il y a un instant, je vous jure, je sais pas où il a bien pu passer, surtout sans ses souliers.

— Sans ses souliers ?

J'ai récupéré les mules, je les lui ai montrées. Elle a pas eu le temps de commenter. On a entendu des coups de heurtoir à la porte. J'ai pensé que ça devait être Hilarion qui revenait chercher ses mules qu'il avait abandonnées sur le balcon, Dieu sait pourquoi.

Madame de Delphes a dit : « Tu m'excuses, Martine. » J'ai remis en hâte mes souliers et je l'ai suivie. Elle a ouvert la porte non pas à Hilarion, mais à un jeune gamin blond. Sur le coup, je me suis dit : « Ah non ! pas encore lui, le coquin ! » Mais non, c'était pas le garçonnet de la bijouterie ni du palais de justice. Juste un jeune homme de dix-sept ou dix-huit ans, mais de taille modeste, qui exerçait la profession de livreur de pizza !

Elle a réglé l'addition, puis a dit :

— Je meurs de faim, j'ai pas encore pu dîner, c'est la vraie folie aujourd'hui.

— Ah je... je suis désolée, je savais pas...

— Mais non, viens, prends une bouchée avec moi.

En préparant la table, elle a laissé tombé, et il m'a semblé que ça m'était directement adressé :

— Il y a des gens qui croient que la pizza arrive par hasard dans leur vie, comme s'ils l'avaient pas commandée et que personne l'avait préparée.

J'ai dit :

— Ça mérite réflexion.

Mais je voulais surtout lui poser des questions au sujet de Paris et de Jean-Paul Cassini. Pour les mules blanches de Hilarion, j'y pensais plus vraiment, je les avais laissées à côté de mon sac, sur le guéridon du vestibule.

J'ai pas eu vraiment le temps de manger. Le téléphone a sonné. Madame de Delphes a répondu. L'entretien a été bref. Quand elle a raccroché, elle a composé aussitôt un numéro, a donné son adresse. En raccrochant, elle m'a expliqué :

— Je viens de te commander un taxi. Le premier ministre va être ici dans cinq minutes, il veut savoir s'il doit ou non déclencher des élections !

— Ah! bon, je vois, que j'ai fait, avec une certaine déception mais je pouvais pas vraiment protester.

Madame de Delphes a tout de suite attaqué une pointe de pizza, et sa première bouchée l'a visiblement ravie, car elle a fermé son œil unique pour mieux en contempler la saveur. Puis elle a dit :

— Qu'est-ce que je peux faire pour t'aider ?

— Je... je voulais savoir, maître Cassini, enfin mon avocat dans le procès que j'ai gagné contre Herby...

— Oh ! bravo...

— Merci. Oui, je disais, maître Cassini, il veut que je parte avec lui à Paris, demain, et je voudrais que vous me fassiez une petite prédiction.

J'étais assise tout près d'elle, à sa petite table de cuisine nappée de rouge et blanc, qui me rappelait celle de mon enfance alors que tout était beau et simple – et souvent monte en moi la nostalgie de cette époque : mais avec Jessica, il me semble qu'elle va revenir au grand galop, et que par la même et magique occasion, je vais retrouver mon enfance à travers mon enfant.

— Tu te rappelles pas notre pacte ? a objecté madame de Delphes.

— Notre pacte ?

— Oui, que si je te donnais le bracelet karmique, je pourrais plus te faire de prédictions pendant un an.

— Je sais mais je l'ai plus, le bracelet, que je me suis empressée de protester.

— Désolée, le pacte tient toujours mais c'est vite passé, un an.

Vite passé, vite passé, que j'ai pensé, facile à dire pour elle ! Mais moi, la décision pour Paris, j'avais pas un an pour la prendre, mais à peine un jour !

Le heurtoir a de nouveau résonné contre la porte d'entrée, et je me suis dit : « C'est le premier ministre déjà, j'espère qu'il est pas venu en compagnie de son ministre qui est porté sur le pipi et les porcheries. Ça serait pas la joie de le revoir maintenant que je danse plus. » Remarque, j'aurais peut-être eu deux mots à lui dire, vu les rapports de police qui avaient sans doute disparu en raison de son intervention.

Mais non, j'ai pas eu à vivre cet embarras ni cette joie, c'était juste le chauffeur de taxi, et par un sympathique hasard, le même homme admirable qui m'avait emmenée chez madame de Delphes.

Je pourrais pas finir mon morceau de pizza, mais de toute manière, quand je suis nerveuse, moi, ça me coupe l'appétit. C'est un défaut mais moins pire que manger ses émotions qui, dans mon cas, se retrouveraient vite fait dans mes fesses, pas un refuge très sympa.

J'ai remercié madame de Delphes pour tout, et je l'ai serrée dans mes bras, juste avant son deuxième morceau de pizza. Malgré son refus de prophétie, elle a quand même dit, comme pour me consoler :

— Je sais que tu vas suivre le droit chemin !

Dans le taxi, ce souhait m'est revenu soudainement, et aussi le petit sourire coquin que madame de Delphes affichait en me le faisant.

— Le droit chemin, que j'ai dit pensivement, mais à haute voix.

— Je… je prends le même chemin qu'à l'aller, m'a rassurée le chauffeur de taxi qui croyait tout naturellement que je m'adressais à lui.

— Oui, oui…

Puis j'ai poursuivi ma réflexion et j'ai pensé, comme tu l'as déjà deviné, sagace amie lectrice : « Le "droit" chemin, c'est pas celui avec mon avocat adoré ? »

Mais j'aurais quand même aimé qu'elle soit plus précise, ma chère voyante.

Puis je me suis dit : « Qu'on ait une voyante ou pas, on est tout seul quand vient le temps de prendre les grandes décisions. »

Et, au fond, c'est peut-être mieux ainsi. Sinon, on resterait des enfants toute notre vie !

Le lendemain, j'ai fait ma valise et je me suis dirigée vers l'aéroport, passeport en main, questions au cœur. Car j'avais pas encore décidé si je voulais partir pour Paris, avec l'homme de ma vie. Peut-être parce que je pouvais pas m'empêcher de penser à la prédiction ou appelons-la « une annonce pas très jojo » que maître Hilarion m'avait faite sur le balcon, qu'il me restait une autre moitié d'épreuves et qu'elles seraient douloureuses.

Ça contenait mon impatience, si j'ose dire, car comment savoir si c'était avec Jean-Paul que je les vivrais, ces épreuves ?

Au dernier moment, alors que je devais passer aux douanes, j'ai changé d'idée.

J'ai rebroussé chemin, puis, à la porte de sortie, j'ai aperçu *le* gamin blond !

Je me suis dit : « Ça parle au diable ! »

Ou à Dieu, que je devrais dire !

Je l'ai suivi, parce que j'ai pensé : « Hilarion lui a peut-être remis le bracelet karmique à mon intention, même s'il aurait pu me le remettre sur le balcon de madame de Delphes. »

Le gamin blond marchait vite, et ma valise était lourde, malgré ma valse-hésitation : une femme qui part dix jours à Paris, elle voyage pas léger, sinon c'est pas une femme !

À un moment donné, j'ai perdu le gamin de vue... J'ai pesté, j'ai dit merde. Mais aussitôt après, mes yeux se sont arrondis et mon cœur a bondi : Jean-Paul, qui devait être persuadé que je viendrais plus, m'attendait, l'air nerveux et découragé, consultant sa montre toutes les trois secondes !

Je me suis dit : « Le gamin, il sait ce qu'il fait, c'est pas pour rien que je l'ai suivi jusqu'ici ! C'est peut-être le signe que j'attendais, de la part de la vie ! Oui, en somme, c'est peut-être le gamin du destin ! » Et, de toute manière, Jean-Paul m'avait vue maintenant, et son sourire était si radieux que j'ai pas pu résister et me suis avancée vers lui.

— Finalement tu es venue ? qu'il a dit.

— Oui, mais pour te dire que... que je partirais pas avec toi...

— Mais je... je comprends pas...

Il a regardé ma valise.

— Oui, je sais, j'ai changé d'idée, je... je me suis dit que c'était trop tôt nous deux, et que...

D'une voix infiniment douce, sans la moindre colère, le moindre reproche, il a dit :

— Je comprends, je… c'est parce que adolescent, j'ai voulu tuer mon beau-père et comme ton ex était violent, tu préfères pas prendre de risque je… je te comprends, je…

Il a penché la tête. Il avait l'air de l'homme le plus malheureux du monde. Alors j'ai eu une grosse émotion, et j'ai pas pu résister à la tentation de l'embrasser pour la première fois, même si c'était peut-être une erreur.

J'ai pensé qu'à notre première rencontre, au 369, je lui avais dit en plaisanterie qu'un amour malheureux se terminait généralement par des larmes et un voyage.

Mais là, mon amour malheureux se terminait par un baiser.

Pour le voyage – à Paris – il fallait encore que je réfléchisse…

Finalement, comme il restait plus de temps avant que l'avion s'envole, je lui ai dit…

Chapitre 89

O-U-I!

Chapitre 90

OUI!!!!!!

Oui, j'ai voulu que le chapitre précédent soit un des plus courts de la littérature. Pas le record absolu, car cette palme pas si glorieuse revient à celui narrant en blanc la nuit noire de mon viol, qui m'a laissée sans mots pendant dix ans.

Oui, un chapitre court.

Pour qu'il soit facile à retenir, et devienne même une sorte de *vademecum* en cette vie pas évidente, une sorte de programme, de philosophie.

Et aussi pour que ce soit ce que ma fille Jessica retienne comme leçon de vie, même si elle a failli jamais voir le jour, vu la méchanceté de son père. Et ça me donne envie de pleurer juste d'y penser, l'idée que peut-être elle aurait pu pas exister si les choses avaient vraiment mal tourné.

Mais finalement, elles avaient pas si mal tourné.

Quelques mois plus tôt, je pensais tout le temps à *Pretty Woman*. Et là, finalement, ma vie ressemblait un peu à mon rêve.

Je partais peut-être pas à San Francisco avec Richard Gere.

Mais je partais pour Paris avec Jean-Paul Cassini, mon Richard Gere à moi, pas juste un avocat, mais surtout un homme de cœur. Qui était fou de moi, ça gâchait rien.

OUI…

J'ai dit oui.

Mot simple et pourtant magique, autant qu'un bracelet karmique sans doute, lequel à lui seul pourrait constituer le testament que je veux laisser à ma fille Jessica, ma joie, dans ce bal mystérieux et beau de la gratitude et du mal.

1ᵉʳ novembre 2013, fête des Morts –
14 février 2014, fête des Amoureux.